中國文學的美感

Aesthetic Modes of Chinese Literature

柯慶明——著

增訂新版

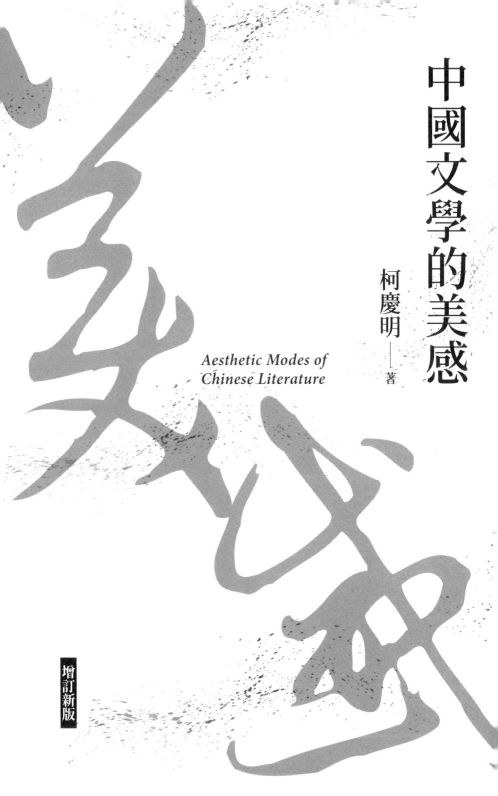

獻給

廖蔚卿老師

目次

推薦序

讀其書如聆其人——「言說者」柯慶明（中英對照）

宇文所安

要為一本書寫序，我無法讀那本書而不讀在書裡的那個人，這對我是很困難的事。

我初次認識柯慶明幾乎是四十年前的事了，那是他在康橋的時候。我們在一起談論了很多，變成了朋友。他有種很明顯的南方口音，我要好一陣子才熟悉他慣用的話語，不過我很快就發現他是當時唯一使我能放鬆的與他交談，以至於忘記自己正在和他講中文的人。這可能是我們都有很多話要說，但我想主要是因為他是一個朋友——不是學生、教師、同事或陌生人，這才是朋友之為朋友的可貴：一種不必受到社交語言規範所影響的關係。

在我們談論過很多而成為熟稔的朋友之後，有一天他看著我說：「你知道嗎？所安，你基本上是個『書寫者』，而不是一個『言說者』。」我還在想那怎麼可能是真的。不過，他可真是一個「言說者」，當他書寫時，別人會聽到他在說話，那可能是最好的一種寫作。我幾乎每次到臺灣都與他見面，最後一次看到他是二〇一八年。他還是老樣子，依然談說如常。在美語中我們有個用詞叫「天生好手」，通常用來形容運動員，特別是打棒球的球員。有些球員是經由不斷練習而變成好手；一個「天生好手」則是不怎麼常打棒球，但一走出來站在打擊位置上，不必試打，每一揮棒就棒棒打出去的人。柯慶明就是這般一個「言說者」的文人。

這是最好的中國傳統其中之一端：文如其人，在文章裡活著一個人的一種意識。雖然不是完全如此，但它是一種理想。

當我閱讀《中國文學的美感》，我聽到柯慶明在說話。我和他在某方面很像，我們在談論的時候從不讓對方一直說下去，其中一個會回應——質疑、補充、意見分歧，或將討論帶到另一個不同的方向，那是對話的自然狀態。當我讀柯慶明的文章，我在心裡仍然一直這樣做著，但他再也不會回答我了。這太不公平，也不再有趣了。當然這就是柏拉圖在〈費德魯斯篇〉對於書寫的批評：書寫文字不能回答。我了解柯慶明，相信他會喜歡一個關於書寫與死亡的談論。

有如柏拉圖，柯慶明做到了人在書寫中最好之所能——讀其書如聆其人。閱讀這本書，那些認識柯慶明的人，會喜歡再聽到他的說話；而那些不認識他的人，也將獲得書會對其「說話」的體驗。

（本文作者Stephen Owen為美國人文與科學學院院士，美國哲學會會士。張淑香譯。）

Preface for Ko Chingming

Stephen Owen

It is a hard thing to write a preface for a book when I cannot read the book without reading the person in the book.

I first met Ko Chingming about almost forty years ago when he was in Cambridge. We talked a great deal, and he became a friend. He had a strong southern accent, and it took me a while to get used to his favorite idioms, but I soon discovered that he was the only person then with whom I could talk comfortably in Chinese without even noticing that he and I were speaking Chinese. That may have been because we both had a great deal to say; but I think that most of the reason was because he was a friend—not a student or a teacher or a colleague or a stranger. That is what is most precious about friends: a relationship that is not subject to the usual forces that society exercises on language.

After our conversations and friendship had become well established, he looked at me one day and said: "You know, Suo'an, you are basically a writer and not a talker." I'm still thinking about how that might be true. But he was, indeed, a "talker," and when he wrote, one could hear him speaking, which may be the best kind of writing. I saw him almost every time I went to Taiwan, and the last time I saw him was in 2018. He was exactly the same, still "talking." In American English we have the term "a natural." This is usually applied to sports and especially to baseball players. Some players practice and practice and become very good. A "natural" is the person who has never played baseball much, but walks out to where the batter stands and hits every ball without trying. That was Ko Chingming as an intellectual and as a "talker."

That is one of the best sides of the Chinese tradition: the sense of the living person in the written word. It's never entirely perfect, but it is an ideal.

When I read 中國文學的美感, I hear Ko Chingming talking. In some ways we were very much alike. We never let each other keep on talking. One of us would respond—questioning, adding something, disagreeing, taking the discussion off in a different direction. That is the nature of dialogue. When I read Ko Chingming's writing, in my mind I keep doing that. But he cannot answer anymore. It's not fair, and it's not fun anymore. This was, of course, Plato's critique of the written word in "Phaedrus": the written word cannot answer. And knowing Ko Chingming, I'm sure he would enjoy a discussion of writing and mortality.

Like Plato, Ko Chingming achieved the best one can in writing—the sense of hearing someone speaking. In reading this book, those who knew him will enjoy hearing him again, and those who did not know him will get the experience of having the book "speak."

推薦序

「古與今」又「東與西」——說說柯慶明這一人（中日對照）

川合康三

我想把柯慶明（一九四六—二〇一九）在這世上活過的七十餘年，放在歷史裡的一個歷程來看看這一人。

任何的時代，都是變動的；任何人也都會覺得自己所處時代的變動，最為激烈。因此我不想刻意去說柯慶明活過的二十世紀下半葉到二十一世紀前二十年，變動得最為厲害，不過我想這時代的變動應該也有別於其他時代的地方。那麼我就想問問：這時代變動的特質是什麼？

至少最先想到的是，東洋與西洋的距離縮短了，或者說是東西融合，又或者是東西方之間根本沒有不同了。毫無疑問，現代是個東西交流發達的時代，可是從很早以前開始，東西方就已經相互往來，不管回溯到任何一段時期，都可以看到東西交流的痕跡。雖說確實是從十九世紀中葉開始，東西方之間有了大範圍的來往，但是第二次世界大戰結束後的這一年代開始，東西方交流有了突飛猛進的發展，雙方往來也進入了全新階段。無論是政治、經濟，甚至是文化、音樂、藝術等領域，世界各國相互吸收、接納、影響；尤其在所謂 subculture 的這種深受商業化影響的大眾文化下來辨別「東西」這件事，根本毫無意義。

全球化不僅帶給社會、文化各面向趨於同質性，就連學術上也發生了同樣的情形。自然科學領域因電子通訊技術普及，使得科學研究成果能在短短幾秒鐘之內與全世界共享，而且從事科學研究的人們也常在同樣的研究題目裡，追找答案、探究真理。此外，科學研究雖分成各個不同領域，但各領域所使用的研究語言是共通的，因此對從事科學研究的人而言，「時空上的阻隔」早就煙消雲散，不復存在；所以在他們看來，討論像「東方」、「西方」等諸如此類的事，根本就毫無意義。

當全世界處在同化的狀態下時，惟有人文學不是如此。即使人文學的研究對象相同，因彼此沒有共通的研究語言，縱使相互參考對方的研究成果，也不會用相同的研究方法去處理同樣的問題意識。因處在這個稱作「全球化」的時代，人文學才往往被認為是被時代遺留下來的東西。

然而，人們認為人文學跟不上時代的腳步，這難道這不就是人文學自身的本質所驅使而成的嗎？人文學沒有共同語言、思考模式的這件事，難道不是理所當然的嗎？正因人文學是以各自的語言、文化以及固有歷史為根基，所以沒有辦法瀟灑地轉換成彼此能立即共享的語言及思考模式；如果人文學變成這般局面，那麼就表示人文學捨棄了自身最重要的東西。我想人文學要像科學研究學者一樣地跨越語言與文化的牆壁，彼此在同等條件下討論學問這件事，之後也是不可能的。我擔心就算人文學運用ＡＩ技術創造出共同的研究語言，而且靠著這個解決了全部問題，但這方式同時也讓人文學失去了本有的豐富與繽紛，變得乾扁而乏味。這難道只是像我這樣被時代遺棄的人的過度憂心嗎？

雖然人文學沒辦法輕易地全球化，也不應該被全球化，但是處在東西方幾乎零距離的現代社會，這樣子的變化也帶給人文學前所未有的全新視角。借用柯慶明喜愛的詞語來說，人文學原本各自保有著屬於自己的「境界」，如果人文學能重視且維持這個因「境界」而有所區別的世界，又能擁有跨越「境界」的視野，也許就能為人文學開啟通往未來的門扉；而柯慶明生前所達成的業績，不正好是對這一課題作出了最具前瞻性的挑戰嗎？

因漫長得嚇人的「學統」背景而看起來不容許局外人侵犯的中國古典文學身上，包覆著一層堅硬的外殼，柯慶明敲破了那一層硬殼，第一次把它帶到陽光下展示。如同開頭所寫的「東西方距離縮短了」，這並不表示二者融合為一體，柯慶明成功地將這精神實踐在中國古典文學的研究上，這可稱得上是他的研究成果之一。柯慶明的嘗試並不是「隨手擷取一些歐美文化或西方理論，套用在中國這一主體上」的那種態度隨便、粗製濫造的「東西融合」。柯慶明在接觸西方文化及理論之前，他先是一位富涵中國深厚學養的「士大夫」，也許說他是正統中國學的最後一代也不為過；而且從他的諸多著述裡可以看到，他身為一位士大夫的同時，也從士大夫這一身分自由了。例如這本書的書名《中國文學的美感》——這是一本柯慶明試著以「美感」這一觀點去看中國文學的書，說到「美感」二字，勉強地來說，這是王國維美學觀的延續。

可是，現今學術界所追求的「學問」，卻漸漸地不去談「美感」這個對文學極為重要的元素之一，甚至因「談美感」不是什麼嚴謹的學問而被排除在外。我想起京都大學邀請柯慶明來當客座教授時的事，那時候我和他一起去聽了日本中國學會的研究發表，當發表者針對某一詞語，列舉了不勝枚舉的例子時，他看著並笑問我：「舉了這麼多例子，有什麼用呢？」只能靠這麼多的例子去理解非自己語言的作品，這算是外國研究者不幸的命運。原本舉了那麼多的例子是為了確切掌握詞彙的意思，以及探求詞彙所蘊含的更深一層的意義，可是這位發表者卻本末倒置地只把大量的例子列舉出來，而一味地認為這方式就是「研究」。

日本學術界的弊端不只有「列舉大量例子」這一問題，他們還被「研究一定要嚴謹」的這一魔咒給束縛住，而慢慢地走向愈來愈狹隘的研究窄巷裡；所以他們離「追求美感」越來越遠。

作為「末代（last）士大夫」的柯慶明，他雖是士大夫，同時也把探究文學本質這件事當作自己的畢生課題。柯慶明這種面對學問的態度，便展現了他走出傳統中國學的象牙塔，展翅高飛的姿態。

我想像柯慶明這般強悍可靠的引領者一定能為學術界帶來新氣象。至少對於看到枯燥生硬、了無新意的學術書而感到卻步的年輕學子來說，讀了柯慶明的著作，便宛如沐浴在綠意盎然的森林裡一樣，讓人感到煥然一新，應該能再次體會到文學的美妙與探索新知的魅力吧。

＊＊＊

「東與西」可以替換成「古與今」。為什麼呢？那是因為對我們而言，「東」這一個字詞正代表了以中國為中心發展而成的漢字文化圈裡所蘊含的傳統文化，而發生在近代之前的傳統文化，即是「古」。對於能悠閒地一邊翱翔，一邊俯瞰「東與西」的柯慶明而言，「古與今」之間的高牆，也好像不存在似地橫跨了過去；他的著作範疇極廣，從中國古典文學到近現代臺灣文學，無所不包。

然而，說不定是把「古」與「今」想成二元對立的我錯了，因為對柯慶明而言，「古」與「今」並不是二元對立，而是接連無間斷的二者。若是如此，我讚許「他的研究範圍極廣，從古典到現代，兼容並蓄」的這說法，也是錯的。現在的我仍舊不太明白他所說的，不過對柯慶明而言，「由古至今」這件事似乎是必然發生的，也是理所當然的。

＊＊＊

我在這篇短小的文章裡，應該要寫下柯慶明小至學術研究、大至文化領域所達成的業績及其意義，我確實也寫了這些成就的一部分，不過實際上我更想好好地寫一寫柯慶明的為人。

至今我遇過不少人，不過從來沒有遇過一個像他的肚量這麼大、如此有情有義的人。如果把柯慶明說成是位德行高尚的完人，這未免有些見外，而且和我所認識的他，相差甚遠。總之，我覺得他就是個有魅力的人，他具備了「人之所以為人」最根本的魅力。雖然我已經在追悼文集《永遠的輝光——柯慶明教授追思紀念集》裡寫過接下來要說的這些話，但我還是想要不厭其煩地再說一次。當他還在世時，我便常常思考著這件事：就算全世界的人都與我為敵，誰會是那個最後支持、守護我的人？每當我一思考這問題時，最先浮現在腦海裡的人，總是柯慶明。現在的我仍然這麼認為著。

能和這樣子的人相遇相識相知，對我而言，這是無法取代的莫大幸福。即使與柯慶明相見的願望再也無法實現，他這個人一直都會活在我的心中，而且我想把「向後人介紹柯慶明這個人」看成自己的使命。

＊　＊　＊

可是如果有機會能見到柯慶明的話，我想問問他：「文學是否還有未來？文學又將變得如何？」

其實我不用聽他的回答，也能猜得到他會怎麼說：「這不用問吧，文學不可能會從這世界消失的。」

入。

聽到這樣子的回覆，讓我確定他果真是位堂堂正正的中國士大夫——雖然我的看法和他有些出

（本文作者為國際知名漢學家，日本京都大學名譽教授。陳俐君譯。）

古と今、そして東と西——柯慶明を語る

川合康三

柯慶明（一九四六—二〇一九）がこの世にいた七十余年を、歴史のスパンのなかに置いてみよう。

いつの時代であれ変化のない時代はないものであるし、どの時代であれ自分の時代ほど変化の激しい時はないと思うものであるから、二十世紀の後半分と二十一世紀の五分の一ほどのこの時期が、過去に例のない激動の時代であった、などとは言わないことにしても、この時代ならではの変化の特質はあったはずで、それは何だろうか。

少なくともその一つとして挙げられるのは、東洋と西洋の接近、あるいは融合、あるいは東西差異の無化だろう。もちろん東西の交流は歴史をいくらでも遡ることはできるし、ことに十九世紀半ばからは広範囲の通行が始まったことは確かだが、第二次大戦以後のこの時代は、それが飛躍的に進展して、従来にない新たなステージに入ったことは否定できない。政治・経済の方面は言うまでもない。文化においても、音楽・美術などは世界中で同時に受容される。ことにサブカルチャーと称される商業化された大衆文化の領域では、もはや東とか西とかいう区別自体が無意味になっている。

社会・文化の諸相におけるのみならず、学術の方面においても理系の分野では、デジタル技術の普及によって、研究は瞬時に世界中で共有されるものとなった。同じテーマがあちこちで同時に追求されている。彼らは分野ごとに共通の言語をもっている。それによって時間・空間の隔たりは煙のように消えた。もちろん東だの西だのと今更言う人はいない。

地球の均質化がこのように進んでいる状況のなかにあって、人文学だけはそうでない。同じ対象に向かっていても、人文学はそれを語る共通の言葉をもっていない。互いの成果を参照はしても、同じ問題意識を抱え同じ方法で対しているわけではない。グローバル化と称される時代にあって、人文学だけが時代から取り残されているかのように思われがちだ。

しかし人文学が現代と同調していないかに見えるのは、人文学の本質のしからしむるところではないだろうか。普遍化しえないのは当然のことではないか。人文学はそれぞれの言語と文化に基づいた、固有の歴史的文化を基幹としているのだから、共通の言葉、共通の思考にあっさり転換できるはずがないし、もしそうなったら、人文学の最も大切な部分を放棄することになってしまう。理系の研究者たちのように、言葉や文化の違いを超えて、均質な環境のなかで論じ合うということは、人文学の領域では今後もありえないことだろう。たとえばもしＡＩ化が共通の言語を作り出し、それですべてが解決されることになったら、人文学は本来の豊饒さを失い、痩せ細ってしまいはしないかと危惧するのは、時代に取り残された者の杞憂だろうか。

安易なグローバル化はできないし、すべきでないにしても、世の中全体に東と西の区別が希薄になった今、そのことは人文学にも従来にない新たな視座をもたらすということも考えられる。柯慶明の好きな言葉を使えば、人文学は本来「境界」を持っている。境界に区切られた世界を大切に保持しながら、しかも境界を越えた視座をもつ、そこに人文学の将来が開けてくるのかも知れない、と書いてくると、柯慶明の果たした功績はその課題に対する先駆的な挑戦だったのではないかと思われてくる。

恐ろしく長い「学の伝統」を有し、それゆえに外部からの侵入を許さないかに見える中国古典文学、柯慶明はその牢固たる殻を叩き割って、初めて広い場にさらけ出したのだ。冒頭に記した「東と西の接近」、それは接近であって、融合ではないが、中国古典文学の領域で実行に移し得たのが、柯慶明の業績の一つに数えられる。西欧の文化や文化理論をつまみ食いして中国に当てはめてみるといった、軽薄な「東西融合」ではない。まず彼は何よりも中国学の伝統を確実に身に着けた「士大夫」なのだ。もしかしたら正統的な伝統に属する最後の世代であるかも知れない。士大夫でありつつ、士大夫から自由であったことは、彼の多くの著述からうかがうことができる。たとえば本書の書名、『中国文学の美感』――中国の文学を「美感」という観点から切り込むことは、強いて言えば王國維に連なるものであろうか。しかし当今の「学」はいよいよ美感という、文学にとって最も大切な要素の一つについて語ることから遠ざかっている、ないしは厳密な学ではないとして敢えて排除する。柯慶明が京都大学の招聘教授として日本に滞在していた時、一緒に日本中国学会の大会発表を聞いたことがあった。発表者が語彙の膨大な「用例」を示した時、彼は「これほど用例を列挙して、いったい何になるのか」とわたしを見て笑った。用例に頼るのは、母語でない語によって書かれた作品を扱う異域の者の不幸な宿命ではあるが、本来は語の的確な意味や意味の深さとか拡がりを求めるためであるはずが、本末転倒して用例を並べることが「研究」であるかのように思い込んでしまう弊を、柯慶明は指摘したのだ。

用例探しに限らない。日本の学術界は「厳格」でなければならないことに縛られて、いよいよ袋小路に入り込んでいるように見える。「美感」への探求はいよいよ視野から遠ざかってしまう。「最後（last）の士大夫」たる柯慶明は、士大夫でありつつ、文学の本質の追究を自分の課題とする。そのような姿勢そのものが、伝統的学からの解放を示している。

柯慶明という強力な牽引者の登場によって、学術界は大きな変容を被ったはずだ。固陋な学術書の砂漠に辟易した若い人たちは、柯慶明の著作の、緑豊かな森のなかで新鮮なシャワーを浴びて、文学の歓び、学の営みの魅力を知り、生気を取り戻したのではないだろうか。

＊　＊　＊

「東と西」という二項は、「古と今」と言い換えることもできる。我々にとって、「東」とは中国を中心とする漢字文化圏の伝統文化にほかならず、それは近代以前の伝統文化、すなわち「古」であるのだから。悠々と飛翔しながら「東と西」を俯観する柯慶明は、「古と今」の差異も超越するかのようだ。彼の著作は、中国古典文学から近現代の台湾文学まで論じているのである。

しかし「古」と「今」を対立的に捉えたわたしは、間違っているかも知れない。柯慶明にとって、古と今は対立ではなく、連続するものだったのではないか。だとしたら、古典から現代に及ぶ彼の範囲を広いと讃えることも間違っている。わたしには今、十分に理解できないけれども、古から今に至るのは彼にとっては必然であり、当然のことだったのかも知れない。

＊　＊　＊

この小文にわたしが記すべきは、柯慶明が学術の領域、さらに広くは文化の領域において成し遂げた功績とその意義であろう。その一端を記したけれども、実はそれよりもぜひ書いておきたいのは、柯慶明の人間性である。

わたしもこれまで少なからぬ人物と出会ったが、人を包み込む大きな包容力、人に対する深い愛情、人としての篤い信義、いずれにおいても彼に匹敵する人を知らない。徳を備えた完全な人格、などと言うのはよそよそしくて、わたしの実感から遠ざかってしまう。要するに、わけもなく魅せられる人物なのだ。人間としての根源的な魅力を備えているのだ。追悼文集（『永遠的輝光柯慶明教授追思紀念集』）にすでに書いたことではあるけれど、重複を厭わずに記すと、彼が生きていた時、わたしはたびたびこんなことを考えた——世界中の人がわたしに敵対したとしても、最後までわたしを支持し、護ってくれるのは誰だろう。そのたびに眞っ先に頭に浮かぶのは、いつも柯慶明だった。今でもその思いは変わらない。

こういう人物と巡り会ったことは、わたしの人生にとって何物にも代えられない、大きな幸せだった。たとえもはや再会する願いはかなえられないにしても、わたしの心のなかに彼という人は生き続けているし、彼について後生の人たちに語ることがわたしの任務だろうと思う。

＊　＊　＊

しかしもしもう一度会う機会があったら、柯慶明に尋ねてみたい——この先、文学は可能だろうか。文学の将来はどうなるだろうか。

彼の答えは実は聞かなくともわかっている。——当たり前じゃないか。文学がこの世から消滅するなんてありえない。

その答えを聞いて、わたしはやはり彼は堂々たる中国の士大夫であると確認するだろう。多少の違和感を覚えつつも。

序

中國文學是一個偉大的傳統，不僅在於精神觀照的高明，生命體驗的深刻，表現形式的精美，更重要的是其中包涵廣大，作品豐富，卷帙繁多，並且充滿了生生不息的活力，江山代有才人出，方興未艾，以迄今後——因此，任何的理解終不免是掛一漏萬，誰敢說自己是真正已窺一斑？更不必夢想見其全豹了！那麼我們還有什麼資格，開口說中國文學如何如何，閉口說中國文化如何如何？幸虧我們並不是從零開始，中國文學的傳統，早經歷代才士學人的研讀品題，詮釋整理，假如我們有什麼觀念，大抵仍是「因循為用」，頂多加上一些自己在有限的閱讀中所滋生的若干以偏蓋全的想法。當然天資更高，用功更勤的人，或許可以一切全據自己的原初性的閱讀來形成對於此一偉大傳統的嶄新詮解，但我絕對沒有這份能耐，所以上述的種種說明，不過是一種自我寫照，承認自己雖然樂於涵泳遊涉於中國文學的浩翰大海之中，卻是一直沒有安安分分的經營其中一區即自足名家的「專業」，所以迄今只能作蜻蜓點水的浮泛之談，所謂上下千年，縱橫古今，不過如此而已！所謂野人獻曝，原是不值識者一哂的。

這本論集，一方面反映了我近年來教學反省的重點，一方面則是我在學者生涯中所遭逢的種種機緣。有許多年我既很努力的追趕潮流，為中文系的學生介紹西洋波濤洶湧，起伏不止的當代理論；同時又很愉悅，甚至可以說是逸興遄飛的，為外文系的學生講授以教作品為主的「中國文學史」。經由西方當代理論的研讀，尤其在這種種大理論重新復甦流行的年代，我一方面體認到許多「文學」的論述，所關切的議題早已遠遠超出文學之外，文學充其量不過是方便的例證；一方面則更加堅信，假如有所謂「文學」專屬的領域，恐怕還當數其文本型態上的美感特質。因此對文學作品的「美感」或「美學特質」的探討，是文學研究的第一序列的工作，針對這種工作的成果，我們自然可以再提出：語言符號、意識心理、傳記歷史、經濟社會、階層性別、種族國族、政治宗教、價值倫理，以至各別或人類整體文化的詮釋與反思等等的，第二或第三序列的討論。我對於能夠做這種第二或第三序列論述的學者們，自是欽敬佩服；但是為了不違自己耽愛文學的初衷，因此這些年來總是傾向於做第一序列的研究工作。同時在深受西方理論的諸多啟發之餘，卻更感覺中國文學自有一己的主體存在，無法也不必削足適履，張冠李戴；除非必要總覺得能夠以中國自己的語言來詮釋中國自己的文學傳統時，就盡量用中國自己的語言。整個探討的基本態度，還是回歸現象本身，回歸作品，以及歷代的品評。習慣於上下幾千年時空思考的人，實在也不覺得真有跟著一時（五年？十年？還是三年？兩年？一年？）的流行，即使是學術界的流行，作走馬燈式的馳逐之必要。

這本論集雖然寫作的方向和一己的思考有關，但「書被催成墨未濃」，其動筆卻總有種種外在的機緣。最早的一篇是〈略論唐詩的開闊興象〉，那時我的啟蒙恩師葉慶炳先生和侯健先生等人，決定於《文學評論》的學術刊物之外，另外在報紙上推出每週一篇的「文學批評」的專欄，葉老師囑付我寫一篇作為這個專欄肇始，而且需要較具開闊氣象的短論，因此才寫出了那樣的大題小作的文章。〈從韓柳文論唐代古文運動的美學意義〉一文，則是應邀擔任臺大與唐代學會合辦「唐代文學與思想」國際會議的籌備委員，卻臨時發現論文有些不足，立即趕寫補充的結果。〈中國文學之美的價值性〉，則是應韓國道教協會主辦「韓國文化與東亞文明」國際會議所邀，由主辦單位指定題目的寫作，因此這個「題目」其實是韓式的中文，和我們一般的習慣用法大有逕庭，我想他們心中所想的其實是Aesthetic Value，卻因錯就錯，以訛傳訛，藉機把自己教文學史多年的一些想法，形諸文字。後來為了提示友人們：「在東亞世界，使用漢字並非我們的專利」此一事實，也就未再將題目改成更合我們習慣的說法了。由於文章早已超過大會規定字數的數倍，只好刪去所有的注解與出處，終於也就無暇再補。〈中國古典詩的美學性格〉，則是應耕莘文教院青年寫作會之邀請所作的「中國美學系列演講」中的一場，當時除了現場聽眾爆滿，反應熱烈，還由電臺作了全場轉播，引起不少迴響，也算是一次小小的「美學熱」。後來決定由八位主講人撰述成篇，編成《中國美學論集》時，我的下筆不能自休的壞毛病就畢露無遺，這一篇的篇幅竟然占了全書的四分之一，給了出版者很大的難題。〈試論漢詩、唐詩、宋詩的美感特質〉，原是我試圖以最簡省的方式，讓學生對中國詩歌的基本演變，有一最粗淺認識的講課上的嘗試。後來旅居哈佛大學時，也曾在卞趙如蘭教授家中的「康橋夜談」裡報告過；返國之後，應邀在「文學與美學」的學術研討會上發表時，卻又因篇幅已然超過加倍，只好緊急收筆，點到為止，頗有書不盡言，言不盡意之感；現在終於利用出書的機緣，將往日口頭報告時原本就有的另一類例子補上，希望看起來要完整一點，論旨也可以清晰一點。

至於〈六十年代現代主義文學？〉，則是將兩門現代文學的課程（現代詩與現代小說），轉由較年輕的同仁擔任，在自己的教學與研究都集中在中西美學與文學理論多年之後，突然接到負責籌劃「四十年來中國文學會議」的齊邦媛老師的電話說：「六〇年代你應該很熟，六〇年代的現代主義文學一篇就由你來寫！」齊老師長年關懷照撫我們全家，是我們全家大小最為親近的長輩，自是欣然從命。寫成之後，竟有一種脾肉重生的感覺，當年參加《現代文學》雜誌的編輯工作，以至因此而受命籌開「現代文學」領域的這些新課的往事，突然歷歷在目；也突然意識到雖然講課多年，但因當時中文學界尚未承認它們是一門「學術」的領域，我雖然自覺略有心得，但多年的論述，竟然全未涉及。轉眼之間，它們反而成為國際學界的「顯學」，真教人興時移事異之嘆！

近著兩篇：〈從「亭」、「臺」、「樓」、「閣」說起〉，一方面是又重作馮婦，擔任早年教授的「歷代文選」一課，並且也在清大中文所開「中國古典散文專題討論」課程，所重新引發的思考；一方面則是為了給臺大學生作通識性質演講的需要所擬，並且公開演講過的題目，因而撰寫成篇。〈略論

〈古詩十九首〉與中國詩歌的發展〉，則是為了參加紀念許世瑛老師九十冥誕的學術研討會所撰的論文。許老師在「聲韻學」課上，為我們講解王粲〈登樓賦〉的情景，依然彷彿在眼中，〈古詩十九首〉年代相去不遠，又一樣收入《昭明文選》之中，特別以此作為紀念。

附錄諸篇，更是充滿因緣，雖然其中也各自表達了我個人對於相關議題的意見，其實是可以視為多年友朋之間，彼此論學切磋的部分紀錄。在臺大，我們在中文系自我返系任職之後，就成立了一個由青年教師與研究生們所組成的「文學討論會」，或選定名著一起研讀，或者輪流作主講，發表各人的心得。樂蘅軍教授是學長，天資既高，閱歷亦富，長年是我們欽佩學習的對象，我曾戲言：「請為我們臺大中文系的『境界』學派，寫一部鎮派之寶來！」她果然不負所望，在精金美玉的《古典小說散論》之後，又完成了巍峨宏偉的《意志與命運——中國古典小說的世界觀綜論》一書，並且又愛護有加的，要我按照我們平日論學的習慣，讓我有附驥尾的機會。何寄澎教授則是在研究生時期就參加了「文學討論會」，或許也是對於討論會的美好回憶吧？當他的博士論文要修訂出版時，他也給了我再次切磋討論的機會。而威斯康辛大學的倪豪士教授客座臺大外文系時，也發起召集了另外一個以外文系年輕教員為主的討論會，並且邀請我們夫婦參加；王德威教授也就是在這個討論會上開始熟識的。倪豪士教授終於將他的多年心血譯成中文以饗讀者，自然我樂於為他向中文的讀者作點提示，但更大的關切是中國文學之研究與理解的國際化之後的處境。王德威教授，由臺大，而哈佛，而哥倫比亞，彼此都一再獲得接觸交遊的機會，因此當《光華》雜誌要我評論他當時的新著《小說中國》，我自是欣然應命，以筆代舌，繼續我們平素的討論。當然，我們共同關心的是新文學的發展。我們也一起應邀為「百年來中國文學學術研討會」的顧問，遂有〈百年悲壯細參詳〉之期盼。拉雜交代這些機緣，或許只是基於一個信念：是人作學術，不是學術作人。所謂學術不過是一群好學深思的人們的長期的討論與意見交換。

面對中國文學的「奇文」，能夠邀請同好「共欣賞」；每遇「疑義」，則不論天涯海角，亦不憚辭費「相與析」。這樣的「聞多素心人，樂於數晨夕」的生活，原來就是我從小的夢想，不意「今日從茲役」，「抗言談在昔」的歲月，忽忽已是「一去三十年」，真是：「此理將不勝？」「言笑無厭時！」這本大題小作的論集，或許也可以取「海內存知己，天涯若比鄰」之義，視為是一種對於精神契合的友朋們，「鄰曲時時來」，作「過門更相呼」的召喚與攀談。衷心所企盼的不過是：大家對於中國文學的「宮牆之美，百官之富」，皆能「慢慢走，欣賞啊」！

柯慶明，一九九九年五月十五日

編按：本書原於二〇〇〇年，由麥田出版公司出版。此增訂新版刪去原〈六十年代現代主義文學？〉及其兩篇附錄，而以〈愛情與時代的辯證——《牡丹亭》中的憂患意識〉替之；另亦在〈中國古典詩的美學性格——一些類型的探討〉章後新增兩篇附錄文章。詳情請見書末張淑香教授之跋文。

中國文學的美感

柯慶明——著

Aesthetic Modes of Chinese Literature

增訂新版

中國文學之美的價值性

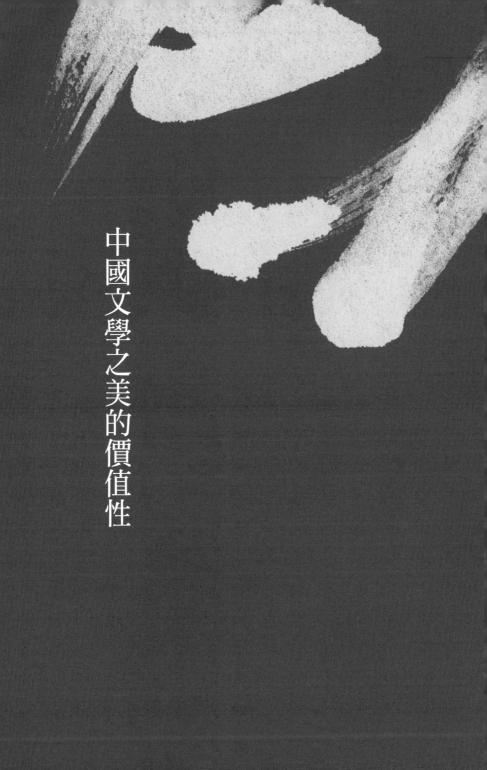

一、前言

中國文學流傳至今，我們所可以確定的最早的作品，近代的學者一般同意是《詩經》的〈周頌〉，並且相信其中有些作品可能創作於西元前十二世紀的周武王初年。由〈周頌〉以下，迄今三千餘年的源遠流長、浩瀚如海的中國文學可有其獨特的「美」？此種獨特的「美」的價值性何在？這恐怕是一個過於龐大複雜而無法輕易回答的問題。我們目前所能初步進行的工作，或許只是略微檢視一下中國文學在三千餘年發展過程中的一些重點與面向，並且試圖辨認它們所各自顯現的「美」的性質與範疇，或許我們可以，假如夠幸運的話，再約略的自其中歸納出一些共通的精神與價值來。

二、神話

雖然今天所存的古代神話的資料相當不完整，散見於《詩經》以後的《楚辭》、《山海經》，以及《莊子》、《列子》、《淮南子》等作品。但是我們似乎可以相信它們可能早已存在於口述的傳統，甚至是先於〈周頌〉的年代。這些可以推斷是出於古代的「巫」這一階層的創作，我們今天只能看到一個情節大綱的文字紀錄，亦不能斷定它們是否在祭儀中以戲劇或其他的方式表現。然而就以今日所見的零散資料而言，似乎約略可分為創世、救世、變形三大類型。在創世神話中，不論是女媧化萬物或盤古開天死後化為自然中的萬有，似乎都表達了一種「天地與我並生，萬物與我為一」[1]的萬物同源、天人合一的宇宙本質的認識。然後在救世神話裡，不論是禹鯀治水、后羿射日或女媧補天，宇宙的和諧顯然破滅了，人類痛苦的發現，自然若非受約束於人性的律則，就會成為人類痛苦的根源，於是出現了利用種種發明促使自然就範的英雄。雖然英雄不免因干犯了天帝而自身成為悲劇人物，但人性的律則畢竟是勝利了。在變形神話中，如夸父追日、精衛填海，人的無限行動的自由受到自然的限制；作為有生之物，死亡，更是一道人類無法跨越的鴻溝，於是不死藥、變形似是唯一的解決。但在奔月化蟾以及種種的變形之餘，固然標示了人類的悲劇性的「猛志固常在」，同時顯示的亦正是「天命不可違」的永恆悲哀。這些神話雖然簡樸，但卻洋溢著恢宏的英雄氣度，述說的是人類的以整個大自然作為對象與場域，力求以與之對抗和競賽的行動，創造且烙印上自己存在於宇宙的意義。宇宙性的整體和諧與人類充量生活意志的雄偉，是中國神話的宏偉之美的基調。

三、《詩經》

誠如莊子所謂：「聖人者，原天地之美而達萬物之理。」[2]早期神話中宇宙整體和諧的意識，就發

1　見《莊子．齊物論》。

2　見《莊子．知北遊》。

展為《易經》對於萬物變化之律則的宇宙性秩序的探討；而人類充量生活的意志，也在人際之間形成了社會的組織與禮教的秩序。這種社會組織的締造，一方面出現在〈大雅〉的開國歷史的敘述，一方面亦見於「頌」詩的對於此一締造根源的追懷。而大部分的「風」詩與「雅」詩則出於對於這樣的一種人倫秩序，或因它的諧和而讚美，或因它的逆違而怨悱。《詩經》誠如孔子所謂：「興于詩，立于禮，成于樂。」原是以禮樂教化中的樂章而被編纂，但是它卻發展出中國文學之美的第一章：人情之美的發現。人類的情感，「真者，精誠之至也」[3]，精誠就能動人，就是美。所以，孔子說：「詩三百，一言以蔽之，曰：思無邪。」[4]「思無邪」指的既是出以真情的全心全意的精誠，因而也就是理當在道德上得到認可。因此無論這些情感的性質是喜是怒是哀是樂，皆可令人感動（可以興），亦皆值得觀賞（可以觀）。因為「喜怒哀樂之未發謂之中，發而皆中節謂之和」[5]，透過了「聲依永，律和聲」的調節，「詩言志」，正是將「在心為志」的「中」，於「發言為詩」之際轉化為「八音克諧，無相奪倫，神人以和」[6]的「和」，不但表達了個人的心聲（可以怨），亦溝通了群體的情愫（可以群）。所以說：「溫柔敦厚，詩教也。」[7]

包含了三百零五的篇數，《詩經》展現人類各樣情感的廣袤幅度。因為人類的生活中，只要是鮮活真實的生命，何處不有情感的痕跡？特別在日益複雜分化的社會裡，何處不需情感的溝通？《詩經》所展示的是透過情感來體認的世界。這個世界或好或壞，但透過情感的融會和浸潤，它或許不免於是非得失禍福苦樂的種種畫分，但卻絕不是一個疏離冷漠的世界。因而冷酷的思量計算是不存在的，有的只是人同此心、心同此理，以致花鳥共憂樂的同情共感。賦、比、興：直接的讚怨或草木蟲魚鳥獸的交相引發迴環譬喻就成為它的基本思考方式，並且在重疊複沓的韻律形式中達到它的一唱三嘆的效果。《詩經》就此奠定了中國文學基本上是一個抒情的傳統。

中國文學的根源於一部包含社會各階層，大體以日常生活的各方面為主的抒情詩歌集的《詩經》，而非如許多西方國家的根源於少數英雄之殺伐戰鬥作為主題的史詩，是一具有深遠意義的事實，因為它確認了溫柔敦厚之仁遠勝於驕傲剛強之勇。自〈周頌〉的「載戢干戈，載櫜弓矢。我求懿德，肆于時夏，允王保之」[8]以降，《詩經》一貫的歌頌「豈弟君子」，稱美「不大聲以色，不長夏以革，不識不知，順帝之則」[9]的「明德」，稱美「柔惠且直，揉此萬邦」[10]，「柔嘉維則，令儀令色，小心翼翼」，「既明且哲，以保其身」[11]的德性，都充分的反映了我們將有的是一個尊崇聖賢而非尊崇

3 見《莊子．漁父》。
4 見《論語．為政》。
5 見《禮記．中庸》。
6 見《尚書．舜典》。
7 見《禮記．經解》。
8 見《詩經．周頌．時邁》。
9 見《詩經．大雅．皇矣》。
10 見《詩經．大雅．崧高》。
11 見《詩經．大雅．烝民》。

英雄——尤其是軍事英雄——的文化。

自然，戰爭是生存中所不可避免的，包含社會生活各面的《詩經》當然也觸及這種題材，但除了像「牧野洋洋，檀車煌煌，駟騵彭彭。維師尚父，時維鷹揚，涼彼武王，肆伐大商，會朝清明」[12]之類遙遠的以軍容、以「鷹揚」為軍事將領的比喻之抒情性描寫外，真正刻意描繪的卻不是少數英雄將領的勇武驕傲，反而是眾多兵士在戰爭之中的「靡室靡家」、「不遑啟居」[13]的痛苦，在「慆慆不歸」中「曰歸曰歸」和「制彼裳衣，勿士行枚」的渴望，以及家中的「婦嘆於室」[14]，「首如飛蓬」，「願言思伯，甘心首疾」[15]，因而對於戰勝的喜悅，強調的竟是有情人終成眷屬的婚禮，以及「其新孔嘉，其舊如之何？」[16]了。這正充分的顯示了中國文學從《詩經》時代起即是民眾的文學，並且更重要的中國文化基本上是以日常的家居生活為理想的文化。所以，英雄將領的戰功似乎比不上「有敦瓜苦，烝在栗薪」[17]，一個家裡的苦匏令人感動。這種以百姓家居為理想，以溫柔抒情為主調的文學精神，事實上成為中國文學後來發展的基礎。

四、《楚辭》

繼承了《詩經》的抒情傳統的是南方楚國的《楚辭》。《楚辭》中有一部分宗教性的作品，如〈天問〉、〈九歌〉、〈招魂〉、〈大招〉，可能是繼承了早期神話的「巫」的文化，而有很顯然的「巫」的自然神的崇拜（這與《詩經》的祖先崇拜以及倫理性的「帝」的崇拜顯然不同），以及神話的宇宙觀之信仰的痕跡。不同於《詩經》的家居文化以及由此而擴大的社會禮教生活的關切，早期神話的基本精神是人類在自然中自由遊蕩，四處追索的精神。這種遨遊追尋的精神和對自然之美的人性化、神格化的崇拜，就成為〈九歌〉中優美非凡的神巫交感的偉大的戀情劇儀。它對中國戲劇後來發展的影響很難確定，但無疑卻使中國情詩的寫作提升到深具宇宙意識的海闊天空、天長地久的境地。在具有較強個人色彩的〈招魂〉、〈大招〉中，我們看到了以家室為中心的意念與四處上下遨遊的精神的聚會與衝突；再加上屈原個人兼承南北兩種文化，又身遭放逐的命運，屈原使《楚辭》基本上反映出一種由家居、由京城被逐，而於上下四方徬徨流蕩、痛苦追索的無處安心，無家可歸的遠別流浪的情懷。這種孤臣孽子的處境，一方面導致了對於家國的更大的渴思，一方面也促成了個人自我生命的獨特性的醒覺，以及對文明與社會之本質的反省。

迥異於《詩經》中基於對人與人的畢竟同情共感的信賴（《詩經》的作者或詩中人總是假定他的

12　見《詩經．大雅．大明》。
13　見《詩經．小雅．采薇》。
14　見《詩經．豳風．東山》。
15　見《詩經．衛風．伯兮》。
16　見《詩經．豳風．東山》。
17　見《詩經．豳風．東山》。

讀者基本上是會和他深有同感的），因而總是出以一往情深的訴說，《楚辭》，尤其在屈原的深具自傳性的作品中，總是反覆論辯的。揉合了最激切的熱情與複雜的說理，形成了一種深具思想性的熱情。《詩經》的情感或許因其出以精誠而有其情感體驗的深刻性與廣大的普遍性，但《楚辭》卻開始擁有它所未曾出現的思想觀照本身的深度與廣度。因為它所表達的是一個具有高度文化修養的敏銳心靈，對於時代社會之病癥的痛切反省。它透過一種高卓的文化理想，一種廣博的歷史知識，以一種憂心如焚的激切之情來關懷國家社會，來抨擊時代的墮落，人們的謬誤。它的美是一種對於高遠的理想的執著追尋之美。假如《詩經》反映的大體上只是常人之情的話，《楚辭》中反映的卻是屈原的志士哲人的憂國憂世之情。因此它的美也同時是偉大人格的自我流露之美。《詩經》中亦不乏對於某些人物的讚頌，但其「人格」只是一種遙遠的對象，並不自我呈現自我流露。屈原不但成為中國第一個面目鮮明的詩人，而且《楚辭》也開啟了以詩人自身人格為表現的偉大的詩歌傳統。自此以後，誠如舞與舞者難分，在偉大的詩人手中，詩之偉大亦與詩人人格之偉大，渾然一體難以區別。

為了表達他複雜的思維，為了宣洩他激烈的熱情，屈原自由的驅遣神話的意象、歷史的經驗，以香草美人的寓託，駕虬驂螭的幻想，黃鍾瓦釜的比喻，貫穿在他的彷徨流離的同時是精神上也是生活上的流浪追索的歷程，因而創造了一種極為繁富充滿了誇飾與爭辯，寓託與比喻的詩風。這與《詩經》素樸的抒發日常生活之情的「寫實」風格大異其趣。或許為了區別的方便，我們可以姑且稱為「傳奇」的風格，藉以強調它的於抒情之外，更偏重想像與幻想，而於現實的世界之外，更構作出另一象徵人類心靈的奇幻的文學世界的特質。「寫實」與「傳奇」自《詩經》與《楚辭》之後，遂成為中國文學的兩種基本典型的美。

五、先秦史籍

雖然中國文學基本上是一個抒情傳統，但並不是中國就沒有它的敘事傳統，只是它首先出以另一文化範疇——歷史之寫作的形態，使強調範疇劃分的近代學者，遲疑未敢將之列入文學的範圍。事實上和詩歌的誕生一樣古老的，是中國的左史記言，右史記事的傳統。中國是一極具歷史感的民族，歷史有時甚至發揮上帝的功能，賦與在現實上困頓而正直的人，一種殉道者的價值與見證。不論是「人生自古誰無死，留取丹心照汗青」，或者是「哲人日已遠，典型在夙昔，風簷展書讀，古道照顏色」[18]，歷史都是傳統中國人精神上莫大的安慰與鼓舞，使中國人不只爭一時、爭一世，更要爭千秋。因此這個「史」的傳統，一方面著重在「記」，在「實錄」，在「考信」；一方面也在「孔子作《春秋》而亂臣賊子懼」，在「定一字之褒貶」，作倫理性的價值判斷。但是若從文學寫作的角度來看：「記事」，基本上是對於情節（plot）的因果的掌握；「記言」保持模擬對話之中人物的心理的直

18　見文天祥，〈正氣歌〉。

接呈現；「記」、「實錄」、「考信」的精神，無疑的會促進一種寫實主義的文學精神與寫作風格；「定一字之褒貶」，不但強化了敘事之際的主題意識，勢必也影響到觀察事件之際，更注意到人物的行為動機與心理歷程，因而更進一步注意到人物的整個性格的問題。這些原屬於歷史的理念，無形中都促成了中國敘事文體與文學的同時發達。因此自《尚書》的記言與《春秋》的記事開始，以至《左傳》、《國語》的揉合記事與記言，中國敘事文體終於成熟，成為以事件中之主題與情節為統一原則，以事件中各參與人物的心靈意識之變化轉折為表現重心的敘事文學。例如秦晉的由交好而交惡，秦穆公、晉惠公、晉文公以及相關的諸大臣的心理態度的變化就成為表現的中心。因而就使這些歷史的記載，產生近乎〈毛詩序〉所謂「是以一國之事，繫一人之本，謂之風」的效果。因此，《左傳》、《國語》雖然敘述的主要的是國內的政爭和國際間的結盟與戰爭，基本上自然是政治史的題材，但它的表現性，甚至主題，卻是文學性的，因為政治情況中的主要人物的心理掙扎和交互影響與變化的歷程，才是敘事的興味和用心之所在。以戰爭為例，關於戰場上的情況，除非有特別的英勇如搴之戰晉解張的受傷下仍然并轡擊鼓，或深具人性意涵的，如韓之戰慶鄭的怨其愎諫違卜而不救晉惠公之類的情形，才加以描繪，否則往往只是像「夏四月辛巳，敗秦師于殽，獲百里孟明視、西乞術、白乙丙以歸」一般的一筆帶過。真正敘事的重點，還是在交戰雙方主要人物的行為動機和情感變化的心理歷程上，而這種心理變化的歷程往往就是透過對話或論辯的模擬來表現。由於對話成為敘事的主體，再穿插以用簡略的筆法所敘述的事件進展，如：「京叛大叔段，段入于鄢，公伐諸鄢。」或人物在對話之際的動作的描寫，如：「先軫怒曰……，不顧而唾。」使得整個歷史事件的敘寫非常接近劇本的呈現方式，既充分顯示事件的戲劇性，亦展露對話的文辭心思之美。尤其所處理的既是家國大事，並且往往不是宮庭議論即是外交辭令，因此呈顯的正是典型的崇高文體之義正辭嚴，鏗鏘頓挫之美。

六、寓言

緊接著「史」書的寫作，而促成中國敘事傳統的另一個發展的，是先秦諸子和戰國遊士的為了說理和論辯的需要所開發出來的「寓言」的寫作和應用。「寓言」一詞的出於莊子，就明顯的反映了先秦諸子在應用事件的敘述來闡說義理上的修辭策略的自覺。並且由於中國人的不將理智與情感對立，而在「感性分割」（dissociation of sensibility）中，單獨的尋求偏枯的理智或放縱的情感；因此，「寓言」正是一種情理交融的具體性思維的絕佳的表達方式。即使是和古希臘的《伊索寓言》（*Aesop's Fables*）相比，中國先秦的寓言，往往具有更高的抒情性。齊人一妻一妾的「相泣於中庭」[19]，或鮒魚「忿然作色」的說：「不如早索我於枯魚之肆！」[20]固然表現的都是情緒激動的人生的重大與緊急的情境，像郢人漫堊為質，匠石運斤成風，抒寫的其實還是對於亡友的知遇追懷之情。因此使得這

19　見《孟子．離婁下》。
20　見《莊子．外物》。

些「寓言」，與其說是一種理智的訓誡，不如說是一種更完整的人性情境的整體表現。尤其到了後期，像「人有亡鈇者，意其鄰之子。視其行步，竊鈇也；顏色，竊鈇也；動作態度，無為而不竊鈇也」[21]，或「畫蛇添足」寓言中「一人蛇先成，引酒且飲之，乃左手持巵，右手畫蛇」[22]之類對於行動細節與心理歷程的注意，更已是純粹敘事的文學興味的表現了。這些寓言對於中國敘事傳統的重要性在於它們開始且認可了虛構的敘事，使敘事不再只是一種「記」，而同時是一種「言無言」的「巵言日出」，因而由客觀的寫實，在寫實的事件中尋求其倫理意義，轉化到透過義理的通達，自由的創構情境，作主觀信念情意的充分的抒發。由於是出以虛構的「巵言日出」，它的說服力遂不再建立在事件真正曾經發生的歷史的權威性，而是建立在其「和以天倪」[23]，合於一種「想當然耳」的一般人日常經驗的常情常理。因此，敘事就由重大的歷史事件轉換為日常的生活瑣事；美的興味亦由崇高文體的莊嚴閎肆之美，走向中間文體的平易自然之美。由特具倫理精神的少數人格素質之「高」，逐漸開啟了注意曲盡多數凡人之常情的「廣」。

這個時期的寓言，尤其出現在戰國遊士的策議，往往也使用動物，甚至低等動物為喻，例如：「狐假虎威」、「鷸蚌相爭」，則更是完全忽略了事件之中的人格的獨特性與完整性，並且有意的規避了對於事件所必然會有的倫理感受與判斷的嚴重性，而只從近乎面對自然現象，或處理自然形勢一般的，僅作趨利避害的現實性思考。這裡也逐漸反映出一種偏枯的理智——或許我們可以稱之為機智——的純粹認知之美。雖然在動物性的比喻中，顯然也寓含著對於被喻的對象的不免於生物性之生存的嘲諷——只有以智、力相制且相食，或者豈如匏瓜焉能繫而不食的生存層面、莊周貸粟的以鮒魚自喻、惠子相梁的鴟得腐鼠之比，其實皆是這種意義下的自嘲嘲人。所以，諷刺、滑稽亦正是這類作品的基本情味。所以假如說《左傳》、《國語》等「史」作，具有西洋史詩、悲劇的莊嚴肅穆情味，那麼這些寓言，流露的正是西洋喜劇或諷刺作品一般的歡快笑謔的精神。

但是當這些「寓言」出以「重言」的形式，往往假借歷史人物的名諱、事蹟或性行，則確實是相當程度的腐蝕了一切「歷史」的權威性，使人意識到「記」與「巵言」終究都是「文」，「文」與「質」之間畢竟是有距離的，因此不僅孔子有「文勝質則史」[24]之嘆，司馬遷更必須要有「學者載籍極博，猶考信於六藝」[25]的博覽考信的考慮與主張。這不但對後來中國歷史的寫作，對文學著作與歷史著作的交相關涉——如「詩」而要成「史」，「小說」要沿襲「歷史」的「傳」、「記」之名稱與寫作格式——有相當的影響，甚至影響到整個中國的傳統學術的發展——漢學、宋學之爭，義理、考據之辯，以至「六經皆史」[26]的主張等等，都可以說是一種對於歷史之權威的過度關切所致。

21 見《呂氏春秋·去尤》。
22 見《戰國策·齊策二》。
23 以上引句俱見《莊子·寓言》。
24 見《論語·雍也》。
25 見《史記·伯夷列傳》。
26 見章學誠，《文史通義》。

七、《史記》

但是使中國的歷史寫作與敘事文體達到完全成熟之境的卻是司馬遷的《史記》。司馬遷在《史記》中所發展出來的「紀傳」體，不但奠定了往後的正史的寫作形式，在敘事形態上，亦將敘述的重點，由記錄對話、記述情節的因果，轉移到一個個特殊人物的特殊性格與特殊命運的捕捉上。終於，個人，一個具有獨特個性完整人格的個人成為注視的焦點。人不再附屬於事，而是人創造了種種的事。因此，具體的人，一個個獨特的個人才是最終的實體。作為一個史家，司馬遷無法不關懷且處理人類集體命運之表現的政治社會事件，所謂：「王迹所興，原始察終，見盛觀衰，論考之行事。」他作十二〈本紀〉、作十〈表〉來加以科條陳述，並以十〈書〉來記述文明制度的種種演進；但他卻以泰半的篇幅，作了七十〈列傳〉，來表彰一些「扶義俶儻，不令己失時，立功名於天下」[27]的人物，而其實所謂三十〈世家〉也大多是這類人物，只是他們的富貴或事業不是及身而止而已。誠如他所謂：「古者富貴而名摩滅，不可勝記，唯俶儻非常之人稱焉。」[28]他所真正關懷的還是這些「非常」人物。這種「非常」，用一些評論者的話，就是「奇」[29]。司馬遷的「愛奇」、「好奇」，看重的一方面是「扶義」——人物的超出一己之關懷的倫理德行；一方面是「俶儻」——人物的卓異的才性。因此司馬遷的「愛奇」、「好奇」，正使《史記》成為中國文學中第一部敘事性的「傳奇」作品。由於篇章、文章的觀念到戰國末年已然產生，在《史記》刻意區分的篇章中更是顧慮到其中情調的統一。同一歷史事件，記述在不同的篇章，由於傳述的是以不同的人物為主體，配合著人物的特別的生命情調，以及他們與歷史事件不同的關連，往往呈現出不同的風味、不同的意義。司馬遷隱藏了單一的作者的聲音，綻放出來的卻是眾多人物的多元宇宙，是多重音色的自呈與交織。因此，《史記》展現的不僅是繽紛多姿的人物性格之美，更是從悲壯到滑稽、由崇仰到諷刺各種類型的敘事筆調之美。司馬遷很成功、很自然的融合了「史」與「寓言」的崇高與中間，甚至卑下的文體，而創造出一部，不僅是上下古今的通史，更是中國最早的百科全書式綜覽各種特殊的人格類型，反映各類敘事情調的鉅著。他的把注意力由政治中心的主要人物擴散到后妃、外戚、儒林、酷吏、佞倖、貨殖、遊俠、刺客、滑稽、日者、龜策，以至遠方異國，這些題材後來都成為中國小說的主要內容。他的模擬人物性格而以適當的筆調凸顯出人物的性情之「奇」之「美」的手法，更是成為後世敘事文體——不論是史書、是小說、是古文——的典範。它同時兼具了模擬的藝術性以及文筆的表現性，因此掌握的既是人物的性格精神之美，亦是敘述者心靈才情之美。

27　以上引句俱見《史記．太史公自序》。
28　見司馬遷，〈報任安書〉。
29　見揚雄，《法言．君子》：「子長多愛，愛奇也。」與司馬貞，〈史記索隱後序〉：「其人好奇而詞省。」

八、漢賦

漢代是中國歷史上的一個關鍵性的時代。由於大帝國的規模首度穩固確立，因此，統一的帝國逐漸成為人們心目中思維「天下」，思維「中國」的常態。許多配合這種思維的文化建制都始源於漢，而且沿襲至清。跟我們的論旨關係密切的是：在著述類型區劃的自覺中，文學終於自學問中分出，這種醒覺，不但見於劉歆《七略》中〈詩賦略〉的出現，亦見於《後漢書》中明顯的〈文苑〉與〈儒林〉分傳。同時在文學獨立的意識下，基本的美文——詩與賦——典型的文體形式終於確立，成為二千年來使用與發展的基礎。「賦」是漢代宮庭所首先獎掖的文體。由於天下一統，內部安定，同時財富往京師以及宮庭集中，大權在握的帝王，開始有餘裕享受形式主義的謏頌。正如蕭何為高祖建未央宮，以為「夫天子以四海為家，非壯麗無以重威，且無令後世有以加也」[30]，叔孫通起朝儀，於是高帝「迺今日知為皇帝之貴也」[31]。漢賦的始於宮苑都城，一方面表現出百科全書式的總覽大觀，「因物造端，敷弘體理，欲人不能加也」；一方面則深具形式主義的色彩：「引而申之，故文必極美；觸類而長之，故辭必盡麗。然則美麗之文，賦之作也。」[32]正都是出於對帝王的權威尊貴的肯定。但是影響所及，卻促成了賦體，尤其大賦的重視「鳥獸草木多聞之觀」[33]的寫物傳統，以及一篇之中而要囊括四海，包舉宇內的尋求掌握全面，表現整體的思維形態。同時，這種由漢賦所首先發展出來的形式主義的偏好，亦促使大家進一步體認到了漢語的單音、漢字的獨體的形構特質，而在純粹形式美感的追求中，逐步的走向刻意律化的道路。這不但直接促成了六朝的「文」、「筆」之辨而導致駢儷之文的盛行，間接亦影響了中國詩歌的首先走向整齊的五言，接著永明體，而終至近體詩完成的發展。這種首先只在取士詩賦之際，「連偶俗語，有類俳優」[34]，後來發展為凡文皆駢，以及詩歌的由參差的雜言而走上整齊的五、七言，甚至進而講求四聲八病，而終於形成字數格式皆為固定的律體等現象，固然和大一統帝國的規範意識有關——這正和學術思想的定於一尊，罷黜百家，獨尊儒術是一致的——所以文體與詩歌形式的逐步律化都跟歷代宮庭的變本加厲，踵事增華的倡導有關；但也同時是出於對於中國語文性質的認識之加深，以及形式美感的精益求精的自覺。由漢至唐，由漢賦而至唐詩，正可以說是中國文學尋求它的規律性的形式之美的階段。律詩，由於它在整齊的統一形式中蘊涵了最大的對立因素的變化效果，因此成為此一形式美感追求的最高巔峰。在七律與拗體出現之後，傳統的詩體就不再有進一步的發展了。

漢代，和鋪陳寫物的大賦一起產生的，是往往借用騷體的抒情寫志的小賦。這些小賦，一方面繼

30 見《史記．高祖本紀》。
31 見《史記．劉敬叔孫通列傳》。
32 以上引文俱見皇甫謐，〈三都賦序〉。
33 見《漢書．王褒傳》為漢宣帝語。
34 見《後漢書．蔡邕傳》。

承了〈離騷〉的孤憤的精神，一方面則因權力的集中於中央，士人出路的窄一化，而自賈誼〈弔屈原賦〉、〈鵩鳥賦〉及司馬遷〈感士不遇賦〉以降，「感士不遇」遂成為基本的文學主題。尋求外在世界的客觀的整全性的認知，以及在此整全性的世界認知中，強烈的意識到自己生命的渺小與孤獨，必須透過與權力中心的結合或關連才能獲致一己生命意義與價值，遂成為帝國時代的文人的新興意識。這種意識自漢賦開始，在魏晉六朝詩文，在唐代的詩賦，在唐宋的古文，以至明清八股之類作品的後面，始終都是士人文學的基本動力。不論當時的拔舉的制度為何、盛行的文類文體為何，個體性與整體性的關連、個人生命與人類集體的歷史生命的交織，始終都是帝國時期士人文學的基本關懷與基本課題，雖然它的解決與表現有各種方向與方式，但基本上正如賈誼〈弔屈原賦〉已經出現了：「已矣國其莫我知，獨壹鬱兮其誰語？」對屈原的孤憤加以質疑，而嚮往「鳳漂漂其高逝兮，夫固自縮而遠去，襲九淵之神龍兮，沕深潛以自珍」的高蹈，以至張衡〈歸田賦〉的尋求「苟縱心於物外，安知榮辱之所如」的自得；大抵總是表面上故作高蹈以求解脫，實際上卻是大多在「進德智所拙，退耕力不任」[35]之間迴轉周折，激盪出無數的不平不安之鳴。這裡所反映的其實是存在之焦慮的掙扎與昇華之美。

九、漢詩

才智之士的存在之焦慮，首先出現在思想家孔子、莊子，辭賦家屈原、賈誼的文辭中。但是平常人的存在之焦慮則始見於〈古詩十九首〉。「壽無金石固」顯然是一無可置疑的現實，「潛寐黃泉下，千載永不寤」更是不再以宗教的信念，神話的眼光，觀看之下，人類最終的定命。這種必然命運的知覺，雖然並沒有導致人們的絕望，相反的卻是激起了各種熱切生活的渴望：「盛衰各有時，立身苦不早。」「奄忽隨物化，榮名以為寶。」「服食求神仙，多為藥所誤，不如飲美酒，被服紈與素。」「人生寄一世，奄忽若飆塵，何不策高足，先據要路津。」「四時更變化，歲暮一何速，蕩滌放情志，何為自結束。」「生年不滿百，常懷千歲憂，晝短苦夜長，何不秉燭遊。」「去者日以疏，生者日以親。」「思還故里閭，欲歸道無因。」「人生天地間，忽如遠行客，斗酒相娛樂，聊厚不為薄。」但是人類終將死亡，而死亡只是赤裸裸的、無可救贖的從此一現世消失的意識，卻使得中國文學從此帶上了淡淡的哀愁：「歡樂極兮哀情多，少壯幾時兮奈老何！」[36]就成了面對人生的基本的慨嘆。這種正視「人生忽如寄，壽無金石固，萬歲更相送，聖賢莫能度」的生命事實，卻又熱切的擁抱現世，除了現世的種種生活不作他求，使得中國文學煥發出獨特的光彩，表現出來的是一種生之渴望與生之執著以及對於生活的投注之美。這種投注往往出以情感的牽連的方式，因而使得從《詩經》所開發出來的「抒情傳統」，添加上了生命存在之自覺的深度，於是誠如江淹的二大名作〈恨賦〉與〈別賦〉所顯示的：死

35　見謝靈運，〈登池上樓〉。
36　見漢武帝，〈秋風辭〉。

之恨與生之別，就成為中國文學兩大最動人最強烈的情緒了。漢代的五言詩娓娓抒發的正是最濃郁的這種死恨與生別的情懷。但這種情懷不是激越的，而是溫厚平和的。因為一股對於特殊對象——夫妻、友朋、親人；對於特殊地域——故鄉、京城；對於世界，甚至對於自己生命的款款深情，潤澤且支持了對這些必然的死亡、變故與隔離之命運的負荷。深切感動而不失內心的寧靜；強烈渴望而不失精神的淡泊，似乎正是這些詩歌始終成為中國文化的中庸精神之最佳典範的原因。所以，它們在情感的抒發中，雖然所抒發的都是最為慣常的人生感慨與離合悲歡，但卻流漾著一種特具倫理意味的操持之美。情感表現的合於倫理性似乎正是漢詩獨具的美。

十、敘事詩

漢詩是中國詩歌中最具敘事模擬精神的，尤其是樂府詩。樂府詩由於出自民間，並且在形式上沒有固定的格式，因此最接近也最能反映說話的口吻。因此，模擬「說話」似乎正是樂府的特色。因此即使是抒情詩，亦大多是戲劇情境中的「獨白」；而戲劇情境中的「對話」的模擬，自然就是敘事詩的手法與雛形。在漢樂府的這些「對話」性的「敘事」詩中，往往側重的只是人物面臨人生困境，例如〈東門行〉的貧窮；〈上山採蘼蕪〉、〈病婦行〉、〈孤兒行〉的人生新故變遷的倫理感懷；或者深知「好色」與「好德」之微妙對比，而往往出以將「婦容」與「婦德」並置，而對於合則兼美的崇仰讚嘆，例如〈陌上桑〉、〈羽林郎〉，因此通常只停留在戲劇情境的呈現而已，並未進一步發展為糾葛的行動與情節的延續和解決。同時在這些倫理關懷中，即使是「婦德」也只是重在「使君自有婦，羅敷自有夫」與「男兒愛後婦，女子重前夫，人生有新故，貴賤不相踰」的「守節情不移」而已，基本上只是肯定既有的社會規範與社會秩序，並未因人生的困境與變遷而對既存的社會價值加以質疑。

漢末的動亂，不但促成中國敘事詩的成熟，也在敘事詩的成熟作品——蔡琰的〈悲憤詩〉與無名氏的〈孔雀東南飛〉——中流露出真正質疑與抉擇的精神。蔡琰在〈悲憤詩〉中不但描寫了董卓之亂下，民眾的慘遭殺戮與流離，敘述了一己的被虜居胡，棄子得歸，以至託命重嫁的經歷。她更質疑了：在當政者昏昧無能、野心家肆無忌憚時，一般臣民的死節，究竟有何意義？在「感時念父母」與「當復棄兒子」之間的如何抉擇？以及「流離成鄙賤」而「託命於新人」的人生安排等等。充分的表現了當社會秩序崩潰之後，人們的種種生存與生活的權利受到剝奪的悲慘，也更顯示了社會價值的不復能夠指引人生，而必須一一重新摸索、重新抉擇的痛苦。

〈孔雀東南飛〉初看似乎是「人生有新故，貴賤不相踰」[37]的倫理主題之系列作品的延續。但是它藉蘭芝為姑所惡被休，因兄長逼迫改嫁，而與仲卿殉情的故事，深切的質疑婚姻制度中「父母之命，媒妁之言」的權威，如此則個人追求幸福的權利何在？對男女之間出於至性的真情又置於何地？

37　見辛延年，〈羽林郎〉。

它並且更進一步責問：禮教的本質是否僅在肯定居上位者的專制——「吾意久懷忿，汝豈得自由？」「處分適兄意，那得自任專？」因而對這種至為令人傷痛禍起骨肉親人之間，但也是蘊涵在此類家庭社會制度之中，所自然而然會發生的悲劇——相同的家庭悲劇一直到《紅樓夢》仍是作品表現的主題——再三致意：「多謝後世人，戒之慎勿忘。」

因此中國的敘事詩正興起於，對於人們必須生活在其中的社會建制的反省。社會建制喪失了它的權威：「漢季失權柄。」就會產生破壞社會正常秩序的混亂：「董卓亂天常。」接下來就是導致民眾長期苦難的爭戰：「獵野圍城邑，所向悉破亡，斬截無孑遺，屍骸相撐拒。」但是社會建制亦可因其制度精神的偏差與權力的誤用，而成為壓迫無辜：「謂言無罪過。」「仍更被驅遣。」抹殺真情：「雖與府吏要，渠會永無緣。」甚至是斷送個人幸福與生命：「生人作死別，恨恨那可論，念與世間辭，千萬不復全。」無形的暴政之根源。前者的表現固然是政治現實的批評，後者所反映的則更是文化體制的檢討。中國後來的敘事詩作，如杜甫、元稹、白居易、韋莊、吳梅村等人，固然一再關切，反覆描述的正都是政治權力的崩潰與缺失，所帶給民眾的各形各色的苦難。但是對文化體制缺陷所造成的種種罪惡之暴露與省察，卻也在明清的一些重要小說，如：《金瓶梅》、《儒林外史》、《紅樓夢》、《老殘遊記》，甚至《水滸傳》、《西遊記》中，得到不斷的迴響與發揮。中國敘事詩的專注在對於集體苦難的評述與個人不幸的省思，使得它們不但有模擬人物、傳敘故事的趣味，同時更反映出一種關懷社會現實的沉思與觀照之美。

十一、詩的發展：自然

從漢魏到唐宋的詩歌，雖然每個階段皆有其獨特的關懷重點，但基本上可以說是一個對於自然與人物之美的逐漸發現與認知的過程。自漢代的作為情境與心境的象徵之自然：「庭中有奇樹，綠葉發華滋，攀條折其榮，將以遺所思。」「日暮秋雲陰，江水清且深，何用通音信？蓮花瑇瑁簪。」由於宮庭宴遊詩的興起，在「述恩榮，敘酣宴」之餘，不免要「憐風月，狎池苑」[38]一番，因此開始了對於自然景象的客觀的刻劃：「秋蘭被長坂，朱華冒綠池。」「白日曜青春，時雨靜飛塵。」（曹植）「白蘋開素葉，朱草茂丹華，微風搖茝若，增波動芰荷。」（張華）「清川含藻景，高岸被華丹。」「迅雷中宵激，驚電光夜舒。」（陸機）魏晉的詩人們，首先意識到對句形式的表現力，他們企圖利用對仗與辭藻的文字本身的美感來塑造自然。往往他們使用的不僅是對句，在句內同時還要再用句內對，如「朱華」對「綠池」，「白日」對「青春」；並且強調各種顏色的感覺，然後由靜態的景象強調它們的動態的感覺，不論是朱華的「冒」，是風的「搖」、波的「動」，以至雷的「激」、電的「舒」；但是又由於對句鍛字的凝鍊形式，又使它們顯得穩重而沉穩，像「時雨靜飛塵」由於均衡的句內對，亦無形中使得充滿了動態的「雨」與「塵」失去了直接的動感而成為靜止畫面的一部分，因而創造出一種文字性

38　引句見劉勰，《文心雕龍．明詩》。

的繪畫之美。

接著經過「招隱」、「遊仙」等等中間的題材，晉宋之際的詩人終於發展出山水詩與田園詩。在這一類詩中，自然呈現出另一種面貌的美感。誠如左思〈招隱〉詩所發現的：「非必絲與竹，山水有清音。」自然並不必須透過對仗與辭藻等文字形式的轉化才開始呈現出人為造作的藝術美。自然本身並不僅是只供藝術創造美的零碎的材料，它本身的存在形態與內涵的韻律就是一種偉大的美的形式：「天地有大美而不言，四時有明法而不議，萬物有成理而不說。」[39] 此自然不僅是可以與人為造作的工藝相提比美：「花樹雜為錦，月池皎如練。」「餘霞散成綺，澄江淨如練。」（謝眺）事實上更是人可以玩賞，可以流連的場域與對象：「昏旦變氣候，山水含清暉，清暉能娛人，遊子憺忘歸。」（謝靈運）並且因為這種「天地大美」其實就是「四時明法」、「萬物成理」的自然表現，因此陶淵明在「採菊東籬下，悠然見南山」之際，面對著「山氣日夕佳，飛鳥相與還」的景象要慨嘆：「此中有真意，欲辯已忘言。」謝靈運雖未必能夠像陶淵明一樣，採行一種與自然完全認同的田園生活：「孟夏草木長，遶屋樹扶疏，眾鳥欣有託，吾亦愛吾廬。」但他面對著「林壑斂暝色，雲霞收夕霏，芰荷迭映蔚，蒲稗相因依」的自然景觀之餘，仍然會感悟：「慮澹物自輕，意愜理無違。」因為自然是一遠比人類意志更偉大的實在：「滄波不可望，望極與天平。」「朔風吹飛雨，蕭條江上來。」（謝眺）充滿了「異音同至聽，殊響俱清越」的真理的流行。因此當我們真正面對專注於自然之際：「情用賞為美，事昧竟誰辨？觀此遺物慮，一悟得所遣。」不但能夠在自然美感的觀賞中，超越一己的狹隘欲望而恢復了自我的真性，並且在「感往慮有復」之餘，「理來情無存」，體會到一己與萬物之理的冥合。這基本上就是一種融入自然，忘卻人類過度強烈的自我意識，而讓自然的亙古寧靜卻又生生不息的存有的律動，充塞自己的心靈，因而使得人的存在與整體的存有結合，也就是所謂「天人合一」的體驗。因此透過這種體驗所得來的關於山水自然的描寫，就是以最透明的文字捕捉表現在自然之中的存有之律動，當然也同時是這種天人合一的寧靜心態的呈露：「池塘生春草，園柳變鳴禽。」「野曠沙岸淨，天高秋月明。」「白雲抱幽石，綠篠媚清漣。」（謝靈運）「日暮天無雲，春風扇微和。」「仲春遘時雨，始雷發東隅。」「微雨從東來，好風與之俱。」（陶潛）這種「目擊道存」，視自然為整體存有的顯現，因而在自然的景象中時時處處的意識到存有的整體臨在，不但改變了人類對於自然的體認，同時也改變了人們對於一己存在樣態的認知：「天際識歸舟，雲中辨江樹。」「夕殿下珠簾，流螢飛復息。」（謝朓）因而充分意識到人類生活與自然存在的交相融滲，互補共振，終於形成了中國詩歌的「神韻」的理論。

雖然「神韻」的理論要到晚唐的司空圖才發展完成，但盛唐的詩人，已經充分的理解，以「水流心不競，雲在意俱遲」（杜甫）的寧靜來捕捉「行到水窮處，坐看雲起時」的妙悟時刻，因而處處發現：「明月松間照，清泉石上流，竹喧歸浣女，蓮動下漁舟。」（王維）的滿涵著存有之韻律的景象。

39　見《莊子．知北遊》。

在「松月生夜涼，風泉滿清聽」，「荷風送香氣，竹露滴清響」（孟浩然）中，我們更進入了所有的感官皆已開啟的色香聽觸皆全的世界。同時我們也意識人與自然的終極和諧：「春潮帶雨晚來急，野渡無人舟自橫。」「山空松子落，幽人應未眠。」（韋應物）但是唐詩中最令人難忘的卻是對於自然的遼遠開闊的掌握：「大漠孤煙直，長河落日圓。」「日落江湖白，潮來天地青。」（王維）「野曠天低樹，江清月近人。」「氣蒸雲夢澤，波撼岳陽城。」（孟浩然）「山隨平野盡，江入大荒流。」「孤帆遠影碧空盡，唯見長江天際流。」（李白）「星垂平野闊，月湧大江流。」「無邊落木蕭蕭下，不盡長江滾滾來。」（杜甫）以上所舉固然皆是盛唐詩人的詩句，但即使到了中晚唐：「秋風吹渭水，落葉滿長安。」（賈島）「長空澹澹孤鳥沒。」「五陵無樹起秋風。」（杜牧）「雁聲遠過瀟湘去，十二樓中月自明。」（溫庭筠）雖然已帶衰颯氣象，但畢竟還是開闊的天地。

到了宋詩，自然的美不再以主體不介入的方式獨立呈現，它透過一個特殊的主體的詮釋而顯現。並且這種詮釋或者是像：「缺月昏昏漏未央，一燈明滅照秋床。」「鳴蟬更亂行人耳，正抱疏桐葉半黃。」因為出於「病身最覺風露早」，所以「起看天地色淒涼」（王安石），以一種旅途中帶病早起的異常知覺來觀看；或者是像「水光瀲灩晴方好，山色空濛雨亦奇」，在景象上加上了人的判斷，使得自然的美感成為人的觀念的一部分，甚至消失在人的觀念理解的自由聯想當中：「若把西湖比西子，淡粧濃抹總相宜。」（蘇軾）以人類的意識來詮釋自然：「打荷看急雨，吞月任行雲，夜半蚊雷起，西風為解紛。」（黃庭堅）甚至以人類的情狀來摹寫自然，如：「凌波仙子生塵襪，水上輕盈步微月。」（黃庭堅）寫的是水仙花；「也知造物有深意，故遣佳人在空谷。」「朱脣得酒暈生臉，翠袖卷紗紅映肉。」（蘇軾）寫的是海棠花，都是宋詩常見的手法。同時宋詩往往更有意在自然中尋求怪誕滑稽的美感：「忿腹若封豕，怒目猶吳蛙，庖煎苟失所，入喉為鏌鋣。」吟詠的正是河豚魚的「其狀已可怪，其毒亦莫加」（梅堯臣）；而「楊柳岸，曉風殘月」[40]或「月上柳梢頭」[41]的優美景象，亦可被詮釋成「暗潮生渚弔寒蚓，落月掛柳看懸蛛」（蘇軾）。此外，題畫詩與寫景詩的難分難辨：「竹外桃花三兩枝，春江水暖鴨先知。蔞蒿滿地蘆芽短，正是河豚欲上時。」「野木參差落漲痕，疏林攲倒出霜根，扁舟一棹歸何處？家在江南黃葉村。」（蘇軾）正亦明顯反映出宋代詩人詮釋自然的造作上的自由。

由漢代的以自然為引生情意的象徵；而至魏晉宴遊詩的自然成為對仗鍛字的文字美的材料；而至晉宋山水、田園詩的發現自然即是一種充滿真意的美的形式；而至唐代在自然之中尋求一種開闊雄渾，深具宇宙韻律的美；而至宋代的對於自然的自由詮釋，開發自然的疏離、怪誕、想像等等的美感；中國的詩歌其實對自然之美有一種持續的專注，並且也做過各式各樣的表現。

40 見柳永，〈雨霖鈴〉。

41 見歐陽修，〈生查子〉。

十二、詩的發展：人物

類似的發展也見於對人物之美的認知與表現。在漢代的詩歌中，女性的優美首先以「北方有佳人，絕世而獨立，一顧傾人城，再顧傾人國」，一種破壞性的吸引力出現。這種破壞性一方面是來自對於日常工作的干擾：「耕者忘其犁，鋤者忘其鋤，來歸相怒怨，但坐觀羅敷。」[42] 一方面則是來自，像「盈盈樓上女，皎皎當窗牖，娥娥紅粉妝，纖纖出素手」之際所隱含的「空床難獨守」[43] 或「使君謝羅敷，寧可共載不？」[44] 的沉迷而逾越的倫理的危機。這種倫理的關切，使得禮儀的恰當表現與遵守，例如〈隴西行〉中「好婦出迎客，顏色正敷愉」到「送客亦不遠，足不過門樞」的種種待客的過程，成為詩人所讚嘆的女性美。另外自然是工作與技藝的能力：「大婦織綺羅，中婦織流黃，小婦無所為，挾瑟上高堂。」[45]「新人工織縑，故人工織素。織縑日一匹，織素五丈餘，將縑來比素，新人不如故。」[46] 亦成為衡量判斷的標準。禮儀與織作既是女性的美德，女性美的表現亦就自然而然的出以服飾與妝扮的形容了：「頭上倭墮髻，耳中明月珠，緗綺為下裙，紫綺為上襦。」[47]「長裾連理帶，廣袖合歡襦，頭上藍田玉，耳後大秦珠，兩鬟何窈窕？一世良所無；一鬟五百萬，兩鬟千萬餘。」[48] 男人則以其官職：二千石、侍郎、孝廉郎、專城居，加上「黃金絡馬頭」，「青絲繫馬尾」，「腰中鹿盧劍」[49] 等裝飾，出入公府、貴家來強調。這種以技藝和服飾來形容女性的美好，到〈孔雀東南飛〉依然如此：「十三能織素，十四學裁衣，十五彈箜篌，十六誦詩書。」「足下躡絲履，頭上玳瑁光，腰若流紈素，耳著明月璫。」雖然明顯的加入了類似「纖纖出素手」的肢體與姿態的誘惑性因素：「指如削葱根，口如含珠丹，纖纖作細步，精妙世無雙。」但是「知禮儀」、「守節情不移」仍是主要的考慮。經濟與倫理乃是這一時期的基本關懷與價值。

但在魏晉之際，女性美突然具有了新的意義。曹植〈雜詩〉的「南國有佳人，容華若桃李」，「時俗薄朱顏，誰為發皓齒」，女性美成為未被發現與重視的資質才性之美好的象徵；〈七哀詩〉中的〈愁思婦〉則以其眷眷忠愛的情懷來感動讀者。阮籍〈詠懷詩〉中亦以「西方有佳人」的「修容耀姿美，順風振微芳。登高眺所思，舉袂當朝陽。寄顏雲霄間，揮袖凌虛翔。飄颻恍惚中，流眄顧我傍」，凌虛遨翔的精神意態，來象徵一己夢寐追尋的至高理想。佳人，遂成為詩人自我認同的高度開展的精神象徵。

南北朝之際，則北朝的民歌強調男女的勇猛剛健：「男兒欲作健，結伴不須多，鷂子經天飛，群

42 見漢樂府，〈陌上桑〉。
43 見〈古詩十九首．青青河畔草〉。
44 見漢樂府，〈陌上桑〉。
45 見漢樂府，〈相逢行〉。
46 見古詩，〈上山採蘼蕪〉。
47 見漢樂府，〈陌上桑〉。
48 見辛延年，〈羽林郎〉。
49 見漢樂府，〈陌上桑〉。

雀兩向波。」(〈企喻歌〉)「健兒須快馬,快馬須健兒。跳跋黃塵下,然後別雄雌。」(〈折楊柳歌辭〉)「李波小妹字雍容,褰裙逐馬如卷蓬,左射右射必疊雙。婦女尚如此,男子那可逢。」[50] 它的高潮是代父從軍的〈木蘭詩古辭〉二首,強調的是「安能辨我是雄雌」與「父母始知生女與男同」,一種除卻了「嬌子容」,仍然與男性並駕齊驅的意識。

南朝的民歌則側重在戀愛或懷春少女的熱情與嬌態:「宿昔不梳頭,絲髮披兩肩,婉伸郎膝上,何處不可憐。」「侍愛如欲進,含羞未肯前,口朱發豔歌,玉指弄嬌弦。」(〈子夜歌〉)這些民歌,正如下面這首〈碧玉歌〉所強調的:「碧玉破瓜時,相為情顛倒;感郎不羞郎,回身就郎抱。」表現的正是沉溺在兩性歡愛中,「感郎不羞郎」的為情顛倒的女性嬌態,禮教、技藝、理想、雄健皆在所不計,在所不顧。她們是純粹的戀愛中的女性,愛神的女兒。即使提到了服飾(在漢魏那正是深具倫理性質的禮儀的表現),也是充滿了兩性歡愛與誘惑的暗示:「綠攬迮題錦,雙裙今復開,已許腰下帶,誰共解羅衣。」「攀裙未結帶,約眉出前窗,羅裳易飄颺,小開罵春風。」(〈子夜歌〉)因此整體而言,它們所反映的正是青春生命的熱情與魅力。

蕭梁的宮體詩,雖然刻劃的仍是青春女性的嫵媚,但基本上卻是近乎工筆的仕女圖,只作外表形態的表相描寫;一方面描繪她們精緻引人的妝扮:「約黃能效月,裁金巧作星,粉光勝玉靚,衫薄擬蟬輕。」一方面模擬她們嬌媚誘惑的姿態:「密態隨流臉,嬌歌逐軟聲,朱顏半已醉,微笑隱香屏。」「夢笑開嬌靨,眠鬟壓落花。簟紋生玉腕,香汗浸紅紗。」(蕭綱)在這一類詩中,女性的純粹形貌姿態的美，以近乎處理靜物或山水一般的手法，在精緻鍛鍊的對句中，作繪畫性的顯現。它們不但是客觀的描述，而且呈現的女性美，去掉了富貴華麗的背景與裝飾，其實也是普遍的。

唐代一方面繼承了北朝民歌對武勇的誇讚：「一身能擘兩雕弧，虜騎千重只似無；側坐雕鞍調白羽，紛紛射殺五單于。」卻加添了風流意氣的姿態：「相逢意氣為君飲，繫馬高樓垂柳邊。」（王維）「千場縱博家仍富，幾度報仇身不死。」「男兒本自重橫行，天子非常賜顏色。」（高適）「少年負壯氣，奮烈自有時。」「落花踏盡遊何處，笑入胡姬酒肆中。」（李白）也許李頎筆下的陳章甫，正是唐詩所欣賞的典型人物：「陳侯立身何坦蕩，虬鬚虎眉仍大顙，腹中貯書一萬卷，不肯低頭在草莽，東門沽酒飲我曹，心輕萬事如鴻毛。醉臥不知白日暮，有時空望孤雲高。」「狂歌痛飲」、「飛揚跋扈」，或許正是唐詩中深具「傳奇」性的血性男兒的理想，杜甫的描寫〈飲中八仙歌〉實在不是偶然。

唐代另一方面也繼承了南朝宮體詩對於女性的柔美的描繪，但卻逐步的由外表的形貌，利用景物的象徵，進入了內心的情感的幽微的世界，因而發展出以女性怨情為主的宮怨詩與閨怨詩：「玉階生白露，夜久侵羅襪，卻下水精簾，玲瓏望秋月。」（李白）「禁門宮樹月痕過，媚眼惟看宿鷺窠。斜拔玉釵燈影畔，剔開紅燄救飛蛾。」（張祜）「新妝可憐色，落日卷羅帷。鑪氣清珍簟，牆陰上玉墀。春蟲飛網戶，暮雀隱花枝。向晚多愁思，閒窗桃李時。」（王維）「閨中少婦不知愁，春日凝妝上翠樓，

50 見《北史．李孝伯傳》。

忽見陌頭楊柳色，悔教夫婿覓封侯。」（王昌齡）在這些詩裡，女性的美是透過自然景物的優美來象徵與暗示的：「雲想衣裳花想容，春風拂檻露華濃。」但是更動人心魄的，卻是一些幽微動作所透露出來的柔美細膩的情感世界，自然像「態濃意遠淑且真，肌理細膩骨肉勻」，「香霧雲鬟濕，清輝玉臂寒」（杜甫）；或「回眸一笑百媚生，六宮粉黛無顏色，春寒賜浴華清池，溫泉水滑洗凝脂，侍兒扶起嬌無力，始是新承恩澤時」之類更具感官性的描寫，也往往出現；但是詩人表現的焦點，似乎還都在「玉容寂寞淚闌干，梨花一枝春帶雨，含情凝睇謝君王，一別音容兩渺茫」，或「去來江口守空船，遶船月明江水寒，夜深忽夢少年事，夢啼妝淚紅闌干」（白居易）的幽怨上。即使是杜甫的〈佳人〉，由其一開始的「絕代有佳人，幽居在空谷」看，似乎很接近曹植、阮籍的精神理想性的「佳人」，但是出現了「關中昔喪敗，兄弟遭殺戮」的寫實性背景，以及「侍婢賣珠迴，牽蘿補茅屋」的經濟狀況的描寫，剩下的就是典型的閨怨詩的表現了：「摘花不插髮，采柏動盈掬，天寒翠袖薄，日暮倚修竹。」

宋代因為繼承了杜甫與元和詩人的敘事傾向（這類敘事原來即意不在表現人物的美好），無形中擴大了對於人物之美的欣賞範圍。因此就像王安石見「杜甫畫像」，想到的就是「吾觀少陵詩，為與元氣侔，力能排天斡九地」，他的詩歌的成就，以及「惜哉命之窮，顛倒不見收，青衫老更斥，餓走半九州。瘦妻僵前子仆後，攘攘盜賊森戈矛。吟哦當此時，不廢朝廷憂。常願天子聖，大臣各伊周。寧令吾廬獨破受凍死，不忍四海赤子寒颼颼」的困頓中不改其憂國憂民的偉大人格，「所以見公畫，再拜涕泗流」。這種對於安貧樂道以及專意於文藝之精神的讚嘆，亦見於黃庭堅的形容陳師道：「陳侯大雅姿，四壁不治第。碌碌盆盎中，見此古罍洗。薄飯不能羹，牆陰老春薺，唯有文字工，萬古抱根柢……」蘇東坡由於是形容自己的弟弟，相同的賞愛就出以嘲謔：「宛丘先生長如丘。宛丘學舍小如舟。常時低頭誦經史，忽然欠伸屋打頭。斜風吹帷雨注面，先生不愧旁人羞。任從飽死笑方朔，肯為雨立求秦優？眼前勃磎何足道，處置六鑿須天遊。讀書萬卷不讀律，致君堯舜知無術……」因而別具幽默滑稽之美。這種幽默滑稽的形象，亦一再見於對自己的自嘲與嘲人：「先生食飽無一事，散步逍遙自捫腹，不問人家與僧舍，柱杖敲門看修竹。」「心衰面改瘦崢嶸，相見惟應識舊聲。」「畏人默坐成癡鈍，問舊驚呼半死生。」「東坡先生無一錢，十年家火燒凡鉛。黃金可成河可塞，只有霜鬢無由玄。龍丘居士亦可憐，談空說有夜不眠。忽聞河東獅子吼，柱杖落手心茫然。誰似濮陽公子賢，飲酒食肉自得仙，平生寓物不留物，在家學得忘家禪。」不論是對於詩藝的讚賞，對於道德人格的崇仰，甚或是對安貧樂道的正面肯定或滑稽側寫，其實所強調的皆是精神的遠超出外在環境、外表形跡的自由高卓。因此宋詩中對人的賞愛，往往多出以對於其人精神——往往以詩文為代表——的想像幻想性的描寫：「信哉天下奇，落落不可拘。」「作詩幾百篇，錦組聯瓊琚，時時出險語，意外研精麤，窮奇變雲煙，搜怪蟠蛟魚。」（歐陽修，〈哭曼卿〉）「我詩如曹鄶，淺陋不成邦，公如大國楚，吞五湖三江。赤壁風月笛，玉堂雲霧窗。句法提一律，堅城受我降。枯松倒澗壑，波濤所舂撞，萬牛挽不前，公乃獨立扛。」「竟陵主簿極多聞，萬事不理專討論，澗松無心古須鬣，天球不琢中粹溫，落筆塵沙百馬奔，劇談風霆九河飜。」即使是對於雄才武略的描寫亦是如此：「乃翁知國如知兵，塞垣草木識威名，敵人開戶玩處女，掩耳不及驚雷霆。」「阿兄兩持慶州節，十年騏驎地上行，潭潭大度如臥虎。」（黃庭堅）王安石〈明妃曲〉強調「意態由來畫不成」，宋詩所想表現的正是這些寫生的畫工所畫不成的人物的精神意態之美。

十三、史書、志怪與傳奇

魏晉以降迄於兩宋，除了正史之外，敘事文體的寫作似乎為詩文的光彩所掩。但是自《漢書》以下的史書，卻留給了我們各式各樣的人物，諸如帝皇的侍從之臣，司馬相如、東方朔；遠赴異國絕域的英雄，張騫、班超、蘇武，甚至悲劇性的李陵；以至氣節之士范滂；割據的英雄，曹操、劉備；風流名士，羊祜、阮籍、謝安等等不勝枚舉的令人難忘的圖像。這些歷史形象自然都是「傳奇」人物，顯露的仍是光彩眩目的「傳奇」性的美。

正史之外，六朝仍有在「文」、「筆」之分中，以「筆」的方式記載名士的雋語逸事的《世說新語》與志怪小說。《世說新語》表現的重點正在人物的性情見識等精神意態的顯現，雖然透過的只是人物一生事跡中一些微末的富涵意義深具暗示性質的細節。這種細節的專意記述與寫作，無疑銳利了對話之表現能力的覺識與掌握，也強化了對於人物精神性情的興趣與探討，對於唐人傳奇的作者或讀者，自然也做了某種意義上的鋪路工作。

魏晉南北朝的志怪小說，似乎在彌補自〈古詩十九首〉和〈鵩鳥賦〉以降，在抒情的詩文傳統中所全然接受的，死亡意即現世生活的全無補償、全無救贖的結束的看法。或者肯定一個遠非帝皇權力所能企及的神仙世界，如《漢武內傳》等；或者反覆思索揣測一種人類死亡之後仍然以另一種形式存在之鬼魂的有無，以及他們存在的形態，如《搜神記》中阮瞻與鬼論辯鬼之有無，以及《列異傳》中宋定伯賣鬼等；當然幽明交通或者遭遇神異更是隨處可見，所在多有。而《列異傳》的談生與王女，《搜神後記》中的張子長與前任太守女的人鬼相戀，以至死而復生的功敗垂成，則顯然更具早期神話中「再生」的信仰與渴望。此外劉晨、阮肇入天臺，以及《漢武故事》、《飛燕外傳》等帝王后妃的戀愛故事，亦標示了中國小說發展的另一個可能性：描敘男女情愛之自由追求的渴望與實現的歷程；尤其是愛情與其他情感或各種現實之壓力的種種衝突與曲折的歷程。到了唐代以後，自敘事詩的〈長恨歌〉、傳奇的〈長恨歌傳〉、〈鶯鶯傳〉，歷經元雜劇的《梧桐雨》、《西廂記》，明清傳奇的《牡丹亭》、《長生殿》，以至清代的長篇小說《紅樓夢》、《兒女英雄傳》等等最重要的名著，始終是中國敘事文學的一個重要主題。

由六朝叢殘小語的志怪，到唐代刻意鋪敘的傳奇，自然是一絕大的進步。唐人傳奇不但把注意力由鬼神怪異拉回到現實人生來，而且是有意的要在現實人生的框架上，擬想出一種超凡入奇的精神意態來。因此，一方面不但基本上是採用史傳的形式，而且有意做種種寫實性細節的描寫，努力的藉現實生活中日常細節的模擬，給讀者製造出一種這恍惚是日常生活的遭遇或狀況的幻覺，然後與眾不同、超凡入奇，甚至入幻的人物出現了，許多精彩淋漓可歌可泣的事情發生了。這種揉合寫實與夢幻的寫作手法，使唐人傳奇與社會現實保持著一種不即不離的關係。我們一方面可以看到藩鎮割據、士妓交往、婚姻高門、佛道盛行、胡漢雜處等等社會現實，我們一方面所面對卻也是龍宮、蟻國、神仙、狐怪、轉世、飛行等等的幻境，而且是以寫實的筆法所刻意經營的真假莫辨，如真似夢的幻境。在這種小說中人們並不需要犧牲他們的現實感以換取一個夢幻的世界，反而是馳情入幻的以夢幻的世界來延伸了人們的現實經驗，使我們不再受到日常生活現實的拘限，而讓內心之中的奇情壯思能夠有一七彩繽紛宣洩的機會。因此唐人傳奇表現的總是一種出位之思，讚賞的總是各色出格的人，無形中帶給讀者的就是一個容許恣縱狂放之自由的心靈世界。而小說中略無拘束痛快淋漓的英雄豪傑，或文采風流，出類拔萃的才子佳人，以至多情有義的蟲獸異類，能愛敢恨的神仙鬼魂，都表現出一種強旺至極、精力瀰漫的生命情采，真的令人感覺生身為人的尊貴與存活在世的喜悅。唐代傳奇與六朝志怪，同具一種馳情入幻之美，但是一則絢爛歡暢，一則陰鬱怵惕，實是大相逕庭。

十四、古文

由漢賦所發展下來的重「文」輕「筆」的美感趨勢，到中唐終於有了明顯的改變。文辭形式的整齊對稱，莊嚴華麗，不再是大家所唯一追求的「美」的典範了。為了文辭的規律與凝鍊，也有意的把當下的個人經驗整合到歷史的整體主流，六朝以降的「文」，不但在形式上是駢儷的，並且主要的是依賴為士人所共享，已成集體經驗之傳說或歷史事跡的比附，也就是應用典故，來敘寫詮釋現實人生。影響所及，就是人類生活的詮釋，就完全局限於舊有已知的過去經驗。這在一個靜態而缺乏根本變動的傳統社會裡或許已經足夠了。但是時代變遷的新發展，卻使這種詮釋表現的方式，顯得捉襟見肘，破綻百出了。安史亂後，政治上的權力中心，顯然亦面臨式微，歷史的動力不再集中在中央的現實。從流離的杜甫開始，使許多有心的文士，終於意識到歷史的整體性不僅可以透過權力中心來代表，亦可以透過廣大的民眾、民眾的民生疾苦或安樂來反映。因此，中唐開始了以關心民眾的疾苦來尋求個人與歷史之整體結合的自覺，於是描寫、敘述廣大中下層民眾的生活經驗——這些經驗往往並非傳統的歷史典故所能概括的——就成為新的美學典範。因此六朝的重「文」輕「筆」的趨向不但被否定，並且在有意抹殺「文」「筆」之分的同時，或者趨向「文」「筆」雜揉，或者乾脆以「筆」為「文」，但基本上正是一個新的重「筆」輕「文」的傾向。這種「文」「筆」雜揉的現象，出現於傳奇小說的敘寫方式，也顯露在敘事詩的重新抬頭。〈長恨歌〉與〈長恨歌傳〉的一起出現，元稹的寫《鶯鶯傳》，白行簡的寫《李娃傳》都不是偶然的。以「筆」為「文」的傾向，則主要見於韓愈、柳宗元開始的古文運動。這種重「筆」輕「文」的趨勢，正是以敘述日常經驗，摹寫人情世態，以敘事模擬的表現性來取代文辭的整麗，歷史的比附，與自然景物的象徵等所構成的美感。假如六朝所謂「文」的駢儷文字，可以視為是一種莊嚴的「崇高」文體的話，中唐的「文」「筆」雜揉或以「筆」為「文」的傾向，所產生的就可以算是一種「中間」文體。因為「文」的理想，仍然被保持，雖然偏向了「筆」的表現。終究「傳奇」敘寫新經驗的典範，仍是《史記》、《漢書》所表現的「俶儻非常之人」，雖然不再具有歷史的真實性了；同樣的，「古文」敘寫新經驗的典範，仍是《孟子》、《莊子》的「寓言說理」；只是這兩種中唐新興的文類在經驗的細節與歷程，活動的場景與人物的情態等等的描寫上都更加刻意，更加細膩了。敘事詩或較具敘事傾向的詩歌，亦仍然大量的依賴自然景物象徵情緒與情境的興象手法，使用的亦仍是閨怨詩、宮怨詩中常見的遼闊優美的自然景象。

但是上述的各種傾向並沒有在晚唐延續下去，晚唐在各方面看都像是一個六朝之「文」，或崇高文體的迴光反照的時代。歷史懷古的觀照，以及豔情怨情的逃避，取代了中唐對於現實的直接敘述。宋代以後，只有「古文」得到重甦與發揚。但是以「筆」代「文」對於亭、臺、樓、閣與周圍的山水景象的「寫物」，卻取代了對於當代人情事態的「敘事」。同樣的使用日常經驗的常情常理做為依據的論說文章，自柳宗元的〈封建論〉之後更形發達了；在「敘事」的興趣減退了之後，取而代之的就是利用前人之敘事的「史論」大行其道了。但是關於作者本人或與作者有關人士的敘事的興趣與習慣則是保留了，一直經由歸有光而到桐城派，古文的作者中心的自傳性與抒情性亦加強了。正如杜甫被目為「詩史」，主觀經驗的抒情文體與客觀事件的敘事文體，在此被融合為一，同時作者亦勇於透過一己的個體性來反映歷史的整體性，於是作者不再是撰述歷史或是專替他人作傳的隱形人，他自己就是他將經由種種文類與文體所撰作的歷史傳記的中心人物。宋代以後一本本的詩文集開始編纂印行了，最終呈現的都是自傳性的美！

十五、詞

假如「文」與「筆」之分，原也是「整齊華麗」與「接近口語」的文體之分，那麼中唐文士如白居易、劉禹錫的接受民間的「詞」體，而開始較大數量的填詞，顯然也是他們的以「筆」代「文」或「文」「筆」雜揉之傾向的另一嘗試。「詞」體經由這些文士的點染轉化亦因此而深具中間文體的性格。中唐的許多嘗試在晚唐沒有得到發展，但「詞」卻單獨的得到青睞，顯然正因「詞」的《花間》、《尊前》應用的性質，正與晚唐盛行的豔體怨情的詩風有所應合。因而「詞」首先始於女性姿態的描寫：「小山重疊金明滅，鬢雲欲度香腮雪，嬾起畫蛾眉，弄妝梳洗遲。」（溫庭筠）以及女性幽怨情懷的抒發：「香霧薄，透簾幕，惆悵謝家池閣，紅燭背，繡簾垂，夢長君不知。」（溫庭筠）接著轉化為流連風月的士人之情懷的抒發：「壚邊人似月，皓腕凝霜雪，未老莫還鄉，還鄉須斷腸。」（韋莊）而終於發展為詞人的婉約情懷的抒寫：「河畔青蕪堤上柳。為問新愁，何事年年有，獨立小橋風滿袖，平林新月人歸後。」（馮延巳）甚至激烈痛苦的人生感慨：「雕欄玉砌應猶在，只是朱顏改，問君能有幾多愁，恰似一江春水向東流。」（李煜）接著發展的就是整體的歷史意識：「大江東去，浪淘盡，千古風流人物。」（蘇軾）以及個人的對於歷史整體關切下的特殊認同：「千古江山，英雄無覓，孫仲謀處。」（辛棄疾）到了這一階段，「詞」已經勝任了傳統上「詩」之適宜表現的各種題材了，只是由於是長短句，加上詞調先天的柔婉性格，終是顯得嫵媚勝於雄偉，兒女情多，風雲氣少。慷慨豪放如辛棄疾，於「求田問舍，怕應羞見，劉郎才氣」的豪情之餘，接著竟是「倩何人喚取，紅巾翠袖，搵英雄淚」；高曠深遠如蘇軾，對「羽扇綸巾，談笑間，強虜灰飛煙滅」所作的「故國神遊」亦前不忘「小喬初嫁了」，後則念「多情應笑我」。兒女情懷始終是「詞」的基本性格，也限制它，即使有了歷史意識現實關懷，亦只能作象徵抒情或詠物影射方式的表現，而無法作敘事性的表現。同時它所描寫的自然景物雖然不具宇宙的真意或開闊雄渾的氣象；但無疑卻是掌握了園林閨閣之中，最為細膩最為幽微的季節與時刻的變化：「小徑紅稀，芳郊綠遍，高臺樹色陰陰見。春風不解禁楊花，濛濛亂撲行人面。翠葉藏鶯，朱簾隔燕，爐香靜逐遊絲轉。一場愁夢酒醒時，斜陽卻照深深院。」（晏殊）並且透過這種「銀屏昨夜微寒」（晏殊）或「雲破月來花弄影」（張先）的幽微變化的知覺，反映一種閒靜幽眇的情懷，一種淡淡若有若無，似愁似夢的生命的省覺：「自在飛花輕似夢，無邊絲雨細如愁，寶簾閒掛小銀鉤。」（秦觀）「詞」所表現的正是最為溫柔最為細膩的婉約之美，不論就其景物描寫，就其反映心緒，就其語辭句調，皆是如此。

十六、曲

「曲」由於可以加襯字，在「接近口語」上又比「詞」向前邁進了一步，並且可以聯結數支同一宮調的曲牌成一套曲，因此在長度上就有了近乎古詩的自由，使它同時具有了抒情與敘事的能力；也因此，它遂同時往「散曲」與「劇曲」兩個方向發展。

「曲」也由於它產生的年代正是蒙古的鐵騎縱橫，漢人為異族統治而儒士地位低落至於屈居娼妓之下的元代，因此不但在語言上幾近俚俗，在散曲的內容上亦顯露為造作的頹廢與有意的粗俗，因而成為典型的「卑下」文體。這種「卑下」文體正產生在儒士已淪落於市井之中，刻意的去模仿市井小民的自然情態：「碧紗窗外靜無人，跪在床前忙要親。罵了個負心回轉身，雖是我話兒嗔，一半兒推辭一半兒肯。」（關漢卿）由於在商業興盛的市井之中，本能欲望的追逐，酒色財氣的沉溺，似乎就是生活所唯一可以掌握的目標；因此儒士們有意的捨棄自己的精神領域，而造作的完全認同於這些市井習見的本能欲望，並且甚至似乎要在這種認同中重新為自己建立起一套新價值來：「長醉後妨何礙，不醒時有甚思。糟醃兩個功名字，醅渰千古興亡事，麴埋萬丈虹霓志。」反映的正是對於歷史整體發展的絕望：「蓋世功名總是空，方信花開易謝，始知人生多別。憶故國，漫嘆嗟！」（白樸）「傷心秦漢經行處，宮闕萬間都做了土，興，百姓苦；亡，百姓苦。」（張養浩）在這種絕望中，或者反激為刻意的玩世不恭，如關漢卿〈不伏老〉套數以「我是個普天下郎君領袖，蓋世界浪子班頭」自許，形容自己：「我是個蒸不爛煮不熟搥不匾炒不爆響璫璫一粒銅豌豆，恁子弟每誰教你鑽入他鋤不斷斫不下解不開頓不脫慢騰騰千層錦套頭。」強調自己對於縱情聲色的無盡沉溺：「你便落了我牙，歪了我嘴，瘸了我腿，折了我手：天賜與我這幾般兒歹症候，尚兀自不肯休。則除是閻王親自喚，神鬼自來勾，三魂歸地府，七魄喪冥幽，天那！那其間纔不向煙花路上兒走。」表現的正是一種頹唐下的嬉笑怒罵；悲哀裡的放縱恣肆。或者採取一種恬退的生活姿態：「半世逢場作戲，險些兒誤了終焉計，白髮勸東籬，西村最好幽棲，老正宜。」「青門幸有栽瓜地，誰羨封侯百里？桔槔一水韭苗肥，快活煞學圃樊遲。梨花樹底三杯酒，楊柳陰中一片席，倒大來無拘繫。先生家淡粥，措大家黃虀。」（馬致遠）這種充分意識到「先生」和「措大」同列，正是使得「紅塵不向門前惹，綠樹偏宜屋角遮，青山正補牆頭缺」的曠達，或「和露摘黃花，帶霜分紫蟹，煮酒燒紅葉」的喜樂，都被「上床與鞋履相別」的悲哀所抵銷的緣由。因此誇張的滑稽或刻意的曠達，其實都是一種無奈心情的姿態。「曲」所表現的不僅是亡國之音哀以思，而且是儒生文士進退失據淪落的狂歌當哭，強顏歡笑。所謂「頹廢、鄙陋、荒唐、纖佻」的曲中四弊[51]，正是儒生文人被迫認同於市井措大的結果；但是痛快恣肆，活潑直率，又何嘗不是市井措大以及「曲」之表現情態上的美呢？

假如唐詩中的雄心壯志表現在開闊遼遠的山水雲日，宋詞中的柔情蜜意表現在樓臺園林的風月花鳥，那麼元曲的恣肆滑稽就表現在比擬象喻的奇詭和各式各樣的昆蟲了：「看密匝匝蟻排兵，亂紛紛蜂釀蜜，急攘攘蠅爭血。」「西村日久人事少，一個新蟬噪。恰待葵花開，又早蜂兒鬧，高枕上夢隨蝶去了。」（馬致遠）「眼中花怎得接連枝，眉上鎖新教配鑰匙。描筆兒勾銷了傷春事。悶葫蘆咬斷線兒，錦鴛鴦別對了個雄雌。野蜂兒難尋覓，蠍虎兒乾害死。蠶蛹兒畢罷了相思。」（喬吉）自然景象亦可以在俚俗的語言與比喻下成了：「冷無香柳絮撲將來，凍成片梨花撥不開。大灰泥漫不了三千界。銀梭了東大海，探梅的心噤難捱。麵甕兒裡袁安舍，鹽罐兒裡党尉宅，粉缸兒裡舞榭歌臺。」（喬吉，〈詠雪〉）以俚俗的「麵甕兒」、「鹽罐兒」、「粉缸兒」、「大灰泥」以至「心噤難捱」形容文雅的「袁安舍」、「党尉宅」、「舞榭歌臺」、「三千界」、「探梅」，並且透過虛字形容詞把原屬文雅的「柳絮」、「梨花」、「銀梭」、「東海」俚俗化，使它們喪失原有的莊重與整鍊，由客觀景物的表徵而淪為語調口吻，並且是一詼諧玩笑的口吻之內涵，有意的化雅為俗，化莊嚴為俳，一如戲劇中聰明的傻子，逗趣的丑角的語言，正是這種典型的「卑下」文體之美！

十七、戲曲

中國的戲曲其實是兩個傳統的結合，一方面是戲劇，具有敘事文學的間架；一方面卻是套曲，仍然是抒情文學的內涵。因而在評價標準上，歷來總有重視案頭之曲與場上之戲的爭論。元雜劇由俗

---

51 見鄭騫，《景午叢編》（臺北：中華書局，一九七二年一月初版），頁一七三。

講、變文，以至諸宮調等講唱文學蛻化而出，仍然保持每本或每折一人獨唱的習慣，因此無形中使它的表現更具抒情性。一方面導引觀眾在劇場中和單一的觀點人物認同，一方面吸納了所有的外在事件與動作，成為此一單一觀點人物的內在經驗，尤其是其情感經驗的內涵。因此表現的重心就不在事件情節，而是單一人物，通常都是主角，對於命運的省覺與感受。因此，高潮並不在行動與抉擇，而在事件過後的觀照、沉思、感傷與追懷，《梧桐雨》的刻意繁複漫長的第四折，正是這種設計的範例。到了明人「傳奇」，每折每本一人獨唱的慣例雖然打破，甚至可以有對唱、合唱、重唱。但是在它由一本四折而轉變為四、五十齣的同時，它所增加的幾十齣的篇幅並不全是因為事件更複雜或情節更曲折了，相反的只是增加了更多各個主要人物作為與主要情節並無必然關連的感時傷懷的抒情表現的場合。因此抒情性，並且透過抒情的表現使觀眾深入的體驗主要人物的各類情感經驗，因而認同於主要人物的人格與性情（不是在其行動中認識其性格），就是元明戲曲的表現特質了。也因此情節發展的因果關連，是否合理，是否具有必然性並不重要。正如傳記的不同於西洋古典戲劇，並不能具有一種事件上的內在統一，傳記的內在統一是建立在人物性情與人格的內在統一上。中國的敘事傳統原是建立在「史傳」的典範上的，而《梧桐雨》的取材於〈長恨歌〉多於〈長恨歌傳〉，正提供我們一個線索，中國戲曲所繼承發揚的不僅是自「史傳」發展下來的唐人「傳奇」的傳統，事實上還更是敘事詩，尤其是中唐敘事詩的傳統。中唐敘事詩如白居易的〈長恨歌〉與〈琵琶行〉，由於受到了宮怨詩與閨怨詩等怨情詩的影響，比起〈悲憤詩〉、〈孔雀東南飛〉，甚至〈陌上桑〉、〈羽林郎〉等漢魏敘事詩，更具抒情意味，更利用情景交融，藉景興情，以景喻情的手法。《梧桐雨》和《漢宮秋》的基本意念，誠如它們的題目所暗示的，正是建立在這種創作手法上，也建立在這種手法所產生的抒情性的美感。因此，傳寫人物的抒情之美，才是元明戲曲的表現的重點。所以，創造故事始終不是這些戲曲的最大的關切，它們大可承襲唐人傳奇或其他本事，或者竟是陳陳相因；創作曲文抒寫人物的情懷，因而重新塑造詮釋了人物的情性，才是這些戲曲家用心的關鍵。竇娥的委屈、張君瑞的顛狂、唐明皇的沉湎、漢元帝的憤怒，以至趙五娘的純孝、蔡中郎的兩難，這種種的情感的表現才是這些戲劇的重點。由於中國戲劇是以抒情為重心的，因而戲曲家們也發展出一種重情的傳統，因此倩女可以為「情」離魂，杜麗娘可以為「情」還魂；竇娥的「冤」情可以「感天動地」，趙五娘之「孝心」可以「感格動陰兵」；以致湯顯祖可以更將這一重情的現象，發為有意的主張，以對抗道學家們重理的偏枯。人情之美，正是中國戲曲之美！

劇曲與散曲雖然發生於同時，作者也往往重疊，但是它們在美感的性格特色上卻是分歧的。散曲由於先前已有「崇高」文體的詩與「中間」文體的詞，它的獨特的開拓與發展就在「卑下」文體之美（自然它也有模仿詩詞之美的作品）。但是戲曲一方面自然必須包含各種類型的人物；一方面則有顯然的主角與配角，曲文與賓白之分。往往表現的正如唐人「傳奇」，是虛構的「俶儻非常之人」，僅只重點轉移到他們的「俶儻非常」之情。明人「傳奇」的依然使用「傳奇」為名，正可以充分說明它們的美感性質，其實近於唐人傳奇，基本上正是「中間」文體之美。不論是元雜劇或明傳奇，其主要人物若非帝皇、后妃、英雄、俠義、神仙、孝節，大抵都是才子佳人。才子佳人不但是典型的「中間」敘事文類的題材，而且大量出現在這些戲曲中的權豪，如「無情的鄭恆」或「賊」將孫飛虎，以及在許多「士與妓戀愛」作品中出現的「商人」，成為迫害性的對手，同時在戲劇結束之前都受到懲罰：這些現象正都反映了淪落的士人的自衛性與自慰性的認同與補償。由於戲曲敘事的虛構性，可以像心理劇一樣的維護了淪落士人的自我形象，並且由於曲文與賓白的並置，因此次要人物的賓白固然恰如其分的多用「卑下」文體，但主要人物，以及作品重心的曲文，卻總是抒情的詩詞，典型的「中間」文體的風格！

十八、話本

真正的表現「卑下」文體之美的敘事文類是話本。話本由於源出娛樂市井小民的「說話」，因此不但語言上採用俚俗的口語，並且往往以一般市井小民為故事中的主角，同時反映這些卑微市井小民的趣味和意識。因此，社會下層人物，如行走的商人、攤販的小經紀、製造的工匠、管事的夥計等等就大量的出現在話本中成為主角。對於他們而言，財富（而非官爵），的獲得與失去，才是他們命運的象徵。幸福似乎也就只是財運亨通之外，有一個美好的家室。因此，財富與婚姻的得失就成為最慣常的主題。但即使在這兩項事物的得失上，也往往反映出一種小人物狂想曲式的福從天降，或錯失交臂，以及飛來橫禍。得與失之間，幾乎都是不曾努力，不經預期的無心而致。因此運氣是一個重要因素，鬼神以及某種微妙的因果就是這種運氣的表徵與執行。迷信，因此就是這種作品的基本精神風貌。在迷信的底層，是一種對於一己命運無法掌握與預期的恐怖。鬼的一再出現，尤其以愛上主角的女性，甚至結褵的妻子的形象，正與以救星或以帶來大筆財富的貌美多才又以身相許的女性一樣重要，她們正各自成為話本世界中惡運與幸運的象徵。而其中所宣揚的微妙的因果，正如〈錯斬崔寧〉的以一句戲言而招致三條人命；或〈賣油郎〉以一夜「幫襯」的以衣承吐，終致換來「獨占花魁」的享盡人財兩得之「風流」，都反映出一種賞罰過當的不可捉摸。這種不可捉摸，正反映出這些卑微小人物的希冀的狂想，也流露出他們根本的對於命運的恐怖——飛來橫禍確實也可以因為位居他們之上權貴的一時喜怒，例如「咸安王捺不下烈火性；郭排軍禁不住閒磕牙」（〈碾玉觀音〉），而改變了他們的命運，甚至生死。因此在恐怖與希冀中，正有他們對於身遭不公，命決人手處境的隱約的抗議在內。〈錯斬崔寧〉中對於府尹問案的批評，以至藉鬼神與雞豕為名的辱罵「拗相公」，正都流露出這種憤怒。因此巧妙的維持公平的審判者，如〈亂點鴛鴦譜〉的「喬太守」，或者判令〈錢秀才錯占鳳凰儔〉的大尹，甚至脫罪還妻給蔣興哥的知縣吳傑，才成為話本小說所讚頌再三，帶給主角幸運之喜神。因此話本反映的正是卑微人物對於無常命運的沉思與默禱，流露的正是人類最根本的祈福避禍之誠的一般人情之美。

十九、說部

當博學多聞的文人才士著手於「卑下」文體的白話小說的寫作時，他們一方面充分的利用了白話在敘事描寫上的自由靈活，一方面也將他們所特別具有的整體性意識帶入了小說，不但產生了篇幅龐大的長篇說部，而且透過這些長篇說部，反映了一種複雜而注重細節的對於歷史、社會、人生的整體觀照。這種整體觀照改變了白話文體上的「卑下」性質，而使它們產生了「中間」以上文體的魅力與表現性，使得日後以白話為工具的「文學革命」有了典範上的依據。歷史，原就是人類整體性經驗之所繫，因此這種整體性觀照自然首先出現於對於歷史的重新認知，《三國演義》就是這種作品的典型。宋代「霍四究說三分」所用的語言如何已不可知，但自元代《全相三國志平話》使用的已是「文不甚深，言不甚俗」[52]的介乎文白之間的文體，這或許受前有史書之傳承的影響，或許也受歷史事件本身所反映的集體命運的重要性與嚴肅性的影響。總之，流傳的《三國演義》的各階段的寫本，始終在文體上沒有完全「卑下」化。但是《三國演義》在因襲平話，參考正史的逐步發展中，卻一方面超越了話本一貫的訴諸鬼神怪異因果報應的思想；一方面又超越了正史的割裂的紀傳體例，而能以一種「話說天下大勢，分久必合，合久必分」的歷史觀照，對漢靈帝至晉武帝之間的合而又分，分而又合的歷史演變作照顧細節的整體敘述，雖然材料多有傳承，但是這種敘事上的新的「整體性」確是長篇說部的貢獻。由於出現在這段歷史舞臺上的歷史勢力包括了宦官、外戚、以宗教為名的反叛的盜賊、跋扈的將領、割據的軍閥、官僚文士、崛起民間的草莽英雄、隱居待時的智謀隱士等等，幾乎囊括了在歷史上起作用的各種典型的人物，因此這一段歷史就同時具有中國傳統歷史之縮影的典型作用，因此它們被加以整體性敘述時，就更具對於中國傳統歷史之觀照的整體性意義。而作為一部敘事的文學作品，《三國演義》更不致把歷史只是視為一些客觀的歷史勢力的交互作用；相反的它總是提醒我們，人類個人的情義利欲的反應與掙扎，在重要的歷史時刻也在發生作用：或許這正是《三國演義》的迷人之處，也是它的並不完全刻意求實的歷史觀照的健全與真實之處。

《水滸傳》所提供的自然是一種更為偏窄化的「歷史」的透視，但觸及的卻正是「成則為王，敗則為寇」的歷史的鐵則。草莽的俠義、群聚的盜賊、割據的軍閥，以至削平群雄、統一天下的帝皇，自漢高祖以後正是歷史上改朝換代內在一貫的歷史動力。假如《三國演義》所作的是走完全程的全景的觀照，《水滸傳》所作的正是僅只走了半程的側景的特寫。但是整體性的意識仍在這部小說的發展過程中起作用，為了彌補它在整體性意義上的不足，自《大宋宣和遺事》已藉九天玄女天書，經由神話性的天罡三十六將，來肯定此一群體所具有的形上整體性的意義。因此雖然在實際的歷史廣涵面與影響性其實有限，但洪太尉誤走妖魔，一百零八條好漢各為星宿下降等等的神話框架，卻正是有意藉

52　見庸愚子，〈序〉，收於羅貫中，《三國志演義》。

此確認梁山泊為歷史動力之重心的設計。經由一個神話的框架，肯定小說中的世界具有一種形上的整體性意義，因此小說中的人物與行動具有一種人類集體命運的象徵意涵，就在中國長篇說部反覆出現。《紅樓夢》的金陵十二釵、《鏡花緣》的百花仙子，固然都是《水滸傳》後最明顯的例子；而《西遊記》中孫悟空的大鬧天宮，師徒四人的皆由天上帶罪下凡，因此在地上長途跋涉求經等的神話設計，亦使此一求經的行動，具有了驚天動地的宇宙性的普遍意義。《儒林外史》楔子中藉王冕和明太祖相遇，批評取士之法，以至天降百十星君維持文運之預言，同時將全書的高潮建立在祭祀泰伯，甚至五十六回本之第五十六回的〈神宗帝下詔旌賢，劉尚書奉旨承祭〉，雖然未必符合作者原意，其實都是在確定全書所具的整體性的典型象徵意義。即使是《金瓶梅》的以項羽、劉邦、虞姬、戚夫人為引，而終於結束在「普靜師薦拔群冤」，所有主要人物的鬼魂一一出現，再去投胎轉世，都是這種暗示整體性意義的設計。

假如說人類的歷史，原來即包含了戰亂時期的武功，以及承平時期的文治。當中國呈現為一個自足的天下，所謂武功，指的正是改朝換代或穩定秩序的對軍閥與盜賊的征戰討伐，它們就是《三國演義》與《水滸傳》的主題；所謂文治，唐宋以後歷來也是豪紳與士人的糾葛競爭，《金瓶梅》與《儒林外史》反映的正是這批「無譁戰士」——豪紳與士人——以社會與家庭為戰場所做的名利與酒色財氣的「銜枚勇」[53]的徵逐。《西遊記》描寫了許多戰鬥，卻是停留在神魔的象徵層面；《紅樓夢》統括了豪紳家族與士人文化的糾葛，描寫的卻是一個詩意與權欲並存的貴戚家族的盛衰。它們所想表現的整體性觀照的對象，其實既不是歷史，也不是社會，而是人生。在以家為中心的傳統文化的基設上，《西遊記》表現為「出家」在外的精神歸宿的追尋；《紅樓夢》則專注在「家」的生活之各面的諦現：崇高與卑下，詩意、真情與權欲、罪惡之雜然並存，糾葛難分。《西遊記》肯定人生終究只是一個朝聖之旅，充滿各種苦難，只有憑藉信心與不懈的奮鬥，才能實現生命的意義；《紅樓夢》則了悟只有建立在真情的基礎上，「家」才可能是一個「真如福地」，否則即使是血緣的牽連，「家」亦依然可以是一個罪惡的淵藪，最後則肯定生命意義正是真我的發現與實現。《金瓶梅》在它的社會批評之外，比《紅樓夢》更明顯的暴露了，人生若失去了精神的追尋與提升，富貴的生活如何可以在「飽暖思淫欲」下墮入一團漆黑的人間煉獄。《儒林外史》亦入木三分的撻伐了科舉文人的追求利祿，而完全喪失其所應有的精神德性生活的墮落。這些長篇說部皆各自創造了它們自身具足的整體性的世界，但是綜合來看：軍閥、盜賊、豪紳、文士、貴族、僧道，亦皆是中國傳統社會的基本的結構因素，因此正是更完整的反映了中國傳統社會的歷史動力。而《儒林外史》的質疑科舉制度；《紅樓夢》的質疑家族組織；《三國演義》、《水滸傳》的質疑君權；《金瓶梅》的質疑紳權，以及一夫多妻的婚姻制度；甚至像《鏡花緣》的質疑重男輕女，以至纏足的壓迫性習俗；《西遊記》質疑傳統文化的形上的父權思想，以及中國文化在安身立命上的有效性；以至晚清小說

53「無譁戰士銜枚勇」，見歐陽修，〈禮部貢院進士就試〉。

如《老殘遊記》的質疑傳統的集司法行政於一身的吏治……這些小說的作者們，正有意的利用了白話文體的「卑下」，因此反而較無禁忌的性質，訴諸經驗與人性的法庭，對中國傳統文化種種發展的流弊，向廣大的讀者提出籲求；它們正反映出對於中國文化發展的反省的自覺。正因反省的是整體性的文化基設，也因此他們必須更加訴諸一種整體性的觀照。因而以複雜的細節，眾多的人物，糾纏的關連，創造出一個單一思維動向的紛繁變化，包含各種典型的整全世界，正是這些長篇說部的整體性觀照之美。同時這些小說中的世界，往往以驚天動地，繁華熱鬧的風雲際會為高潮，但卻結束在寂天寞地，淒涼蕭瑟的風流雲散——「好一似食盡鳥投林，落了片白茫茫大地真乾淨」[54]。因此在讀者聆畢這些繽紛旖旎的交響盛樂，於眾弦俱寂，掩卷沉思之際，升起的往往就是「是非成敗轉頭空」，個人的恩恩怨怨消融，而人類集體的生命繼續「滾滾長江東逝水」[55]的唯一的高音了。這正是另一層次的整體性的了悟。

自然，由於白話的靈活，以及各種文體，例如詩詞文賦在這些長篇說部上的自由運用，使得這些作品不但適於表現各階層各類型的整體性視野，加上足夠的篇幅亦使小說中的主要人物之生長變化，性格內涵的發展，精神境界之轉升，能夠得到充分的抒發，細膩的描寫。因此這些小說也提供給我們一批家喻戶曉，最為生動靈活，深刻豐盈的人性形象。從劉關張、諸葛亮到曹操，從武松、魯智深、宋江到李逵，從孫悟空、豬八戒到觀世音，從寶玉、寶釵、黛玉到鳳姐、劉姥姥等等，幾乎都成為我們用以辨識人物，認知世界的人性知識的依據了。或許這些同時包含了高低、善惡、美醜的各類人性形象的創造之美，才是這些小說的更難令人忘懷的貢獻吧！因此，這些長篇說部基本上也正是包含了眾生各相的一座座人像的畫廊，永遠標幟著中國文學中對於人的關切與興趣。

二十、結論

簡略的探視過中國文學的各類文體所呈示的美，我們或許不難發現：中國文學之美是繁複的。包含了高、中、低各種文體，也紛雜著各個時代各種歧異的關懷。但是我們是否能夠確認它們之中仍然具有某種一致的共通性呢？或許我們可以說：從早期的神話開始，中國文學就擁有一個內在性的宇宙。中國人並不設想一個獨立且外在於人類現世生活之外的超越世界。即使是鬼神，也是內在於人類現世生活的鬼神，它們依存於人類對於生活的渴望，而非人類的生存依恃於它們獨立自足的存在。因此中國文學，正如中國文化，是一種以人類，現世生活中的人類為中心的文學。神學的付諸闕如，以及歷史意識的特別發達，正呈示了這種內在性的世界觀。其次，即使在歷史中，在種種的敘事文學中，人物的重要性始終大於情節的因果，正同時反映了中國文學的以人為實體，以種種的事件，為人之附帶衍生的屬性的特質。我們並不以為舞與舞者難分，我們永遠相信舞者的存在先於舞。舞，不過

54　見《紅樓夢》第五回。

55　兩引句見《三國演義》題詞。

是舞者內在情性的短暫透顯。而人的情性才是一切事件，一切文學表現的最後實體。同時，人的情性又必須藉助於種種外界的刺激，以及外在的表現方能透顯。因此，抒情似乎正是生命至真的表現，亦是文學主要的內涵。因此中國文學的種種文類，似乎又可以看成是種種不同的抒情方式。狹義的抒情詩文所抒的只是靜觀之情；敘事、說理等文類則僅是變化抉擇之情與深觀諦視的超升於普遍之域的忘我之情的抒發；寫實與虛構亦僅是情性因事實之刺激的外緣性抒發，與情性因內在律動的內質性的抒發。因而所謂抒情，亦正是以內在於宇宙，內在於現世，以一生命存在的意識觀看世界萬象，面對紛然雜陳的宇宙萬有，人生百態的自然反應。正因以生命存在的眼光看世界，正因一開始即接受一個道器不分的宇宙，所以天地萬物與我並生合一；因此自然成為抒情的媒介，亦充滿了與生命相關的真意，而成為關注的第二對象。甚或在物我兩忘、不分的時刻，與人一樣成為第一對象。因此在物我並生的現世中，經由物我映照所顯現的人物之美、人的情性之美、抒情之美，以及自然之美，就成為中國文學之美的主要價值。而《易．繫辭下》說得好：「天地之大德曰生。」生命之美，正是中國文學之美的價值性所在。

附錄一

《意志與命運——中國古典小說世界觀綜論》序

中國的敘事傳統，要到司馬遷的《史記》才臻完全成熟的境地。因此《史記》不但成為後世正史的典範，而且更為中國小說之初度成熟時期的唐傳奇所取法。而司馬遷的創作《史記》其實是深具清晰的敘事文類之理念與題材選擇的高度自覺。因此在〈報任安書〉中，他一方面自敘：「近自託於無能之辭，網羅天下放失舊聞，略考其行事，綜其終始，稽其成敗興壞之紀。」一方面則更強調：「古者富貴而名摩滅，不可勝記，唯倜儻非常之人稱焉。」所謂「考其行事，綜其終始，稽其成敗興壞之紀」，正是注重事件之因果關連的「情節」（plot）的觀念；而「唯倜儻非常之人稱焉」，則正是一種人物性格（character）的選擇與偏重。並且意蘊更加深遠的是他形容自己撰述「凡百三十篇」的意圖是：「亦欲以究天人之際，通古今之變，成一家之言。」

「通古今之變」，從今天的角度來看，似乎就是歷史家天經地義理當應有的職責，但在當時卻是遠遠超過了「記言」、「記事」，甚至「筆則筆，削則削」，「以一字為褒貶」的石破天驚的重大突破。

因為它初度清晰明白的掌握了「變」，「古今」的「成敗壞興」的「終始」變化，才是歷史，甚至是任何敘事文體所當著力的焦點——假如我們可以將「古今」當作較寬泛的任何「昔今」，過去與現在來了解。而促成此一「古今」或今昔的「成敗興壞」之變化的，正來自具體可見的「人」的「行事」，以及必須「綜其終始，稽其成敗興壞之紀」才能體察的「天道」或「天命」。前者正是人物「盡人事」的意志的表現，後者則竟是「聽天命」的命運的彰顯。因此任何「通古今之變」的敘事文體，在「略考其行事，綜其終始」的敘事表層之下，終究涵蘊著一種「我欲載之空言，不如見之於行事之深切著明也」的更深一層的「天人之際」的究詰與寄意。因此，「意志」與「命運」，正是歷史，甚至是一切敘事文類的表現的重點與探究的主旨。

但是「天人之際」，若從「十有五而志於學，三十而立」，甚至「四十而不惑」的角度看，可能只是「人」的「行事」與意志使然；但若從「五十而知天命」的角度看，則終不免要如「君子有三畏」的「畏天命」，處處要見到命運的顯現了。所以「天人之際」的必須「究」詰，正因其見仁見智，原來就有多重詮釋的可能性。因而即使是「歷史」的寫作，明顯的成敗興壞的事實結果不變，而若探討敘述其間的因果，則在種種人物意志與靡常天命之間，亦往往有賴於撰述者的選擇與詮釋，無法完全免除其主觀的認知與判定，而逕是事象的純然呈露。因此任何敘事中情節的關連，終是無法避免必須有賴於敘事者觀照世界的預定的信念，基本上正是一種創構。這種自覺，反映在司馬遷的省思，就是他不但用了「草創」二字來形容自己的著作，更且明白的宣稱他所「欲」的不過是「成一家之言」而已。「學者載籍極博，猶考信於六藝」的歷史寫作尚且如此，其他原屬虛構的敘事文類，不論敘事技巧如何善自隱藏，冷靜「客觀」，所敘的事象終究是主觀信念的流露呈現，就更不待言了。

敘事文類所以會有或者偏於「意志」，或者偏於「命運」的詮釋，其實正來自敘事文體的成熟，亦即要在「綜其終始」之際，顯現其間的因果之關連，這固然是「情節」觀念，甚至人物「性格」之統一與變化觀念的自覺，但也就在「稽其成敗興壞之紀」的需求下，形成了或者以「人事」為主，或者以「天命」為重的，不同的詮釋與敘述的傾向，而呈顯了「成一家之言」的主觀特色。但是這種「一家之言」的主觀特色，不但是撰述者個人的性向才氣的表現，例如一般相信「子長多愛，愛奇也」，「其人好奇而詞省，故事覈而文微」；但更重要的其實是敘事之際的自覺或不自覺的觀照世界的基本信念，若根本相信「唯倜儻非常之人稱焉」，則出現在《史記》中的焉能不是一個「傳奇」的世界？而這種信念終究不會僅止於個人的性向與氣質的表現，它勢必同時也是一種社會文化的共同價值，是一種敘事表現的美感規範，甚至因而形成了敘事文類的結構特性。

這種情形，誠如西班牙哲學家奧德嘉．賈塞特（José Ortega y Gasset）在《唐吉訶德的沉思》（*Meditations on Quixote*）一書中所指出的：希臘史詩（Epic）與近代小說（Novel）在敘事文類上的差異，其實正來自一則出以神話象徵，一則出以現實日用的世界觀照的分歧。但是這種觀照上的歧異，並不來自荷馬與福婁拜個人，而是來自他們所生存的社會文化的差別云云。西方文學傳統中，敘事文類由史詩而逐步轉趨近代小說的發展，我們或許可以視為是由宗教社會逐步往俗世社會發展，因而在世界觀照上的逐漸「解神話」（demythologization）的過程與徵象。但是這裡所牽涉的終究是西方文化社會的內部嬗遞與發展的現象，並不必須放諸四海而皆準。

中國的敘事傳統經歷的自然是一個迥異的歷程，但是其間次文類的嬗遞，而每一次文類亦自有其特殊的美感規範與世界觀照，則是如出一轍的。我們的敘事傳統早在孔子作《春秋》之際，就已是俗世而道德取向的。所謂：「王者之跡熄而《詩》亡，《詩》亡然後《春秋》作。」神話早在詩的興起之前就衰退而消逸了。因此，超越性的觀照，並不以系統的神話世界出現，而只以「君子畏天命」或「五十知天命」的抽象的形態出現，而終以司馬遷的「究天人之際」而達到敘事傳統之自我省思的高峰。影響所及，遂以「非常之人」的意志，以及難以究詰但確感存在的「天命」或命運，成為成熟發展的敘事文類的基本關懷與起始信念。因此形成了唐人傳奇與宋明話本的截然不同的風貌。雖然一般學者最早注意到的「傳奇」與「話本」的差異是語言與社會階層的，但是若從敘事傳統的發展演變來看，則更應是世界觀照的區劃。

這種形成敘事文類之特質的世界觀照之差別的探討，必須一方面是共時性的，掌握某一敘事文類內在結構系統的統一的共性與變化的類型，另一方面則自然是一種歷時性的認知，由此我們可以看到次文類，如何在文類傳統中的嬗遞與代換，正因彼此各具不同的特質，所以在交相對照中，我們格外能認識其間的演化發展的意義。

樂蘅軍先生的這本《意志與命運——中國古典小說世界觀綜論》，在中國敘事文學傳統的探討上，最基本的貢獻就是，同時掌握了共時性的系統完整，與歷時性的對照演化，透過「究天人之際」的發展線索，慧眼獨具的明白指出：「唐傳奇」基本上呈現的是一個個的「意志世界」，而「宋明話本」則塑造的是一類類的「命運人生」，因而以「意志」與「命運」的辯證來綜貫了中國小說的進展。它在中國小說傳統研究上的貢獻，正如王國維先生在詞學上的指出「境界」，不僅是道其面目，而是探其根本。同時更重要的是：樂先生在探討〈唐傳奇的意志世界〉時，並不以分類描述為滿足，通過唐傳奇作品的示例，進一步析理入微的探究了「意志」的「原始」、「欲求」、「自覺」等種種心理機轉與表現形態，因而構設出一套深具類型學意義的系統的人性論來，其意味之深遠已迴出於小說作品的研究了。同樣的，樂先生在〈宋明話本的命運人生〉的論析上，亦再度的發揮了她的綜攝構作的才華，在「命觀溯源」中綜合縷析的論述了中國文化傳統裡的各種型態的命運觀念與發展，而於各別宋明話本作品的印證，一一指出思想觀念與敘事經驗的潛在的辯證關係，因而達到了對於人生與世界的整體視境，至少是這個文化所提供的整體視境。它們的由以「天人之際」的角度來探究小說，而本身遂成為高明深刻的「究天人之際」的著作，實在是令人讀來最感興味盎然之處。

接下來是兩篇深具「通古今之變」意味的論述。「唐傳奇」與「宋明話本」兩論的並列對照，自然亦已形成了一種「歷時性」的嬗遞變化的意指，但二文的論述的重點，終究還是在「共時性」的內在系統的完整觀照上。因而內涵的、人性的、哲理的探討就成為觀察論述的重點。但〈水滸的成長與歷史使命〉與〈中國小說裡的名士形象及其變貌〉二文，卻從外緣的歷史社會的情境出發。〈水滸〉

一文中，指出宋江等人的故事，如何由歷史事蹟，基於時代心理的渴欲，而轉化為寄託性的理想化的文學形象，而這些託情寄意的故事，又如何歷經宋、元、明、清的時代處境的影響，而造成了《水滸》故事在歷代各別版本的流變成長，增刪改易，各自反映了不同時代的心理需要。這種探討一方面是人性的、心理的、表現的，但卻更是歷史的、社會的，甚至是版本的。兩者結合，不但論述了《水滸》的歷史使命與文化義涵，其實更重要的是指出：小說，或者更廣義的說，文學的創作，原來就是人類面對時代環境的「命運」的限定中，力圖伸張其人性渴望的一種「意志」的表現，這既闡發了文學的性質，亦且詮釋了作品的內涵。

同樣的，〈名士〉一文，亦由《禮記》、《世說新語》所指稱的歷史上的「名士」，而逐漸論及明代平話小說中的莊子、李白、柳永、盧柟，以至《儒林外史》的杜少卿、《紅樓夢》的賈寶玉、《老殘遊記》中的老殘等小說中的人物。討論正是由歷史人物而轉化延伸到小說人物，不但辨析各人的性情類型的殊異，更藉歷史、經濟、甚至政治現實等外緣來詳加落實的解釋。如果說〈水滸〉一文的論述其實仍以「情節」的增刪改變為主，則此篇的辨析重點，正都在小說中主要人物的「性格」特色的表現上。「名士」一方面是天生的才性使然，若非傲骨天生，才慧過人，何能為「名士」？但另一方面亦已成為中國文化開發的典型：既超脫塵俗，又率真處世，正是與世界保持著一種「不即不離」關係的寫照。若從「意志」與「命運」的觀點看，則正是「意志」不足以改變「命運」所形成的世界，但又在世界的「命運」安排之中，能以精神的超越性，堅持一己個性之完整的「意志」。與《水滸》人物的「由驚天動地而寂天寞地」，任俠征戰終究未能扭轉乾坤，甚至無法保全性命，空餘「猛志固常在」，一文一武正有異曲同工之妙。這算不算是喪失了「唐傳奇意志世界」的信心，飽受「宋明話本命運人生」之洗禮後的迴光返照，甚至是拚力反撲？一種對於「意志」的近乎悲劇性的禮讚？

中國小說在五四之後，放棄了文言的寫作，卻也不再依循話本、平話或章回的典範，而改向西方近代的寫實小說取法。但在「感時憂國」的寫實框架，真正摹寫的卻不是超然客觀「命運」的鐵律，反而卻是浪漫的革命召喚，或激憤的嚴辭譴責，其實反而是一種作者「意志」的表現。書中五篇關於近代以至當代的小說的論述，一方面探討類似第一人稱敘述等等的外來的敘事技巧，一方面一再的檢討鄉土、悲運、苦難的人物，如何於「命運」的鐵蹄之下，轉化為艱難的求生「意志」，或者表現為一種「倔強」（羅淑），或者超化為一種「悲情」（臺靜農先生），或者遁入荒謬的「浪漫」（黃春明）。其實所在探討的正是一切寫實小說的基本美學難題：當人物不再是「倜儻非常之人」，反而是平庸、凡愚，甚至是落難、可憐之人，作品的美感無法再從人物的「性格」以及相應的行為而產生，必須祈援於「敘事」的敘述手法本身。宋明話本，以作者的高出於他的聽眾或讀者的「命運」的代言，獲得某種「崇高」的效果。五四以後新小說的策略，往往是寓浪漫於寫實，以作者的「意志」來填補空缺。讓弱小人物的蒼涼手勢，亦在作者的激越強烈的憤慨、博大深厚的同情，甚至狂放荒謬的幻想下，在特殊集中放大的敘事手法中，獲致了震撼鄉野的力量。正如將以個人遭遇而論，明明是無助無力的「悲哀」，但是透過類型化、普遍化的象徵作用，就可以轉化為生民艱困的史詩式的「敢有歌吟動地哀」，假如未曾驚天，至少就有了動地的分量了。書中所論，雖為抽樣，但卻鞭辟入裡，切中近代寫實小說美學的肯綮。尤其剖析精微細膩，無形中更添所論作品的嫵媚。

總體而言，或許本書的另一個令人流連神往，不忍釋卷之處，正在探討作品之際，不論是作為例證，或者就是論述的對象，到處流露的世事洞明與人情練達，真是體察深刻，滿涵智慧；更且妙筆生花，絡繹奔會，讀來如誦人情詩，如覽浮世繪，本身就是一種豐盈的藝術經驗。而全書所闡釋的問題，不論是共時性、歷時性，以至文化特質、時代精神、人格類型、一般技巧、個別作者、單一著作，實已包含了敘事文類的各種層面的課題；所論述的作品更貫穿了先秦、兩漢、魏晉、唐、宋、元、明、清、五四，以迄當代，更是充分涉及了中國小說的各個主要的階段與年代，正是難能可貴的「綜論」。

樂蘅軍先生在求學期間是高班學長；成為同事之後，大家共組「文學討論會」，為最忠誠熱心的會員，二十餘年來，「奇文共欣賞，疑義相與析」，啟迪提攜我輩之功，豈止惠賜良多所可形容！現在不嫌我的淺陋，讓我榮享先睹為快之樂，敢書雜感於前，就權充個得勝頭迴吧！

中國古典詩的美學性格

——一些類型的探討

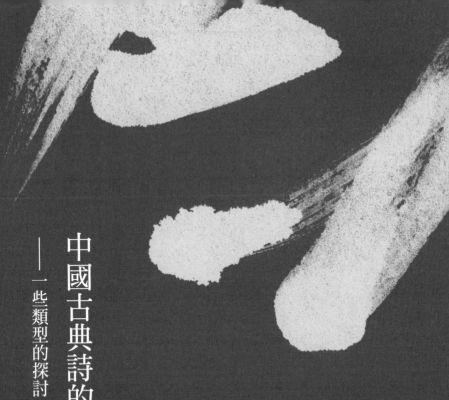

中國古典詩歌是一極為浩繁的藝術寶藏，因此任何對其美學性質的探討都難免掛一漏萬，總是選擇性大於全面性，類型的討論多於整體的掌握。這裡我們希望透過一些有關詩歌的觀念與實際作品的配合，嘗試窺探中國古典詩歌的一些美感規範，尤其是界定詩歌本質的那種規範。當我們提到有關詩歌的觀念時，自然我們會注意具體成形的詩歌理論。但是由於理論往往是出現於創作之後的反省與說明，所以我們以為詩歌的理論事實上並不能窮盡所謂詩歌的觀念。除非我們相信詩歌的創作可以出於完全無意識的狀態，否則任何的創作，背後一定都要有某種觀念在支持與導引，即使這些觀念尚未發展成明白提出的理論。就是這種觀念中有關詩歌本質的美感規範，將是我們掌握中國古典詩的美學特質的指引。

一、「言志」詩的構成

《尚書．堯典》的：

> 帝曰：「夔，命汝典樂，教胄子。直而溫，寬而栗，剛而無虐，簡而無傲。詩言志，歌永言，聲依永，律和聲。八音克諧，無相奪倫，神人以和。」夔曰：「予擊石拊石，百獸率舞。」

或許是我們所知的中國最早的對詩的談論。「詩言志」後來雖然成為傳統對詩歌的基本觀念與認識，但在上文中，「詩」卻顯然是附屬於「樂」的。「歌永言，聲依永，律和聲，八音克諧」的音樂性質才是其中所強調的美感素質之所在。這種音樂性質正建立在改變了語言的正常使用，一方面以「永言」以「依永」來發「聲」；一方面又刻意符合「無相奪倫」的「聲」的規「律」與「和」、「諧」的要求的結果。因此這裡所強調的美感的構成，甚至因此產生的「直而溫，寬而栗，剛而無虐，簡而無傲」以至「神人以和」的倫理影響，顯然都並不建立在「詩言志」的「志」的性質與內涵上，而是建立在「聲」、「樂」、「八音」的形式特質——即它們的「永」、「律」與「和」、「諧」的性質之上。因此，「詩」固然是「歌」中之「言」，「言」亦是「志」的表達，但它們至多只是美感創構的生料，「樂」、「音」才是藝術創造的表現和重心，也是其藝術影響的倫理教化的手段與關鍵。所以夔的回答也強調的只是這種音樂性的「予擊石拊石，百獸率舞」，根本上「百獸」無法了解人類的「言」，更遑論「言」中之「志」了！

在這種觀念下，我們就可以產生如下的這種「詩」歌：

〈周頌．噫嘻〉

噫嘻成王，既昭假爾。率時農夫，播厥百穀。

駿發爾私，終三十里。亦服爾耕，十千維耦。

〈周頌・豐年〉

豐年多黍多稌，亦有高廩，萬億及秭。為酒為醴，烝畀祖妣，以洽百禮，降福孔皆。

在上文中提到「詩言志」時，其實並不是以「志」來解釋「詩」的特質，因為只要是「言」表達的就是「志」，它所強調的只是「樂」「歌」仍然是以「言」作為它的生料，這種作為「樂」「歌」生料的「言」就叫做「詩」；而在這種觀念下，任何「言」只要能夠出以「歌永言」而能符合「聲依永，律和聲，八音克諧，無相奪倫」的音樂表現的要求，都可以是「詩」。因此「詩」與「非詩」的區分，並不在「言」的能否表達「志」，或「志」的具有某種特性，而只在它是否合「樂」，以及是否「聲依永」而出以「永言」的「歌」。因此像〈噫嘻〉、〈豐年〉這類的「詩」和任何「非詩」的禱詞或命令並無「志」意上的不同，唯一的區別是它已合「樂」而成為「樂」「歌」；並且在語「言」上為了合「樂」，而修整成整齊的四字句，或接近四字句的韻語的形式而已。自然這種禱詞或命令，亦接近早期宗教社會神權思想的「神人以和」的理想。

但是只要「詩」是一種藝術，遲早它就必須發展出它自身的美感特性來，而無法只是「樂」的附屬或生料。因此即使是樂歌集的《詩經》中就已經有了如下的發展：

〈魏風．碩鼠〉

碩鼠碩鼠，無食我黍！三歲貫女，莫我肯顧。
逝將去女，適彼樂土。樂土樂土，爰得我所。
碩鼠碩鼠，無食我麥！三歲貫女，莫我肯德。
逝將去女，適彼樂國。樂國樂國，爰得我直。
碩鼠碩鼠，無食我苗！三歲貫女，莫我肯勞。
逝將去女，適彼樂郊。樂郊樂郊，誰之永號。

〈鄭風．將仲子〉

將仲子兮！無踰我里，無折我樹杞。豈敢愛之！畏我父母。
仲可懷也；父母之言，亦可畏也。
將仲子兮！無踰我牆，無折我樹桑。豈敢愛之！畏我諸兄。
仲可懷也；諸兄之言，亦可畏也。
將仲子兮！無踰我園，無折我樹檀。豈敢愛之！畏人之多言。
仲可懷也；人之多言，亦可畏也。

這裡我們看到的是〈國風〉、〈小雅〉最典型的三章複沓的形式。這種形式或許是來自音樂的發展與需要。但是我們卻已可以在這類作品中進一步看到了文學性的形式美感的要求與表現。首先，在〈碩鼠〉中我們可以發現即使是基本上是相同的意念結構，但卻利用了複沓的形式轉換了每一章的押韻與韻腳的用字，而形成文學性的音韻之美在統一之中的更大的變化。而「無食我……」的由「黍」、「麥」、「苗」的變化，亦顯然構成了一種情勢與感受意義的逐步嚴重的發展變化；更重要的是第三章的結尾，突然改變了「爰得我……」的形式，而出之以「誰之永號」，更明顯標示出總結全詩的心理情狀。同時詩中重複的使用「碩鼠」、「樂土」、「樂國」、「樂郊」等疊詞，後三者甚至作了「頂針」的使用，都明顯的表示某種特殊意念與情緒的強調而導致某種特殊文學形式效果上的發展與表現。這種形式上的效果，即使在失去了與音樂關連的今日，我們都可以直接從作品中感受觀察到，它所顯現的正是文學的美感形式的由音樂之附屬的脫穎而出的獨立之發展。它們所顯露的正是文學性的美感形式中主題原理的凸顯。這種主題原理的形式表現不但出現在疊詞的重複強調，在第三章結句的變異，事實上也建立在對比原則的充分應用。全詩的主題，也是其詩意的張力，正建立在「碩鼠」與「樂土」、「樂國」、「樂郊」的對比，在「女」與「我」的對立，在「三歲貫女」與「莫我肯顧、德、勞」彼此對待的差異，在「逝將去女」與「爰得我所、直」的強調等等正反對比的展示上。當然這首詩在文學美感上的最大的突破還在「碩鼠」之隱喻的使用。我們自然無須如Max Eastman視隱喻（Metaphor）和聲律（Meter）為詩的兩大主要構成的原理[1]。但是以「碩鼠」來取代聚斂的統治者的

「女」，無疑是改變了語言的正常使用，而使整個語言與情緒的表現增長了美感品味的距離與空間。一方面固然達到了如李重華所謂：「徵色于象。」詩歌在「發竅于音」之外的，另一層的美感效果；另一方面它更「運神于意」的傳達出一種難以利用確指的語言表示的更為豐富、幽微的複雜情意[2]。「鼠」若參照《詩經．鄘風．相鼠》[3]一詩，顯然正是一種最為微賤又最被鄙視的小動物；加上「食黍」、「食麥」、「食苗」亦是真正可能的「鼠」患：當聚斂的「貴人」或「大人」們被隱喻為「『碩』鼠」，不但明顯的體認了兩者在傷害災禍上的並無二致，同時亦將對於「鼠」的鄙夷、輕視、厭憎的情緒與態度轉移到這些統治者身上了[4]。此外，由於人類對渺小的「鼠」輩儘管是輕鄙厭憎，但「鼠」患卻總是無法根絕，那種氣惱痛惜但又對之無可奈何的矛盾情緒，亦正給此詩的「逝將去女，適彼樂土」的既嚮往又逃避的心情，提供了一種如此反應的合理背景……。由以上的簡單的分析，我

1　見Max Eastman, *The Literary Mind in an Age of Science* (New York: Charles Scribner's Sons, 1931), p. 165。此處參考René Wellek & Austin Warren, *Theory of Literature*的引述。

2　清．李重華，《貞一齋詩說．論詩答問三則》云：「詩有三要，曰：發竅于音，徵色于象，運神于意。……」見丁仲祜編，《清詩話》。

3　該詩全文如下：「相鼠有皮；人而無儀。人而無儀，不死何為！相鼠有齒；人而無止。人而無止，不死何俟！相鼠有體；人而無禮。人而無禮，胡不遄死！」

4　《禮記．檀弓》記載孔子過泰山側所謂「苛政猛於虎也」所傳達的情緒，則顯然是畏懼恐怖多於鄙夷厭憎，由「虎」和「鼠」等喻依的差異，亦可以反映出所喻託的感覺、態度與情緒的不同。

們就約略的可以看出透過物象的呈示為手段，是如何的能夠超越確指的言說在意涵上的有限性，而開拓出足令觀賞者吟詠玩味的無限的美感體驗的空間來了。但是這種美感體驗的無限空間，卻絕對是文學性的美感所特有的人類情意的知覺、領會與想像的無涯領域與專屬範疇。

在〈將仲子〉一詩裡，三章複沓形式中所顯現的內容意義的發展性更清晰、更重要。因為所做為結論的「亦可畏也」的對象，已由近及遠的自「父母之言」、「諸兄之言」而歸結到「人之多言」；這不但與「仲子」所「踰」的「我里」、「我牆」、「我園」所形成的由遠而近的發展對揚，而且正是呼之欲出的展示了敘述者所真正關切苦惱的，正是社會生活中的禮教的規範。在這首詩中物象的呈示，並未出以刻意的隱喻，「踰牆」、「折樹」似乎正是「直指其名直敘其事」[5]的事件本身。但是它們卻顯然不是事件的全貌，而是事件的選擇性的換喻（Metonymy）。因為事情的要點顯然並不在「踰牆」本身，而是「踰其東牆，摟其處子」的追求行動。同時「踰牆」的行動亦正有「踰閑蕩檢」不守禮法的象徵意涵。同樣的「折樹」，若參照《詩經．周南．桃夭》的以「桃之夭夭」來象徵「于歸」的「之子」；〈召南．摽有梅〉的以「摽有梅」來象喻「庶士」對於「迨其吉兮」，已經到了適婚年齡之女主人公「我」的追「求」；〈衛風．氓〉的以「桑之未落，其葉沃若」和「桑之落矣，其黃而隕」來象喻由處子而婦人的變化；以及〈豳風．伐柯〉所謂：「伐柯如何？匪斧不克。取妻如何？匪媒不得。」以「伐柯」來比喻「取妻」，則顯然是更具有一種追求占有未婚處子的象徵意涵。由「折樹」的「折」，以及「樹」的皆強調「我樹」，因此而言及「杞」、「桑」、「檀」，則此一行動顯然亦象徵著一種對於敘述者「我」的一種傷害，一種對其擁有的「財富」或「美好」的破壞。所以一方面在上一句的「里」、「牆」、「園」之上都強調了「我」，一方面在下一句則說「豈敢愛之」。這首詩所依循的不是對比的原則，而是衝突與矛盾的戲劇性的掙扎。這首詩雖然是針對著仲子而說的，話語中亦一再強調到「我」，但是其基本的立場卻不是「女」、「我」的對立，相反的呈現出來的卻更像是「我」的面臨抉擇的兩難心情。詩中表現的焦點顯然是集中在敘述者面臨情人「仲子」的熱烈但卻踰矩的追求，必然和她的家人——「父母」、「諸兄」，甚至街談巷議的「人之多言」所代表的社會禮儀的規範力量互相衝突之際，深感左右為難的取捨的困境。詩開始於祈求性的「將仲子兮」的呼喚，似乎流露出與「仲子」極為親密，對「仲子」是極為溫柔的情懷；但連續兩句「無踰我……」、「無折我樹」則又轉換為對「仲子」的推斥排拒，因為顯然是受到了「仲子」追求行為的「侵犯」與「傷害」。但緊接的卻是惟恐觸怒「仲子」的「豈敢愛之！」，則又反映出一種心甘情願不以「侵犯」與「傷害」為念的熱烈情意，所擔憂的更像是惟恐「仲子」一怒絕去的可能反應。但接著表現的卻是近於〈氓〉所謂的：「于嗟女兮，無與士耽；士之耽兮，猶可說也；女之耽兮，不可說也。」對家庭與社會規範的制裁不能不顧忌的思慮，因此強調「畏我父母」、「畏我諸兄」、「畏人之多言」。其中「父母」、「諸兄」之上的強調「我」，正與前面的「里」、「牆」、「園」，「樹杞」、「樹桑」、「樹檀」之上的「我」一致，

5《朱子語類》卷八〇：「直指其名直敘其事者，賦也。」

正是強調也體認到這種受到「侵犯」與「傷害」之權益的家庭的共有性，也反映出敘述者對於自我身分認同的自覺，畢竟截至目前敘述者仍與「父母」、「諸兄」是共同屬於一個「我」的；同時「兄」的強調其為「諸」，「人之言」的強調其為「多」，亦都有意的強調了社會規範的群眾性格，以及敘述者對自身之為群體的一分子的自覺。其基本的抉擇與兩難至此似乎已然完全呈露了。但使這首詩充滿了戲劇性趣味的是，在「畏」的思慮之餘，竟又如「豈敢愛之」的出現了明明白白的「仲可懷也」，對於「仲子」本人的思戀與愛慕的表白，以及緊接著卻又在心裡重新浮現對於「父母」、「諸兄」、「人」的「之言」的「可畏」，這樣的兩「可」之間的迴光返照式的矛盾與掙扎。這首詩固然仍是獨白的形式，但是反映的並不是有如〈碩鼠〉一般首尾一貫的心思情意，它的徘徊於兩種立場所顯現的矛盾與掙扎的戲劇性，正使此處所謂的「賦」體，不僅是「直指其名，直敘其事」而已。它所反映的其實正是一種「敘事文學」的以矛盾與衝突的心理抉擇與掙扎為核心的美感形態。

在以上的兩個例子裡，不論它們的結構原則是傳統詩論所謂的「比」或者「賦」，它們都不只是附屬於「樂」的簡單的「言」而已。並且很清楚的即使是失去了與「樂」的關連，它們仍然具有獨特的美感興味。這種美感興味顯然正是來自透過語言所呈露的心理活動與內涵的豐富性與戲劇性。因此人類內心活動的特殊形態與樣相就成為中國古典詩歌在脫離音樂之際，頭一個自覺到的獨立的美感的泉源。〈詩大序〉雖然使用的還是「詩言志」的詞語，但針對著《詩經》中作品本身的發展，就不得不賦與它不同的詮釋與意義了：

> 詩者，志之所之也。在心為志，發言為詩。情動於中而形於言，言之不足故嗟嘆之，嗟嘆之不足故永歌之，永歌之不足，不知手之舞之，足之蹈之也。

從我們的目的看來，這一段話最重要的是，它指出了詩歌的美感內涵就是人類主體的意向性的心理活動以及這種心理活動的內涵。「詩者，志之所之也」，顯然具有兩重可能的解釋，而且每一重的可能解釋，對我們而言皆深具啟示：第一層的解釋是，假如「志」指的是主體的意向性的活動，那麼「志之所之」指的就是意向性心理活動所指向的對象。例如在〈碩鼠〉中這種對象既是聚斂的統治者，也是統治者聚斂所造成的「女」、「我」對立的情境與關係，它們成為〈碩鼠〉一詩的題材（subject matter），而敘述者「我」對此對象所產生的意向性反應，就成為此詩的主題（theme）。同樣的在〈將仲子〉中這種對象既是「仲子」，也是「仲子」、「踰牆」、「折樹」行動所造成的社會性的緊張的情勢，它們亦正是此詩的題材。而敘述者「我」對此對象的意向性反應，雖然不同於〈碩鼠〉的立場確定，而是一種矛盾兩難的反應，亦一樣的就是該詩表現的主題。在這種解釋下，它界定了詩歌美感的題材與主題的性質與範疇。

第二層的解釋是，假如「志」指的是意向性的內涵，那麼「志之所之」指的就是意向性的心理活動的歷程。從這種角度看，在〈碩鼠〉中對聚斂的統治者的厭鄙，就是該詩的「志」，亦即是該詩的主題。而該詩以一種厭鄙的心情隱喻聚斂的統治者為「碩鼠」開始；而要求對方停止傷害掠奪自己辛勞所得的權益與生計：「無食我黍。」而強調自己對於對方的長期容忍卻得不到回報：「三歲貫女，莫我肯顧。」而決定離棄對方以追求一種理想的新生活：「逝將去女，適彼樂土。」而強烈的表達出對理想新生活的渴望：「樂土樂土，爰得我所。」這整個主題意向的發展動向與因此而產生的心理歷程，就是「志之所之」，也就是詩歌的不可為主題所化約的內容的整全的實體。這種解釋指出，詩歌乃是意向性心理歷程的展現，因此透過語言對於這種意向性心理歷程的模擬，就成為詩歌內容的結構原則，亦是詩歌美感的表現性質與趣味。是以說：「在心為志，發言為詩。」

但即使在這句話裡仍然容許上述的兩種解釋的。當「志」被視為是主體性的意向性的活動時，「在心為志」就可以被解釋為這種意向性的活動並不指向對於意向性的對象採取行動，以伸張一己之意志；相反的此一意向性的活動卻只是對於對象的深入體察，而在這一「在心」的體察中同時更加強烈明晰的感知一己意向的性質與動向。因此所「發」的「言」並不是要改變對象或情勢，而是在於面對對象之一己意向的自我釐清與明白展現。由於「言」的「發」，本來就是為了自我意向與其性質的清晰顯現，因此伴隨意向所引發的情感激盪就不再是無關緊要，而必然成為其顯示的重點之一。因為這種情感激盪的狀態，亦正是意向性質的一種界定與表現。因此詩歌所展示的意向性活動的心理歷程，就不只是意向本身的轉變發展的歷程而已，同時正是一種情感激盪的特殊形態的形成與顯現。

「情動於中而形於言」，這一句話不但肯定了情感激盪在詩歌所表現的意向性活動的重要；反過來說，亦界定甚至限定了詩歌所表現的意向性心理活動的性質，它強調了這種心理歷程必須同時是一種情感經驗。由於它是一種生命主體已然投入的情感經驗，因此在此類經驗的情感激盪狀態中，往往我們有相當的部分是不斬然而然，因此「情動於中而形於言」，就有自然流露的意思；而「嗟嘆」、「永歌」，甚至「不知手之舞之，足之蹈之」皆為一種「誠於中而形於外」的自然表現。詩歌因此被視為是詩人內心最為真實狀況的顯露。在這種觀念下，詩歌內容中所包含的意向活動的對象，並不被視為只是作純粹美感觀照或美感經驗的對象。它必須是能夠引發愛憎好惡，激起喜怒哀樂情感的對象。於是它必須是能引人歡欣喜樂或悲愁怨怒的現實生活的真實狀況。詩歌因此不可能只是美感觀照中純粹的想像的遊戲或產物，而是被視為是社會人生之中的深入人心之真實的揭示。

它所揭示的真實，大致包含三種層次：首先，它自然反映作詩者，甚至賦詩者的個性人格。這既是〈詩大序〉中所謂「吟詠情性」、「發乎情，民之性也」的主張；也是《左傳》中所記載的「賦詩言志」的意旨[6]。其次，由於作詩者的個性人格，亦即他們面對情境產生情感反應的特殊形態與傾向，並不全然是天性，亦同時是一種文化教養之下的產物，因此在情感反應的形態與方式上，它們同時反映了社會教化與時地風氣的特性。因為它們無形中也決定了意向性活動的選擇方向與反應形態。這就

6　關於「賦詩言志」，朱自清《詩言志辨》的〈詩言志〉章第二節「賦詩言志」，已有詳細討論可以參考。這裡相關的或許是欣賞與引用，由於其所具有的選擇性，似乎亦如創作一般，亦可反映欣賞或引用者的個性人格。

是〈詩大序〉中所謂「發乎情，止乎禮義」、「止乎禮義，先王之澤也」的論點。透過這種主張，當反過來使用詩歌為教化的手段時，就成了「先王以是經夫婦，成孝敬，美教化，移風俗」和「溫柔敦厚，詩教也」的觀念[7]。第三，由於此類意向性活動最後必須指向，能夠引發情感的現實生活的真實狀況，因此結果必然指向影響人人生存與生活的政治社會的現實情狀，也就是在個人的遭遇境況裡，正同時反映了政治社會的基本現實。這就是〈詩大序〉：

> 情發於聲，聲成文謂之音。治世之音安以樂，其政和；亂世之音怨以怒，其政乖；亡國之音哀以思，其民困。

的現象[8]。這一段話，雖然基於情感和「聲」、「音」之間的關係，而偏重於「音」、「聲」的情感性質——「安以樂」、「怨以怒」、「哀以思」——的討論，但詩歌對於政治社會現實的反映的立場卻是極為明晰。透過這種反映，詩歌也就可以有「正得失」，「正也，言王政之所由廢興也」，「國史明乎得失之跡，傷人倫之廢，哀刑政之苛，吟詠情性，以風其上，達於事變而懷其舊俗者也」，甚至「上以風化下，下以風刺上，主文而譎諫，言之者無罪，聞之者足戒」[9]的功能和作用了。詩歌因此一方面成為個人性情，社會風教，國家政治的指標；一方面也就負有「正得失」與「美教化」的使命。因此倫理價值性的判斷，就不但是詩作之意向內容的屬性，亦成為觀詩的基本立場了。

詩歌具有反映個人性情，社會風教，國家政治之真實的觀念，雖然在〈詩大序〉中得到了明文的指說，但是這些觀念其實也可算是對於《詩經》作品之特質的一種描述。就以前面例舉的〈碩鼠〉與〈將仲子〉而言，〈碩鼠〉為一種政治狀況的反應與反映固不待言。面對這種政治狀況，詩的敘述者採取的顯然是「逃避」（move away from others），而不是「攻擊」（move against others）或「親近」（move toward others）的反應。這和〈將仲子〉的採取「親近」以及〈相鼠〉的採取「攻擊」等反應，正充分顯示這三首詩的敘述者的個人性情的差異[10]。但是在嚴重的政治情況中，寧可採取「逃避」而非「攻擊」的反應，就有「怨誹而不亂」的社會風教的意義[11]。同樣的，在〈將仲子〉中即使採取的是「親近」的反應，但同時一再強調社會規範的「人言可畏」，反映的正是「好

---

7 上句引文見〈詩大序〉；下句引文見《禮記．經解》。

8 《禮記．樂記》有一段相同的話語，唯其上有：「凡音者，生人心者也。情動於中，故形於聲」的前提，並且下接「聲音之道，與政通矣」的結論。

9 以上引文俱見〈詩大序〉。

10 上述所提及的三種反應，參閱Karen Horney, *Neurosis and Human Growth* (New York: The Norton Library, 1970), p.19，該書國內有李明濱的中譯《自我的掙扎》（臺北：志文出版社，一九七六年），可參考。

11 由《論語．學而》：「有子曰：『其為人也孝弟，而好犯上者，鮮矣！不好犯上，而好作亂者，未之有也。君子務本，本立而道生；孝弟也者，其為仁之本與？』」就可以看出「不犯上」、「不作亂」原就是儒家「克己復禮」的教化的目的之一。「小雅怨誹而不亂」正有相同的用意。

色而不淫」的文化理想[12]。〈相鼠〉一詩的「攻擊」反應，卻正針對著「人而無禮」，仍是「立於禮」的立場。所以這些「詩」的編集，顯然亦自有相當的政教倫理的意涵，並不完全只為了美感的愉悅。

這種要求詩作之意向內容，必須包含主體投入的情感反應，因此一方面不能只是純屬「無關心」（entirely disinterested）的美感觀照與判斷[13]；另一方面同時要求其必須蘊涵著一種倫理性的關懷，甚至這種關懷成為作品的主題：這在《詩經》或許只是一種「描述性」的事實，但是經由〈詩大序〉的指明，後來就成為「言志」詩，在「志之所之」解釋為意向的對象時的「規範性」的觀念了。它要求詩歌必須表現詩人的個人的人生理想與性情修養，必須表現對於政治現實或社會現象的倫理關懷，必須有關風化甚至有所諷諫。它要求詩人必須在政治社會的政教體系，透過詩歌發揮參與政治，移風易俗的功能。

二、「神韻」詩的出現

當我們以意向性的心理歷程來解釋「志之所之」時，《詩經》中的下列作品，卻呈示了這種解釋的另一層可能的含意：

〈王風．采葛〉

彼采葛兮。一日不見，如三月兮。
彼采蕭兮。一日不見，如三秋兮。
彼采艾兮。一日不見，如三歲兮。

〈秦風．蒹葭〉

蒹葭蒼蒼，白露為霜。所謂伊人，在水一方。
溯洄從之，道阻且長；溯游從之，宛在水中央。
蒹葭淒淒，白露未晞。所謂伊人，在水之湄。
溯洄從之，道阻且躋；溯游從之，宛在水中坻。
蒹葭采采，白露未已。所謂伊人，在水之涘。
溯洄從之，道阻且右；溯游從之，宛在水中沚。

12 「國風好色而不淫，小雅怨誹而不亂。」語見《楚辭》王逸注引班固〈離騷序〉，以為係「淮南王安敘《離騷傳》」語。此語亦見《史記．屈原賈生列傳》。其基本精神顯然是《論語．八佾》：「子曰：『〈關雎〉樂而不淫，哀而不傷。』」的引申。

13 「無關心」或譯「無利害關係」，以此為美感觀照與判斷的性質，見康德，《判斷力批判》，第一章〈美的分析〉第二節。

〈采葛〉一詩雖然始於意向的對象及其活動：「彼采葛兮」，「彼采蕭兮」，「彼采艾兮」；但是對象的活動卻更像是一種景象而已。因為這些活動顯然對於敘述者而言，並不構成直接的影響，也因此對象的活動就與敘述者之間，並未產生任何可能的倫理關涉。這首詩的重點，就轉移到敘述者面對此一景象的心理歷程：由「見」到的喜悅，而在喜悅的舒散之餘，意識到「不見」的等待的焦灼與度日如年的感覺：「一日不見，如三月兮」，「如三秋兮」，「如三歲兮」。這裡雖然充分的反映了敘述者對於「彼」之對象的思念的意向，但表現的注意卻顯然的已由思念的對象──「彼」，而轉移到思念的心理歷程本身──「一日不見，如三月兮」。於是「發言為詩」，就變成「在心為志」的心理歷程的展示而已。詩歌的內涵就不再以對象的倫理關懷為重點，反而是以一己的情感狀態為呈現的重點。這種心理「歷程」，這種情感「狀態」，似乎才是這類詩歌表現的主題，以及美感趣味的焦點。因此在這類詩中既不對對象的素質做判斷（固然沒有像〈碩鼠〉的指斥，甚至沒有「窕窈淑女，君子好逑」的肯認，而只是單純的「彼」）；亦不對對象的活動採取立場（對其「采葛」、「采蕭」、「采艾」既未讚揚，又未反對，只是指陳），因此整個對於對象的意向中就不具任何顯明的倫理性的論斷。反過來說，構成這種意向性活動的心理歷程本身也就不具有任何明顯的倫理立場與素質，而必須要讀者以其倫理意識來認知和再判斷。這無形中就給讀者保留了較大的對於這種作品作純粹的美感觀照的空間。

相同的缺乏明顯的倫理判斷的素質，亦見於〈蒹葭〉。這一點我們只要和〈關雎〉一詩略加比較就可明瞭[14]。雖然這兩首詩都是《毛傳》所謂「興也」的作品，這在詩歌表現的形式結構上顯然是有異於「賦」體的〈采葛〉，而有著顯然不同的美學效果。雖然〈兼葭〉和〈關雎〉一樣，都在表現一種對於對象的「追求」的意向（在〈關雎〉裡是「寤寐求之」，在〈蒹葭〉裡則是「溯洄」和「溯游」「從之」），但是〈關雎〉一方面很明顯的強調了所追求對象的倫理性質——「窈窕淑女」；一方面也明白的確認了這一追求本身的倫理性質——「君子好逑」正說明了這是一種合於社會禮俗，為禮教所認可的婚配的追求。並且在具體的指出「琴瑟友之」、「鍾鼓樂之」的追求方式中，一方面顯示詩中對於這一追求之描述所具有的外在的現實性；一方面也間接的反映出，雖然此詩亦有「求之不得，寤寐思服，悠哉悠哉，輾轉反側」的「發乎情」的心理歷程，但訴諸行動之際則永遠是「止乎禮義」的倫理性質。這也就是〈毛詩序〉所可以強調：

〈關雎〉樂得淑女，以配君子，憂在進賢，不淫其色；哀窈窕，思賢才，而無傷善之心焉：是〈關雎〉之義也。

的理由。與此大相逕庭的是〈蒹葭〉裡對於其「追求」的描述。首先，對於其所追求的對象，除了

14　全詩如下：「關關雎鳩，在河之洲。窈窕淑女，君子好逑。參差荇菜，左右流之。窈窕淑女，寤寐求之。求之不得，寤寐思服。悠哉悠哉！輾轉反側。參差荇菜，左右采之。窈窕淑女，琴瑟友之。參差荇菜，左右芼之。窈窕淑女，鐘鼓樂之。」

「在水一方」的情境之外，並無任何明顯的素質的指陳。「所謂伊人」的指陳方式，甚至使得此處的「伊人」，顯然不具有「彼采葛兮」的「彼」那麼明顯的真確性，反而更接近《老子》所謂的「惚兮恍兮，其中有象；恍兮惚兮，其中有物」的確而不定了[15]。這也就使得朱熹在《詩集傳》一方面似乎很確定的解釋這首詩，以為是：「言秋水方盛之時，所謂彼人者，乃在水之一方，上下求之而皆不可得。」一方面卻又說：「然不知其何所指也。」相同的反應亦見於一些當代的箋注者：「這是一首懷人的詩。詩中的『伊人』是詩人訪求的對象，至於是男是女，則不能確定。」[16]「此有所愛慕而不得近之之詩，似是情歌。或以為訪賢之詩，亦近是。」[17] 朱熹的「然不知其何所指也」的疑惑，或許不僅只是「伊人」是男是女，追求是兩性間的戀愛或政治上的訪賢[18]；亦可能是在解釋了「宛在水中央」為「宛然，坐見貌；在水中央，言近而不可至也」之餘，對於「所謂彼人者，乃在水之一方，上下求之而皆不可得」的在現實上之不可能。誠如〈河廣〉一詩所說的：「誰謂河廣？一葦杭之。」[19]「在水一方」，「宛然坐見」，如此接近，在現實上理解顯然是不可能「上下求之而皆不可得」。因此這首詩的由「所謂伊人，在水一方」的處境，以至「溯迴從之，道阻且長；溯游從之，宛在水中央」的整個追求的行動與歷程，無寧是更接近〈漢廣〉所謂的：「南有喬木，不可休息。漢有游女，不可求思。漢之廣矣，不可泳思。江之永矣，不可方思。」[20] 基本上只是一種象徵的情境。正如其中的「不可休息」、「不可泳思」、「不可方思」，其實只在表達一種「不可求思」的內心的感覺；同樣的，「在水一方」、「道阻且長」、「宛在水中央」，也正是敘述者對於「所謂伊人」的可望而不可即的思慕心理歷程之反映，未必即是現實上「溯洄」、「溯游」之渡水行動的結果。

當詩人把注意力由現實情境與行動的投注，而轉移到在情境與行動中心理歷程的體驗與品質，無形中就給與了我們一種面對現實情境與行動的「優游不迫」的美感距離，使我們不但免除了現實情境與行動的利害成敗的壓迫，以及因此必須採取的倫理關懷與立場，甚至超越了這種利害成敗與倫理關懷所引起的情感反應之籠罩與羈絆，因而充分的體驗到「肆行無礙憑來去」，我們精神之自由本質的充量發揮，帶給我們的正是完全的美感觀照的無窮喜悅[21]。王國維在《人間詞話》中說：

---

15 《老子》二十一章：「孔德之容，惟道是從。道之為物，惟恍惟惚。惚兮恍兮，其中有象。恍兮惚兮，其中有物。窈兮冥兮，其中有精；其精甚真，其中有信。自古及今，其名不去，以閱眾甫。吾何以知眾甫之狀哉？以此。」我們固然不必以「惟道是從」來附會〈蒹葭〉的「溯洄從之」和「溯游從之」，但在「蒹葭蒼蒼」之中出現「所謂伊人」，確實具有「惚兮恍兮，其中有象；恍兮惚兮，其中有物」的效果；而「伊人」的於「道阻且長」的不可即之餘，卻強調其「宛在水中央」的可望，亦與「窈兮冥兮，其中有精；其精甚真，其中有信」的意念近似。這裡正都反映出一種「確而不定」之追求的共同結構。後來如司空圖等人要以老莊心目中的「道」來詮釋詩歌的「神韻」境界，顯然是有它的道理的。

16 見《中國文學史參考資料——先秦之部》（臺北：里仁書局印行，一九八二年），頁六五。

17 見屈師萬里著，《詩經詮釋》（臺北：聯經出版事業公司印行，一九八三年），頁二二一。

18 《毛傳》序此詩以為：「蒹葭刺襄公也，未能用周禮，將無以固其國焉。」《鄭箋》解「所謂伊人，在水一方」云：「伊當作緊，緊猶是也。所謂：是知周禮之賢人乃在大水之一邊，假喻以言遠。」

19 見《詩經．衛風》。

20 見《詩經．周南》。

21 嚴羽《滄浪詩話》以為詩：「其大概有二：曰優游不迫；曰沉著痛快。」優游不迫和沉著痛快或許正可以視為神韻詩與言志

《詩・蒹葭》一篇，最得風人深致。晏同叔之「昨夜西風凋碧樹。獨上高樓，望盡天涯路。」意頗近之。但一灑落，一悲壯耳。

顯然對於這首詩採取的就是視其中的景物、動作的描寫皆為一種反映精神狀態的「象徵情境」的認識。

因此同樣是「興」體，〈關雎〉的「先言他物以引起所詠之辭」的「興」句，就很明顯的具有一種「托物興詞」，或「本要言其事，而虛用兩句鉤起，因而接續去者」[22]，和所詠的本事分裂為兩截的現象，所以二者的關係者除去了「興者，起也」[23]所具的「發端」、「引起」的作用，其實是近於譬喻的。是以不但陸德明釋「興」以為是「譬喻之名」；而從《毛傳》、《鄭箋》以至朱子《集傳》亦皆以「雎鳩」的「摯而有別」來解釋「君子」與「淑女」的「好逑」關係：「言其相與和樂而恭敬，亦若雎鳩之情摯而有別也。」[24]朱熹甚至還要強調：「後凡言興者，其文意皆放此云。」但是〈蒹葭〉的「蒹葭蒼蒼，白露為霜」，《毛傳》仍然勉強以：「白露凝戾為霜，然後歲事成；國家待禮然後興。」來做譬喻的解說；《鄭箋》亦因而以為《毛傳》釋此詩為「興也」乃是：「興者，喻：眾民之不從襄公政令者，得周禮以教之則服。」但是朱熹則顯然意識到這兩個「興」句，其實和全詩的「在水一方」的整體情境不但是一致的，而且正是其中不可分割的一部分，因此他以：「蒹葭未敗，而露始為霜；秋水時至，百川灌河之時也。」「言秋水方盛之時，所謂彼人者，乃在水之一方。」來解釋句中的涵義，以及它們和全詩的關係。他的強調它們意指「秋水方盛之時」，自然不能說是錯誤，但多少總是忽略了它們所具有的豐富意涵以及美學效果。這一方面，李重華顯然就有更深入的認識：

> 興之為義，是詩家大半得力處：無端說一件鳥獸草木，不明指天時，而天時恍在其中；不顯言地境，而地境宛在其中，且不實說人事，而人事已隱約流露其中，故有興而詩之神理全具也。

事實上「蒹葭蒼蒼，白露為霜」，正如晏殊〈蝶戀花〉例中的「昨夜西風凋碧樹」一般，不但給「溯游從之」的追求提供了心理的動因，也給「在水一方」的「象徵情境」提供了感覺性的具體內容，使得整個追求的「象徵情境」因而具有足夠的現實感，同時更可以由主體的心理歷程轉化為可以經驗、可以感覺的美感客體。而「蒹葭蒼蒼，白露為霜」作為景象本身的豐富優美的美感性質，更是超越了

詩的各別的風格特質之區分，雖然言志詩未必皆沉著痛快，但神韻詩基本上則是優游不迫的。「肆行無礙憑來去」見《紅樓夢》第二十二回「聽曲文寶玉悟禪機」。而不論是「優游」，或是「肆行無礙」，其實都有莊子「逍遙遊」的意涵，所用的隱喻亦皆相同。

22 朱熹，《詩集傳》：「興者，先言他物以引起所詠之辭也。」《朱子全書》：「興者，托物興詞，如〈關雎〉、〈兔罝〉類是也。」《朱子語類》：「本要言其事，而虛用兩句鉤起，因而接續去者，興也。」

23 見劉勰，《文心雕龍．比興》。

24 見朱熹，《詩集傳》。

語言的脈絡和意指，獨立的提供了一種「不涉理路，不落言荃」[25]，可以在想像觀照中流連品賞的無窮興味。換句話說就是，「蒹葭蒼蒼，白露為霜」所呈示的基本上就是一種我們後來習慣稱之為具有「畫意」的「景象」。這種「景象」自身早已涵具一種獨立自足的美感觀照與品味，即使脫離了原詩的情意脈絡，它一樣可以提供給我們一種美感品賞上的充分滿足，某種意義上是可視為一個獨立的美學客體的自足單位。因此這類具有「畫意」景象的詩句，即使對於全詩的「詩情」具有某種「象徵」的作用或「示意」的功能，但是它顯然不能像「譬喻」或「隱喻」一般的，可以被化約為只是某種「意念」的「形象化」的表達。這就是當朱熹想用代表「秋水方盛之時」的意旨來詮解「蒹葭……」二句，我們無法完全心服；甚至李重華的「天時」、「地境」、「人事」的同時恍宛其中，隱約流露的說法，都無法令我們滿意的緣故。畢竟這都是一種要破壞其作為一自足的美學客體所涵具的美感經驗的完整性，而只是將它化約為某一確定的觀念或意指的「言志」性的詮解。

就在這一點上，摯虞《文章流別論》以為：「興者，有感之辭也。」或鍾嶸《詩品．序》所謂：「文已盡而意有餘，興也。」雖然說得含混，反而是更能掌握這類「興」句的美感特質。「興」句當它深具獨立的「畫意」之時，所以能夠保持其「畫意」的美感效果的完整，正因「興」句，一如它的定義所示的，總是出現在全詩或一段的發端，因而在閱讀欣賞的歷程，它得以享有獨立存在，單獨被吟味的時刻。只有當它與底下的「言志」的語句結合，再重新回顧之後，它才方始產生「象徵」或「示意」的作用；也因此使它可以同時既具呈示獨立的「畫意」景象的功能，又可以使此一「畫意」景象和「詩情」結合，而形成一種兼具「詩情畫意」之「象徵情境」的呈示與表現。這種獨立景象所具的更豐富的象徵示意的作用，在王弼的《周易略例》中，雖然是為了討論易象，但已經說得很明白了。

夫象者，出意者也；言者，明象者也。盡意莫若象；盡象莫若言。言生於象，故可尋言以觀象。象生於意，故可尋象以觀意。意以象盡，象以言著。故言者所以明象，得象而忘言，象者所以存意，得意而忘象。猶蹄者所以在兔，得兔而忘蹄；筌者所以在魚，得魚而忘筌也。是故，存言者，非得象也；存象者，非得意者也。象生於意而存象焉，則所存者乃非其象也；言生於象而存言焉，則所存者乃非其言也。然則忘象者，乃得意者也；忘言者，乃得象者也。得意在忘象；得象在忘言。故立象以盡意，而象可忘也；重畫以盡情，而畫可忘也。

這一段話，雖然王弼的原意是在假借莊子的言意觀點來詮解《周易》的卦象爻辭，以形成一種更通達的象徵理論，基本上是一種更廣涵的語言哲學。但是若只從美學的角度來了解，似乎亦深具啟示性。從這一段文字，我們可以很自然的引申出以下的觀點：首先它似乎強調了：藝術作品作為一個美感的

---

25 見嚴羽，《滄浪詩語・詩辯》。

客體，不同於自然景物，它所呈示具現的不僅只是景物本身所涵具的美感素質或潛能，同時更是創作者內在的美感觀照和美感經驗。因此觀賞者必須透過對於藝術作品的媒材之素質，以及由媒材素質所組構而成的形式，既能充分的知覺，但又能夠超越對於它們的知覺，因而不致只將它們視同自然事物而產生現實性的反應，或者忽略它們的構成形式而只作部分的反應，並且最重要的仍然需要超越對形式本身的貫注，才能憑藉形式的導引，在自己內心的想像活動中，形成足以掌握創作者憑藉形式來傳達的美感觀照的內容，也就是透過自己所被引發的美感觀照去捕捉創作者原初的美感觀照，在自己的美感經驗中體驗創作者原初的美感經驗。王弼採取了莊子「得意忘言，得魚忘荃」[26]的觀點，視語言傳達的功能不在指向外界的現實，而在表達內心的體驗。正是一種將「志之所之」不解釋為意向所注的外在對象，而將它解釋為意向活動的心理歷程自身的立場。因此這裡的討論，無形中就給心理歷程自身之表達的詩歌類型，提供了一種廣大而堅強的理論基礎。「興」，假如根據摯虞的了解，正是一種專注於意向活動的心理歷程自身，而非意向對象的語言表達，所以，他的解釋就是「有感之辭也」。

其次，這一段話指出了，意向活動的心理歷程自身，一如我們的美感觀照之中的美感體驗，是無法直接傳達的。正如意向需要對象，觀照亦需要對象，才能構成內容，而成其為經驗。當意向的對象可以指向外在的實有之際，心理歷程自身的傳達就只有依賴，具有實有所引起的感覺素質而並非即是實有本身的「象」，作為媒介。也因此不能對這些「象」產生面對實有之事物的現實或倫理的反應。因此專注於心理歷程自身，往往就成為一種美感觀照的呈現與傳播的過程。「詩」在這種「志之所之」

的理解下，就可以成為純粹的美感經驗的表現與傳達。因此，詩所表達的就是一種美感觀照中的「詩情」而非現實、倫理的感情。而此種「詩情」既然有賴於「象」來具現與傳達，因此具有「畫意」的「象」，以及呈示這種深具「畫意」之「象」的語言，就成為最自然且是最有效的表現方法。像「蒹葭蒼蒼，白露為霜」的「興」句，固然是這種具有「畫意」之「象」的呈示，而〈蒹葭〉一詩與其「興」句結合一致所呈現的形象化的「象徵情境」，其實亦正是一種兼具「詩情」、「畫意」的「象」的表達。這種掌握「立象以盡意」原理，而以美感觀照下的心理歷程自身為表現之目標，充分的透過深具「畫意」的景象來表達「詩情」，因而形成一種「詩情畫意」之呈現，卻又在欣賞之際要求欣賞者「得意忘象」、「得象忘言」以掌握其「象外之意」的詩歌，就是所謂的「神韻」詩。換句話說，它就是一種以「文已盡而意有餘」為理想的詩歌。

鍾嶸雖然是頭一個提出了「文已盡而意有餘」的詩歌的「神韻」的表現；甚至在反對「用事」之際，一方面體認到詩歌的目的在表現心理歷程，而不在對事物作現實倫理性的反應，因此強調：「夫屬詞比事乃為通談：若乃經國文符，應資博古；撰德駁奏，宜窮往烈。至乎吟詠情性，亦何貴於用事？」因而改變了〈詩大序〉的「國史明乎得失之迹，傷人倫之廢，哀刑政之苛」，「以風其上，達於事變，而懷其舊俗者也」的「吟詠情性」的了解與意義。並且在舉例說明之際，強調：

26 見《莊子．外物》：「荃者所以在魚，得魚而忘荃。蹄者所以在兔，得兔而忘蹄。言者所以在意，得意而忘言。」

「思君如流水」既是即目；「高臺多悲風」亦惟所見。「清晨登隴首」羌無故實；「明月照積雪」詎出經史？觀古今勝語，多非補假，皆由直尋。

從某方面來說，已經是顯然具有以帶「畫意」的形象語句為詩歌的「勝語」的覺識。他的「即目」、「所見」、「直尋」，亦對這些詩句的「形象性」，以及其經由興會觸發而同時兼具「畫意」和「詩情」之凝合的性質有所指陳。但是正如鍾嶸只以「文已盡而意有餘」來解釋「興」。他的「興」仍然是與「比」、「賦」相提並論，因而以為：「宏斯三義，酌而用之，幹之以風力，潤之以丹彩，使味之者無極，聞之者動心，是詩之至也。」基本上只將此一新理念視為僅是詩歌的表現方式之一。他甚至以為：「若專用比興，患在意深，意深則詞躓。」因此他雖然是首先意識到「神韻」詩之存在的評論者，但基本上他仍然並不能算是以「神韻」為理想的詩論家。

這主要是，在他的時代，五言詩在漢代興起之後，固然已經有像：

〈古詩十九首．庭中有奇樹〉

庭中有奇樹，綠葉發華滋。攀條折其榮，將以遺所思。馨香盈懷袖，路遠莫致之。此物何足貴，但感別經時。

曹植，〈雜詩〉

高臺多悲風，朝日照北林。之子在萬里，江湖迥且深。方舟安可極，離思故難任。孤雁飛南遊，過庭長哀吟。翹思慕遠人，願欲託遺音。形影忽不見，翩翩傷我心。

這種並不強調對象的現實倫理素質，反而只以簡單的「所思」、「之子」來稱呼，主要的注意力全集中「思念」的心理歷程，並且巧妙的利用深具「畫意」的景象：「庭中有奇樹，綠葉發華滋」，「攀條折其榮」，「馨香盈懷袖」，「高臺多悲風，朝日照北林」，「江湖迥且深」，「方舟安可極」，「孤雁飛南遊，過庭長哀吟」，來呈示形成全詩的「象徵情境」的「詩情」，已經頗具「神韻」美感的詩作。但是更多更重要的主流，卻還是如：

（傳）蘇武，〈結髮為夫妻〉

結髮為夫妻，恩愛兩不疑。歡娛在今夕，燕婉及良時。征夫懷遠路，起視夜何其。參辰皆已沒，去去從此辭。行役在戰場，相見未有期。握手一長嘆，淚為生別滋。努力愛春華，莫忘歡樂時。生當復來歸，死當長相思。

曹植，〈箜篌引〉

置酒高殿上，親友從我遊。中廚辦豐膳，烹羊宰肥牛。秦箏何慷慨，齊瑟和且柔。陽和奏奇舞，京洛出名謳。樂飲過三爵，緩帶傾庶羞。主稱千年壽，賓奉萬年酬。久要不可忘，薄終義所尤。謙謙君子德，磬折欲何求？驚風飄白日，光景馳西流。盛時不可再，百年忽我道。生存華屋處，零落歸山丘。先民誰不死，知命復何憂。

這類以描述現實情境，表現倫理意圖，反映個人志意為重點的「言志」詩。當然在建安以降詩人的宮庭宴遊的詩作中，詩人們因為「憐風月，狎池苑」而已經有相當的篇幅用到以對句描寫具「畫意」的景象，但是由於這類詩歌寫作的目的原在「述恩榮，敘酣宴」[27]，因此這些寫景偶句往往較具裝飾、寫實的性質，而未能使全詩形成一種「象徵情境」；而且一旦意在「述恩榮」，現實倫理的顧念就在其中，因此全詩的精神基本上就仍是「言志」的，而無法充分的實現「神韻」的理想。

但是陶淵明、謝靈運、謝朓等人的山水田園詩歌的繼承且取代了「玄言詩」的出現，卻導引中國的詩歌進一步的往「神韻」詩的方向發展。一方面由於模山範水逐漸成為詩歌表現的主體，無形中作為美感觀照之獨立的客體的具「畫意」的山水景物成為詩歌主要的內容，因此超越了「言志」詩的社會現實、政治倫理的考慮；另一方面則因所描寫的山水景物同時被視為是「玄言詩」中所要表現的玄理的具體顯現，因此這些具「畫意」的山水景物並不被視為就是經驗寫實中至竟的客觀實體，反而是被視為僅是傳達某種宇宙「真意」或「理」的「象」，因而正充分實現了王弼「立象以盡意，而象可忘也」的主張；這種情形正如下列二詩所顯示的：

陶淵明，〈飲酒〉之五

結廬在人境，而無車馬喧。問君何能爾？心遠地自偏。采菊東籬下，悠然見南山。山氣日夕佳，飛鳥相與還。此中有真意，欲辨已忘言。

謝靈運，〈石壁精舍還湖中作〉

昏旦變氣候，山水含清暉。清暉能娛人，游子憺忘歸。出谷日尚早，入舟陽已微。林壑斂暝色，雲霞收夕霏。芰荷迭映蔚，蒲稗相因依。披拂趨南徑，愉悅偃東扉。慮澹物自輕，意愜理無違。寄言攝生客，試用此道推。

雖然這類詩作往往包含了一個實際的行動或經驗的歷程，例如：「結廬在人境」、「采菊東籬下」，或自「出谷日尚早」至「愉悅偃東扉」的整個遊歷的過程，但是透過它們所要表達的卻是一種忘懷現實

27 見劉勰，《文心雕龍．明詩》：「文帝陳思，縱轡以騁節，王徐應劉，望路而爭驅；並憐風月，狎池苑，述恩榮，敘酣宴。」

遊心物外：「而無車馬喧」，「心遠地自偏」；或「慮澹物自輕，意愜理無違」，「此中有真意，欲辨已忘言」，超越於社會倫理、政治關懷之外，而直接與宇宙精神交感相契的真理領悟的心靈經驗。這種經驗基本上正是接近莊子「獨與天地精神往來，而不敖倪於萬物」之超越精神的形上體驗[28]，並不就是一種單純的美感體驗。但是正如莊子所謂的：

天地有大美而不言，四時有明法而不議，萬物有成理而不說。聖人者，原天地之美而達萬物之理。是故至人無為，大聖不作，觀於天地之謂也。[29]

這種形上的體驗，正是透過「觀於天地」的直觀感知，而在「原天地之美」，充分的知覺天地之本然具足無限圓滿的美感性的體驗中；「達萬物之理」，體認到萬物的「各得其和以生，各得其養以成」的自足自成的存在之理[30]。因此這種以超越的觀點，掌握「萬物」之存在的自具目的性的「成理」之形上真理的領悟，就不是一種以「議」論「言」、「說」之思辯的結果，而是在「四時行焉，百物生焉」的宇宙實相之流轉顯現中透露的無限天機的直接感悟上[31]。因而本質上就和「有為」的實用思辨與「制作」的倫理知解判然有異（因為這類思辨和知解，正都建立在否定萬物自身存在的「成理」，而要將它們納入以人類自身之目的為中心所設計的系統中，正是一種要將萬物材料化、手段化、工具化的作為），反而是和「至人無為，大聖不作」之際的，近乎純粹美感觀照的知覺活動融合為一；因而同時也就成為一種美感經驗的無窮意蘊與內容了。就此而論，這類詩作所表現的雖然未必就是一種狹義的情感體驗，但其為「立象以盡意，而象可忘也」，為「言有盡而意有餘」，在其美感效果的形態上，則和表現情感體驗之心理歷程的以「盡意」之形象表現「詩情」的作品，初無二致。影響所及，亦促進了他們對於表現情感體驗之「神韻」詩在創作上的自覺：

陶淵明，〈擬古〉

日暮天無雲，春風扇微和。佳人美清夜，達曙酣且歌。歌竟長嘆息，持此感人多。皎皎雲間月，灼灼葉中華，豈無一時好，不久當如何！

28 見《莊子．天下》。

29 見《莊子．知北遊》。

30 語見《荀子．天論》。〈天論〉中的這一段，在基本精神上，顯然和〈知北遊〉上的那一段是相通的：「列星隨旋，日月遞炤，四時代御，陰陽大化，風雨博施（按：相當於『四時有明法』），萬物各得其和以生，各得其養以成（按：相當於『萬物有成理』），不見其事而見其功，夫是之謂神；皆知其所以成，莫知其無形，夫是之謂天（按：相當於『不言』、『不議』、『不說』、『無為』、『不作』）。」

31 語見《論語．陽貨》：「子曰：『天何言哉？四時行焉，百物生焉，天何言哉！』」這一段話不但與〈知北遊〉、〈天論〉的兩段話顯然是相通的，即使視之為它們的根源，似亦可以成立。

謝靈運，〈石門巖上宿〉

朝搴苑中蘭，畏彼霜下歇。暝還雲際宿，弄此石上月。鳥鳴識夜棲，木落知風發。異音同至聽，殊響俱清越。妙物莫為賞，芳醑誰與伐？美人竟不來，陽阿徒晞髮。

謝朓，〈秋夜〉

秋夜促織鳴，南鄰擣衣急。思君隔九重，夜夜空佇立。北窗輕幔垂，西戶月光入。何知白露下，坐視階前濕。誰能長分居，秋盡冬復及。

謝朓，〈玉階怨〉

夕殿下珠簾，流螢飛復息。長夜縫羅衣，思君此何極！

這樣的創作實踐上的自覺，經由理論上像鍾嶸的體認到「興」句所具的「象」的性質與功能，而將它詮釋為「文已盡而意有餘」，以及劉勰《文心雕龍》在〈神思〉以為美文寫作的心理活動就是：

使玄解之宰，尋聲律而定墨；獨照之匠，闚意象而運斤：此蓋馭文之首術，謀篇之大端。

注意到文學創作必須基於一種獨創性的美感觀照，「獨照之匠」；而觀照的內容正是一種「意」、「象」生成的體悟，「闚意象」；而這種意象之生成，依據的乃是：

神用象通，情變所孕；物以貌求，心以理應。[32]

的原理。基本上正是以「物」、「貌」作為「心」、「理」之象徵，藉以形成一種美感意象，並且以此反過來作為孕育此一美感意象之情感歷程——「情變」——的具體表現。因而到了盛唐的王昌齡，就提出如下明確的創作方法：

詩思有三：搜求於象，心入於境，神會於物，因心而得，曰取思。久用精思，未契意象，力疲智竭，放安神思，心偶照境，率然而生，曰生思。尋味前言，吟諷古制，感而生思，曰感思。[33]

32　見劉勰，《文心雕龍．神思》贊。

33　見胡震亨編，《唐音癸籤》卷二〈法微〉。

在三種「詩思」中除了「感思」是由前人作品所引發，和擬作或格調詩的關係較為密切外，「取思」、「生思」所強調的都是「神用象通」的原理，基本上亦仍是「立象以盡意」的主張。這種「契意象」的創作手法，正是唐詩的「神韻」精神之所寄：

王昌齡，〈同從弟銷南齋翫月憶山陰崔少府〉

高臥南齋時，開帷月初吐。清輝淡水木，演漾在窗戶。苒苒幾盈虛，澄澄變今古。美人清江畔，是夜越吟苦。千里其何如？微風吹蘭杜。

王昌齡，〈芙蓉樓送辛漸〉

寒雨連江夜入吳，平明送客楚山孤。洛陽親友如相問，一片冰心在玉壺。

李白，〈玉階怨〉

玉階生白露，夜久侵羅襪。卻下水精簾，玲瓏望秋月。

李白，〈送孟浩然之廣陵〉

故人西辭黃鶴樓，煙花三月下揚州。孤帆遠影碧空盡，惟見長江天際流。

李白，〈下江陵〉

朝辭白帝彩雲間，千里江陵一日還。兩岸猿聲啼不住，輕舟已過萬重山。

孟浩然，〈宿建德江〉

移舟泊煙渚，日暮客愁新。野曠天低樹，江清月近人。

孟浩然，〈送杜十四之江南〉

荊吳相接水為鄉，君去春江正淼茫。日暮孤帆泊何處？天涯一望斷人腸！

王維，〈鳥鳴澗〉

人閒桂花落，夜靜春山空。月出驚山鳥，時鳴春澗中。

王維，〈欒家瀨〉

颯颯秋雨中，淺淺石溜瀉，跳波自相濺，白鷺驚復下。

王維，〈少年行〉

新豐美酒斗十千，咸陽游俠多少年，相逢意氣為君飲，繫馬高樓垂柳邊。

劉長卿，〈送靈澈〉

蒼蒼竹林寺，杳杳鐘聲晚。荷笠帶斜陽，青山獨歸遠。

杜甫，〈旅夜書懷〉

細草微風岸，危檣獨夜舟。星垂平野闊，月湧大江流。名豈文章著？官應老病休。飄飄何所似？天地一沙鷗。

杜甫，〈登高〉

風急天高猿嘯哀，渚清沙白鳥飛回。無邊落木蕭蕭下，不盡長江滾滾來。萬里悲秋常作客，百年多病獨登臺。艱難苦恨繁霜鬢，潦倒新停濁酒杯。

韋應物，〈滁州西澗〉

獨憐幽草澗邊生，上有黃鸝深樹鳴。春潮帶雨晚來急，野渡無人舟自橫。

張繼，〈楓橋夜泊〉

月落烏啼霜滿天，江楓漁火對愁眠。姑蘇城外寒山寺，夜半鐘聲到客船。

劉方平，〈春怨〉

紗窗日落漸黃昏，金屋無人見淚痕。寂寞空庭春欲晚，梨花滿地不開門。

杜牧，〈秋夕〉

銀燭秋光冷畫屏，輕羅小扇撲流螢。天階夜色涼如水，臥看牽牛織女星。

李商隱，〈嫦娥〉

雲母屏風燭影深，長河漸落曉星沉。嫦娥應悔偷靈藥，碧海青天夜夜心。

溫庭筠，〈瑤瑟怨〉

冰簟銀牀夢不成，碧天如水夜雲輕。雁聲遠過瀟湘去，十二樓中月自明。

透過「契意象」的表現型態，不論是明顯的表現某種特殊的情感型態，如：「愁」、「怨」、懷念、「斷腸」、「孤」、「獨」、「飄零」、「潦倒」，或「意氣」、自得；或者竟是只在顯示某種「天地之美」、「萬物之理」，展現人在悠「閒」之際，對於宇宙「真意」的體悟，唐詩一方面基於情感型態的多樣性，一方面亦由於具畫意景象本身的無窮變化之可能的豐富性，因而形成主觀情意的多種美感型態與眾多客體物象的美感素質的繁複配合，而創造出極為豐富多樣的美感類型。由皎然《詩式・辨體》的十九字：「高」、「逸」、「貞」、「忠」、「節」、「志」、「氣」、「情」、「思」、「德」、「誡」、「閒」、「達」、「悲」、「怨」、「意」、「力」、「靜」、「遠」，基本上都是只做「言志」的倫理德性上的劃分，而轉變到司空圖《二十四詩品》的：「雄渾」、「沖淡」、「纖穠」、「沉著」、「高古」、「典雅」、「洗煉」、「勁健」、「綺麗」、「自然」、「含蓄」、「豪放」、「精神」、「縝密」、「疏野」、「清奇」、「委曲」、「實境」、「悲慨」、「形容」、「超詣」、「飄逸」、「曠達」、「流動」，討論的正都是情意與景象融會之後的風格類型，我們就可以看出「神韻」詩在唐代的充分實現與完全成熟。

因此使得倡言「韻外之致」，尋求「鹹酸之外」的「醇美」，主張「妙契同塵，離形得似」，「超以象外，得其環中」，強調「意象欲生，造化已奇」，「不著一字，盡得風流」[34]的司空圖，得以不只是從「意」與「象」的相契的創作方法，或「立象以盡意，而象可忘」的欣賞態度來討論詩歌的「神韻」理論，而是將「神韻」詩的存在當作一根本既成的事實，因而以此為出發點，著眼於對這些「神韻」詩作美感類型的分辨與探討，以形成一個完整的「神韻」詩之諸實有與可能風格的理論體系。皎然《詩式》中：「貞」、「忠」、「節」、「志」、「氣」、「情」、「思」、「德」、「誠」、「意」諸體，在司空圖《二十四詩品》中找不到對等的品類，正可反映出「神韻」詩在風格上的迥異於「言志」詩之處，這既反映出它的美感型態的特質，亦同時顯示了它的美感內涵的限制。

「立象以盡意」固然符合「形相的直覺」[35]的美感觀照，但人類的生存經驗，情志思維卻有許多時刻與場合，無法也不容許只以「畫意」的「景象」來作保持美感距離的觀照與表達。元和詩人的背離「神韻」的美學典範，促成了司空圖《二十四詩品》的「神韻」理論的自覺與完成，意圖透過此一「理論」的提出，重新回歸「神韻」詩歌的典範與道路。同樣的元祐詩人的繼承元和詩人的美學典範而踵事增華的發展，亦使嚴羽《滄浪詩話》重新提出鍾嶸「文已盡而意有餘，興也」的理想，以為：

夫詩有別材，非關書也；詩有別趣，非關理也；然非多讀書，多窮理則不能極其至。所謂不涉理路，不落言筌者上也。詩者吟詠情性也。盛唐諸人惟在興趣，羚羊掛角，無跡可求；故其妙處，透徹玲瓏，不可湊泊，如空中之音，相中之色，水中之月，鏡中之象，言有盡而意無窮。近代諸公乃作奇特解會，遂以文字為詩，以才學為詩，以議論為詩。夫豈不工，終非古人之詩也。

34　「韻外之致」、「鹹酸之外」語見司空圖〈與李生論詩書〉。其餘引句俱見《二十四詩品》。

35　此為克羅齊（Eenedetto Croce）對美感經驗的界定，參閱其《美學》，及朱光潛，《文藝心理學》。

大抵禪道惟在妙悟，詩道亦在妙悟。且孟襄陽學力下韓退之遠甚，而其詩獨出退之之上者，一味妙悟而已。惟悟乃為當行，乃為本色。然悟有淺深，有分限；有透徹之悟，有但得一知半解之悟。漢魏尚矣，不假悟也。謝靈運至盛唐諸公，透徹之悟也。他雖有悟者，皆非第一義也。

司空圖雖然完成了「神韻」詩的理論；但在建構理論之際，似乎以為這就是「詩」的理論。直到嚴羽才清楚的在意識中，一方面承認「神韻」詩只是中國既存詩歌的美學類型中的一種；一方面卻又堅決以其為理想：「余不自量度，輒定詩之宗旨，且借禪以為喻，推原漢魏以來，而截然謂當以盛唐為法，雖獲罪于世之君子，不辭也。」因此就「神韻」詩之為中國詩歌的基本美學類型之一的理論自覺而言，我們似乎可以說「神韻」詩的理論要到嚴羽方才完全提出；並且由於明白指明了這正是盛唐詩歌的美學性格之所在，遂使理論與實例得到充分的配合，足以互為詮解，對後世在接受與運用此一美學典範上，產生了很大的影響。

自然他的以禪喻詩中所提出的「妙悟」一語，無疑也因語詞的簡省而滋生了不少的困擾，但其所指陳的其實不外鍾嶸的「直尋」，王昌齡的「取思」、「生思」和「感思」之類的心理活動。所謂「透徹之悟」指的就是這種美感觀照之中物象與情意的能夠充分契合，完全表出成為一個富涵象徵效果的美感情境而已。這一方面可以由他引申鍾嶸的「興」為「言有盡而意無窮」的「興趣」；一方面他的猶如鍾嶸在提出「直尋」之際，批評當時詩人的「補假」、「用事」：

> 顏延、謝莊尤為繁密，於時化之。故大明、泰始中，文章殆同書抄。近任昉、王元長等，詞不貴奇，競須新事。爾來作者，寖以成俗，遂乃句無虛語，語無虛字，拘攣補衲，蠹文已甚。但自然英旨，罕值其人。詞既失高，則宜加事義。雖謝天才，且表學問，亦一理乎？[36]

如出一轍的批評「近代諸公」的「以文字」、「以才學」、「以議論為詩」：

> 且其作多務使事，不問興致。用字必有來歷，押韻必有出處。讀之反覆終篇，不知著到何處。

見出端倪。「妙悟」與否的關鍵，一方面正在「薄言情悟，悠悠天鈞」、「意象欲生，造化已奇」的在內心形成「生氣遠出」，「妙造自然」而又「離形得似」的「象」[37]；一方面則在了解「言者明象也」，而使「獨照之匠，闚意象而運斤」，透過語言表現出一種獨創的富含美感意味的鮮活形象來。這種「直尋」之「妙悟」的心理歷程，實在即具有「興」的「觸物起情」、「感物吟志」的性質，[38]這一

36 見鍾嶸，《詩品．序》。

37 引句俱見司空圖，《二十四詩品》。

38 楊慎，《升菴詩話》的「賦比興」條引李仲蒙曰：「觸物以起情，謂之興；物動情也。」劉勰，《文心雕龍．明詩》以為：「人稟七情，應物斯感，感物吟志，莫非自然。」筆者以為，由「感物」而「吟志」正是「興」的特色；而劉勰的〈神思〉主張：「獨照之匠，闚意象而運斤。」實亦出於他的「感物吟志」的理論使然。

點葉夢得《石林詩話》中即已說得很清楚：

「池塘生春草，園柳變鳴禽」，世多不解此語為工。蓋欲以奇求之耳。此語之工，正在無所用意，猝然與景相遇，借以成章，不假繩削，故非常情所能到。詩家妙處，當須以此為根本，而思苦言難者，往往不悟。鍾嶸《詩品》論之最詳，其略云：「思君如流水，既是即目；……自然英旨，罕值其人。」余每愛此言簡切，明白易曉。但觀者未嘗留意耳。自唐以後，既變以律體，固不能無拘窘。然苟大手筆，亦自不妨削鐻於神志之間，斲輪於甘苦之外也。

嚴羽的貢獻，正在他將原是創作方法的「興」，轉化引申為作品風格的「興趣」，並且透過所添加的「趣」字，強調了這類作品中所呈現的內容，其實並非現實的景物或情感，而是一種渾然的美感觀照中的作為美感經驗之對象的「意」「象」：「如空中之音，相中之色，水中之月，鏡中之象。」因此不能視為日常語言，以條理的認知、現實的態度加以反應：「不涉理路，不落言筌」，「羚羊掛角，無迹可求」，只有透過相似的美感觀照方能掌握，「故其妙處，透徹玲瓏，不可湊泊」，其結果自然是一種「言者所以明象，得象而忘言；象者所以存意，得意而忘象」的「言有盡而意無窮」，一種無法以語言的理解，甚至以形象喻意之辨析，所能窮盡的美感趣味的再生。而美感的趣味亦就成為嚴羽心目中盛唐詩人所想經由詩歌所表現的「意」了，是以說：「盛唐諸人，惟在興趣。」

三、「格律」詩的意義

「言志」詩和「神韻」詩的美學規範，基本上都是「內容」性的規範，前者側重和現實情境的關係；後者偏向美感的形象觀照。「格律」詩與「格調」詩則主要是基於一種「形式」畫分的規範。假如說「言志」詩和「神韻」詩在美學性向上顯然具有相當的不相容成分的話，則在「格律」詩和「格調」詩之間，並沒有任何必然的矛盾，它們的提出只是為了對於某類作品的美學性質之說明上的方便。真正和「格律」詩相對的是雜言的「樂府」詩，像：

〈有所思〉

有所思，乃在大海南。何用問遺君？雙璿琉瑁簪，用玉紹繚之。聞君有他心，拉雜摧燒之。摧燒之，當風揚其灰。從今以往，勿復相思！相思與君絕！雞鳴狗吠，兄嫂當知之。妃呼豨，秋風肅肅晨風颸，東方須臾高知之。

〈上邪〉

上邪！我欲與君相知，長命無絕衰。山無陵，江水為竭，冬雷震震，夏雨雪，天地合，乃敢與君絕！

這樣的詩，在脫離了音樂之餘，除了仍有明顯的押韻的跡象，幾乎可以算是「自由」詩了。它們的美感顯然並不依賴語言的某些明顯的格律。但是若是仔細加以觀察，它們的美感亦仍依賴於語文「形式」的兩種特質：一是接近日常語言，所形成的對於「說話者」「說話」之口吻語調的模擬。由於語調往往反映說話者的情緒與個性，這種語調的模擬本身亦正成為一種「情感」與「個性」的表現。因此它們在語句上的參差，並不只是為了追求一種參差的「形式」的美感。因為參差的「形式」上的美感往往是不易覺知與把握的。它們的語句參差，正是一種「內容」的表現。在這類作品中，語言的「形式」主要的是應合說話的「心理」和「情意」之「內容」而決定的。因此語言「形式」並未脫離其所表現的「內容」而獨立。它所具有的美感基本上是表現性的。雖然如此，我們若再仔細觀察，上述詩中的「語言」，基本上和日常語言仍有相當的差異。使用「意象」的表現，固然是其一。但更重要的心意表達的結構上，其實是大量的使用「對比」以及「類似」的呈現來連接。

在〈有所思〉中，「有所思」和「何用問遺君」之間，顯然具有情意上的「類似」性，而「乃在大海南」與「雙珠玳瑁簪」之間，一方面「大海」與「珠」、「玳瑁」之間亦有關連上的「類似」性，而「大」與小，近與遠則成「對比」。「何用問遺君」與「聞君有他心」則具「消息溝通」的「類似」性，而又在情意對待上成為「對比」。「用玉紹繚之」亦和「拉雜摧燒之」所處理的皆是象徵情意的「雙珠玳瑁簪」，而處理的態度與方向皆成「對比」。「摧燒之，當風揚其灰」與「從今以往，勿復相思」在情意上為類似。「勿復相思」與「相思與君絕」則同時具有「類似」的對於對方之「相思」的否定，而上下兩句又有不要「相思」的情愛與要「相思」的情愛行為的「對比」。「雞鳴狗吠」與「秋風肅肅晨風颸」有強調其聲響的「類似」性，又有驚擾的聲響和自然的聲響的「對比」。「兄嫂當知之」，「東方須臾高知之」在「知之」上是「類似」，在時間和知之者上又成「對比」。

同樣的藉「類似」與「對比」作為組構的原則，亦見於〈上邪〉一詩中。「我欲與君相知」與「乃敢與君絕」其為「對比」固無待言。「長命無絕衰」和「山無陵」在句式上有其「類似」，意念上正是「對比」。「山無陵」和「江水為竭」在意念上是「類似」，在景物上是「對比」。「冬雷震震」和「夏雨雪」在氣候的反常上是「類似」，在季節上是「對比」。「天地合」與「乃敢與君絕」，在字面上「合」與「絕」成「對比」，在強調其為不可能的意念上則為「類似」。

事實上利用景象與意念的「類似」與「對比」之並置來呈現，正是詩歌消滅了解說的精簡的表達方式；也是足以轉化內在意念與情感的體驗為欣賞者可以經驗與感受的經驗品（經驗的對象）的必然途徑（人類作夢經驗中的夢思亦往往經由相同方式來轉化為夢境）。因此「自由」詩與「格律」詩的基本差異，其實主要的是在語句的參差與整齊上，而不是在基本的思維方式上。詩歌的基本思維方式，假如除去了「敘事」的對於「情節」與「人物」的模擬，其實正是「格律」詩所刻意強調的方式——「對」。

那麼「自由」詩的參差與「格律」詩的整齊之「形式」差異，其意義何在？但是作這樣的詢問，就中國古典詩歌而言，或許是一種誤導。事實上是中國古典詩並無所謂的「自由」詩存在。凡是語句「參差」的仍然押韻，並且主要的都是「合樂」的樂歌，不論是《詩經》，是「樂府」，是「詞」，是「曲」皆是如此。《楚辭》的情況比較隱晦，但至少在其形式已有獨特的「兮」字來形成它專有的音律效果。因此，正如李東陽《麓堂詩話》所謂：

> 詩在六經中，別是一教，蓋六藝中之樂也。樂始於詩，終於律。人聲和則樂聲和。又取其聲之和者，以陶寫情性，感發志意，動盪血脈，流通精神，有至於手舞足蹈而不自覺者。後世詩與樂判而為二，雖有格律，而無音韻，是不過為排偶之文而已。使徒以文而已也，則古之教，何必以詩律為哉！

「格律」正是「詩與樂判而為二」之後所喪失的「樂律」在「音韻」上的代替品。沒有了音樂的「聲依永，律和聲」[39]，只好以文字形式上的「詩律」來補充。而整齊正好是最容易覺知的形式特點，因此詩律發展的第一步，除了押韻之外，就是語句的整齊化。中文的獨體單音的特質，無疑的使這一整齊化格外容易，也就更容易依賴這種整齊。甚至因為這種整齊，中國的古典詩被稱為四言、五言、六言、七言等等。純為五言的〈古詩十九首〉中的：

生年不滿百，常懷千歲憂。晝短苦夜長，何不秉燭遊？為樂當及時，何能待來茲？愚者愛惜費，但為後世嗤。仙人王子喬，難可與等齊。

和雜言的樂府詩〈西門行〉在內容，甚至部分語句的重疊近似：

出西門，步念之：今日不作樂，當待何時？逮為樂，逮為樂，當及時。何能愁怫鬱，當復待來茲。釀美酒，炙肥牛，請呼心所歡，可用解憂愁。人生不滿百，常懷千歲憂。晝短苦夜長，何不秉燭遊？遊行去去如雲除，弊車羸馬為自儲。

正可解釋「樂始於詩，終於律」，因此合樂的「詩」則不妨「參差」；而當「詩與樂判而為二」，只有以刻意的「詩律」，依賴語句的「整齊」劃一，方才能夠顯示詩歌的「音韻」之美的狀況。當「詩律」因「與樂判而為二」而走上語句的整齊劃一之後，詩歌慣常使用的「對比」與「類似」的語句與語句連接的思維模式，很自然的就不只停留在思想意念上的「類似」與「對比」關係而已，而遂更發展為在語句與語句文法關係之對稱上去實現此一「類似」與「對比」的效果。「對稱」

39　見《尚書．堯典》。

因此就是一種由於單音獨體文字而能充分實現的語句的整齊劃一之「形式」美感的更進一步發展的指導原則。這種「對稱」的效果，首先只出現在零星的語句，如「胡馬依北風，越鳥巢南枝」說理的比喻；或「青青陵上柏，磊磊澗中石」起興的景象，基本上都只是裝飾性的語句中。[40]而當宮庭宴遊詩興起，存心作詩的文人開始為了競逞才華，刻意強調這種「裝飾」趣味的美感，因而不斷製作出像：「白日曜青春；時雨靜飛塵。」「凝霜依玉除，清風飄飛閣。」（曹植）「白蘋開素葉，朱草茂丹華，微風搖茝若，增波動芰荷。」（張華）「清川含藻景，高岸被華丹。」「迅雷中宵激，驚電光夜舒。」（陸機）之類的寫景對句來。對句至此已經顯示它不只具有「對比」與「類似」的效果，而且顯然的它可以在不加解說或連接，使兩個「景象」因為句法的「對稱」而疊合成為一個完整的「整體畫面」，並且因為內在的互補均衡而形成穩定自足的可以無窮品味的獨立的美感單位。這對以獨立的具「畫意」景象呈現「詩情」的「神韻」詩的發展，顯然是極具影響的促進與方便。因此，對句在「為情造文」的時代，只具邊緣的「裝飾」或「增益」的效果；但在「為文造情」的時代，甚至可以成為構思或表達的基本原則，而產生像下列純粹以「對句」構成的詩作：

謝靈運，〈登池上樓〉

潛虬媚幽姿，飛鴻響遠音；薄霄愧雲浮，棲川作淵沉。進德智所拙，退耕力不任。徇祿反窮海，臥痾對空林。衾枕昧節候，褰開暫窺臨。傾耳聆波瀾，舉目眺嶇嶔。初景革緒風，新陽改故陰；池塘生春草，園柳變鳴禽。祁祁傷豳歌，萋萋感楚吟。索居易永久，離群難處心。持操豈獨古，無悶徵在今。

自然的景象，由於是外在的複雜的客體，使用「對句」加以表達時，似乎有意無意中正將人類的再組織與詮釋的痕跡抹去，而顯現為近乎「景象」的「直接呈現」的效果。因此「對句」似乎正是「巧構形似之言」的關鍵。但是人類自身的情志：「進德智所拙，退耕力不任。」行動：「傾耳聆波瀾，舉目眺嶇嶔。」以及生活狀況：「徇祿反窮海，臥痾對空林。」使用「對句」來表達時，就顯出一種「刻意造作」的「美感距離」來。正與「參差」的樂府詩所要模擬說話者說話的語調以反映說話者的情緒與個性之美感效果相反；這種「整齊」甚至刻意「對稱」的語言「形式」，正要強調「語言」是一個獨立於「事件」的美學客體，「詩歌」是一種「語言的創造」而不是「事件的敘述」。「事件」因此被「語言」陌生化了，「情志」、「行動」、「境遇」亦被客觀化、外在化而喪失了它們的個人特殊的屬性。中國古典詩中省略主詞所形成的整體境況的由特殊個人之境遇而轉化為人類普遍的共同經驗之可能，以及共同命運之象徵，至此得到更進一步的發展與完成。「名豈文章著？官應老病休。」因此成為多少失意文人的共同心聲；「此情可待成追憶，只是當時已惘然。」又是多少有情人在追憶懷思

40　例句俱見〈古詩十九首〉。

之際的慨嘆！「格律」詩因此提供了雙重的美感：情境事件心志景象諸「內容」的美感，以及語言文字組構「形式」的美感。而後者的美感，甚至可以不是「輔助」性質，甚至可以是我們所首先經驗的原初美感，只有再加思維、想像才能體會到前者的美感。「格律」詩的出現正提醒我們，詩歌所提供給我們原是一種「語言」經驗，而並不就是「情志事象」的經驗；正如「詩」與「樂」的美感並不全然相同，二者可分可合；同樣的「詩」的「語言」美感和「情境」美感亦並不全然相同，二者亦一樣可分可合。「格律」詩打破了我們在「言志」與「神韻」觀念中，以為「語言」只是一種「工具」、一種「媒介」、一種「手段」的觀念，當「言志」觀念要我們「知人論世」、「以意逆志」；「神韻」觀念要我們「得意忘言」甚至「得象而忘言」之際，「格律」詩卻要我們正視「詩」就是「語言的特殊組構」，我們對「詩」的美感經驗正是始於對於「語言」之「組構」的經驗。「語言」正是「詩」本身。「語言」組構的「形式」美正是「詩」之不同於其他文類、文體的命脈之所在（即使是以無韻的自由詩為主的現代詩，亦有賴於「分行」、「分段」或「圖象」化等語言組構之「形式」設計，來作為與其他文體、文類區分的基礎）。因此當唐初的詩學將劉勰《文心雕龍．麗辭》針對對偶的原理所提出的「四對」：

故麗辭之體，凡有四對：言對為易，事對為難，反對為優，正對為劣。言對者，雙比空辭者也；事對者，並舉人驗者也；反對者，理殊趣合者也；正對者，事異義同者也。

擴充為「八對」之說，不論是上官儀《筆札華梁》的：

一曰正名，二曰隔句，三曰雙聲，四曰疊韻，五曰連綿，六曰異類，七曰迴文，八曰雙擬。[41]

或者是元兢《詩髓腦》的：「正對、異對、平對、奇對、同對、字對、聲對、側對。」[42]其實側重的正都是「對句」的語言的特殊「形式」。劉勰的「四對」之說仍然以「內容」為重，因此強調「事對為難」，「反對為優」。

但是上官儀的「八對」，除了「正名」、「異類」稍涉「內容」，其實「雙聲」、「疊韻」是有音韻重複性質之造詞法的應用；「連綿」、「雙擬」皆為重字的不同形態的造句法；「迴文」、「隔句」則是特殊的複句以上的關連，基本上正都是「形式」在「對偶」之上的「刻意複雜化」的強調與表現。而元兢「八對」中的「正對」、「異對」、「平對」、「同對」皆因承襲前人而多少牽涉到「內容」與評價，但他所新創的「奇對」、「字對」、「聲對」、「側對」：

41 見殘存於《吟窗雜錄》中所謂《魏文帝詩格》，據王夢鷗先生以《文鏡祕府論》所引錄上官儀《筆札華梁》參校二者幾同，故斷為上官儀《筆札華梁》殘葉。見王夢鷗，《初唐詩學著述考》（臺北：商務印書館，一九七七年一月初版）。

42 見王夢鷗，《初唐詩學著述考》所輯，頁七四。

奇對者，若馬頰河；熊耳山。此馬熊是獸名，頰耳是形名，既非平常，是為奇對，他皆效此。又如漆沮；四塞。漆與四是數名；又兩字各是雙聲對。又如古人名，上句用曾參，下句用陳軫，參與軫同是二十八宿名。若此者，出奇而取對，故謂之奇對，他皆效此。……字對者，若桂楫；荷戈。荷是負之義，以其字草名，故與桂為對。不用義對，但取字為對也。或曰：字對者，謂義別字對是也。詩曰：「山椒架寒霧；池篠韻涼颸。」山椒即山頂也，池篠，傍池竹也：此義別字對。……聲對者，若曉路；秋霜。路是道路，與霜非對，以其與露同聲故。或曰：聲對者，謂字義俱別，聲作對是。詩曰：「彤騶初驚路，白簡未含霜。」路是途路，聲即與露同，故將以對霜。又曰：「初蟬韻高柳；密蔦挂深松。」蔦草屬，聲即與飛鳥同，故以對蟬。……側對者，若馮翊（地名，在左輔也）；龍首（山名，在西京也）。此為馮字半邊有馬，與龍為對；翊字半邊有羽，與首為對，此為側對。又如泉流；赤峰。泉字其上有白，與赤為對，凡一字側耳，即是側對，不必兩字皆須側也。（《文鏡祕府論》東卷）

其實都是純粹經由文字「形式」在原有的「內容」之外，尋求「祕響傍通，伏采潛發」的「爭價一句之奇」的表現；正是劉勰《文心雕龍．隱秀》所謂「義生文外」、「文外之重旨者也」的「隱」的「形式」規律上的發明。這些都反映出「格律」詩的種種「格律」之規約與尋求，其實就是出於對語言組構之「形式」美，在傳達「內容」之外所具有的獨立價值之肯定的立場。

「格律」誠如李東陽所謂的：「雖有格律，而無音韻，是不過為排偶之文而已。」因此「詩律」的另一個必然的發展是如何在「整齊」的「形式」基礎上，同時尋求「音韻」的「對比」與「類似」的「對稱」原理之最大的實現。這也就是沈約在《宋書．謝靈運傳論》所謂：

> 夫五色相宣，八音協暢，由乎玄黃律呂，各適物宜，欲使宮羽相變，低昂互節，若前有浮聲，則後須切響。一簡之內，音韻盡殊；兩句之中，輕重悉異，妙達此旨，始可言文。

的基本立場。雖然他用了「五色相宣，八音協暢」之「各適物宜」來辯解，其實他只不過將原來用在辭義的「對偶」的原理用到字音上來，在一句之內採取「句內對」的精神就成了「一簡之內，音韻盡殊」；在兩句之中採取「對句」的形態，就得到「兩句之中，輕重悉異」。所謂「始可言文」的「妙達此旨」，不過是「若前有浮聲，則後須切響」的「聲音」上的「對稱」原理的反覆運用。因此由「四聲八病」的講求到近體詩的充分完成，其實不過就是以「整齊對稱」的語言「形式」來自覺的彌補「詩與樂判而為二」所損失的「樂律」所具有的「歌永言，聲依永，律和聲，八音克諧，無相奪倫，神人以和」的美感效果而已。因此沈約一方面承認：「曲折聲韻之巧，無當於訓義，非聖哲立言之所急也；是以子雲譬之雕蟲篆刻，云壯夫不為。」一方面仍然堅持：「若以文章之音韻，同弦管之聲曲，則美惡妍蚩，不得頓相乖反。」[43]是以除非「詩」或者走倚聲合樂的道路，如「樂府」、「詞」、「曲」，否定一己的獨立性；或者乾脆放棄自己的音韻效果，併入藝術性的散文，「詩」終究是要講究「格律」的。只是這些「格律」未必皆如近體詩的因為充分的利用了傳統中國語文的單音獨體的方便，而把「整齊」、「對稱」的美感規律發揮得那麼淋漓盡致罷了。

四、「格調」詩的價值

當詩歌的寫作，一旦脫離了純為自然流露的天籟階段，美感規範的習得就成為創作的先決條件。一般而言，化為抽象理論的美感規範，往往只具空泛的方向指導，對於作品的產生總是消極的限制的意義多，實際的促成塑型的意義少。因此在實際創作的過程中，美感規範的習得主要的還是來自對於具有典範性質之作品的揣摩模擬。建安詩人至今依然留下相當數量使用「樂府舊題」的作品，或許就是這種典範學習過程的殘跡。而事實上，除非能夠自行開創新的美感風格，一個詩人或者一群詩人，甚至一整個時代的詩人，可以一直停留在已經由前人的具典範性的作品所充分具現的美學風格的籠罩中。這種在既有的美學風格中寫作，其實並不一定就妨礙一個詩人「言志」，甚至追尋「神韻」。因為風格畢竟是一種具有相當普遍性的美感類型。一個美感類型中盡有足夠的空間可以容納與其美感性質相容的各式各樣的情意、景象「內容」與各型各類語言結構的「形式」。同時各種文類、文體本身亦往往有其基本的風格傾向與限制，因此一方面誠如王國維所謂：

> 四言敝而有楚辭；楚辭敝而有五言；五言敝而有七言；古詩敝而有律絕；律絕敝而有詞。蓋文體通行既久，染指遂多，自成習套。豪傑之士，亦難於其中自出新意，故遁而作他體，以自解脫。一切文體所以始盛終衰者，皆由於此。故謂文學後不如前，余未敢信，但就一體論，則此說固無以易也。

而有文體嬗變的現象；一方面則在「文體通行既久，染指遂多，自成習套」，由於足為典範的作品的大量出現，因此形成了這一文體的固定的或標準的風格的觀念，使用這種文體就意味著接受也追尋這種固定的美學風格。或者若果已然出現數種以上不同的美學風格，使用這種文體，也就意味著對這些不同風格的判別、批評與取捨。因此寫作就不僅是表達一己之情志或美感觀照，而必須同時是某種對於先前作品的欣賞肯定與批評鑑別的活動。這種同屬於一個文類文體所形成的傳統，而寫作就是某種意義上的對於此一傳統中其他作品之認同取法或變異爭勝的意識，使作品與作品之間因傳統的發展這一觀念而形成一種交互影響的辯證關係。在這種關係中，一個文類或文體的具有某種範圍的共同的美

43 見沈約，《答陸厥書》。

學風格，亦就形成一種最廣義的「格調」的觀念。從這種最廣義的角度看，任何作品事實上都不能踰越其所屬文類文體的本質性的「格調」，因此「格調」的學習就是寫作這種文類文體，參加此一文類文體之傳統的必要的先決條件。所以所有的「格調」的理論總是包含著一種對於文類文體之整體發展的「傳統」的意識以及對此「傳統」重新再認的努力。這不但見於主張「當以盛唐為法」的嚴羽：

夫學詩者，以識為主，入門須正，立志須高。以漢、魏、晉、盛唐為師，不作開元、天寶以下人物。若自退屈，即有下劣詩魔入其肺腑之間，由立志之不高也。……工夫須從上做下，不可從下做上，先須熟讀《楚辭》，朝夕諷詠以之為本，及讀〈古詩十九首〉，樂府四篇，李陵、蘇武、漢、魏五言，皆須熟讀。即以李、杜二集，枕藉觀之，如今人之治經。然後博取盛唐名家，醞釀胸中，久之自然悟入。雖學之不至，亦不失正路。……

試取漢、魏之詩而熟參之，次取晉、宋之詩而熟參之，次取南北朝之詩而熟參之，次取沈、宋、王、楊、盧、駱、陳拾遺之詩而熟參之，次取開元、天寶諸家之詩而熟參之，次獨取李、杜二公之詩而熟參之，……又盡取晚唐諸家之詩而熟參之，又取本朝蘇、黃以下諸家之詩而熟參之，其真是非自有不能隱者，倘猶于此而無見焉，則是野狐外道，蒙蔽其真識，不可救藥，終不悟也。

亦見於模擬所有重要五言詩人而寫成〈雜體〉三十首的江淹：

> 夫楚謠漢風，既非一骨；魏製晉造，固亦二體。譬猶藍朱成彩，雜錯之變無窮；宮商為音，靡曼之態不極。故蛾眉詎同貌，而俱動於魄，芳草寧共氣，而皆悅於魂。不其然歟？至於世之諸賢，各滯所迷，莫不論甘而忌辛，好丹而非素，豈所謂通方廣恕，好遠兼愛者哉！……然五言之興，諒非夐古，但關西、鄴下，既已罕同；河外、江南，頗為異法。故玄黃經緯之辨，金碧浮沉之殊，僕以為亦各具美兼善而已。今作三十首詩，斅其文體，雖不足品藻淵流，庶亦無乖商榷云爾。

由於江淹所面對的是「五言之興，諒非夐古」，是一個方興未艾，相對而言相當初始短暫的「傳統」，對他而言只要「亦各具美兼善而已」，承認他們合而成為一個五言詩的已然成立的「傳統」，而他們的獨特風格在此「傳統」中，各為五言詩之「格調」的可能的表現之一，即已足夠。但是嚴羽，由於面對的其實是一個已然高度發展，近於「染指遂多，自成習套」的「終衰」之際的「傳統」。「傳統」的「格調」不但已經完全成形，而且已經各個階段的顯著變化，因此明顯的形成多種不同可能的「格調」在「傳統」中的雜然並陳。於是開創新的美學風格，新的「格調」，遂不再是要務，而是認識此一「傳統」，尤其是「傳統」中最合此種文類文體的美學風格的「格調」的「真識」就成為創作的首要條件，所以強調「夫學詩者，以識為主」。因此嚴羽一方面在強調形成「傳統」之「格調」的認知之「識」的形成上，仍然以為必須涵蓋整個古近體詩的整體發展：由「取漢、魏之詩而熟參之」……直到「取本朝蘇、黃以下諸家之詩而熟參之」；但在眾多風格的取法上則要求有所選擇：「入門須正，立志須高，以漢、魏、晉、盛唐為師，不作開元、天寶以下人物。」因而在實際的寫作上則主張僅以《楚辭》、漢魏、李杜、盛唐為典範。這一方面是當「傳統」已經過為繁複時不加選擇，事實上就失去典範學習的意義；另一方面則是在「一切文體」的「始盛終衰」的發展過程中，肯定其「始盛」的美學風格為該文體之最適宜的美學風格，亦即以「本色」、「當行」或者「極致」、「入神」：「詩而入神，至矣盡矣，蔑以加矣！惟李杜得之，他人得之蓋寡也」的作品之「格調」作為學習的典範。

明代「格調派」的詩論大抵承襲了嚴羽的這種觀念。但是以前人為典範，雖然未必選擇「本色」、「當行」的作品；而且各人對何謂「極致」往往有不同的看法；事實上是在文體已充分發展，「自成習套」之餘的後起時代詩人，除非能夠另闢蹊徑，自創新鮮的美學風格，所難以避免的命運：

> 國初之詩，尚沿襲唐人：王黃州學白樂天；楊文公、劉中山學李商隱；盛文肅學韋蘇州；歐陽公學韓退之古詩；梅聖俞學唐人平淡處。至東坡、山谷，始出己意以為詩，唐人之風變矣。山谷

用工尤為深刻，其後法席盛行海內，稱為江西宗派。近世趙紫芝、翁靈舒輩，獨喜賈島、姚合之詩，稍稍復就清苦之風；江湖詩人多效其體，一時自謂之唐宗：不知止入聲聞辟支之果，豈盛唐詩公大乘正法眼者哉！[44]

嚴羽與明代的「格調派」詩論，正是基於文體的「本色」、「當行」的觀念，寧可「入門須正」，「雖學之不至，亦不失正路」，因此強調「從頂𩕳上做來」、要「直截根源」以「始盛」至「極致」的「漢、魏、晉、盛唐為師」，寧可歸宗於前人最高的美學典範，而不願如「東坡、山谷，始出己意以為詩」。這固然是「正格」與「變調」之間的評價問題，也是遵循典範或改變典範的選擇的問題。晚明「性靈派」如袁宏道詩論的稱賞蘇東坡與宋詩，正因其「始出己意以為詩」：「今之人徒見宋之不唐法，而不知宋因唐而有法者也。」[45]「法李唐者，豈謂其機格與字句哉？法其不為漢，不為魏，不為六朝之心而已，是真法者也。」「迹而敗，未若反而勝也；夫反，所以迹也。」[46]但是不論是「迹」是「反」；是遵循是改變正都建立在明顯的意識到「傳統」與「典範」的存在的結果。或許意識到前人作品的已然存在是所有後起者所無法逃避的命運，因此不論是「格調派」的理論或「性靈派」的主張，都是這

44　見嚴羽，《滄浪詩話》。
45　見袁宏道，《雪濤閣集序》。
46　見袁宏道，《敘竹林集》。

種後起者的詩觀，都無法完全擺脫這種「師」與「法」的問題與考慮。但是即使是被嚴羽視為「始出己意以為詩」的「東坡、山谷」，亦未必真的全出己意，前無所承，其實往往只是「轉益多師是汝師」[47]，不為一家所限而已。蘇東坡晚年喜好陶淵明詩，追和其作達一百有九篇，雖自以為：

古之詩人，有擬古之作矣，未有追和古人者也；追和古人，則始於吾。吾於詩人，無所甚好，獨好淵明之詩。淵明作詩不多，然其詩質而實綺，癯而實腴，自曹、劉、鮑、謝、李、杜諸人，皆莫及也！吾前後和其詩，凡一百有九篇；至其得意，自謂不甚愧淵明。

但卻正說明了「和」詩其實是和「擬古」相近，正是有他人作品在心之際的寫作；因此事實上亦不妨「子瞻詩句妙一世乃云效庭堅體……」[48]。同時這一段話亦說明了所謂改變典範，亦往往是出於對於「傳統」或對於「極致」有了不同的詮釋，提升了前人所較不注意的作者作品以作典範而已。而黃山谷更是所謂「換骨法」、「奪胎法」的首倡者，《野老紀聞》載：

山谷云：詩意無窮，人才有限，以有限之才，追無窮之意，雖淵明、少陵不能盡也。然不易其意而造其語，謂之換骨法；規模其意而形容之，謂之奪胎法。[49]

「換骨」、「奪胎」正是「擬古」或模擬的基本手法。因此不論是專學一家，是「具美兼善」，甚至「會萃百家句律之長，究極歷代體製之變」[50]，基本上都是一種典範的學習，美感風格的取法。為了討論的方便我們就將這種衍生自既有作品而具近似美感風格類型的詩作，不論其原來作品為古人或同時代人所作，皆稱為「格調」詩。

對於這種「格調」詩所具有的美學意義與價值，也許仍該從具體的實例來思考，茲先以陸機的「擬古詩」為例；並且為了討論觀察的方便，我們將它與原作一一並列：

古詩〈涉江采芙蓉〉

涉江采芙蓉，蘭澤多芳草。采之欲遺誰，所思在遠道。還顧望舊鄉，長路漫浩浩。同心而離居，憂傷以終老。

47　見杜甫，〈戲為六絕句〉。
48　見黃庭堅詩題。
49　見王楙，《野客叢書》附。
50　見劉克莊，〈江西詩派小序〉，對黃庭堅的形容。

陸機，〈擬涉江采芙蓉〉

上山采瓊蘂，窮谷饒芳蘭。采采不盈掬，悠悠懷所歡。故鄉一何曠，山川阻且難。沉思鍾萬里，躑躅獨吟嘆。

古詩〈迢迢牽牛星〉

迢迢牽牛星，皎皎河漢女。纖纖擢素手，札札弄機杼。終日不成章，泣涕零如雨。河漢清且淺，相去復幾許，盈盈一水間，脈脈不得語。

陸機，〈擬迢迢牽牛星〉

昭昭清漢輝，粲粲光天步。牽牛西北迴，織女東南顧。華容一何冶，揮手如振素。怨彼河無梁，悲此年歲暮。跂彼無良緣，睆焉不得度。引領望大川，雙涕如霑露。

古詩〈明月何皎皎〉

明月何皎皎，照我羅床幃。憂愁不能寐，攬衣起徘徊。客行雖云樂，不如早旋歸。出戶獨彷徨，愁思當告誰？引領還入房，淚下沾裳衣。

陸機，〈擬明月何皎皎〉

安寢北堂上，明月入我牖。照之有餘輝，攬之不盈手。涼風繞曲房，寒蟬鳴高柳。踟蹰感節物，我行永已久。游宦會無成，離帷難常守。

陸機的〈擬古詩〉共有十二首，我們這裡只引了三首，主要是它們似已足以顯示這種「擬古」類型的「格調詩」的幾種基本的形態。雖然馮班《鈍吟雜錄》以為：

陸士衡擬古詩、江淹擬古三十首，如搏猛虎，捉生龍，急與之較力不暇，氣格悉敵。今人擬詩，如床上安床，但覺怯處種種不逮耳。然前人擬詩，往往只取其大意，亦不盡如江、陸也。

假如「氣格悉敵」不僅只是一種評價的讚語，指的亦更是不僅是「只取其大意」而是努力在「擬作」中創造出與「原作」一一對稱的語句來，那麼陸機的擬作上確乎有此精神或意圖存在，但是並不僅止於此。在〈擬涉江采芙蓉〉中似乎最接近這種意圖。他以「上山采瓊蘂，窮谷饒芳蘭」來擬「涉江采芙蓉，蘭澤多芳草」，其實正是在撰寫與原詩相對的「對句」。這種情形正如他以「西山何其峻，層曲鬱崔嵬；零露彌天墜，蕙葉憑林衰」來擬「東城高且長，逶迤自相屬；迴風動地起，秋草萋已綠」一般；當然他也顯然有意的使「擬作」自身的兩句，正如「零露彌天墜，蕙葉憑林衰」是「對句」一樣的，使「上山采瓊蘂，窮谷饒芳蘭」具有了「原作」所沒有的「對句」的意味。這種「擬作」本身的「對句」化，亦見於接下來的「采采不盈掬，悠悠懷所歡」。這兩句自然和「采之欲遺誰，所思在遠道」是平行的，但卻用「采采」和「悠悠」的疊字加強了「采」的動作與心理的暗示，以及「思」的歷程；而且很巧妙的利用「悠悠」的同時既是「思」的狀態，亦可是「所歡」之所在的距離的雙關性，照應了「所思」的「在遠道」。接著「故鄉一何曠」直接以「還顧望舊鄉」的心情，既照應了「還顧」的動作，又表達了下句「長路漫浩浩」的內容，因此增添了「山川阻且難」既在主觀意識加強了「漫浩浩」的距離感，又提供了必要的外在的客觀景象，使「還顧望」的動作與「長路」的景象有了平行的表現。結句的「沉思鍾萬里」則顯然是以「沉思」照應「同心」，以「萬里」照應「離居」；同樣的「躑躅獨吟嘆」則以「躑躅」和「吟嘆」照應「憂傷」，以「獨」照應上句的「同心而離居」，而將觀念性的「同心而離居，憂傷以終老」，藉動作、心理與景象加以表出。因此「擬作」一方面似乎是亦步亦趨的緊隨「原作」，但卻也將「原作」中的情思一方面動作化景象化；一方面也格律化，因而產生了增益、附麗的美感。

在〈擬涉江采芙蓉〉中，陸機有意的以兩句為單位與原作作對當的表現。因此不只「氣格悉敵」而且句數相當。但在〈擬迢迢牽牛星〉上則增加了兩句，使「擬作」有了更大的自由表現，雖然仍然照顧著「原作」的主要內涵。首先仍以「昭昭清漢輝，粲粲光天步」的「昭昭」、「粲粲」保持了對於原詩中使用「迢迢」、「皎皎」、「纖纖」、「札札」疊字之特殊風格的模擬。而「昭昭」和「粲粲」在語意上亦照應了原詩中「皎皎」的明亮之意旨，並且對應「河漢」與「織女」皆為「星象」之暗示。其實「昭昭清漢輝」正是「皎皎河漢」的景象化。而「粲粲光天步」，一方面落實「牽牛西北迴」的牽牛而行的景象；一方面隔著「昭昭清漢輝」，再由「織女東南顧」亦就顯現出「牽牛星」的「迢迢」來了。由於詩中的「跂彼無良緣，睆焉不得度」顯然是引用了《詩經．小雅．大東》一詩的「跂彼織女」與「睆彼牽牛」，因此「牽牛西北迴，織女東南顧」的方位，再加上「粲粲」一詞對「牽牛」的形容，自然亦使人聯想到該詩的：「東人之子，職勞不來；西人之子，粲粲衣服。」多少正暗示了同於該詩所謂「跂彼織女，終日七襄；雖則七襄，不成報章」的「札札弄機杼，終日不成章」。所以「擬作」中就不復再照應「織女」的「職勞不來」的「織作」了。但是「皎皎河漢女」的「皎皎」其實不是指「河漢」而是指的「織女」，並且意義也不是普通所謂的明亮，而是如：「盈盈樓上女，皎皎當窗牖。」指的正是她的豔光四射，明豔動人。因此「擬作」以「華容一何冶」來照應這一層含意。「揮手如振素」，正以「揮」、「振」暗示「擢」、「弄機杼」，尤其充分利用了「素」的絲織品本身的形象，不但生動的表現「纖纖」、「素手」；亦且再一次的暗示了「織布」的行為。接著「怨彼河無梁」以具體的形象呈示「河漢清且淺，相去復幾許。盈盈一水間，脈脈不得語」的隔阻的幽怨。由於「河漢清且淺」的美麗景象已在首句中以「昭昭清漢輝」中表現了。一方面在意念上以「悲此年歲暮，跂彼無良緣，睆焉不得度」加強「原作」中「泣涕零如雨」的悲哀的心理意涵，而結束全詩在：

「引領望大川，雙涕如霑露。」「引領望大川」自然正照應「原作」的「河漢清且淺」、「盈盈一水間」所隱含的顧望的動作，而且有意將「原作」中的反激之言的「清且淺」和「盈盈一水」背後的嚴阻艱隔之事實，以「大川」明白表出。在「怨彼河無梁，悲此年歲暮。跂彼無良緣，睆焉不得度」的意識中，顯得格外絕望，格外悲傷；結句「雙涕如霑露」的「雙涕」亦強調了顧望的「雙眼」，亦加強了「望」的悲愁。這種「擬作」已不再亦步亦趨，而具有相當意味的分析、綜合的重組再造的性質了。

〈擬明月何皎皎〉則和原詩雖然句數相同，但意味則已經有了相當大的歧異了。似乎「擬作」只保留「原作」的「月照」引發「思歸」的基本心理結構而已。因此「原作」的「明月何皎皎，照我羅床幃」，就轉化為「明月照我床」的「安寢北堂上，明月入我牖」，以及刻意表現「明月何皎皎」，月光之清輝撩人的「照之有餘輝，攬之不盈手」了。而「攬衣起徘徊」，則只以「涼風繞曲房」的景象，暗示「攬衣」之「涼」，「徘徊」亦外在化為「繞曲房」。「寒蟬鳴高柳」自然可以有一點「出戶」的暗示，勉強亦可以說和「獨彷徨」的情調可以有一點相通。但是「涼風繞曲房，寒蟬鳴高柳」的「神韻」詩的表現，卻是高度直抒直敘性的「原作」所絕對沒有的。而「擬作」的全詩正亦有意的避免「原作」的「憂愁不能寐」、「愁思當告誰」、「淚下沾裳衣」的過於直露，因此缺乏含蓄韻致的情感，甚至「客行雖云樂，不如早旋歸」的矛盾與論辯式的表白。因此「擬作」除了採取「原作」所無的以「畫意」的景象表現「詩情」的「神韻」的手法，更重要的在「踟躕感節物」的交代了「感物吟志」的心理歷程，特別強調的是「我行永已久」、「游宦會無成」，扣緊了思鄉情緒之必然。顯然就消除了「客行雖云樂」的「樂不思蜀」或「但使主人能醉客，不知何處是他鄉」[51]之可能，以及突如其來的「憂愁」、「愁思」，甚至「淚下沾裳衣」的矛盾。因而結束在「情景交融」的「離帷難常守」，含蓄的表現出思歸的情緒。因此無論從哪方面看在情感性質與表現上皆較「原作」沉著深刻。所以這首「擬作」確實可以當得起《文心雕龍．辨騷》所謂的「觀其骨鯁所樹，肌膚所附，雖取鎔經意，亦自鑄偉辭」了。

像〈擬明月何皎皎〉只取「原作」的「月照思歸」結構而「自鑄偉辭」的「模擬」方式，若非陸機在詩題上著明「擬明月何皎皎」，其實它的「模擬」〈明月何皎皎〉的成分，並不多於李白的〈靜夜思〉：

> 床前明月光，疑是地上霜。舉頭望明月，低頭思故鄉。

對於上述二詩的「模擬」，假如我們可以因為彼此情調的近似而逕自視為「模擬」的話。

由上述三例可見，假如我們不以「言志」的觀點，要求詩人必須直接表現自己的生平經歷，則「模擬」的詩作依然大有可觀。就以〈擬涉江采芙蓉〉這類亦步亦趨的「模擬」詩作而論，雖然原始

51　見李白，〈客中作〉。

的「詩意結構」是根源於〈涉江采芙蓉〉；假如我們同意「格律詩」的潛在的美學規範，承認「詩」是一種「語文組構」的創造，那麼首先它仍然必須創造出與原詩「氣格悉敵」的另一種語文組構來。在原詩的已經很優美又很自然的語言表式之外，要另外創構既表達相同意旨，又必須是不同的語言表達的型態，同時還得達到對等，甚至超越原詩的自然與優美，若只就「格律詩」所注意的「語文組構」層面的美感創造而言，其實並不比「直抒胸臆」來得容易。這一方面顯示「言者所以明象」，而相同的「象」卻可以經由不同的多種的「言」來「明」。至於像以「上山采瓊蘗，窮谷饒芳蘭」來擬「涉江采芙蓉，蘭澤多芳草」，這種以「對」的方式來「擬」時，「擬作」所作的就不只是以不同的「言」來「明」相同的「象」了。事實上它正在創造自己的「象」。這一方面顯示了「象者所以存意」，事實上是相同的「意」可以經由不同的「象」來「存」。這也就是王弼在《周易略例．明象》中，緊接著「得意在忘象，得象在忘言」主張之後所提出的結論：

> 是故，觸類可為其象，合義可為其徵。義苟在健，何必馬乎？類苟在順，何必牛乎？

的論旨。而當「神韻詩」的美學表現正在「立象以盡意」，在於獨立的具有美感性質的「象」的創造，像這一類的「擬」、「對」，事實上已經達到了「神韻詩」主要的美學規範的要求；〈擬明月何皎皎〉的「神韻」化現象的出現似也就不是足以詫異的事了。但是這類「模擬」其實不只是「構言」、

「立象」而已，事實上它顯然包含了一種對於「原作」的「尋言以觀象」、「尋象以觀意」的欣賞與領會；而且在「得象而忘言」、「得意而忘象」之餘，能夠以其所「得」之「意」，另外「立象以盡」；能夠以其所「得」之「象」，另外設「言」以「明」。從某種意義而言，這正是「神韻」派批評中常見的以本身即極具美感意味的「形象語句」，如司空圖的《二十四詩品》甚至是一首首相當完整的「神韻詩」，來呈示掌握「原作」之美感風格的評賞活動。因此這類「模擬」詩自然不能視為「言志」的創作；但是卻是大可當作一種「神韻」的批評。在這一點上江淹在寫作他的〈雜體〉三十首時其實是有著高度的自覺的，是以他強調：「今作三十首詩，戰其文體，雖不足品藻淵流，庶亦無乖商榷云爾。」「品藻」、「商榷」正都是「批評」的活動。

但是大多數「格調詩」其實是更接近〈擬迢迢牽牛星〉「往往只取其大意」的分析、綜合的重組再造。這種情形，就以被戲為撏撦李義山至衣服敗敝的西崑詩人而論，[52]正是「格調」模擬的常態：

李商隱，〈南朝〉

玄武湖中玉漏催，雞鳴埭口繡襦迴。誰言瓊樹朝朝見，不及金蓮步步來？敵國軍營漂木柹，前朝神廟鎖煙煤。滿宮學士皆顏色，江令當年只費才。

52　事見宋．劉攽，《中山詩話》：「賜宴，優人有為義山者，衣服敗敝，告人曰：『我為諸館職撏撦至此。』聞者歡笑。」

楊億，〈南朝〉

五鼓端門漏滴稀，夜籤聲斷翠華飛。繁星曉埭聞雞度，細雨春場射雉歸。步試金蓮波濺襪，歌翻玉樹涕沾衣。龍盤王氣終三百，猶得澄瀾對敞扉。

錢惟演，〈南朝〉

結綺臨春映夕霏，景陽鐘動曙星稀。潘妃寶釧光如畫，江令花牋落似飛。舴艋凌波朱火度，觚稜拂漢紫煙微。自從飲馬秦淮水，蜀柳無因對殿幃。

劉筠，〈南朝〉

華林酒滿勸辰星，青漆樓高未稱情。麝壁燈迴偏照晝，雀航波漲欲浮城。鐘聲但恐嚴妝晚，衣帶那知敵國輕。千古風流佳麗地，盡供哀思與蘭成。

楊、錢、劉諸人的作品，正如前列的〈南朝〉所顯示的有許多對李商隱〈南朝〉詩的因襲的痕跡。但是若不考慮因襲的因素，「繁星曉埭聞雞度，細雨春場射雉歸。步試金蓮波濺襪，歌翻玉樹涕沾衣」，真的不如「玄武湖中玉漏催，雞鳴埭口繡襦迴。誰言瓊樹朝朝見，不及金蓮步步來」？「潘妃寶釧光如畫，江令花牋落似飛」，真的不及「滿宮學士皆顏色，江令當年只費才」？而「鐘聲但恐嚴妝晚，衣帶那知敵國輕」的諷刺不比「敵國軍營漂木柹，前朝神廟鎖煙煤」更強烈？「千古風流佳麗地，盡供哀思與蘭成」的反省又真的不比「滿宮學士皆顏色，江令當年只費才」的諷刺深刻沉著？事實上他們在因襲中正自有「踵事增華」的現象，在景象的神韻上，在語言格律的精巧上，在諷刺寄託的思致上，其實亦皆有長足的發展。雖然在美學風格的基本方向，亦即在「格調」上是承襲李義山的。這種情形正是好的「格調詩」所具有的常態。這種情形誠如徐增《而菴詩話》所謂：

> 夫作詩必須師承；若無師承，必須妙悟。雖然，即有師承，亦須妙悟；蓋妙悟、師承，不可偏舉者也。是故由師承得者，堂構宛然；由妙悟得者，性靈獨至。

事實上「格調」詩得自於「師承」者，正是「堂構宛然」而已；它的精彩與表現，仍然來自「即有師承，亦須妙悟」，來自自己的「性靈獨至」，並非「撏撦」、「模擬」一語足以抹殺。在〈擬明月何皎皎〉上，我們正可看到一個新的美學風格如何在師法承繼中蛻化而出。新的美學風格未必來自新的情意內容，往往正是來自基本上是近似的一般的人性反應，亦即是近似的情意經驗，但卻出以不同的整理呈現，不同的塑型方式，不同的規範表達的結果。畢竟人類的情志需求與情性反應總是共通的，而文學的傳達與表現仍然依賴的是這種人生情境與人性反應的共通性上的。

同時，美學風格，或者所謂的「格調」，其實是一些具有廣泛適用與涵括性質的類型的概念。它們事實上皆能容括相當豐富的不同的情意內容，以及無窮變化的語言表現的可能。因此情意內容的差異，或者是相同情意、經驗內容的截然不同的詮釋，並不必然構成「格調」的差異。王安石的兩首〈明妃曲〉表現的主題各自不同，並不影響它們在「格調」的類同。即使是歐陽修的〈明妃曲和王介甫作〉、〈再和明妃曲〉，甚至梅堯臣的〈和介甫明妃曲〉，雖然各人的詮釋皆有不同，而且表現的依據大抵亦不出杜甫〈詠懷古跡——群山萬壑赴荊門〉一詩所暗示的重點，但並無礙於唱和諸人在「格調」的近似；而皆與杜甫〈詠懷古跡〉詩在「格調」上的迥然歧異。「格調」其實正是彼此唱酬的詩人集團往往具有的共同美學規範之具體呈現。時代風格，派別精神其實都是經由「格調」而得實現而可理解。至於像梅堯臣的〈依韻和永叔澄心堂紙答劉原甫〉：

退之昔負天下才，掃掩眾說猶除埃。張籍盧仝鬥新怪，最稱東野為奇瑰。當時辭人固不少，漫費紙札磨松煤。歐陽今與韓相似，海水浩浩山嵬嵬。石君蘇君比盧籍，以我待郊嗟困摧。公之此心實扶助，更復有力誰論哉？禁林晚入接俊彥，一出古紙還相哀。曼卿子美人不識，昔嘗吟唱同尊罍。因之作詩答原甫，文字駛穩如刀裁。怪其有紙不寄我，如此出語亦善詼。往年公贈兩大軸，于今愛惜不輒開。是時有詩述本末，值公再入居蘭臺。崇文庫書作總目，未暇綴韻酬草萊。前者京師競分買，罄竭舊府歸鄒枚。自慚把筆粗成字，安可遠與鍾王陪？文高墨妙公第一，宜用此紙傳將來。

當拿來和歐陽修的〈和劉原甫澄心紙〉原詩比較：

君不見曼卿子美真奇才，久已零落埋黃埃。子美生窮死愈貴，殘章斷藁如瓊瑰。曼卿醉題紅粉壁，壁粉已剝昏煙煤。河傾崑崙勢曲折，雪壓太華高崔嵬。自從二子相繼沒，山川氣象皆低摧。君家雖有澄心紙，有敢下筆知誰哉？宣州詩翁餓欲死，黃鵠折翼鳴聲哀。有時得飽好言語，似聽高唱傾金罍。二子雖死此翁在，老手尚能工剪裁。奈何不寄反示我？如棄正論求俳詼。嗟我今衰不復昔，空能把卷闔且開。百年干戈流戰血，一國歌舞今荒臺。當時百物盡精好，往往遺棄淪蒿萊。君從何處得此紙？純堅瑩膩卷百枚。官曹職事喜閒暇，臺閣唱和相追陪。文章自古世不乏，間出安知無後來！

雖然歐詩稍見遒麗，梅詩略顯疏淡，但二詩基本上皆為典型的「宋詩」的「格調」，同時雖然所敘的內容、重點因為恰合各人立場而自然不同，但顯然正是一種「對答」的關係，而當梅堯臣有意在韻腳字上一一「依韻」時，卻使此詩一如其他的「擬作」產生了亦步亦趨的效果。這種效果自然不是在內容情意上的「氣格悉敵」彼此對當，但是卻接近「格律詩」的語文形式上的產生另外一種表現上的弦外之音。因此「格調詩」不論其為「擬古」，其為「唱和」都因為作品與作品的特殊關連而提供了一種作品本身內容之外的額外趣味。它們像是一塘清澄的池水，除了本身「半畝方塘一鑑開」的清麗的美感之外，常常因為反映了其他作品的「天光雲影共徘徊」豐富的內涵與聯想，而使它產生一種輝映反照的疊影的附加增益之美，並且讓我們充分的意識到它們是「為有源頭活水來」的整個詩歌傳統的衍流開展。[53] 正如用典或引述往事，一個高度文明化而浸潤在一個源遠流長之豐富傳統的文化心靈是自然不能也不必全以初生嬰兒的原始眼光來觀看世界或表達思維的，「格調詩」或許不只是「剽竊」二字所能窮盡其美學意涵的。[54]

在簡單描述了「言志詩」、「神韻詩」以及「格律詩」、「格調詩」的一些美學性格之後，有一點必須補充說明的是，本文雖然借用了一些傳統詩論的「術語」，但並無意完全遵守這些術語提出之際的原意，雖然若干的關連總是有的。此外，某些介乎這些類型的中間類型總是存在的，例如「言在耳目之內，情寄八荒之表」，[55] 阮籍的〈詠懷〉詩就是一種「言志」與「神韻」統合在一起的中間類型，而杜甫的〈秋興〉八首或許就是這種綜合類型的極致。正如所有的分類的提出都只是為了觀察的明晰，敘述的方便，這些類型的討論也不免是極端化的理想典型，基本上是俾作描述指陳的一種便利的設計罷了。

此外，「言志詩」表現政治現實的規範，後來就發展為蔡琰〈悲憤詩〉、杜甫〈石壕吏〉之類的敘事詩；對社會現象作倫理的關懷的規範，亦可說在〈陌上桑〉、〈孔雀東南飛〉之類的敘事詩得到實現。所以「敘事詩」其實是可視為是「言志詩」的一個支流的發展。而「言志詩」表現個人的人生理想與性情修養的規範，亦因陶淵明〈形影神〉三首之類詩作的出現而開展出「說理詩」的形態，並且在阮籍〈詠懷〉詩、左思〈詠史〉詩、陶淵明〈飲酒〉、〈讀山海經〉、陳子昂、張九齡〈感遇〉等「自敘」性的組詩中，發展出「模擬」、「議論」的形態。因此，「懷古」、「詠史」；「議論」、「說理」也正是「言志詩」的另一個支流的發展。這些發展所具的美學意涵皆因篇幅所限，未能仔細探究，當俟他日另撰一文從容討論。

53　引句俱見朱熹，〈觀書有感〉。

54　金．王若虛，《滹南詩話》以為：「魯直論詩，有奪胎換骨，點鐵成金之喻，世以為名言；以予觀之，特剽竊之黠者耳。」

55　見鍾嶸，《詩品》。

附錄二

〈關雎〉的內容表現

關關雎鳩，在河之洲。窈窕淑女，君子好逑。
參差荇菜，左右流之。窈窕淑女，寤寐求之。
求之不得，寤寐思服。悠哉悠哉！輾轉反側。
參差荇菜，左右采之。窈窕淑女，琴瑟友之。
參差荇菜，左右芼之。窈窕淑女，鐘鼓樂之。

這首詩見於《詩經》十五國風的〈周南〉，是《詩經》的第一首。由於孔子說過「〈關雎〉樂而不淫，哀而不傷」的話，歷來都以為別有深義，所以〈詩大序〉強調：「〈關雎〉，后妃之德也，風之始也，所以風天下而正夫婦也。」以為是先王「經夫婦，成孝敬，厚人倫，美教化，移風俗」的典範，因而特別認定「〈關雎〉、〈麟趾〉之化，王者之風」。其實上述各種說辭所要強調的，還是在於認定

〈關雎〉的內容表現，正是具有一種「發乎情，止乎禮義」的基本精神。

朱熹引述了孔子的話之後，也以為：「此言為此詩者，得其性情之正，聲氣之和也。蓋德如雎鳩，摯而有別，則后妃性情之正，固可以見其一端矣。至於寤寐反側，琴瑟鐘鼓，極其哀樂，而皆不過其則焉，則詩人性情之正，又可以見其全體也。」所以不但詩中的「寤寐求之」、「輾轉反側」與「琴瑟友之」、「鐘鼓樂之」各代表哀與樂兩種情感的適度表現，連關關的「雎鳩」亦具有象徵「窈窕淑女」「性情之正」的深義。至於匡衡所謂：「『妃匹之際，生民之始，萬福之原。』婚姻之禮正，然後品物遂而天命全。」則只是肯定男女婚姻乃是社會的基礎，在人倫教化，甚至歷史政治上，亦具有絕對重大的意義罷了。

但是這首詩是典型的「興」詩。而「興」詩中所以起興的事物或意象，往往與所要詠歌的志意之間，具有一種互補相成的加強表現的作用——不是相似而具有象徵的作用，就是相反而具有對比的作用。因此我們在欣賞這首詩，除了注意到詩中章節所涵具的心理變化的歷程之外，更當注意所以起興的意象本身所包含的趣味。

這首詩很清楚的分別以「關關雎鳩，在河之洲」與「參差荇菜，左右流之、采之、芼之」兩個意象來起興。後面的「參差荇菜」三章都只一字之差，倒是最接近《詩經》中常見的型態。但是加上了「求之不得」以下四句，無形中就加強了全詩所具的情感發展的階段性與歷程性的意義了。而在作為「窈窕淑女，君子好逑」象徵的「關關雎鳩，在河之洲」的意象表達中，最值得注意的還在它敘述的語序。這種語序同時包括了「關關」與「雎鳩」的關係，以及「雎鳩」與「在河之洲」的關係。若不考慮任何韻律的因素，一個最合事態之邏輯關係的敘述應當是：

在河之洲，雎鳩關關。

不說「雎鳩關關」而說「關關雎鳩」，本來就有「啼鳥」與「鳥啼」的區別，而這裡「關關」在上、「雎鳩」在下的語序，無形中正構成一種感知經驗的模擬：先聽到「關關」的鳴聲，然後意識到「雎鳩」的存在；由「雎鳩」的存在而進一步意識到牠的「在河之洲」。因此整個意象喚起我們注意力的重點正在「雌雄相應之和聲也」的「關關」，而反而不在「摯而有別」的「雎鳩」了。這裡正有以「關關」的「和聲」象徵君子與淑女的「愛情」之交感共鳴的意思。因此在求而有得之後，就更以「琴瑟」與「鐘鼓」的和鳴，來表現「友之」、「樂之」的發展。以「琴瑟」與「鐘鼓」的和鳴來象徵「愛情」的表現，固然有「止乎禮義」、「立於禮，成於樂」的意思；但是以「和聲」，尤其是以「關關」的自然「和聲」來象徵男女的愛悅之情，是不是更在暗示：愛情原是兩人內心情意的彼此體會互相交感，因而發為和諧融會的對語與共鳴，一種因內在的契合而表現為循環回應的溝通？而在這種溝通中，彼此雖然仍是彼此，但是正如「樂意相關禽對語，生香不斷樹交花」，是一種達到了《菜根譚》所謂「此是無彼無此得真機」的境界？

「在河之洲」除了即目寫景的寫實意義外，作為意象的內容，本身亦強調了一種「河」的廣闊包圍性的流動，與「洲」的狹小、被包圍的靜止之間的對比，而示意的重點則正在這一片流動中安定、靜止堅實的「洲」。所以，「關關雎鳩」的「在河之洲」，從景象由小而大的擴展，正有由彼此的「同存在」擴展為「同在此世界存在」的象徵意義；但從「河」而「洲」的由大而小、由動而靜的變化，似乎更反映了一種抉擇以及抉擇後的寧定的意識，是不是多少也可以看成類似《紅樓夢》九十一回賈寶玉所謂的「任憑弱水三千，我只取一瓢飲」中的「知止而後有定」？暗示的不只是一種專一堅貞的心意，更是於茫茫人海、悠悠流逝的人世中，找到了一片不變的淨土，所以底下很自然的轉出「窈窕淑女，君子好逑」。而且非常顯然的，這裡的「窈窕淑女」必然是特指某一不可改易的「所謂伊人」，而不會是一般泛指的人物類型。

在這首詩中最具戲劇性的表現，無疑的正是「寤寐思服」的「悠哉悠哉！輾轉反側」。如同前述，這首詩的敘述，始終近於第三人稱的客觀敘述，所以總是說明性、呈示性大於情感的表現；至此，突然一躍而內心直接的呼喊：「悠哉悠哉！」而為動作形象的直接顯現「輾轉反側」，遂突破了這種近於客觀呈示所造成的疏離——雖然加上了「寤寐」兩字，但「求之」與「思服」畢竟還是太抽象而顯得不夠真實——因而使得全詩的一切敘述，都能成為真切內心感受的相應與補足。在這關鍵性的兩句，不但人物的真情畢露，而其情感的一切良好品質也在此而有了真實的根基。這兩句所以關鍵，正因它不只是觀念的體驗，更重要的正在它是「求之不得」，全詩之中唯一受挫折的情境的反應，也就是人物真正受到考驗的俄頃。

在〈關雎〉這一場神聖喜劇中，「窈窕淑女」是全詩出現最多的句子。她「窈窕」的光輝充滿、照耀了全詩的整個歷程，彷彿成了一種永恆的導引、無盡的召喚，引領著「君子」與我們的精神上升。「桃李不言，下自成蹊」，其是之謂乎？

附錄三

〈國殤〉的勇武觀念

操吳戈兮被犀甲，車錯轂兮短兵接。
旌蔽日兮敵若雲，矢交墜兮士爭先。
凌余陣兮躐余行，左驂殪兮右刃傷。
霾兩輪兮縶四馬，援玉枹兮擊鳴鼓。
天時墜兮威靈怒，嚴殺盡兮棄原壄。
出不入兮往不反，平原忽兮路超遠。
帶長劍兮挾秦弓，首身離兮心不懲。
誠既勇兮又以武，終剛強兮不可凌。
身既死兮神以靈，子魂魄兮為鬼雄。

〈國殤〉，由於是一篇祭祀陣亡戰士的作品，因此對於戰爭採取了一種很特別的立場來描寫。首先，它既不同於《詩經》的〈東山〉、〈采薇〉，表現出對於平居生活的嚮往，因而強烈的感受到戰爭對於平居生活的剝奪，而反應為一種「我心傷悲，莫知我哀」（〈采薇〉）的自傷之情。這種自傷之情在漢樂府〈戰城南〉中，由於深切預期「戰城南，死郭北，野死不葬烏可食」的命運，因此甚至發展為：「為我謂烏：『且為客豪；野死諒不葬，腐肉安能去子逃。』」的苦澀自嘲，全詩並一再以「梟騎戰鬥死，駑馬徘徊鳴」、「朝行出攻，暮不夜歸」來強調陣亡的哀傷。

〈國殤〉中的戰士，其命運其實和〈戰城南〉是一樣的，但作者卻努力的表現一種完全不同的情緒——一種臨危授命的英勇情懷。也因此，這首詩刻意而具體的描寫了戰爭的場面，這種場面在中國傳統的詩歌中通常是避免的：「車錯轂兮短兵接。旌蔽日兮敵若雲，矢交墜兮士爭先。」而且最特別的是，它刻意的去描繪一種對於己方絕對不利的情景。這種不利，不但首先見於「旌蔽日兮敵若雲」，所謂敵眾我寡的形勢，而且更具體的表現在戰陣衝陷中的失利：「凌余陣兮躐余行，左驂殪兮右刃傷。霾兩輪兮縶四馬。」以至於被徹底殲滅的命運：「嚴殺盡兮棄原壄。」作者並且不避殘酷的，直接提到戰死之後「首身離兮」的慘狀。因此，它所表現的就是一種面對最殘酷惡運的英勇。

面對惡運，而英勇的與命運奮鬥，正是一般所謂悲劇英雄的定義。因此這首〈國殤〉，就在短短的篇幅中表現了這種悲劇英雄的基本情懷：面對著「旌蔽日兮敵若雲」般敵我懸殊的情勢，在「矢交墜」的危險當中，〈國殤〉所頌讚的戰士們卻了無怯意的「士爭先」，奮勇向前。即使到了「凌余陣兮躐余行，左驂殪兮右刃傷。霾兩輪兮縶四馬」的困陷傷殘地步，但是這些楚軍卻仍然能夠「援玉枹兮擊鳴鼓」的英勇力戰到底，直到「嚴殺盡兮棄原壄」的死而後已，既不投降，也無退縮。並且在「天時墜兮威靈怒」一句中，將戰敗陣亡提升到：「此天之亡我，非戰之罪也。」不僅是和敵人，更重要的是和命運，和無可逃避的惡運搏鬥的悲劇意識。

經由這種和惡運搏鬥的悲劇意識，這首詩篇提出了一種特殊的勇武觀念。這種勇武，既不同於《左傳》中晉文公所謂「以亂易整，不武」、隨武子所謂「兼弱攻昧，武之善經也」，或楚君所謂「夫文，止戈為武」、「夫武，禁暴、戢兵、保大、定功、安民、和眾、豐財者也」，充滿了倫理政治意義的霸主之業；也不同於唐代一些〈少年行〉之類詩歌所詠嘆的才力勝人、意氣縱橫的豪勇：「一身能擘兩雕弧，虜騎千重只似無，偏坐金鞍調白羽，紛紛射殺五單于。」「新豐美酒斗十千，咸陽遊俠多少年，相逢意氣為君飲，繫馬高樓垂柳邊。」（王維，〈少年行〉）因為上述兩種勇武，不論是政教的霸業或個人的豪邁，其實都是強調一種居於優勢的勝利者的德性。但〈國殤〉中所要歌頌的是雖敗猶榮、至死不屈的另一種「勇武」。這種勇武就表現在面對「首身離兮」的惡運而能「心不懲」，可殺不可辱的「不可凌」的「終剛強兮」。這裡的「剛強」正很明白的強調出這些戰士的寧折不彎、臨危授命的性行。因此這種勇武與其說是才力性的，不如說更是一種精神性的，也就是一種大無畏的精神；這種剛強正來自一種內在的正直完整，不以物喜、不以己悲的無憂無懼。因此知道面臨惡運而不惑，直至身首相離而不懼，所以最接近孔子所謂「勇者不懼」的本意。或許這種不惑不懼，最接近古代所稱道的「男兒本色」，就如唐代安祿山之亂時，張巡守睢陽，「城陷，賊以刃脅降巡。巡不屈，即牽去，將斬之。又降霽雲，霽雲未應」，巡所呼雲的：「南八，男兒死耳，不可為不義屈！」（見韓愈，〈張中丞傳後敘〉）這正是一種「白刃交於前，視死若生者，烈士之勇也」（見《莊子．秋水》），敢於擁抱死亡的「大丈夫生而何歡，死而何懼」的慷慨激昂的情懷。所以這首詩就結束在對於這種「男兒本色」的「精神不死」的讚頌上：「身既死兮神以靈，子魂魄兮為鬼雄！」

從「現實反應」到「抒情表現」

——略論〈古詩十九首〉與中國詩歌的發展

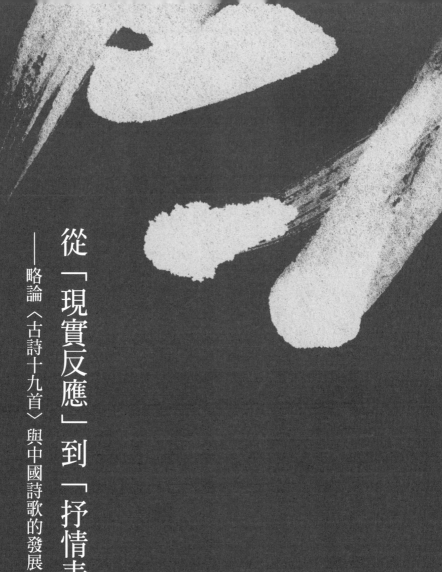

雖然《文心雕龍．明詩》所謂：「古詩佳麗，或稱枚叔，其〈孤竹〉一篇，則傅毅之詞，比采而推，兩漢之作也。觀其結體散文，直而不野，婉轉附物，怊悵切情，實五言之冠冕也。」或者鍾嶸《詩品》所謂：「古詩：其體源出於〈國風〉。陸機所擬十四首，文溫以麗，意悲而遠，驚心動魄，可謂幾乎一字千金。」所論未必恰為〈十九首〉[1]，但是〈古詩十九首〉在中國詩史上的崇高地位，則是無庸置疑的。對於〈十九首〉，我們自然可以有各種的解讀的方式；但是沈德潛所謂「古詩十九首，不必一人之辭，一時之作」[2]的認識，其實是最基本的。因此它們或者經《文選》將其編入「雜詩」之類，而具有類似的題材風格，誠如沈德潛所謂：「大率逐臣棄妻，朋友闊絕，遊子他鄉，死生新故之感。或寓言，或顯言，或反覆言，初無奇闢之思，驚險之句。而西京古詩皆在其下，是為國風之遺。」[3]但是整體的時代風格的類似之中，仍然涵具著諸多的各別差異，由於它們正出現在五言詩開始步向成熟的時期，因此其中的某些差異，就喻示了中國詩歌發展的某些契機，我以為最值得重視與玩味的就是從「現實反應」到「抒情表現」的差異與發展[4]。

這種差異與發展，王國維似乎有所知覺，雖然他申論的重點很快就轉移了，因此未作較大的發揮。他在《人間詞話》中兩度以〈十九首〉為例：

「昔為倡家女，今為蕩子婦。蕩子行不歸，空床難獨守。」「何不策高足，先據要路津。無為久貧賤，轗軻長苦辛。」可謂淫鄙之尤。然無視為淫詞鄙詞者，以其真也。五代北宋之大詞人亦然，然非無淫詞，讀之者但覺其親切動人；非無鄙詞，但覺其精力彌滿，可知淫詞與鄙詞之病，非淫與鄙之病，而遊詞之病也。「豈不爾思？室是遠而！」而子曰：「未之思也，夫何遠之有？」惡其遊也。

「生年不滿百，常懷千歲憂。晝短苦夜長，何不秉燭遊？」「服食求神仙，多為藥所誤。不如飲美酒，被服紈與素。」寫情如此，方為不隔。「采菊東籬下，悠然見南山。山氣日夕佳，飛鳥相與還。」「天似穹廬，籠蓋四野。天蒼蒼，野茫茫，風吹草低見牛羊。」寫景如此，方為不隔。

當王國維論「昔為倡家女，……」與「何不策高足，……」兩例時，他先是直斷其內容為「可謂淫鄙之尤」，以為前者「淫」後者「鄙」，甚至到達「可謂」「之尤」的地步。這從倫理判斷而言，其實是非常嚴重之指控。但卻筆鋒一轉，就憑一句「以其真也」，以為就可以「然無視為淫詞鄙詞」，這種說法顯然是太過簡略，轉折過速；否則就無異強調「真心謀殺」就不算謀殺」一樣的無法取信於人。雖然他接著泛言：「五代北宋之大詞人亦然。」以為：「非無淫詞，讀之者但覺其親切動人；非無鄙詞，

1　因此，《詩品》接著說：「其外，〈去者日以疏〉四十五首，雖多哀怨，頗為總雜。」

2　見沈德潛，《說詩晬語》卷上。

3　見沈德潛，《說詩晬語》卷上。

4　就〈古詩十九首〉而言，當然只能說有此「差異」；這裡的「發展」是針對中國詩歌由漢往盛唐的風格轉變而言。

但覺其精力彌滿。」但什麼是「但覺其親切動人」的「淫詞」，以及「但覺其精力彌滿」的「鄙詞」？他並未實際舉例。那麼我們是不是可以在「昔為倡家女，……」的例中，「讀之」，「但覺其親切動人」；在「何不策高足，……」的例中，「但覺其精力彌滿」？答案並不明顯。雖然我們或許也可以視「親切動人」與「精力彌滿」，為「以其真也」的一種說明或註解。

對於王國維的這種明顯矛盾的說法，也許我們可以多少自他論「生年不滿百，……」與「服食求神仙，……」兩例中，得到若干線索。假如我們再仔細閱讀《人間詞話》所引〈十九首〉四例，其實皆是面對人生處境的抉擇反應：「生年不滿百」（人生短暫），卻「常懷千歲憂」（不免憂思長抱），因而既已苦多樂少，況且百年中晝夜參半，遂而更覺「晝短苦夜長」，如此「何不秉燭（夜）遊」？「為樂當及時」！面對「人生忽如寄，壽無金石固」的現實，「服食求神仙」似是消解超越的一法，但卻「多為藥所誤」，但見其失未見其得；因此「不如飲美酒，被服紈與素」，享受生命與生活中的種種美好，方為真實有效的對策。但王國維並未從人生抉擇的立場來解讀，反而他的著眼點是「寫情如此，方為不隔」，也就是他並不視它們為對「現實」的「反應」，反而視它們為一種「情感」的「抒寫」與「表現」。

相同的情形，似乎也發生在構成問題的兩例：「昔為倡家女」，出身的情境，本非貞靜自守，不解男歡女愛的環境；「今為蕩子婦」，所嫁託終身的對象，亦非重視家庭，專一於愛情之輩。「蕩子行不歸」，當這樣的夫婿，長年在外拈花惹草，流連不歸，使得自己的「婚姻」生活，名存實亡，那麼這位出身倡家少婦的最自然的反應，是不是該為芳心寂寞，「空床難獨守」？一個人生活在「久貧賤」[5]的境況，「轗軻長苦辛」之餘，是不是自然想要擺脫這種艱困的處境？那麼想到「何不策高足，先據要路津」，藉謀取富貴利達，先占先贏，來紓解困境，是不是也是自然的反應？這樣的人生抉擇，當然談不上什麼高貴與品格，正如「飲美酒，被服紈與素」，甚至「秉燭夜遊，及時行樂」也一樣，並不是什麼特別值得禮敬的德行，只是後者或者尚不致招受太嚴重的批評，而前者已瀕臨敗德邊緣，因而以倫理素質而言，難免「淫鄙之尤」的譏諷。王國維在這裡也就先視其為「現實反應」而作了倫理判斷；但卻又很快的從其「寫情」，作為「抒情表現」而論其「親切動人」，「精力彌滿」的表現效果；強調它們的符合於人之常情，也就是反應了一種「常人之境界」[6]的「真」。假如說：「生年不滿百，……」與「服食求神仙，……」兩例可以作為「寫情如此，方為不隔」的範例，那麼，「昔為倡家女，……」與「何不策高足，……」兩例，又何嘗不然？因此亦不妨以「寫情」「不隔」的角度，強調它們的「真」，甚至「精力彌滿」，「親切動人」。

5　按〈十九首〉中原作「守窮賤」，王國維省略了上下文，改為「久貧賤」，固是誤記，但卻因此獲得了上下文之外的「自足」含意。因此此處的討論仍依王氏誤記的版本。

6　見王國維，〈清真先生遺事尚論三〉：「境界有二：有詩人之境界；有常人之境界。詩人之境界，惟詩人能感之而能寫之，故讀其詩者亦高舉遠慕，有遺世之意，而亦有得有不得，且得之者亦各有深淺焉。若夫悲歡離合羈旅行役之感，常人皆能感之，而唯詩人能寫之，故其入於人者至深，而行於世也尤廣。」

但是本文的目的，並不是在解釋王國維的評述，而是藉此指出〈古詩十九首〉中的一種已在上述的討論中約略提及的特質，亦即其中的許多作品，往往不只具有「抒情表現」，同時往往更涵具「現實反應」的內涵。也許前面已然論及的〈青青河畔草〉，假如配合上了另一首〈迢迢牽牛星〉比對而觀，我們或者更能看出這種特質：

青青河畔草，鬱鬱園中柳。盈盈樓上女，皎皎當窗牖。娥娥紅粉妝，纖纖出素手。昔為倡家女，今為蕩子婦。蕩子行不歸，空床難獨守。（〈青青河畔草〉）

迢迢牽牛星，皎皎河漢女。纖纖擢素手，札札弄機杼。終日不成章，泣涕零如雨。河漢清且淺，相去復幾許？盈盈一水間，脈脈不得語。（〈迢迢牽牛星〉）

這兩首詩的情調初看似極不同，其實充滿了類似之點：首先，兩詩皆各用了六個疊字，不但造成了類似的吟誦語調，因而或多或少產生了一種近於虛構的「傳奇」而非認真「寫實」的印象；並且，其中「皎皎」皆用以形容詩中女主角的明豔照人，「纖纖」皆用以描寫女主角的素手，因而間接的展示了她具體的美麗善感。同時，雖然意指不同，兩詩亦皆使用了「盈盈」，因而使得六個疊字，有一半是重複的，在同為十句的長度中，這樣的數量在語言的風格上，就更有近似的意味與效果。但是真正重要的是，兩詩皆寫夫妻離別，而且皆以妻方為表現的重點；因而潛在的情境，正都是「傷彼蕙蘭花，含英揚光輝；過時而不采，將隨秋草萎」[7]的必然壓力；並且皆強調了夫方的「不歸」。因而戲劇情境所要呈現的焦點，皆在這位孤棲的妻子要如何回應這種處境。

絕對不會遭受到「淫鄙之尤」批評的〈迢迢牽牛星〉，它所採取的修辭策略是盡量減少這一處境的「現實」性質，因此不但可以避免必須作「現實反應」的需要，而且可以將寫作的重點，集中在「抒情」的「表現」上，因而只引人同情感動，不但不去思索問題的解決，更不會對人物的「反應」加以批判。它的頭一個，也是最重要的策略，是先將這一對離別的夫妻神話化。逕自以「牽牛星」與「河漢女」來稱呼，並且取代了他們的真實身分與存在，雖然它還是要我們具體感受到別婦的痛苦：「終日不成章，泣涕零如雨。」當使用了牛郎、織女等神話之際，它首先就豁免了夫妻離別的當事人，尤其是作丈夫的，導致此一分別的責任。於是此一離別就具有一種「宿命」或「天命」的意涵，除了接納與忍受，就再無其他思想反應的可能。在妻子仍為具體的「女」，並且有著「皎皎」之光豔，「纖纖」、「素手」之可觀可感之際，卻將丈夫「虛位」化為「星」，只強調他距離遙遠的「迢迢」，而全詩的戲劇性對比，正在詩首的「牽牛星」之「迢迢」；到了詩末卻顯現為「河漢清且淺，

7 見〈古詩十九首．冉冉孤生竹〉。

相去復幾許？」，其實只是「一水間」的「盈盈」：以狀似天真的詢問，暗示了「遊子不顧反」[8]的事實；並且在「脈脈不得語」的感嘆中，喻示了連「客從遠方來，遺我一書札：上言長相思，下言久別離」[9]之類的音訊與問慰全無。

「河漢女」的「皎皎」光彩奪目與「纖纖」「素手」之美麗感人的「婦容」，雖然不致於「一顧傾人城；再顧傾人國」[10]；但像羅敷的吸引「使君從南來，五馬立踟躕」，以致引起「使君謝羅敷，寧可共載不」之類的追求，則是並非全無可能。因而張庚〈古詩十九首解〉引中吳淇之說曰：

> 吳氏曰：此與〈青青〉章俱有「纖纖素手」字，彼用一「出」字，的是賣弄春葱，為倡女之態；此用一「擢」字，的是擲梭情景，為貞女之事。[11]

雖曰「貞」、「倡」有別，這種語言表現，所涵具的對其女性魅力與美麗之強調，則仍是一致無差。但是〈迢迢〉一詩，卻是很巧妙的藉著「札札弄機杼」的「婦功」，將其一如「纖纖出素手」一樣，要讀者（或聽眾）去仔細「觀賞」或「想像」那隻（或那雙）美麗的白皙的手腕，正如達文西的名畫〈蒙娜．麗莎〉的表現重點，除了那神祕的微笑，就是那雙柔荑。雖然它已經由「札札弄機杼」將之轉化為「好色而不淫」的「無邪」的展露。其實「擢」，張銑曰：「舉也。」[12]從姿態與視覺效果上，都一樣是「特寫鏡頭」，而「擢」字實在要比「出」字更具動態的美感，甚至挑逗性。但是作者又很巧妙的在緊接著的「終日不成章，泣涕零如雨」，藉全心投入的思念與痛苦的情狀，反映了她的貞潔專一的「婦德」。因而吳淇〈古詩十九首定論〉要強調：

「纖纖」二句，手不離機杼，所守之貞也。「終日」二句，無限苦懷，所守者苦節之貞。[13]

並且在結尾：「河漢清且淺，相去復幾許？盈盈一水間，脈脈不得語。」雖被孫鑛評為：「末四句直截痛快，振起全首精神。」[14] 其實是溫柔敦厚，委曲婉轉的「婦言」中，達到了一位兼備「四德」，貞潔完美女性的塑造，以及完全不會引起讀者或聽眾困擾之離情別緒的抒發。

消解文學作品中所呈現情境的惱人的「現實」性；使讀者或聽眾不必去面對其中所蘊涵的「現實」的困境，不必去思索其中種種問題的必須解決，如何解決；不必去面臨種種的抉擇，以及抉擇的

8 見〈古詩十九首．行行重行行〉。
9 見〈古詩十九首．孟冬寒氣至〉。
10 見李延年，〈北方有佳人〉。
11 見楊家駱編，《古詩十九首集釋》（臺北：世界書局，一九六二年十一月初版），頁三二。
12 見楊家駱編，《古詩十九首集釋》，頁一五。
13 見楊家駱編，《古詩十九首集釋》，頁一七。
14 見楊家駱編，《古詩十九首集釋》，頁一六。

種種後果，因而我們只需去玩味品賞其中各式各樣「情感」反映的種種內外姿態，掌握其「文垂條而結繁，信情貌之不差」的文情並茂的表現；因而只是玩味「其為物也多姿，其為體也屢遷」[15]的種種文學風貌與趣味，正是「抒情」文類寫作與鑑賞的潛在的「美典」[16]。這樣的消解「現實」性的方法，容許有各樣的修辭策略：一種是完全接納當時社會文化的「價值規範」或「意識型態」，在一個主張「餓死事小，失節事大」的社會文化裡，人們「知人論世」的種種關切，自可「只見」是否「失節」；而可以完全「不見」該不該要求別人或讓自己「餓死」，以及「餓死」的真正的過程，其中的種種痛苦與不人道的重重問題。因而幾乎可以借用梅堯臣〈范饒州坐中客語食河豚魚〉詩中所云：「皆言美無度！誰謂死如麻？」來加以形容。但這是我們跳脫了該一社會文化，並且在有意揭露了該一意識型態的壓迫或壓抑型態之後的「後見」之明。然而對於身處其間的作者與讀者，甚至身歷其境的詩內詩外人物，卻都可以因為「習慣成自然」，在「習焉不察」中自然將「問題」與其「現實」性，在閱讀與欣賞裡自動跳過或略去。

因此，〈迢迢牽牛星〉一詩，正如吳淇，張庚的再三稱道其「貞」「節」，事實上是採取了上述的這種修辭策略，而將其寫作的重點，指向了「抒情表現」。雖然詩中也有像「終日不成章，泣涕零如雨」，這樣的語句，確乎是在表現這位「河漢女」的痛苦，但是「泣涕零如雨」的誇張比喻，反而掩蔽了別離的漫長持續，不是經由一場哭泣就可以抒洩消除的日以繼夜，經年累月的折磨與苦痛之事實。尤其結束在語調和緩，狀似輕鬆，一副含情脈脈的四句詢問：「河漢清且淺，相去復幾許？盈盈一水間，脈脈不得語」裡，真的是將一切的「現實」處境與問題，轉化得太清淺，太盈盈，太溫柔，太脈脈，以致但見其柔情，不見其苦楚了。

當然，「現實」情境的「抒情」化的另一種「表現」方式，就是以省略了所有的「現實」問題，而集中在利用富涵美感的場景物象，甚至人物自身的動作與感官性的知覺，來作「興象」或「情景交融」的表現，例如底下的兩首〈玉階怨〉：

謝眺，〈玉階怨〉

夕殿下珠簾，流螢飛復息。長夜縫羅衣，思君此何極！

李白，〈玉階怨〉

玉階生白露，夜久侵羅襪。卻下水精簾，玲瓏望秋月。

這兩首詩，假如不是詩題上還有一個「怨」字，所有的痛苦與現實皆已消失，已近於底下的這首：

---

15 以上引句，俱見陸機，〈文賦〉。

16 「美典」一詞是高友工先生所提出的術語，藉以指出各種藝文現象所隱含的美感規範或典律。

杜牧，〈秋夕〉

銀燭秋光冷畫屏，輕羅小扇撲流螢。天階夜色涼如水，臥看牽牛織女星。

對於「時序」與「物色」的感觸與表現，幾乎取代了其中的「分離」處境與「孤獨」情懷。在謝朓的詩中，還有「思君此何極」的語句，在李白的詩中，幾乎完全取消了一切表現情感的辭語。這種寫作的重點，正是集中注意於人物的感官知覺與情感姿態，而無暇或無意去理會其中的真實的「處境」與「問題」，底下這首：

李白，〈怨情〉

美人捲珠簾，深坐顰蛾眉。但見淚痕濕，不知心恨誰。

似乎最能說明這種「保持距離」（distance）的「無利害」（disinterestedness）、「無關心」（detachment）的美感態度（aesthetic attitude）[17]。這正是中國古典詩歌，由「言志」往「神韻」，由「現實反應」往「抒情表現」的純粹化發展的極致。

但是〈古詩十九首〉的豐富性與趣味性，卻在於「現實反應」與「抒情表現」仍在相互頡頏拉拒的狀態，因而充滿了各種的表現的可能。這一點，我們只要再比較一下，〈十九首〉中的〈明月何皎皎〉與由此脫胎而出，陸機的擬作；和情境類似，李白的〈靜夜思〉，就可以更清楚的看到：

古詩〈明月何皎皎〉

明月何皎皎，照我羅床幃。憂愁不能寐，攬衣起徘徊。客行雖云樂，不如早旋歸。出戶獨彷徨，愁思當告誰？引領還入房，淚下沾裳衣。

陸機，〈擬明月何皎皎〉

安寢北堂上，明月入我牖。照之有餘輝，攬之不盈手。涼風繞曲房，寒蟬鳴高柳。踟躕感節物，我行永已久。游宦會無成，離思常難守。

李白，〈靜夜思〉

床前明月光，疑是地上霜。舉頭望明月，低頭思故鄉。

17 自十八世紀至二十世紀中葉，西方美學的主流，對美感經驗往往採取與美感態度相應的主張，並且以三D（disinterestedness, detachment, and distance）為其論述的核心，雖然當代的認知，已經不再如此局限（見John W. Bender & H. Gene Blocker, *Contemporary Philosophy of Art* [Englewood Cliffs, N.J.: Prentice-Hall, Inc., 1993], p. 367），但就區分「現實反應」與「抒情表現」而言，仍是一種方便的參考。

這三首詩，我們可以藉吳淇《六朝選詩定論》，評〈明月何皎皎〉所謂：

> 無限徘徊，雖主憂愁，實是明月逼來；若無明月，只是槌床搗枕而已，那得出戶入房許多態？[18]

的說法，視為都是「明月逼來」的「鄉思」。但是只要細看陸機的擬作，我們馬上可以感覺：同樣是「抒情表現」，他就有意避免了「明月何皎皎，照我羅床幃」，月光直逼人來的「物」「我」交感，尤其是「何皎皎」的直陳而近乎驚嘆或呼喊的表白，反而是將整個情境，化直接感受為近乎旁觀報導的間接敘述：「安寢北堂上，明月入我牖。」因而將注意轉為對「月光」的「物色」性的玩賞與描寫：「照之有餘輝，攬之不盈手，」以及「涼風繞曲房，寒蟬鳴高柳」的對於「時序」之景象的感覺性刻劃，結果當然就不會有因明月照床的「憂愁不能寐」，以致「攬衣起徘徊」，「出戶獨彷徨」，因而「引領還入房，淚下沾裳衣」的「出戶入房許多態」了。因此陸機擬作自然就將注意轉往「踟躕感節物」上，然後以《詩經．小雅．六月》的「我行永久」轉化為「我行永已久」，而得出幾乎是客觀敘述的「游宦會無成，離思難常守」近乎無動於中（detachment）的「抒情」表現。同樣的，壓抑情感之直接以像「憂愁不能寐」、「愁思當告誰」這樣的告白；或像「攬衣起徘徊」、「出戶獨彷徨」、「淚下沾裳衣」等等行動來表現，也是〈靜夜思〉的修辭策略，雖然它藉與「舉頭望明月」形成對比，而提出了

「低頭」的情感姿態與「思故鄉」的主題。但在「抒情表現」上，仍然是傾向對於「情感」採取「不著一字，盡得風流」的間接手法；它的壓抑了的情緒，完全是以「疑是地上霜」的寒冷、暗淡的感覺來表現的。因而，在這三首詩中，雖然皆有「鄉思」的情懷，但是只有〈明月何皎皎〉將其情感表現得最真切，最熱烈，而令吳淇要讚嘆其：

無甚意思，無甚異藻，只是平常口頭，卻字字句句，用得合拍，便爾音節響亮，意味深遠，令人千讀不厭。[19]

並且也是唯一面對了，所以產生「鄉思」的原因——「離鄉」，原也是有所追求的「現實」，因而坦承了這種「情境」與「情感」的矛盾：「客行雖云樂，不如早旋歸。」所以，面對「情境」的複雜性，並且產生了抉擇性的內心衝突與矛盾「感情」，正是〈古詩十九首〉往往具有的「現實反應」的特質。

當我們再從這種「現實反應」的特質，再回到〈青青河畔草〉上來考察時，我們就會發現它的最為正視別婦之真實處境，以及敢於面臨抉擇的特質。這一點我們還可以透過與王昌齡的這首〈閨怨〉

18　見楊家駱編，《古詩十九首集釋》，頁二四。
19　見楊家駱編，《古詩十九首集釋》，頁二四。

的比較，來加以討論：

> 閨中少婦不知愁，春日凝妝上翠樓。忽見陌頭楊柳色，悔教夫婿覓封侯。

詩中開頭的「青青河畔草，鬱鬱園中柳」，其實就是「忽見陌頭楊柳色」，而著以「青青」、「鬱鬱」的形容，不但顏色格外鮮明，而且幾乎產生一種迫人的壓力，尤其此一「春色」，由「河畔」之外界而及於「園中」之內庭，由水平之「草」而立體之「柳」，真是彌天蓋地，咄咄逼人。以「盈盈」充滿青春活力之「女」，於「樓上」見此內外一片的春色，會引發多少的春心春愁，自不待言。尤其「皎皎當窗牖」、「娥娥紅粉妝」（固是與「春日凝妝上翠樓」同一機杼），更是顯示了她的「天生麗質難自棄」[20]這層意思，自然一直貫注到底下的「纖纖出素手」。這一句，定要強調其「的是賣弄春葱，為倡女之態」恐怕還是受到下文影響之後的解讀；其實「纖纖素手」自是寫其美麗善感，而用一「出」字，恐怕談不上「賣弄」，反而應是一種情不自禁的「探觸」、「嚮往」、「追尋」，或者「感懷」的一種姿態，是一種近於「攀條折其榮」[21]，或「涉江采芙蓉」[22]的面對「青青岸草」、「鬱鬱園柳」的自然反應。

至於底下被王國維視為「淫（蕩）之尤」的四句，其實是包含了一個很嚴肅的「現實」處境與「倫理」問題。夫妻的離別，不同於友朋、兄弟，甚至親子，原正在於必然會導致「空床獨守」或者

「不守」的困境與抉擇。當這種「空床獨守」的處境，即使是雙方都努力在忍受之際，尚且會有「過時而不采，將隨秋草萎」的「青春虛度」或「同心而離居，憂傷以終老」[23]的「折磨痛苦」。何況，假如這種「空床獨守」只是單方面的；在「蕩子行不歸」的情形下，「空床難獨守」，豈不是最自然不過的心聲？而導致這種處境與感受的難道不正是「行不歸」的「蕩子」的責任？為何只是苛求其妻而未有隻字片語責怪此夫？這正是作詩者（其實他是以第三人稱的口吻來敘事的），的溫厚同情之所在；反倒是這些評詩者未免持著「禮教吃人」的偏袒心態來發言立論，雖然不免受囿於時代文化，但總是顯示了他們在「真實」人類處境與「道德」關懷的鈍感，連「雖得其情，哀矜而勿喜」的善意，皆有所欠缺。

相形之下，王昌齡雖題其詩曰「閨怨」，卻一口咬定「夫婿覓封侯」之舉，全為此一「閨中少婦」「教」唆指使的結果，好像那位「夫婿」真的毫無個人野心或夢想，因此，一股腦將「分別」的責任全推給女方。並且強派這一位理應情竇初開的「閨中少婦」，為對「離別」之情境，竟是全然麻木不仁的「不知愁」人物，依然日日「凝妝上翠樓」，要待「忽見陌頭楊柳」的「春」「色」才知道後

20　見白居易，〈長恨歌〉。
21　見〈古詩十九首．庭中有奇樹〉。
22　見〈古詩十九首．涉江采芙蓉〉。
23　見〈古詩十九首．涉江采芙蓉〉。

「悔」。固然這一切，我們都可以諒解王昌齡是為了強調「悔」之主題，所作的虛構，因此只是一種修辭策略的應用。但是正如王國維引以為「惡其遊也」，孔子的評論：

「唐棣之華，偏其反而。豈不爾思？室是遠而！」子曰：「未之思也，夫何遠之有？」[24]

一樣，我們一定可以說假如這位「閨中少婦」對於夫妻離別而竟可以全然無感，保持「不知愁」的狀態，我們也實在看不出一時「忽見」的，遙遠的「陌頭」之上的「楊柳色」，會有什麼神祕力量可以令她感覺「悔」恨？因此，仔細玩味，這首以「閨怨」為名目的詩作，反而是相當有趣的，反映了時時以功名為念的新進士階層，對於他們拋棄在家裡的「閨中少婦」的真實處境與情懷的無法或有意不去體會。也許這首詩中反映得更多的，反而是「覓封侯」的「夫婿」們，對於他們家裡「閨中少婦」萬一不是如他們所「希望」或「自欺」的那樣是「不知愁」，而對她（們）「忽見」於「陌頭楊柳色」之外，可能興起的任何情懷，所暗暗滋生的焦慮與懊「悔」。因而在面對「現實」的「真」，「親切動人」；「精力彌滿」上，就遠遠不如〈青青河畔草〉，「抒情表現」的成分就要遠遠大於「現實反應」了。

〈古詩十九首〉在夫妻男女離別的主題上，其實反映了高度的倫理知覺，具體的情境感受與極具現實抉擇的反應表現。倫理知覺方面，除了〈青青河畔草〉是出以第三人稱敘述；第一人稱敘述的最好的例子，或許是〈冉冉孤生竹〉：

冉冉孤生竹，結根泰山阿。與君為新婚，兔絲附女蘿。兔絲生有時，夫婦會有宜。千里遠結婚，悠悠隔山陂。思君令人老，軒車來何遲？傷彼蕙蘭花，含英揚光輝。過時而不采，將隨秋草萎。君亮執高節，賤妾亦何為？

這首詩的「抒情表現」主要見於一再翻轉的「植物」的比喻：君是「冉冉孤生竹」；妾是「兔絲附女蘿」，君「結根泰山阿」，所以兩人「悠悠隔山陂」；在「思君令人老；軒車來何遲」的情況下，彼此的青春生命是「將隨秋草萎」的「蕙蘭花」[25]；即使曾是或仍是「含英揚光輝」。但是這一切，由「兔絲生有時」與「過時而不采」所象徵的「夫婦會有宜」的時間壓力與離別情境，卻因為，君為「冉冉孤生竹」所象徵的「君亮執高節」的倫理抉擇與表現，「賤妾亦何為？」，妾亦只有作相同的倫理抉擇，默默忍受一切的芳華徒謝與孤獨而空虛的生活。但是，把這種離別而懷想的生活情境，表現得最為真切而具體的或許是〈凜凜歲云暮〉：

24 見《論語．子罕》。
25 當然也可以解讀為專指妾的青春生命。

凜凜歲云暮，螻蛄夕鳴悲。涼風率已厲，遊子寒無衣。錦衾遺洛浦，同袍與我違。獨宿累長夜，夢想見容輝。良人惟古懽，枉駕惠前綏。願得常巧笑，攜手同車歸。既來不須臾，又不處重闈。亮無晨風翼，焉能凌風飛？眄睞以適意，引領遙相晞。徙倚懷感傷，垂涕沾雙扉。

這首詩以「螻蛄夕鳴悲」的意象，藉「凜凜歲云暮」，「涼風率已厲」的氣候變化起興，既象徵一己之孤寂淒涼，日久悲傷；又引起對於身為「遊子」的「良人」，在歲暮季節的是否「寒無衣」的牽掛。以「衣」與「袍」以至「錦衾」等意象來象徵夫妻的同眠共枕的親密關係，以及在男耕女織的分工下，妻的職分與對夫的情意原就在於「授衣」[26]所表現的關懷，都是既切合日常生活的現實，但又飽含深情密意的「抒情表現」。而對於夫妻別離的「錦衾」遺失；「同袍」相違，所面對的生活真相，以最直接的「獨宿累長夜」表出，一點沒有閃躲或遮掩；而分別日久，「良人惟古懽」，彼此只成為往日的記憶，以及如真似幻的「夢想見容輝」，在「願得常巧笑，攜手同車歸」的企盼，終究只成為美夢成空之餘，只有倚門彷徨盼望：「眄睞以適意，引領遙相晞。」感傷淚下：「徙倚懷感傷，垂涕沾雙扉。」對身處其境的痛苦悲哀，也沒有逃避與妝飾。所以是深具「現實反應」的「抒情表現」。

〈古詩十九首〉，關於夫妻別離主題詩作，最具現實抉擇反應的，或許是〈行行重行行〉。為了更為清晰的凸顯這種抉擇的「現實反應」的性質，我們將透過與曹植〈七哀詩〉的比較來討論：

行行重行行，與君生別離。相去萬餘里，各在天一涯。道路阻且長，會面安可知。胡馬依北風，越鳥巢南枝。相去日已遠，衣帶日已緩。浮雲蔽白日，遊子不顧反。思君令人老，歲月忽已晚。棄捐勿復道，努力加餐飯。（〈行行重行行〉）

明月照高樓，流光正徘徊。上有愁思婦，悲嘆有餘哀。借問嘆者誰？言是客子妻。君行踰十年，孤妾常獨棲。君若清路塵，妾若濁水泥；浮沉各異勢，會合何時諧。願為西南風，長逝入君懷；君懷良不開，賤妾當何依？（〈七哀詩〉）

這兩首詩都是以夫妻闊別為主題，而且以妻子的孤棲情境為描寫焦點的作品。但是曹植的〈七哀詩〉，已經充分的「抒情表現」化了，它首先經營了一個優美動人的「清景」：「明月照高樓，流光正徘徊。」這樣的寫作方式，不但符合鍾嶸《詩品．序》所例舉：

至乎吟詠情性，亦何貴于用事？「思君如流水」，既是即目；「高臺多悲風」，亦惟所見；「清晨登隴首」，羌無故實；「明月照積雪」，詎出經史？觀古今勝語，多非補假，皆由直尋。

26　見《詩經．七月》：「七月流火，九月授衣。……無衣無褐，何以卒歲？」

所謂的「古今勝語」的表現，亦即以一明確具體，甚至是固定的空間物象：「高臺」、「隴首」、「明月」，而連接以廣泛，流動，或至少是不確定而綿延的另一甚具感覺性的形象或情境：「多悲風」、「積雪」、「清晨」，因而產生一種搖曳生姿的動盪感受，因而正能隱喻一種「思君如流水」的起伏澎湃，無盡無休之類的心理激蕩與悠遠情懷。「明月照高樓，流光正徘徊」正是很自然的綜合了「明月照積雪」，與「思君如流水」的表現效果為單一景象。並且不但增強了景象的明晰與造形；尤其是強調了「徘徊」不止的彷徨心緒。這兩句的寫法，再側重一點寫景意味，就可以得出類似「明月出天山，蒼茫雲海間」[27]，或者往對句發展，就可以成為「明月松間照，清泉石上流」[28]；或者「野曠沙岸淨，天高秋月明」[29]與「白雲抱幽石，綠篠媚清漣」[30]等發展自謝靈運而在盛唐詩人手中發揚光大的寫景佳句了。

然後，利用月夜高樓的場景（setting），將它轉化為「上有愁思婦，悲嘆有餘哀」的「戲劇情境」。並且借用了「借問嘆者誰？言是客子妻」的對話，一方面解釋了「悲嘆有餘哀」的「愁思婦」之「愁思」所在與其處境；一方面則藉此將原來的外景與「戲劇情境」的第三人稱敘述，轉向主角人物之妻子的，以第一人稱向另一主角之丈夫（亦即第二人稱），所作的內心獨白式的傾訴。整個「戲劇」型態的寫作策略，假如不是造成了一種「虛擬」或「虛構」的美感距離（因而我們不必很「現實」或「認真」的來對待），至少是令我們像觀賞「戲劇」一樣，對主角保持了一種「認同」或「仿同」的距離，因為主角是在對另一主角說話，而不純然是「內在獨白」。

自然〈行行重行行〉的「內在獨白」的性質亦不純粹，而亦有可以視為也有對第二人稱「君」傾訴的部分與意味，所以一再出現「與君生別離」、「會面安可知」、「思君令人老」等語句。但基本上，它的著重「處境」轉移的抒寫方式，仍然接近足以引發直接「認同」或「仿同」的「內在獨白」，並且隨著詩句的發展，我們幾乎可以得到這似乎是一個漫長經驗的回溯當下，重新演出的追憶歷程：詩雖然是從「行行重行行」的分別的時刻開始的，但事實上則是彼此「相去日已遠」，早已經歷了漫長的年月，而真正的情境，則是「遊子不顧反」，「歲月忽已晚」。於是「行行重行行」的描寫，就幾乎近於電影中停格或慢動作的「特寫」，它不但是真實發生的情景，而且正是將那刻骨銘心「與君生別離」的分離的剎那，反覆咀嚼，給人一種念茲在茲，不敢亦不能或忘印象的呈現，就在這種「分別」的經驗中，君漸行漸遠，毫無停息，直到成為「相去萬餘里，各在天一涯」的長久存在的「現實」。

「行行重行行」自是深具內心印象之剖白與呈露的「抒情表現」，但「與君生別離」，則是對於此一分離情境的極具「現實」意涵的掌握。「生別離」自然可以因為《楚辭．九歌．少司命》中所謂的：「悲莫悲兮生別離；樂莫樂兮新相知。」而令我們作「悲莫悲兮」的情緒意涵的聯想。但由下文

27 見李白，〈關山月〉。

28 見王維，〈山居秋暝〉。

29 見謝靈運，〈初去郡〉。

30 見謝靈運，〈過始寧墅〉。此一對句雖不寫月，但「白雲抱幽石」在構詞造句法上其實與「明月照高樓」同一機杼。

的「思君令人老」，我們固然也可以解讀出「與君」一詞中，「君」的絕對的重要性。但「生別離」事實上也提供「思君」與盼望「遊子」「顧反」的可能性。所謂「會面」云云，正是有賴於彼此的同「生」，如此我們才能毫不突兀的了解詩末「努力加餐飯」的抉擇。

接下的敘寫則大抵著重，或者至少兼顧彼此「處境」之「現實」狀態的提示。不但「相去萬餘里，各在天一涯」的重複說明，是「抒情表現」的強調，其實也是「現實」處境的勾勒。因而開展下去就是「道路阻且長；會面安可知？」的客觀性衡量；這種「衡量」顯然不樂觀；但述說者又以看似主觀的期望，卻也有其物理上的依據，來推翻上述的「衡量」：「胡馬依北風；越鳥巢南枝。」李善《文選注》謂：

> 《韓詩外傳》曰：「詩曰：『代馬依北風，飛鳥棲故巢。』皆不忘本之謂也。」

雖然「道路阻且長」，但是若有「思鄉」之心，則既可前往，理當亦可歸反。因此在「情境」上，就展現為雙向的可能性：既是「會面安可知」；但亦可以是「遊子」「顧反」，而終有重聚的一日。結果是在這種雙重性的懸疑與等待中，「相去日已遠，衣帶日已緩」，隨著分離日久的折磨，述說者也日漸消瘦。不能不漸漸得出「遊子不顧反」的結論。但述說者，似乎不願就此絕望，她以「浮雲蔽白日」的比喻，來詮釋這種「不顧反」只是一時的蒙「蔽」，並非永久的本心。於是，在漸次加重的痛苦與悲觀中，又保持了希望。雖然，仍然抱持著希望，但另一個「現實」的情勢，「思君令人老」（這正是「衣帶日已緩」的自然結果），人是不堪朝朝暮暮之懷想的磨損的。而「歲月忽已晚」，歲月不待人，青春與生命隨時間日漸消失——這樣的「情勢」，直要將述說者逼入絕境。但詩中人卻話鋒一轉：「棄捐勿復道；努力加餐飯。」她選擇了「希望」與「等待」，並且透過「棄捐勿復道」的屏絕憂慮，以「努力加餐飯」的攝「生」以待「會面」，來和「思君令人老」、「衣帶日以緩」的情勢對抗。

這首詩所具有的「現實反應」的強調與特質，我們只要和〈七哀詩〉中妻對夫的那段傾訴略加比較，就很清楚。關注一個「情境」，正視其具體的「現實」內涵，視為必須不斷的重作抉擇，採取行動之際——亦即在「情境」的「現實」中，作倫理或利害的判斷，「選擇」可能的反應，並且針對「情境」之需要，以及為了改善或改變「情境」而採取「行動」——我們做出的正是「現實反應」。但是，規避「選擇」與「行動」，而將注意集中在以一「諸意象之綜合」（a complex of images），來「表現」其引生此一意象綜合之特殊「情感」（a feeling that animates them）的「直覺」，因而呈現為對此一「情感」的「觀照」（contemplation of feeling），亦即是「純粹直觀」（pure intuition）的「抒情直觀」（lyrical intuition），結果產生的就是詩歌或文學的「抒情表現」[31]。在〈七哀詩〉中，「君行踰十

31 以上觀念與詞句的英語部分，見Benedetto Croce, "Intuition and Expression," in John W. Bender & H. Gene Blocker eds., *Contemporary Philosophy of Art*, pp. 128-129。該文下註明：From "Aesthetic" in Encyclopaedia Britannica, 14th edition, 1929。

年，孤妾常獨棲」，當然是「現實」的體認。但詩中筆鋒一轉，詩中主角並不去思想如何對應此一困境，作「抉擇」採「行動」，反而將上述的「君行／妾獨棲」的情境，轉化為「君若清路塵；妾若濁水泥」的意象組合，而感嘆起「浮沉各異勢，會合何時諧？」來。「君」是否為「塵」；「妾」是否為「泥」，完全是自行比喻的結果，其為「浮」，為「沉」，並沒有本質上的必然，反映的反而只是在「君行踰十年」之餘，對於「孤妾常獨棲」的等待的失望，甚至是絕望的情緒。因為她並未因此「判斷」，而作出任何「抉擇」或「行動」。所接續的「願為西南風，長逝入君懷」只是一種「姿態」而非「行動」的「選擇」。所以，它真正的意義，只是與「君懷良不開，賤妾當何依？」的詩句，組合成一種呈現「雖深愛而竟被棄」之「無奈」情懷的「綜合意象」，終究只是一種「抒情表現」；與〈行行重行行〉，步步扣緊「情境」的「現實」發展，判斷各種可能，因而作出「抉擇」採取「行動」，大異其趣。因此，〈七哀詩〉就顯得空靈蘊藉，滿涵神韻，足以令人迴腸蕩氣，但反映的卻是無關「現實」的「抒情直觀」；而〈行行重行行〉，則顯得質實凝重，「現實」「倫理」直逼人來。「君若清路塵」，甚至「君懷良不開」，就都沒有「遊子不顧反」在「倫理」判斷上，要來得清楚明白直接了當！

這種在「倫理」與「現實」上的高度關切，就使得〈十九首〉，在貧賤富貴的對比上，發出類似：「何不策高足？先據要路津。無為守窮賤，轗軻長苦辛。」[32]「斗酒相娛樂，聊厚不為薄。」「極宴娛心意，戚戚何所迫？」[33]的反省；在親交知己的追尋上，亦有：「不惜歌者苦，但傷知音稀。」[34]

「蕩滌放情志！何為自結束？」[35]甚至「良無盤石固，虛名復何益？」[36]等種種的思考；並且在人生短暫的知覺下，亦各自發展為：或者「盛衰各有時，立身苦不早」，「奄忽隨物化，榮名以為寶」[37]；或者「萬歲更相送，聖賢莫能度。服食求神仙，多為藥所誤。不如飲美酒，被服紈與素」[38]；或者「去者日以疏；來者日以親」[39]；以至「為樂當及時，何能待來茲？愚者愛惜費，但為後世嗤」[40]等等的思慮抉擇。因而提供我們再作省察，自行抉擇與判斷的參考。在「抒情表現」中，或者往「抒情表現」的發展中，仍然保持相當程度的「現實反應」，或許就是〈古詩十九首〉，漸為後世難及而難學的特質。

因為以「抒情直觀」作「意象經營」，並且加以「聲律考究」，一如《文心雕龍．神思》所謂「使玄解之宰，尋聲律而定墨；獨照之匠，闚意象而運斤」的「抒情表現」，似乎成為後來中國詩歌，以

32　見〈古詩十九首．今日良宴會〉。
33　見〈古詩十九首．青青陵上柏〉。
34　見〈古詩十九首．西北有高樓〉。
35　見〈古詩十九首．東城高且長〉。
36　見〈古詩十九首．明月皎夜光〉。
37　見〈古詩十九首．迴車駕言邁〉。
38　見〈古詩十九首．驅車上東門〉。
39　見〈古詩十九首．去者日以疏〉。
40　見〈古詩十九首．生年不滿百〉。

至文學的主流。[41]而這一主流的寫作精神，《文心雕龍．神思》的贊文，或許是最好的摘要：

神用象通，情變所孕。物以貌求，心以理應。刻鏤聲律，萌芽比興，結慮司契，垂帷制勝。

因此以「妙悟」來了解這「抒情直觀」，藉「興趣」來描敘這種意象化的「抒情表現」的嚴羽，面對〈古詩十九首〉這類的作品，雖然承認：「漢、魏、晉與盛唐之詩，則第一義也。」但當他「推原漢魏以來，而截然謂當以盛唐為法」之際，他顯然是知覺它們與後世發展的其實有明顯的差異存在，因而只好說：

漢魏尚矣，不假悟也。謝靈運至盛唐諸公，透徹之悟也。[42]

對於〈古詩十九首〉的這種同時涵具「現實反應」與「抒情表現」的特點，元代陳繹曾〈詩譜〉顯然略有知覺，因而他不免要強調其：「情真，景真，事真，意真：澄至清，發至情。」「情」、「景」之「真」或許是「抒情表現」之所在；但「事」、「意」之「真」，則是「現實反應」之重點。而明代陸時雍《詩鏡總論》的解說，或許更近於本文的理解：

〈十九首〉近於賦而遠於風，故其情可陳，其事可舉也。虛者實之，紆者直之，則感寤之意微，而陳肆之用廣矣。夫微而能通，婉而可諷者，風之為道美也。

陸時雍所謂的「賦」，正有接近本文所強調的「現實反應」的某些素質；而他所謂的「風」，亦和本文所指出的「抒情表現」有若干近似，中國詩歌走向以「抒情表現」為主的道路，使中國文學進一步往優美的「抒情傳統」發展，確實可謂：「風之為道美也。」但正視種種人類的生存處境，如何去理解判斷，如何去抉擇行動的「陳肆之用」也就漸漸消失了。其為得為失，自是見仁見智。但是正如陸時雍用的仍是「近於賦而遠於風」而非「但用賦不用風」，〈古詩十九首〉的所以為千古絕唱，原也在於同時具有「現實反應」與「抒情表現」的特質；自然其中也有像下列這首已然深具「神韻」，幾乎是純粹以「抒情表現」為主，並且被譽為「言情不盡，其情乃長，此風雅溫柔敦厚之遺」[43]的作品：

41 這主要是由六朝到盛唐的發展，但是除了元和、元祐，有了另外的美典以外，大抵凡以盛唐為宗的年代，總又回歸此一主流。

42 以上有關嚴羽理念與引句俱見《滄浪詩話．詩辨》。

43 見楊家駱編，《古詩十九首集釋》，頁一四引陳祚明語。

庭中有奇樹，綠葉發華滋。攀條折其榮，將以遺所思。馨香盈懷袖，路遠莫致之。此物何足貴，但感別經時。

但是人物的姿態與心理轉折，仍然比純粹精美遼敻的物象重要，而成為詩中「抒情表現」的主體，「時序」或許發揮了「起情」的作用；但「物色」仍然未成為「情采」的中心。或許我們也可以說〈古詩十九首〉，仍是「人性的，太人性的」，以人為中心的詩歌！

天高地迴　月照星臨

——略論唐詩的開闊興象

一、盛唐諸人，惟在興趣

唐詩，尤其是盛唐詩，自宋代嚴羽於《滄浪詩話》提出「論詩如論禪，漢、魏、晉與盛唐之詩，則第一義也」，「以漢、魏、晉、盛唐為師，不作開元、天寶以下人物」，並且解釋道：「漢魏尚矣，不假悟也；謝靈運至盛唐諸公透徹之悟也。」後經明代前後七子「詩必盛唐」主張的推揚，一直是中國古典詩歌的理想與典範。至於這種盛唐詩風，嚴羽亦有如下的解說：

> 詩者吟詠情性也。盛唐諸人，惟在興趣。羚羊掛角，無跡可求。故其妙處，透徹玲瓏，不可湊泊；如空中之音，相中之色，水中之月，鏡中之象，言有盡而意無窮。

所謂「興趣」，原自梁代鍾嶸《詩品．序》的「文已盡而意有餘，興也」蛻化而來。因此，我們固然可以參考明代胡應麟《詩藪》中：

> 作詩大要不過二端：體格聲調，興象風神而已。體格聲調有則可循；興象風神無方可執。故作者但求體正格高，聲雄調鬯。積習之久，矜持盡化，形跡俱融，興象風神，自爾超邁。譬則鏡花水月；體格聲調，水與鏡也；興象風神，月與花也。必水澄鏡朗，然後花月宛然；詎容昏鑑濁

流，求覩二者？故法所當先，而悟弗容強也。

的意見，援引「興象風神」作「興趣」的註腳，以為它指的就是來自作者情性而流露在作品之內的一種特殊的精神風貌。但是更具體的從作品的結構考察，似當亦正是一種「興」的創作手法的運用，清代李重華《貞一齋詩說》說得好：

興之為義，是詩家大半得力處：無端說一件鳥獸草木，不明指天時，而天時恍在其中；不顯言地境，而地境宛在其中；且不實說人事，而人事已隱約流露其中，故有興而詩之神理全具也。

也就是說詩人藉著一些自然景物的描寫，不但象徵性的傳達了詩人所想表示的情意，更自然而然的在這些景物的刻劃中，益加具體可感的表現了詩人的人格性情以及身居其境的世界感受與生命意識。例如《論語．子罕》記載：

子在川上曰：「逝者如斯夫，不舍晝夜！」

這樣的觸景生情，藉物起興的感慨，原來就是一種「興」的心理機轉，但是它雖然深具哲理的妙趣，甚至亦充分的顯露夫子獨特的人格，這樣的記述仍然不能說是詩意的，主要的原因，並不在其文字的形式的問題，而在其中缺少了對於川流不息的具體景象的刻劃與描寫。所以，漢樂府的「百川東到海，何時復西歸？」雖然也在同樣的意念中，表現了深切的感慨，但是畢竟仍然不算達到嚴羽所謂「不涉理路，不落言筌者，上也」的理想。正因它的表達仍是不免「猶涉理路」。同樣的雖然對人生之變化有一諦視深慨而卻依然未免猶「涉理路，落言筌」的是魏代阮籍〈詠懷詩〉的「朝為媚少年，夕暮成醜老」；但是相同的意念到了李白的〈將進酒〉：

君不見黃河之水天上來，奔流到海不復回；君不見高堂明鏡悲白髮，朝如青絲暮成雪。

不但以「君不見」而達到親自上場現身說法的效果，更重要的是已然消融了理路言筌的形跡，完全可以置之眼前的景象來呈現，因此言黃河，則有「天上來」、「奔流」等等狀態的描寫，說頭髮，則以「朝如青絲暮成雪」來象喻，並且不但化觀念為狀態，而且進一步表現為具體情境裡的一種動作，如：「高堂」之中，「明鏡」之前的「悲」白髮。這種寫眼前景象而能夠「有興而詩之神理全具也」的效果，正是「謝靈運至盛唐諸公」的「透徹之悟」。而底下兩首詩在表現上的差異：

曹植，〈贈白馬王彪之六〉

心悲動我神，棄置莫復陳。丈夫志四海，萬里猶比鄰。恩愛苟不虧，在遠分日親。何必同衾幬，然後展殷勤？憂思成疾疢，無乃兒女仁！倉卒骨肉情，能不懷苦辛？

王勃，〈杜少府之任蜀州〉

城闕輔三秦，風煙望五津。與君離別意，同是宦遊人。海內存知己，天涯若比鄰。無為在歧路，兒女共霑巾。

除了古詩與律體的差異，更多少反映了由「漢魏尚矣，不假悟也」到「透徹之悟」的變化。而其中的關鍵，不但在以「城闕輔三秦，風煙望五津」的地域的景象起「興」，更在於「無為在歧路，兒女共霑巾」的具體情境中之動作性的描寫，尤其「城闕」、「風煙」與「歧路」等地域景象，更使「海內」、「天涯」、「比鄰」等抽象意念得到了具體的呈示與象徵，因而就實際轉化為一種真實可感的整體的宇宙意識。使用「興」的手法，以地域性的景象，呈現為一種身居其中的宇宙意識，正是唐詩興象的開闊高遠之處。這種開闊遼遠的興象，不但是唐詩中隨處可見的現象，從某些資料看來，還可以說是唐人有意識的創作。例如王昌齡就以為：

> 詩思有三：搜求於象，心入於境，神會於物，因心而得，曰取思；久用精思，未契意象，力疲智竭，放安神思，心偶照境，率然而生，曰生思。……（《唐音癸籤》卷二）

> 凡作詩之體，意是格，聲是律，意高則格高，聲辨則律清，格律全，然後始有調。用意於古人之上，則天地之境，洞焉可觀。……

> 凡屬文之人，常須作意。凝心天海之外，用思元氣之前。巧運言詞，精練意魄。……

> 夫置意作詩，即須凝心，目擊其物，便以心擊之，深穿其境。如登高山絕頂，下臨萬象，如在掌中。以此見象，心中了見，當此即用。如無有不似，仍以律調之定，然後書之於紙。會其題目，山林、日月、風景為真，以歌詠之。猶如水中見日月，文章是景，物色是本，照之須了見其象也。（《詩格》，見《文鏡祕府論》南卷）

不但強調詩的創作需出於境物景象與心神意興的契會以達到一種徹悟的境界，而其所謂「猶如水中見日月，文章是景（影），物色是本，照之須了見其象」，正與嚴羽「水中之月，鏡中之象」的論點相合。同時更重要的，他特別點明「天地之境」，「如登高山絕頂，下臨萬象，如在掌中」，以及「會其題目，山林、日月、風景為真」，正清楚的表明了唐詩在興象之際，尋求其開闊高曠夐遠遼廣的理想，以及對於地域自然景觀的運用。而孟郊〈贈鄭夫子魴〉論及詩的創作亦云：

天地入胸臆，吁嗟生風雷。文章得其微，物象由我裁。宋玉逞大句，李白飛狂才。苟非聖賢心，孰與造化該。勉矣鄭夫子，驪珠今始胎。

同樣的強調了一種納天地該造化的氣魄以及裁物象，胎驪珠的意象契會的妙悟工夫。這種自覺無疑締造了唐代雄偉高曠的特殊詩風。

二、天高地迥，覺宇宙之無窮

這種「天地之境，洞焉可觀」的興象，誠如王勃在〈滕王閣序〉所謂的「天高地迥，覺宇宙之無窮」，原是來自一種宇宙意識的自覺。這種自覺首先往往是與一種「興盡悲來，識盈虛之有數」的生命存在的意識糾結在一起的，例如陳子昂的〈登幽州臺歌〉：

前不見古人，後不見來者。念天地之悠悠，獨愴然而涕下。

或者張九齡的〈登荊州城望江〉：

滔滔大江水，天地相終始，經閱幾世人，復嘆誰家子？東望何悠悠！西來晝夜流。歲月既如此，為心那不愁？

在這種詩裡宇宙的無窮廣大與人類個我存在的孤絕渺小迥然對立，興發的往往正是一種生命的悲情。但是這分悲情卻在唐詩的發展過程中很迅速的被消融在一種純粹的美感觀照或積極把握的意志裡。例如張若虛的〈春江花月夜〉雖然自「江天一色無纖塵，皎皎空中孤月輪」的景象而引發了這種典型的宇宙無窮與生命有限的意識：

江畔何人初見月？江月何年初照人？人生代代無窮已，江月年年祇相似。不知江月照何人？但見長江送流水。

但在「白雲一片去悠悠，青楓浦上不勝愁」之餘，卻透過「誰家今夜扁舟子？何處相思明月樓？」而將注意轉移到「不知乘月幾人歸？落月搖情滿江樹」的及時把握上。當然這種把握的更典型的方式，或許往往像李白的〈把酒問月〉，在醒悟了「今人不見古時月，今月曾經照古人。古人今人若流水，共看明月皆如此」之後，所強調的卻是「唯願當歌對酒時，月光長照金樽裡」。但是這種「海上生明月」的無窮宇宙的永恆律動之感，卻在張九齡的〈望月懷遠〉詩中，因為「情人怨遙夜，竟夕起相思」的思念，而轉化為「天涯共此時」的人間深情的無限延伸與擴展的象徵。因此宇宙無窮的知覺，就不復只是「興盡悲來」引發存在悲情的對照，而更進一步成為人類所以實現自我，可以充分活動的無限開闊的生活空間，以及可以充分體驗感受的無窮豐富的內涵。前者如王維〈臨高臺送黎拾遺〉：

相送臨高臺，川原杳何極？日暮飛鳥還，行人去不息！

後者如王之渙〈登鸛雀樓〉：

白日依山盡，黃河入海流。欲窮千里目，更上一層樓。

在這類詩作裡，「天行健」的無窮無盡，就都轉化為「君子以自強不息」的精神識認與行動征服的豪情與壯志的表現了。

當然這種對宇宙知覺反應的差異，與對時間因素或空間因素之側重的不同有關。大抵側重時間的詩作，由於人命的必然有限，往往陷於悲慨；而側重空間的詩作，則因界域的廣大反而激發出一種剛健的雄心壯志來。同時由於自然景象本身的雄偉秀麗，於是當「宇宙洪荒」的「天地玄黃」顯現為可觀可賞的「白日依山盡，黃河入海流」之際，一個「美麗新世界」就在盛唐詩風裡展現了。像：

雲霞出海曙，梅柳渡江春。（杜審言）

江靜潮初落，林昏瘴不開。（宋之問）

潮平兩岸闊，風正一帆懸。（王灣）

山光悅鳥性，潭影空人心。（常建）

黃河遠上白雲間，一片孤城萬仞山。（王之渙）

青海長雲暗雪山，孤城遙望玉門關。（王昌齡）

青楓江上秋天遠，白帝城邊古木疏。（高適）

輪臺九月風夜吼，一川碎石大如斗。（岑參）

大漠孤煙直，長河落日圓。
日落江湖白，潮來天地青。
荒城臨古渡，落日滿秋山。
江流天地外，山色有無中。（以上王維）

野曠天低樹，江清月近人。
照日秋雲回，浮天渤澥寬。（以上孟浩然）

山隨平野盡，江入大荒流。
明月出天山，蒼茫雲海間。
三山半落青天外，二水中分白鷺洲。
孤帆遠影碧空盡，唯見長江天際流。（以上李白）

星垂平野闊，月湧大江流。
吳楚東南坼，乾坤日夜浮。
錦江春色來天地，玉壘浮雲變古今。
無邊落木蕭蕭下，不盡長江滾滾來。（以上杜甫）

這類的勝景佳句，真是美不勝收，目不暇給。同時，像「長風破浪會有時，直掛雲帆濟滄海」（李白），或「會當凌絕頂，一覽眾山小」（杜甫）的征服的意志亦往往間出，時時可見。這種壯偉開闊的興象，不但在唐詩中處處可見，而且應用在任何題材，例如孟浩然的〈臨洞庭上張丞相〉一詩：

八月湖水平，涵虛混太清。氣蒸雲夢澤，波撼岳陽城。欲濟無舟楫，端居恥聖明。坐觀垂釣者，徒有羨魚情。

以後四句而論，本來意在求仕，但出以涵蓋乾坤的前四句，則胸襟自然高遠，了無猥下之態；轉使求仕之心成為一種壯志的表徵。於是這種壯闊的興象，又不僅只是行動的背景或觀覽的對象了。

三、星臨萬戶動，明月來相照

當自然景象同時成為詩人心志的象徵時，人與宇宙的疏離消失了，不但「江清月近人」，「星臨萬戶動，月傍九霄多」（杜甫），而且永恆開始注入了人類的生活，雖然「人攀明月不可得」，畢竟「月行卻與人相隨」（李白），因此當人類在興高采烈，凝神深思之際，正如王維〈竹里館〉所顯示的：

> 獨坐幽篁裡，彈琴復長嘯。深林人不知，明月來相照。

人類終於感覺與自然的融合為一，相親相近，是以「長歌吟松風，曲盡河星稀」，是以「舉杯邀明月，對影成三人」，甚至「我寄愁心與明月，隨風直到夜郎西」，終至「興酣落筆搖五嶽，詩成笑傲凌滄洲」（李白），因此不但「永夜角聲悲自語，中庭月色好誰看」，「五更鼓角聲悲壯，三峽星河影動搖」，甚至在「一舞劍器動四方」之際，「天地為之久低昂」，因為「來如雷霆收震怒，罷如江海凝清光」，人類的精神與行動本身就反映出與自然一樣的雄偉與永恆。於是神話的開天闢地的豪健精神二度再現：「燿如羿射九日落，矯如群帝驂龍翔。」（杜甫）唐人就這樣的在深切的體察自然之際，終於達到了超凌自然的精神上的壯偉！復興中華文化，或許我們最該復興的就是這種「大用外腓，真體內充，反虛入渾，積健為雄，具備萬物，橫絕太空」的「雄渾」的天地境界，以及「俯拾即是，不取諸鄰，俱道適往，著手成春，如逢花開，如瞻歲新」的清新自得的「自然」意趣吧！

試論漢詩、唐詩、宋詩的美感特質

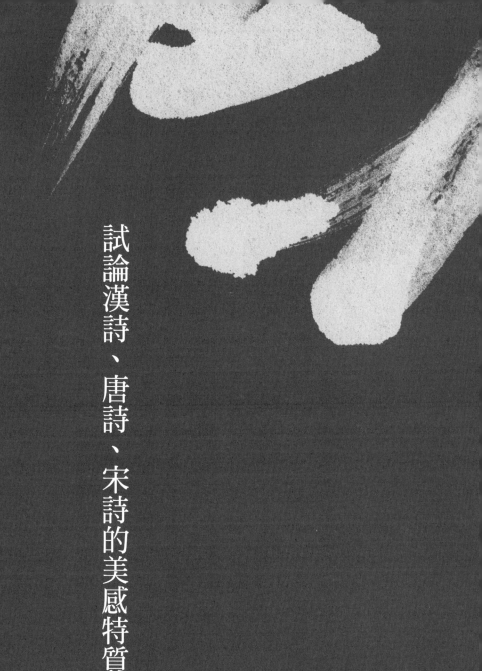

一、前言

每個時代是否有每個時代的文風？若有，我們又是根據什麼來區分這些時代？是因為它們有著特異的政治條件或社會狀況？或者我們相信有一種神祕的時代精神貫穿於其間，使一切的文化事物都沾染上了特殊的時代的印記？但其實我們了解每一個作品都與其他的作品不同，即使是同一個作者的同一個時期，甚至同一天的作品，假如它們是作品而不是複印，它們都必然不會完全一樣。因此所有的概括形容，討論的都是方便的分類，用類型的近似來取代個別作品的獨異實體。因此我們在作概括性的討論之際，我們往往正是在虛構，甚至是創造了，若加以追根究柢終不免是獨斷的一種分類，它永遠得面對一種質疑：這些獨斷的分類真的代表事物或歷史的原貌？尤其具有評價意味的文藝作品，哪些作品才代表那個獨特的時代，更是可以因為信仰、品味、興趣與立場的差異，而人言人殊。

我們必須承認：歷史的整體，往往是無法為我們所絕對掌握的。因為對任何歷史的討論，總是選擇性的，也是簡略化了的。因為以簡馭繁是我們了解歷史現象的唯一途徑，否則無窮無盡的歷史資料勢必淹沒我們。「生年不滿百，常懷千歲憂」的結果，我們勢必只能以一年半載的閱讀來追認上下數千年異代同時的浩如瀚海的事件與遺跡。因此，探究歷史又何嘗不是一種創作「歷史」。尤其時隔事異，發生在個人本身尚且不免有「情隨事遷」、「已為陳跡」之嘆，對於遙遠的異代異地的古今才人之幽微心思所凝結而成的文藝作品，我們若是稍具自覺，亦必然對於自己的種種辨析、諸多論斷，不能不深自猶疑。但是這種猶疑並不該阻止我們去嘗試了解歷史，了解文藝，了解文藝作品的歷史發展的努力；否則我們所剩下的就只是癱瘓一切的懷疑，以及甚至是自我吞噬的虛無。畢竟對我們所有知識之性質與限制的自覺，正來自一種更加認真的積極的求知精神。

雖然我們未必就是掌握了歷史的全貌，掌握了事物的完整真相，但是有些事情，我們卻可以確定它曾在某個時代發生或存在，而且由這些部分的確定，產生對於某些事情的認知與論斷。例如：我們可以確知宋詩和宋詞雖然產生在同一時代，甚至同一作者的同一時期，但它們的風格卻有著顯然的不同；東坡詩和東坡詞在韻味上是各有偏重的。於是我們可以相信，同一個政治、社會背景仍然可以滋生不同類型的藝術，同一個神祕的時代精神在要貫穿一切文化現象之餘，仍不免受到文類文體自身的傳統、規律，以及各自發展的階段、狀況的阻礙與折射。所以，文藝作品的時代性不能只由普遍的歷史背景或時代精神去探討去詮釋，我們必須考慮文體文類自身的內在規律與發展變化的過程。如果說「通古今之變」原就是歷史認識的一種目的，那麼認知一種文類文體在各個不同時代的美感規範的演化流轉，似乎也正是文藝歷史的合宜正當的工作。

在辨認一種文體文類的衍化轉變的過程，觀察其特殊的美感風格，探究其中所蘊涵的美感規範，或許是最直接也最有效的方法。自然在每一特殊美感風格的形成，作為其中美感規範的最主要成分，顯然包括了以下兩種因素：一是注意的題材；一是觀照事物、整理經驗的傾向與方式。前者如盛唐的邊塞詩與中唐的社會詩，注意的是性質根本不同的事件；後者如同是一個項羽，配合了各篇情調的統一與完整，可以在〈項羽本紀〉、〈高祖本紀〉、〈淮陰侯列傳〉中，各自被呈現為一個英勇善戰的悲劇英雄、一個暴虐無道的罪魁禍首，或是因為具有極不相稱之弱點而不免於滑稽的背景人物。也就是說：經驗、事件甚至題材，雖然自有其意義與性質，但是出現在文藝作品中它們仍然還得經過創作者的詮釋、辨認並且加以轉化的賦予嶄新的意義。而這種加以轉化賦予意義的詮釋方式，往往不是偶然的，反而是社會性的。正如大體相同的雞鴨魚肉等原料，卻可以調烹出不同口味的川菜、湘菜、粵菜、臺菜等等來，這正來自美感規範中的觀物方式對於題材之原始性質的轉化和處理。在探討各個時代的差異之際，也許所注意的題材的分歧是更容易察覺的，所以，樂府、詠懷、玄言、山水、宮體等等觀念早就成為我們辨識傳統詩歌歷史的時代標記，並且經由這些因所注意的題材之不同而形成的里程碑，我們也進一步能夠將作品和它的歷史背景與時代精神繫連在一起，獲致的往往不只是文藝歷史而更是整體「歷史」的某種了解。

但是觀物的方式與轉化經驗為藝術這方面的美感規律，則似乎較少與整體的「歷史」發生關聯，因此雖然透過文藝歷史的觀察，它們也往往自有相當明顯的時代性，甚至因時代先後而有不同發展的歷史性。但是這種時代性或歷史性一般說來較少受到近代學者的注意，而傳統的詩話亦僅止於直覺的掌握，而較少作分析性的闡明。這一方面固然由於觀物的方式與轉化經驗為藝術的美感規律，沒有注意選取不同題材的美感規律那麼明顯易見；另一方面亦因在這種類型的規律上若有沿襲承繼的現象，亦比較不易覺察，難以辨認出模擬的痕跡，這正是一般詩論中所謂「師其神而不襲其貌」的「活法」，既然文藝創作總是不免始於取法和由模擬入手，其結果亦使這方面規律的時代性、歷史性混淆參雜，面目較難凸顯。同時，題材的選取與注意的規律，我們可以很容易經由題材的性質與範疇加以形容與指認，在概念的創製上並不必須透過一套完整的美學理論體系，即可優為之而且足以勝任愉快的對於現象加以描述。但在觀物以及藝術處理上的規律方面，則一直有著術語觀念的匱乏與創製亟需一套完整美學理論的困難。因此在這方面，近代以來除了像梁啟超的《中國韻文裡頭所表現的情感》等少數著作略有觸及，幾乎還是一片尚待開發的處女地。

這種工作，一方面似乎更宜就作品的本身，依其時代先後，透過對比與分析來加以探究；一方面實在亦需要暫時的忽略其與整體的「歷史」的關聯，而先行構設出一套美感類型的理論，方才能夠清晰的加以詮釋與描摹。而且，若真要完整的探討中國詩歌美感規範和實際風格的歷史發展，事實上正是徹底重寫一部中國詩歌史的艱鉅工作。這自然不是筆者目前的學力所敢奢望，更不是本章的短小篇幅所能負荷。因此，本章的構想只是嘗試就漢詩（以東漢的五言詩為代表）、唐詩（以盛唐詩為代表）、宋詩（以盛宋詩為代表）中所曾經出現過的若干作品，透過它們的處理相同的情感經驗——別離，以及相同的景象——月夜，來探討它們所各自呈現的美感範疇的不同類型，以及其中觀物和整理經驗的不同方式。自然這些類型未必完全始於本文所討論的各個時代，例如盛宋詩實在是承襲了中唐詩的某些精神而發揚光大的，而這些類型的風格是不是就足以代表那個時代，更是大有商榷的餘地。但是一者承襲傳統詩話的一般應用，例如習慣上總是多強調為唐詩、宋詩之別，而少強調為盛唐、中唐之分；再者，這些風格在中國詩歌歷史上的出現與發展，亦確乎有此先後差異的關係。而正如前述，從事這類工作，事實上需要先行發展出某種美感類型的理論來作探討描述的工具，因此本文最主要的興趣，正在是否可以嘗試為中國詩歌，構設出一種足以描述其風格發展的美感範疇與類型的理論來。當然，即使是純粹出於一種理論構設上的興趣，本文也是極為粗疏的，因為就是只為了發展出一個基本架構，此處也已經遺漏了一個絕對不可忽略的階段——魏晉六朝。事實上，為了觀念陳述條理上的清晰，本文正是有意忽漏了漢代的樂府以及魏晉六朝的發展，唐詩的初、盛、中、晚之分，宋代的西崑、江西、江湖、四靈、遺民等派，更遑論元、明、清詩的發展。若要勉強辯解，自然亦可以說這些被遺漏的階段，正是由前一個主要的大典範過渡到下一個主要的大典範之間的中間類型，所以它們沒有前者基本，將來亦可以利用前者的基本分類，再造作出各種適宜的次級分類來。但在此處，筆者寧可視為是自己學力不足、思慮不周的一種限制。終究這只是一種嘗試的起步，一張草圖的起筆。以上種種的疏解，其實並不在意圖豁免一己之謬誤粗陋的譏評，而是在拋磚引玉，提出問題，寄望於後來居上的賢者。

二、一些基本觀念

美，只要我們面對文學藝術的歷史就會發現，並不是只有一種。美的異質性從早期的秀美與崇高的對立開始，美學理論家就不僅是在辨認美與非美的性質，事實上更在辨析美所可能具有的種種差異的範疇。經由這種種範疇的差異，尤其文學作品中悲劇與喜劇的美感經驗中顯然包含的痛苦與醜惡的成分，我們發覺基本上以秀美為基準所發展出來的美的觀念顯然是太狹隘、太局限，根本不足以解釋或描述文學藝術史的事實。因此，為了我們處理詩歌之美感類型變異的需要，我們似乎可以不去爭論諸如美是主觀或客觀的之類的問題，而暫時將「美」定義為事物或藝文作品中所呈現的特別引人注意，令人發生感覺，甚至產生感動的素質。尤其在藝文作品中，這類素質，往往正是作者在創作之際所意圖捕捉的美感經驗的焦點與特質，也同時更是他企圖在此作品中呈現或凸顯的意旨或意義之所在。因此在藝文作品中，美，正是作者的主觀思感透過對於客觀事物的性質（這包括題材事物以及媒材事物自身的種種性質），所作的種種安排、運用，因而達成的效果。假如我們在藝術文學的歷史中發現，藝文作品往往呈現某種風格近似的「時代」性，那麼或許我們可以假定各種藝術或文學的類別與體製，事實上已經形成某種「時代」性的「美」的知覺或觀念。這種「時代」性的「美」的知覺與觀念，往往形成一種「典範」，而在習而未察的情形之下，自然而然的成為文學家、藝術家據以尋找事物性質，甚至形成一己思感，以表現在合宜的藝文體類的思感方式與習慣（這種「典範」的規範作用，可以不只發生在博藍尼〔Michael Polanyi〕所謂的支援意識的層面，也可以在焦點意識的層面，所以文藝史上才充滿各種當時流行的題材）；同時也創造出各種藝文體類的該「時代」性的特殊的

「美」的類型。[1]掌握一個藝文體類的「時代」性風格，正是掌握作品中共同近似的這種「美」的類型，以及進一步去探討它們背後所可能共有的是何種「美」的「典範」、遵循的又是哪些「美」的規律。在這種工作中，美學理論家所發展出來的美的範疇的觀念，似乎是很有幫助，但是也有目標並不相合的限制。在美學理論家尋求其理論體系的完整、概念分析的明晰與邏輯性之際，他們所發展出來的種種美的範疇，或許有其超驗的不容置疑的放諸四海皆準的真實，但文藝歷史所處理的正是「時代」性的「美」的偏好、偏愛，甚至是偏見的事實。所以，我們只有另行發展出更具描述性（較不具有先驗的規範性，但仍在歷史過程中有其經驗事實的規範性）的「美」的類型的觀念來應用，雖然美的範疇的種種理念，仍然有助於我們辨析、探討，甚至描述種種歷史時代中所盛行的「美」的類型的各種性質。因此本文將一方面借助一些既有的美的範疇的概念來描述，一方面更嘗試擬構出若干的「美」的類型的觀念來掌握漢詩、唐詩、宋詩的美感特質。

在我們探討一個歷史時代的某一藝文體類的美感特質時，有一種情形可以使得實際狀況變得複雜，即雖然我們可以假定在每一個歷史時期，可能有其獨特的「美感」上的偏好與偏愛，甚至因此形成那個時代的「美」的偏見（也就是那個時代所特殊了解的如此才是「美」的觀念），因而有意無意間促成了該一時期該一體類的作品呈現出某種近似的「美」的類型，但是由於歷史的承襲關係，前於此一時期的歷史上各個時代的作品，經過篩洗而以其圓熟的型態繼續存在。這些作品一方面吸引當代的藝術家、文學家，認識一些已然成功甚或是輝煌燦爛的「美」的類型，並且誘使他們去加以吸收與消化——這通常是得經過一種模仿與學習的過程；同時這些歷史上已然存在的「美」的類型，會因時代的繼續邁進而有一種日益添加增長的累積現象，而導致愈是後起的時代，在仿效的可能與實踐上愈是複雜、愈具多樣化。另一方面這些已成歷史傳統的經典作品，又往往會迫使繼起的藝術家、文學家，為了發展自己的面目，而必須禁止自己再去重複已然高度成就且四處充斥的「美」的類型。因此前此的歷史上的偉大作品，往往又成為一種壓迫當代藝術家、文學家向邊緣開拓以求一己之發展空間的「美」之核心禁區，成為一種在「美」的知覺和類型上非求新求變不可的基本壓力和原始動力。這誠如蕭子顯《南齊書．文學傳論》所謂：「在乎文章，彌患凡舊，若無新變，不能代雄。」

上述的這兩種情勢的並存往往就造成了一種創作與欣賞、認知與追求之間的分裂，一方面對於「美」的欣賞或認知，也就是對於如何是「美」的觀念，可能是一種範圍日漸擴大、基礎日漸深廣的過程；另一方面在創作之際所尋求的「美」的領域或類型，卻更像是一群代代遭受放逐，而必須在更加遙遠的新的邊疆、新的荒蠻的殖民地創建家園的拓墾者一樣，往往更因其艱辛尋獲，而執意的對於此一新發現的處女地表現出一種專注甚至不免深具排他性的忠誠與熱愛。因此即使在觀念認知的領

1 「典範」（paradigm）的觀念，請參閱：Thomas S. Kuhn, *The Structure of Scientific Revolutions* (Chicago, Illinois: The University of Chicago Press, 1963, 1970)。雖然Kuhn原來是用在科學研究上，但其實是從藝術史的風格變遷獲得的靈感，此處是一種還原意義的借用。博藍尼的「焦點意識」與「支援意識」的觀念，可參閱：Michael Polanyi & Harry Prosch, *Meaning* (Chicago, Illinois: The University of Chicago Press), 1975。

域，他們對「美」的了解可能更加廣闊，但在實踐追求的領域，則可能更加專情、更加褊狹，而使得某一種新的「美」的類型，或者是雖然已經出現但始終未受重視的「美」的類型，得以茁壯發展而蔚為大國，因而往往可以形成一種認知上的「美」的觀念，和創作上的「美」的類型並不一致的矛盾現象。在這種矛盾的狀態中自然會發生對傳統、既存的「美」的類型的模仿與排斥，學習與背離雖然並存，並且在學習、模仿的風格上可能是日益繁雜多樣，但每一個時期真正創新的「美」的類型，則傾向於單一與近似——這自然也因為此一類型尚有大加開發的可能，自然沒有繼續流徙的必要。

這種仿古與變新並陳的現象，不但可能發生在不同的作者、不同的集團之間，也可能發生在同一作者自身，尤其是不同的階段。這自然會導致我們決定此一時期的「代表」風格的困難。因為仿古不但可以是多樣的，而且在數量上這類作品可能是遠要多於開新的作品，不但就時代整體而言是如此，有時候就作者本人也是如此。同時許多師法傳統風格，表現既有的「美」的類型的作品，往往就其本身而論也可以達到某種圓融完整的境地，就如一些幾可亂真成功仿造的古董，若忘記它的歷史淵源，亦自大有可觀。這也就是仿製的作品往往可以在異國異地，甚至在整個歷史淵源的線索斷裂之餘的異代，一樣的受到尊崇。因此在文學藝術的「歷史」論述中，我們輕忽那些圓熟的重複既有「美」的類型的傳統風格的作品，而偏重展示新的美感知覺，開發新的「美」的類型的作品，並且以這些新開發的「美」的類型來「代表」這些「時代」，視為是這個「時代」的基本成就與主要風格，就不是毫無商榷或爭論餘地的。特別是歷史發展的淵源與線索並不一定總是清楚或完整的，尤其在歷史過程上的創新，更不是一種必然放諸四海皆準為大家所重視的價值。但是以新變的「美」的類型，作為那個「時代」的成就與代表，卻是本文論述的基本立場。

就以上述種種限制之下的意義，我以為漢詩基本上表現的是一種「素美」，唐詩表現的是一種「優美」，宋詩表現的則是一種「畸美」。漢詩所表現的，基本上是一種情意倫理之美；唐詩所表現的是一種美感形象化的情景交融之美；宋詩所表現的是一種經過疏離之後的造作之美。唐詩所注重的美的範疇是秀美與雄渾；宋詩所注重的美的範疇是抽象、滑稽、怪誕，有時候則偏向清冷、疏淡、衰殘；而漢詩所注重的美的範疇，為了我們的特殊需要，我們可以稱之為：溫厚。因此就以與所描寫的人生情境的距離關係而論，漢詩所寫是境內之感，唐詩所寫是境緣之觀，宋詩所寫是境外之思。因之，漢詩以情勝，唐詩以景勝，宋詩以意勝。漢詩的思維方式，出以直感，近於賦；唐詩的思維方式，出以想像，近於興；宋詩的思維方式，出以幻想，近於比。

三、以離別主題的作品為例

對於上述的種種論斷，或許我們可以藉一些表現了相同或類似的人生情境的各個時代的作品來加以闡釋，此處我們所首先選取的是一些以離別為主題的例子：

李陵，〈與蘇武〉

良時不再至，離別在須臾。屏營衢路側，執手野踟躕。仰視浮雲馳，奄忽互相踰。風波一失所，各在天一隅。長當從此別，且復立斯須。欲因晨風發，送子以賤軀。

嘉會難再遇，三載為千秋。臨河濯長纓，念子悵悠悠。遠望悲風至，對酒不能酬。行人懷往路，何以慰我愁？獨有盈觴酒，與子結綢繆。

攜手上河梁，遊子暮何之？徘徊蹊路側，悢悢不能辭。行人難久留，各言長相思。安知非日月，弦望自有時？努力崇明德，皓首以為期。

李白，〈送友人〉

青山橫北郭，白水遶東城。此地一為別，孤蓬萬里征。浮雲遊子意，落日故人情。揮手自茲去，蕭蕭班馬鳴。

李白，〈贈汪倫〉

李白乘舟將欲行，忽聞岸上踏歌聲。桃花潭水深千尺，不及汪倫送我情。

王維，〈送別〉

山中相送罷，日暮掩柴扉。春草明年綠，王孫歸不歸？

王維，〈臨高臺送黎拾遺〉

相送臨高臺，川原杳無極。日暮飛鳥還，行人去不息。

王維，〈送元二使安西〉

渭城朝雨浥輕塵，客舍青青柳色新。勸君更盡一杯酒，西出陽關無故人。

蘇軾，〈辛丑十一月十九日既與子由別於鄭州西門之外馬上賦詩一篇寄之〉

不飲胡為醉兀兀，此心已逐歸鞍發。歸人猶自念庭闈，今我何以慰寂寞！登高回首坡隴隔，但見烏帽出復沒。苦寒念爾衣裘薄，獨騎瘦馬踏殘月。路人行歌居人樂，童僕怪我苦悽惻。亦知人生要有別，但恐歲月去飄忽。寒燈相對記疇昔，夜雨何時聽蕭瑟？君知此意不可忘，慎勿苦愛高官職。

梅堯臣，〈蕪湖口留別弟信臣〉

少也遠辭親，俱為異鄉客。昨日偶同歸，今朝復南適。南適畏簡書，叨茲六百石。重念我當去，送我江之側。溪山遠更清，溪水深轉碧。因知惜別情，愈睽應愈劇。

王安石，〈示長安君〉

少年離別意非輕，老去相逢亦愴情。草草杯盤供笑語，昏昏燈火話平生。自憐湖海三年隔，又作塵沙萬里行。欲問後期何日是，寄書應見雁南征。

在上列詩中，傳為李陵〈與蘇武〉詩三首雖然一般的學者早已認定，它的年代不可能那麼早，但視為東漢的作品則是確然無疑的。因為五言詩到東漢方始成熟，這三首詩即使推斷為東漢的作品，並無礙於它們作為「漢詩」之典型的代表性。就離別的主題而言，一般表現的不外是：離別的情感、離別的景象，以及離別經驗所具有的意義之體認。雖然這三個層次或重點並不彼此排斥，並且更通常的情形是三者融貫為一個難分難辨的整體，但是仔細體察，我們還是可以感覺，漢詩的表現偏重在離別的情感，唐詩的表現偏重在離別的景象，宋詩的表現則偏重在離別經驗所具的意義之體認。

在三首〈與蘇武〉詩裡，首先值得注意的是它們所抒寫的內容，似乎就是一個充滿了離情別緒的人物的所思所感所見所聞，完全沒有中立於或外在於此一情緒之外的事物的描寫，所以一開始就是：

「良時不再至，離別在須臾。」詩的敘述傳達的是主人公念茲在茲對於離別的感受。而此一離別的感受，又跟聚會的體驗成一相反相成的對比。詩中的意識一開始就充滿了敘述者對於聚會的珍惜——「良時」、「嘉會」，然後急轉直下：「不再至」、「難再遇」，於是無盡的幽愁暗恨就自然湧現。王國維說得好：「有我之境，以我觀物，故物皆著我之色彩。」[2] 此處正是以離情別緒觀物，故物皆著離情別緒之色彩。所以出現的離別景象的敘述，皆一再的強調構成離別的「分」與「合」的兩個互相矛盾的因素，而使這兩個衝突的因素彼此激蕩而迸濺起離情的波濤來：「衢路」是「分開」的地點，「執手」是人與人在此一文化中的最為親密的「聚合」的表示。而在「分」與「合」交接的空間「野」，人物陷入一種情緒勝於行動的兩難式的狀態：「屏營」、「踟躕」——「屏營衢路側，執手野踟躕。」而正如一開始「良時不再至，離別在須臾」，除了強調了「聚合」之美好——「良時」，以及因此隱含的「分別」之痛苦——「不再至」；同時「良時」、「不再至」、「在須臾」更強調了在此特殊的情緒下，所深切感受的合、分，與分合之際的時間的久暫——「不再至」的分離之久與「在須臾」的聚合之暫。這種基於深情厚意所益形感受到分合的空間距離與時間倉促之感，終於在「仰視浮雲馳，奄忽互相踰。風波一失所，各在天一涯」達到近乎自然命運的體認。

「浮雲馳」、「奄忽」、「風波」都強調了聚合的匆促、短暫、不定；但「各在天一涯」的「在」卻

2　見王國維，《人間詞話》。

暗示了分離的確定與長久。聚合在此被強調為只是一種內在即已蘊涵了分離因子的「互相踰」，而進一步在「風波一失所」中甚至否定了「互相踰」中所原來具有的「聚合」的因子，因此達到的是恆常、確定的，不可跨越的、長久的分離的意識：「各在天一涯。」這種在自然景象中發現彼此分合命運的情狀，似乎一方面有類於唐詩的景象塑造，另一方面亦接近宋詩的對經驗所具意義的捕捉。但有一顯然的分別是，此處的景象除了強調那種分合的性質與命運，以及由此性質與命運的意識而更加引發的一種別離的哀感之外，並未如唐詩的表現景象本身所具的美感特質，或如宋詩所掌握的是此一離別經驗的離合之外的意義，例如為何離別、這是第幾次或在哪種人生情況下的離別。由於漢詩的這種似乎只有當下現前的反應，因此即使是景象的塑造，甚或意義——命運性質——的探討，都成為只是更深一層情感的抒發，因為它始終籠罩在詩中主要情緒情感的範圍，而並未作獨立於此一情感之外的景象的刻劃或經驗意義的探究。而整首詩的結構原則依循的，正是這一特殊情感的發展變化歷程。

在〈與蘇武〉詩的第一首中，全詩正由聚合的「良時」的即將消失的意識，在短暫的別離前的暫聚中，一層又一層的意識到分隔別離的到來與必然，一方面一層層的加深了那離別的哀愁，而同時與此一別愁纏結的正是聚合的歡樂，以及經由此一彼此歡喜之情所衍生的臨別之際的依依之意：「長當從此別，且復立斯須。」以及繾綣不捨之情：「欲因晨風發，送子以賤軀。」「且復立斯須」的小駐，除了「立」還保持著最低度的景象感，事實上此一動作已完全被「長當從此別」的意識所精神化、情感化了，在「且復」的無可奈何性的虛字的運用，以及「長」、「別」和「斯須」的對比下，顯現的正完全是一種情意而非景象的表現。影響所及是「欲因晨風發，送子以賤軀」中的「晨風」和「賤軀」的形象性亦大為減弱。在「欲因……發」與「送子以……」的強調中，固然兩句本身已是偏重在依依戀戀的情意的表現，但是「晨風」不但呼應了「良時」的對於時間的因情感而滋生的念茲在茲的高度意識，而且誠如曹植〈七哀詩〉所謂的「願為西南風，長逝入君懷」，「因晨風發」正有一種附貼追隨的纏綿意致在此一景象中；尤其「軀」而強調為面對對方的自謙自抑的「賤」，原就使此處的「軀」被強調為一意念性的詞語，再加「送子」的「送」原即有「送行」與「贈送」的雙關含意——特別在「送子以……」的句法中，更使人產生「贈送」之義的錯覺，因而兩句主要表現的就是一種對於對方依慕追附，甚至不惜投擲交付自己的一種纏綿的情思與意願——「欲」。整首詩的扣人心弦之處，正在貫穿於其中全心全意投入的親愛歡好之情，以及因而於離別之際所轉化而出的別愁離緒，纏綿中有悱惻，悱惻裡有纏綿。詩中人的情深意厚完全透過其沉溺於別離情境中，擬似自然反應的心思流轉中層層迴蕩而出。因此，它的表現方式固然有類於梁啟超所謂的「迴盪的表情法」[3]，但它的表現性，卻全在不露匠意、不見用心的直接模擬沉浸在情感中的心意流轉的自然歷程，而透過在此心理歷程所透顯的情感的深摯、純厚、誠篤等倫理性質來感動讀者。因此它雖然也出現意象，甚至使用比較抽象

3 見梁啟超，《中國韻文裡頭所表現的情感》。

的語句，但基本上讓我們感覺的仍是「為情造文」[4]，是「在心為志」的「發言為詩」，是「情動於中而形於言」，甚至是「不知手之舞之足之蹈之」的「不知」——不自覺的自然流露。[5]當王國維在《人間詞話》中論「詞家多以景寓情，其專作情語而絕妙者，……此等詞求之古今人詞中，曾不多見」之前，原有「昔人論詩詞，有景語、情語之別；不知一切景語，皆情語也」一則，後來在發表時刪去，顯然就是他意識到：並非「一切景語，皆情語也」。

事實上在後來中國的詩歌發展中，確實可以有並非情語的景語，甚至這種獨立於情感之外的景象的自足的美感性質，還可以在神韻傳統中成為詩歌所追求的理想。但是在漢詩之中，確實我們可以同意它的「一切景語，皆情語也」，並且它往往能夠「專作情語而絕妙者」正因為它的表現性來自情感流露的心理歷程與所流露的情感所具的倫理品質。前者為情感之「姿」，後者為情感之「質」。這種對於情感之「姿」的模擬，掌握情感流露中情感內在所蘊涵的矛盾衝突的戲劇性，以及情感定向流動層轉的自然韻律，同時自然而然呈露出情感本身合於文化理想的倫理意涵的「質」，使得宋代的嚴羽，一方面肯定「漢、魏、晉與盛唐之詩，則第一義也」，一方面也確認「漢魏尚矣，不假悟也；謝靈運至盛唐諸公透徹之悟也」，明顯的意識到漢詩與唐詩的不同，以及漢魏詩的無法以盛唐詩的思維方式寫作。「不假悟也」正是「不知手之舞之足之蹈之」的「不知」。我們可以透徹的觀照我們自身的情感，但是誠如老子所謂：「道可道，非常道。」由於「觀我之時，又自有我在」[6]，當我們去觀照自我之際，我們已是觀照者的我而非被觀照者的我，因此觀照之所得遂已被客觀對象化了，而無復生生不息的主體心靈本身，更無法顯現情感原始狀態的意識情緒的自然流轉。因此將情感流轉的歷程呈現於文字，固然是一「模擬」的問題，但是卻必須出以不自覺的無心的自然流露，否則一旦有意，一旦自覺，在「詩言志」的觀念下，馬上就顯得「假」，就是「不誠」，也因此必須「不知」而且「不假悟」方能「不假」。由於「詩言志」的理念，漢詩中的對於情感狀態中的情緒意識流轉的「模擬」，以及透過此一「模擬」而以情感狀態中的「姿」與「質」來感動讀者的表現方式，遂無法使用具有「虛假」、「不誠」意涵的「模擬」之觀念來表達，同時更無法發展為一種文學上的模擬的理論。所以歷來論漢詩，或者強調：「凡讀漢詩，先真實，後文華。」「〈古詩十九首〉：情真，景真，事真，意真。澄至清，發至情。」（元．陳繹曾，《詩譜》）注重它為真情的表現；或者如清．費錫璜《漢詩總說》所謂：

《三百篇》後，漢人創為五言，自是氣運結成，非人力所能為。故古人論曰：「蘇、李天成，曹、劉自得。」天成者，如天生花草，豈人翦裁點綴所能彷彿？如鑄就鐘鏞，一絲增減不得，解此方可看漢詩。

4 見劉勰，《文心雕龍．情采》。
5 以上引句，俱見〈詩大序〉。
6 見樊志厚，《人間詞乙稿．序》。

強調它的非經人力有心工巧所得，因為若詩是真情實感的流露，必然它是出於人生情境的自然反應：

漢人詩未有無所為而作者，如〈垓下歌〉、〈春歌〉、〈幽歌〉、〈悲愁歌〉、〈白頭吟〉，皆到發憤處為詩，所以成絕調；亦不論其詞之工拙，而自足感人。後人絕命多不工，何也？只為殺身成仁等語誤耳。

同時它的語言亦必出以平淺明白率意自然，如明．謝榛《四溟詩話》所謂：

〈古詩十九首〉，平平道出，且無用工字面，若秀才對朋友說家常話，略不作意。如「客從遠方來，寄我雙鯉魚。呼童烹鯉魚，中有尺素書」是也。及登甲科，學說官話，便作腔子，昂然非復在家之時。若陳思王「游魚潛淥水，翔鳥薄天飛。始出嚴霜結，今來白露晞」是也。此作平仄妥帖，聲調鏗鏗，誦之不免腔子出焉。魏晉詩家常話與官話相半，迨齊梁，開口俱是官話。官話使力，家常話省力；官話勉然，家常話自然。夫學古不及，則流於淺俗矣。今之工於近體者，惟恐官話不專，腔子不大，此所以泥乎盛唐，卒不能超越魏晉而追兩漢也。嗟夫！

並且由於表現的重點在透過以語言模擬自然流轉的心理歷程來呈露特殊的情感激盪，因此一些評論者往往強調「漢魏之詩，辭理意興，無跡可求」（清．黃子雲，《野鴻詩的》），或「漢魏詩只是一氣轉旋，晉以下始有佳句可摘，此詩運升降可別」（清．沈德潛，《說詩晬語》）。不論是「真」、是「至情」、是「到發憤處為詩」、是「說家常話，略不作意」、是「一氣轉旋」、是「辭理意興，無跡可求」，都反映了傳統評論者對漢詩的以情感之掙扎或激盪的心理歷程為模擬的表現重點的體認；但是因為所模擬的只是獨白式的心理歷程，一般並不視為是一種模擬，反而視為是「詩言志」，「情動於中而形於言」的最佳典範。事實上，漢詩誠如沈德潛《說詩晬語》所言：

> 風騷既息，漢人代興，五言為標準矣。就五言中較然兩體：蘇、李贈答、無名氏〈十九首〉，是古詩體；〈廬江小吏妻〉、〈羽林郎〉、〈陌上桑〉之類，是樂府體。

以模擬戲劇性（某一顯然特殊的人生情境中）的「獨白」或「對話」，而可以區分為兩類：古詩體和樂府體。兩類在經由話語模擬人物在特殊人生情境下的情感激盪的心理歷程的方式上初無二致，只是樂府體為多人的心聲而彼此有糾葛或事件的發展，古詩體不同於樂府體的「重唱」，為單人的「獨唱」，雖有個人心意的發展，但事件並無糾葛或發展，這自然已是抒情文學和敘事文學在文類上的分歧。但是戲劇性獨白的方式，畢竟在抒情上和「以景寓情」的比興的表現方式是有所不同的。前者仍是一種對於心理歷程情感狀態的「模擬」，後者則已偏重在憑藉外界景象來作內心情意的「象徵」，而不只是把心意外在化為語言，事實上要更進一步外在化為景象了。由於「模擬」與「象徵」的思維方式的根本差異，往往使得唐宋以後的詩人或文人深自感覺與漢詩的寫作甚至欣賞皆有一種斷層：

詩惟漢詩最難學，最難讀。極頂才人，到漢人輒不能措手，輒不能解隻字，有強解者，多屬皮裡膜外，止堪捧腹。漢詩即贊嘆亦難盡，高古雄渾等語，俱贊不著也。（清・費錫璜，《漢詩總說》）

這種現象亦可以由沈德潛所謂「樂府體」的敘事詩，在漢魏以後幾乎是後繼乏人，只有寥寥可數的幾位作者，可見一斑。因此，「詩言志」的理念，在後來的發展中，大家並沒有注意其「在心為志，發言為詩」，以語言直接模擬心志的可能意涵，只是確定了「詩」在本質上是抒情的，進一步排除了往敘事發展的可能。在陸機〈文賦〉的「詩緣情而綺靡」的主張裡，固然肯定了詩的抒情性質——緣情，但他的「綺靡」的主張似乎早已接受了猶如王弼《周易例略》的：

夫象者，出意者也。言者，明象者也。盡意莫若象，盡象莫若言。言生於象，故可尋言以觀象，象生於意，故可尋象以觀意。意以象盡，象以言著。

以象表意，言在寫象的觀念，雖然他強調的重點已是踵事增華的「綺靡」之上了。後來詩人如王昌齡的主張必須用心於「搜求於象，心入於境，神會於物」（《唐音癸籤》），更是明顯的以「興象」為詩歌表現的重點。這一點我們將在討論唐詩時進一步詳述。此處所想指陳的只是：由於西洋文學與其理論的參證，我們似乎可以藉用他們的涵義極廣的「模擬」一詞，指出漢詩不論古詩體或樂府體，其實表現的方式，皆在直接以語言模擬情感激盪下的心理歷程，即使是古詩體都近似於戲劇性獨白。但是由於「詩言志」的傳統理念，使一般人認定在詩中，說話者即是作者本人，詩中所言，即是作者真實的人格心志的表現，因此情感的「真誠」與情感的「倫理品質」，就成為詩中之言，亦即是詩的了解與評量的標準。由於有此傳統上的基本差異，我們寧可用「直感」而不用「模擬」來指陳漢詩的思維方式，我們希望「直感」一詞既可以反映人物身處某一特殊情境之先決條件，又可表明一種在此特殊情境之下情感激盪的自然流露，心理歷程的直接顯現。在傳統的術語中，李仲蒙所謂：

> 敘物以言情，謂之賦，情物盡也；索物以託情，謂之比，情附物也；觸物以起情，謂之興，物動情也。

假如這裡的「物」，至少在「賦」的部分上，可以解釋為所遭遇的特殊情境，那麼敘述所面對的情境，並且直接以語言顯示在情境中的情感反應與心理狀態的「敘物以言情」，以及情境與情感的直接一起表現的「情物盡」，似乎就是最近於漢詩的內容與思維表現方式了。所以陸時雍《詩鏡總論》遂以為：

〈十九首〉近於賦而遠於風，故其情可陳，而其事可舉也。虛者實之，紆者直之，則感寤之意微，而陳肆之用廣矣。夫微而能通，婉而可諷者，風之為道美也。

陸時雍重視風體的「深婉」與「諷諫」，強調：「詩人一嘆三咏，感寤具存，龐言繁稱，道所不貴。」因此不免要批評：「西京語迫意餟，自不及古人深際。」但是他的批評漢詩的不「紆」、不「婉」，正是體認到了漢詩敘述特殊具體情境的「直」，批評漢詩的不「微」、不「虛」，正是有見於漢詩的重在呈現情感激盪的心理歷程的「感」，而不在於「諷諫」的「能通」之「寤」了。因此當他轉換了價值判準之際，他不禁亦得承認：「五言在漢，遂為鼻祖，西京首首俱佳。」而感嘆：

蘇、李贈言，何溫而戚也！多唏涕語，而無蹶蹙聲，知古人之氣厚矣。古人善於言情，轉意象於虛圓之中，故覺其味之長而言之美也。後人得此則死做矣。

事實上漢詩的美感效應正發生在直接「言情」之際，它所顯現的心理歷程在情意上的深厚與溫婉，在心念意識轉折變化上的虛圓與靈活，所以陸時雍不免要補充的說：

詩之佳，拂拂如風，洋洋如水，一往神韻，行乎其間。班固〈明堂〉諸篇，則質而鬼矣！鬼者，無生氣之謂也。

以前引的傳李陵〈與蘇武〉詩而論，只有情深意摯的人，才會一心一意的感覺彼此相聚的時刻是「良時」，因而劈頭就因「離別在須臾」而說：「良時不再至！」也正因體認對方在自己心目中的絕對獨特的地位與意義，才會強調彼此的交往為「嘉會難再遇」（一本作「嘉會難兩遇」），就更凸顯了這種獨特性），而甚至感覺「三載為千秋」，視彼此聚會的時日為永恆！但就在這近乎永恆不改的無上幸福之感的「三載為千秋」之下，立刻銜接的正是逆轉「千秋」為「三載」的分離之醒覺：「臨河濯長纓」，以及在這種醒覺之下油然而生的無限的思懷與若有所失的感觸：「念子悵悠悠」。而在這種若有所失的憑空眺望，感受到的正是無限的空虛，以及這無限的空虛中流溢而至的不盡哀傷：「遠望悲風至」，以至「對酒不能酬」。在詩中戲劇性的獨白的第一人稱，即使在尚未真正分離，正在最後的「酬酢」的時刻，已經被即將分離所造成的無限空虛與哀傷所襲擊，而感覺無法勝任施行分離時刻的「酬對」。在這種巨大的空虛與憂傷的壓迫下，他同時正體會到了「嘉會」的已然在精神層次的走向了終結：「行人懷往路，何以慰我愁？」但也在這種終結的體認中，醒悟了把握最後聚首的珍貴時刻，而忍不住要強調、珍惜「獨有盈觴酒，與子結綢繆」了。

由「三載為千秋」而「念子悵悠悠」，由「臨河濯長纓」而「遠望悲風至」，由「對酒不能酬」而「獨有盈觴酒，與子結綢繆」，不僅情深意厚，更是層層轉折，在情思意念的變換之中，展現為無盡搖曳橫生的手姿，真是經由心理變化的發展歷程，具現了人物善感多情的心靈之美！所以漢詩的美，其實是它所表現的性情品質的美！它的「驚心動魄，可謂幾乎一字千金」[7]，正在其所表現的心靈情感本身的溫柔敦厚，豐盈感人，而不在所謂句法的巧妙，景象的美麗等方面。「良時不再至」、「嘉會難再遇」都是再平常不過的直陳句法；「執手野踟躕」、「仰視浮雲馳」、「臨河濯長纓」、「遠望悲風至」等等的景象，亦談不上有何綺靡偉麗，但是卻都深具表現情感的潛能。「臨河濯長纓」的身體動作，連綴以「念子悵悠悠」的內心感受；「遠望悲風至」的外在知覺，配合上「對酒不能酬」的內在感懷，就在彼此的轉折與張力中爆發為無限情意的表白。而「長當從此別」的深切意識與直截表達，亦使緊接其下的看似平常的「且復立斯須」橫生波瀾，具有了無限的纏綿的意致。這固然可以藉陸時雍所謂的：

　　善言情者，吞吐深淺，欲露還藏，便覺此衷無限。

來加以解釋，但誠如他接著強調的：

　　此事經不得著做，做則外相勝而天真隱矣，直是不落思議法門。[8]

基本上還是來自情意本身的深摯，性格天機的自然溫厚。若非全心全意念茲在茲的人，如何會於「攜手上河梁」的此刻，即已念及：「遊子暮何之？」而於「徘徊蹊路側」之際，體驗的正是「悢悢不能辭」？在「行人難久留」，分別的時刻，卻已「各言長相思」了？而這種性情的淳厚或許可以在第三首的結尾：

　　安知非日月，弦望各有時？
　　努力崇明德，皓首以為期！

7　見鍾嶸，《詩品》。
8　見陸時雍，《詩鏡總論》。

看出一點端倪。這是一種不在命運面前屈服，堅決不放棄希望的精神。所以，第一首結束在「欲因晨風發，送子以賤軀」，第二首結束在「獨有盈觴酒，與子結綢繆」，反映的都是在無可奈何中的可奈何，在否定情境中的繼續肯定。正如「悲壯」與「滑稽」是在西方文學與美學中所習見的具有倫理性質的美感範疇與類型。這種倫理精神同是也是美感類型，也許我們可以依「溫柔敦厚，詩教也」的理解，稱之為：「溫厚」。而正如「悲壯」，往往來自勇於承擔命運，擁抱絕望而在絕望中奮力行動。以同是離別的題材而言，荊軻刺秦王，易水送別之際的〈渡易水歌〉：

> 風蕭蕭兮易水寒，壯士一去兮不復還！

就充分的顯現了這種悲劇意識，而為「悲壯」美感的絕佳例證。「溫厚」卻是在近乎絕望的情境，不放棄希望：「安知非日月，弦望各有時？」而表現為另一種意志的堅決：「努力崇明德，皓首以為期！」假如「悲壯」總是包含著一種勇於死亡的精神，那麼「溫厚」也許就是敢於生活的意志（courage to be）的表現。漢詩中的這種「溫厚」的精神，正一再的以不可斬絕的纏綿裡，努力生存，熱愛生命的形態出現：在古詩〈行行重行行〉中，女主人公在「浮雲蔽白日，遊子不顧返；思君令人老，歲月忽已晚」的深切的意識下，卻決意「棄捐勿復道，努力加餐飯」。在傳蘇武詩〈結髮為夫妻〉中，在征夫即將「行役在戰場，相見未有期，握手一長嘆，淚為生別滋」的悲苦情境下，卻發為「努力愛春華，莫忘歡樂時，生當復來歸，死當長相思」的堅執。它們都一方面表現了情意綿綿的無限「溫柔」，而也在這種「溫柔」的不可斷絕中，展現了堅持的「敦厚」的力量。所以，在〈長歌行〉中「常恐秋節至，焜黃華葉衰。百川東到海，何時復西歸？」的命運意識，並不導致絕望與虛無，反而是「少壯不努力，老大徒傷悲！」的惕勵。「溫厚」所顯現的正是深情熱愛中自有的一種不可磨滅，不可轉移的力量！

當一個人的心靈浸潤在「溫厚」的深情厚愛中，自然就會影響到他的心念意識，所以或者會「多唏涕語」，但卻必定「而無蹶蹙聲」，某些不相應、不相容的心情與意念就成為不可思議，因為這不但牽涉到情感素質的統一，也牽涉到人格品質的統一。關於這一點，沈德潛《說詩晬語》論〈廬江小吏妻詩〉，或許是個最好的說明：

> 中別小姑一段，悲愴之中，自足溫厚。唐人〈棄婦篇〉直用其語云：「憶我初來時，小姑始扶床。今別小姑去，小姑如我長。」下節去「殷勤養公姥，好自相扶將」，而忽轉二語云：「回頭語小姑，莫嫁如兄夫。」輕薄之言，了無餘味，此漢唐詩品之分。

雖然這裡的差異，未必就是「漢唐詩品之分」，但卻足以說明漢詩的美感特質正深切的依賴於它所反映呈露的人物的情感素質與倫理品質，因為人格乃是美感表現的焦點。所以，蘭芝別小姑的一段前，先有「新婦起嚴妝」與「上堂拜阿母」，而在「卻與小姑別，淚落連珠子」的告別語中，不但有「小姑如我長」的感傷，「勤心養公姥，好自相扶將」的勸勉，更有：「初七及下九，嬉戲莫相忘！」緣盡而情義不變的表白。所以說漢詩的表現性近於模擬，美感集中在人物情懷品質之美，展示的往往是可以稱之為「溫厚」的美感範疇，它直接就是情意的表現，而不只是「緣」於「情」而已，並且為了和後來強調必須「綺靡」以動人的「詩」之美感特質有所區別，我們基於它基本上是以情感品質與心理歷程的「本色」感人，因而稱其美感性質為：「素美」。

當我們將注意由漢代的例詩轉到唐代之際，首先我們就會意識到近體與古體的差異。假如說「古詩」除了固定的五言句式和押韻現象，以及句數大抵是雙數等可以算是「不自然」的（「樂府詩」連句式與句數的要求都沒有），那麼近體詩卻首先在句數，其次在平仄，接著是對仗的要求上，都使它不再是「自然」的語言，而是一種格律或規則化的人工編織下的產物。言說（speech）和文章（text）之間的差異，明顯的橫亙在二者之間。於是詩就有了更明顯自覺的作法和作法的討論。「詩」不再是「情動於中」、「不知手之舞之足之蹈之」的「在心為志，發言為詩」的直接呈現心理歷程的「言」。若以芮挺章〈國秀集序〉開篇即稱引：

昔陸平原之論文曰：「詩緣情而綺靡。」是彩色相宣，煙霞交映，風流婉麗之謂也。

為例，唐人心目中的「詩」，大抵已不再是「志之所之」而是「緣情而綺靡」的產物，因此棄「本色」就「風流」，務以「麗詞」、「麗句」為尚。所以，皎然《詩式》對於「詩」的「緣情」而「綺靡」的理解就是：

夫詩工創心，以情為地，以興為經，然後清音韻其風律，麗句增其文彩。如楊林積翠之下，翹楚幽花，時時開發。乃知斯文，味益深矣。

所謂「以情為地，以興為經」就是「緣情」，而「清音韻其風律，麗句增其文彩」則為「綺靡」。基本上他們視「詩」為「文」之一種，只是「味益深」而已。因為視「詩」為「文」，加上種種體勢格律的限制，自然一方面不再可能模擬心理歷程的自然變化與發展，因此也就失去了心理歷程發展變化中的自然統一；另一方面由於偏重麗詞麗句的結果，就更有如何併湊四句、八句……以為一詩，併湊部分以為整體的問題，就不免要討論所謂：「取境」、「明勢」、「明作用」、「明四聲」……等問題，而可以歸結為「詩有四深」：

氣象氤氳，由深於體勢。意度盤礴，由深於作用。用律不滯，由深於聲對。用事不直，由深於義類。[9]

當我們一讀李白〈送友人〉或王維〈送元二使安西〉，首先面對的就是「青山橫北郭，白水遶東城」，「渭城朝雨浥輕塵，客舍青青柳色新」。一映入眼簾的就是「彩色相宣」的「青」、「白」、「青青」，以及「煙霞交映」的「山」、「郭」、「水」、「城」、「朝雨」、「輕塵」、「客舍」、「柳」，加上「橫」、「遶」、「新」的強調與形容，自然就形成一種豐富複雜的「婉麗」景象。而這些景象只是送別的背景，但或者使用對句，或者驅遣意象，卻直接強調的是此一背景本身，在空間上或時間上，在靜態上或動態中的感覺性，使它們的景象本身就是一種可作美感觀照的對象。即使不與「送別」的題旨相關，亦即足以品賞不已，玩味不盡了，完全合於「意新語工」，「狀難寫之景，如在目前；含不盡之意，見於言外」[10]的標準。

「背景」不是「本事」，卻於此大作文章，正是一種美感焦點的偏離，這不僅是「本色」與「風流」的差異，其實更是「賦」與「興」的差異，也就是「敘物以言情」、「情物盡也」，和「觸物以起情」、「物動情也」的差異。由於不直接「言情」，必得採取「觸物以起情」的表現方式，「取境」就成為作詩的基本用心：

夫詩人之思初發，取境偏高，則一首舉體便高；取境偏逸，則一首舉體便逸。……取境之時，須至難至險，始見奇句。成篇之後，觀其氣貌，有似等閒，不思而得，此高手也。……高手述作，如登衡、巫，覿三湘、鄢、郢山川之盛，縈迴盤礴，千變萬態。或極天高峙，崒焉不群，氣騰勢飛，合沓相屬。或脩江耿耿，萬里無波，欻出高深重複之狀。古今逸格，皆造其極妙矣。（皎然，《詩式》）

詩思有三：搜求於象，心入於境，神會於物，因心而得，曰取思。久用精思，未契意象，力疲智竭，放安神思，心偶照境，率然而生，曰生思。……

欲為山水詩，則張泉石雲峰之境，極麗極秀者，神之於心，處身於境，視境於心，瑩然掌中，然後用思，了然境象，故得形似。……

夫置意作詩，即須凝心，目擊其物，便以心擊之，深穿其境。如登高山絕頂，下臨萬象，如在掌中。以此見象，心中了見，當此即用。如無有不似，仍以律調之定，然後書之於紙。會其題目、山林、日月、風景為真，以歌詠之。猶如水中見日月，文章是景，物色是本，照之須了見其

9 見皎然，《詩式》。

10 此為梅堯臣的主張，見歐陽修，《六一詩話》。

象也。

> 詩貴銷題目中意盡，然看當所見景物與意愜者相兼道。若一向言意，詩中不妙及無味。景語若多，與意相兼不緊，雖理道亦無味。昏旦景色，四時氣象，皆以意排之，令有次序，令兼意說之為妙。……至於一物，皆成光色，此時乃堪用思。所說景物，必須好似四時者，春夏秋冬氣色，隨時生意。取用之意，用之時，必須安神淨慮，目覩其物，即入於心，心通其物，物通即言。言其狀，須似其景，語須天海之內，皆入納於方寸。（王昌齡，《詩格》）

在這種「取境」的過程，由於相信「取境偏高，則一首舉體偏高」，因此往往「高手述作，如登衡、巫，……或極天高峙，……或脩江耿耿……」，必須「如登高山絕頂，下臨萬象，如在掌中」，「用意於古人之上，則天地之境，洞焉可觀」，「凝心天海之外，用思元氣之前」，「語須天海之內，皆入納於方寸」，因此所描述的「背景」，一方面皆必須海涵地負，深孕「具備萬物，橫絕太空」，「天地與立，神化攸同」的「雄渾」的美感特質[11]，事實上皆是「天地之境」的生活世界的親切與生動的感受。一方面它又必須能夠「觸物以起情」，「江山滿懷，合而生興」[12]，以便能夠在「物動情也」的情形下「隨時生意」，而達到「詩貴銷題目中意盡」的目的，因此必須「看當所見景物與意愜者相兼道」，而不能只是廣大的「天地之境」或生活世界的遠眺或綜觀的展現，而必須同時凸顯某一具有情意之象徵或情緒之觸媒的物象的表現，而這一物象往往具有「極麗極秀者」，「如楊林積翠之下，翹楚幽花，時時開發」的性質，因而在美感範疇上呈現為「秀美」的特色。但是不論是「雄渾」是「秀美」，往往都呈現為強調形色俱全，動靜兼備的「風流婉麗」的深具感覺性的形相美感，因此為了與漢詩的只具情意之反映卻缺乏感覺色澤美感的「素美」相區別，我們統稱這種風格為：「優美」。

在前引幾首唐代的例詩，取境一方面皆具「天地之境」的「雄渾」，例如：〈送友人〉中的「青山」與「白水」在橫亙平面空間的廣闊與展開，配上「青山」、「北郭」、「東城」本身的向上垂直的空間暗示，而終於結合了「浮雲」、「落日」，就成了一個無限開闊而且流動不已的世界景象。〈臨高臺送黎拾遺〉中我們更是清楚的看到作者如何有意經營一個開闊博大的宇宙：由「臨高臺」本身的垂直面向的空間的暗示，而銜接以「川原杳無極」的近乎誇張性的強調，無限空間就展現在讀者面前了，「川」本身的奔流不息的動態，加上「杳無極」的開闊的「原」上，再續以「日暮飛鳥還」、「日」與「鳥」的循環性的運行飛翔，整個就形成了一個生生不息的大化流行的宇宙。然後在這博大流動的宇宙中，一個焦點凸出了，先是「相送」的「臨高臺」，再來就是「行人」以及他的呼應「天行健」的「去不息」。同樣的〈送友人〉中「青山橫北郭，白水遶東城」山橫水遶的地理景觀，襯托出來的卻是「孤蓬」；「浮雲」、「落日」的高遠空間，切入的竟是「揮手」；因而全詩結束集中在「蕭蕭班

11 見司空圖，《二十四詩品》。

12 見王昌齡，《詩格》，與前段引文俱見《文鏡祕府論》南卷，此處採據羅根澤《隋唐文學批評史》的考證。

馬鳴」的近景的特寫。〈送元二使安西〉則藉通徹上下的「朝雨」造成了一種空間的垂直廣袤的籠罩性，然後透過「渭城」與「西出陽關」的對照，形成了一種無限廣大的水平空間的暗示，但卻在這廣大卻又動盪（朝雨）的世界中，凸顯出「客舍」、「客舍」的楊「柳」、楊「柳」顏「色」的「青青」，以及「勸君更進」的「一杯酒」。而〈送別〉一詩，也在「山中」、「日暮」、「明年」的廣袤的時空的綿延中，凸顯出「柴扉」的「掩」、「春草」的「綠」，與「王孫」的「歸」來。「秀美」的景象，或景象的「秀美」性質或部分，就總是在「雄渾」的背景中凸顯出來，而成為前景的焦點或畫龍的點睛。在這種融合了「雄渾」背景與「秀美」前景的「優美」景色中，人物的形象與動作也有意無意的被「優美」化了，或者他們以典故「王孫」，或比喻「孤蓬」出現，或者只以部分動作的特寫：「揮手」、「掩」、「盡」，或者在對比中跟著被形象化：「行人去不息」，出現在「日暮飛鳥還」之後，就令人產生「飛鳥還」、「行人去」的相提並論，等值化的形象構作的效果。像〈贈汪倫〉則人物的行動本身被戲劇情境化了：「李白乘舟將欲行，忽聞岸上踏歌聲。」詩中不直寫汪倫來送行，卻寫在乘舟欲發時刻，汪倫以「踏歌」，「聲」先於人到來。送行而出以「踏歌」，正是刻意表現人物之「風流」，灑脫自在，無拘無礙。同樣的，人物的情意也跟著形象化、「優美」化了。「遊子意」以「浮雲」，「故人情」以「落日」，甚至隱含的離情別緒亦以「蕭蕭班馬鳴」來表達。「汪倫送我情」，也以「桃花潭水深千尺」的「不及」之體認來表達。「桃花」原即「秀美」，而「潭水」一旦「深千尺」則亦由「秀美」而轉為「雄渾」了。唐詩服膺的顯然是「美是形相的直覺與表現」的美學理念。[13] 而所以為

「美」的「形相」，一方面則又是「秀美」或「雄渾」的形相，一方面則又必須成為情意的觸媒或象徵。所以殷璠《河嶽英靈集．序》以為：

> 理則不足，言常有餘，都無興象，但貴輕豔，雖滿篋笥，將何用之！

王昌齡亦強調：

> 自古文章，起於無作，興於自然，感激而成，都無飾練，發言以當，應物便是。凡詩，物色兼意興為好，若有物色，無意興，雖巧亦無處用之。如「竹聲先知秋」，此名兼也。

由於景象（象）必須同時是情意（興）的觸媒或象徵，因此一方面要求「娛樂愁怨，皆張於意而處於身，然後用思，深得其情」，「張之於意而思之於心，則得其真矣」；一方面則主張用「天然物色」，用「真象」：

13　此為義大利美學家克羅齊的主張，可以參閱朱光潛，《文藝心理學》。

詩有天然物色，以五彩比之而不及。由是言之，假物不如真象，假色不如天然。如此之例，皆為高手。如「池塘生春草，園柳變鳴禽」，如此之例，即是也。中手倚傍者，如「餘霞散成綺，澄江淨如練」，此皆假物色比象，力弱不堪也。[14]

因此描寫情景，利用「應物便是」的「真象」來觸引「感激」，兼表「意興」的「興」的表現方式就成為唐詩的主要手法。因此在離別主題的詩歌中，「雄渾」的背景，亦不僅是「雄渾」的美感而已，因為在別離時刻，空間景象所喻示的距離與阻隔；時間景象所暗示的分合之久暫，歲月的流逝，生命的短促，美好時光的不再，以及地域景象所具有熟習與新異……等等足以喚起情感意興的要素，都成了唐詩在別離主題的詩歌，由離情別緒偏離而著力於模山範水，甚至刻劃姿態動作之際，強調與表現的重點。終究唐詩是「緣情」的，仍然是「以情為地」，但並不直寫其情，「以興為經」，貫串而成的卻是「搜求於象，心入於境，神會於物，因心而得」的「興象」所成的「意境」。而「境」必有賴於「觀」，因此我們以為它們所表現的正是出以「想像」的「境緣之觀」。它們所表現的始終是身臨其境，但卻是「觀我之時，又自有我在」的「形相」的直覺體驗，因此既是「想像」的表現，又是最直接的美感觀照的形態，因而「詩必盛唐」自有它的內在的成因。嚴羽就因為掌握到了唐詩的這種特質，因此以「妙悟」來解說「形相的直覺」的美感觀照，並且對於這種美感觀照的「想像」性質加以強調，所以說：

盛唐諸人惟在興趣，羚羊挂角，無跡可求，故其妙處，透徹玲瓏，不可湊泊，如空中之音，相中之色，水中之月，鏡中之象，言有盡而意無窮。[15]

王昌齡說得更直接：

猶如水中見日月，文章是景（影），物色是本，照之須了見其象也。

唐詩的「優美」正在雖出於「興」，卻是深得「物色」之「趣」；而當「物色是本」被「照之」「了見其象」之際，「下臨萬象，如在掌中」，自然能使「具備萬物，橫絕太空」者「返虛入渾」，舉重若輕，而達到「攢天海於方寸」在寥寥數語中創造「雄渾」，而其「雄渾」亦自能夠融會「秀美」而達到互補相成之功。這樣的「雄渾」與「秀美」融合為一的「優美」風格，也許在離別的主題中，我們還該以李白〈黃鶴樓送孟浩然之廣陵〉為例：

14 見王昌齡，《詩格》。

15 見嚴羽，《滄浪詩話》。本文中所用嚴羽的引句俱見《滄浪詩話》。

故人西辭黃鶴樓，煙花三月下揚州。
孤帆遠影碧空盡，唯見長江天際流。

當嚴羽《滄浪詩話》以「盛唐諸公大乘正法眼者」，而主張「大抵禪道唯在妙悟，詩道亦在妙悟」，因而強調「夫詩有別材，非關書也；詩有別趣，非關理也。而古人未嘗不讀書，不窮理，所謂不涉理路，不落言筌者上」，而重申「詩者，吟詠情性也」的旨趣之際，他實在是對「至東坡、山谷始自出己法以為詩，唐人之風變矣」的宋詩深有所感：

近代諸公作奇特解會，遂以文字為詩，以議論為詩，以才學為詩。以是為詩，夫豈不工？終非古人之詩也。蓋於一唱三嘆之音，有所歉焉。且其作多務使事，不問興致；用字必有來歷，押韻必有出處，讀之終篇，不知著到何處，其末流甚者，叫噪怒張，殊乖忠厚之風，殆以罵詈為詩。詩而至此，可謂一厄也，可謂不幸也。

我們假如不必一定同意他的出以「截然謂當以盛唐為法」的批評立場，至少仍然可以透過他的批評意識到宋詩與唐詩的差異。當唐詩放棄了「詩言志」的手法，而充分的往「詩緣情而綺靡」的道路上發展時，詩歌的整體結構就放棄了漢詩的模擬情志的心理歷程，而有「體勢」、「作用」、「聲對」、「義類」諸問題，大抵的解決是以「心入於境」、「處身於境，視境於心」、「目擊其物，……深穿其境」，然後在「江山滿懷，合而生興」的「專任情興」中，「神會於物」、「搜求於象」，以至「契意象」、「了然境象」、「了見其象」，透過「興象」與「意境」的統一，而出以「高手作勢，一句更別起意，其次兩句起意，意如湧煙，從地升天，向後漸高漸高，不可階上也」、「皆須百般縱橫，變轉數出，其頭段段皆須令意上道，卻後還收初意」來表達。因此寫作的過程就成了：

> 夫作文章，但多立意。令左穿右穴，苦心竭智，必須忘身，不可拘束。思若不來，即須放情卻寬之，令境生，然後以境照之，思則便來，來即作文。如其境思不來，不可作也。[16]

基本上正是一個「境生」「意立」的「境思」的觀照與表現。

嚴羽對於宋詩的批評，正在於宋詩放棄了這種以「妙悟」而「令境生」、「然後以境照之，思則便來，來即作」，從結構上不免是「羚羊挂角，無跡可求」，但以內容論則是「言有盡而意無窮」的「境思」；反而遵循了語言在日常應用上的述說論證（discourse）結構，採取了「涉理路」、「落言筌」的述說方式。因此嚴羽忍不住要批評宋詩是「以文字為詩，以議論為詩，以才學為詩」。雖然他同意這

16 見王昌齡，《詩格》。

些作品也是深具藝匠或用心的產物：「夫豈不工，終非古人之詩也！」這種對於宋詩之具有日常語言之論述結構的認識與批評，亦見於《對床夜語》所載：

劉後村克莊云：唐文人皆能詩，柳尤高，韓尚非本色。迨本朝則文人多，詩人少。三百年間，雖人各有集，集各有詩，詩各自為體，或尚理致，或負才力，或逞辨博，要皆文之有韻者爾，非古人之詩也。

不論是「尚理致」或是「逞辨博」，強調的皆是它們的充分發揮了語言論述之功能與特質。而「負才力」則正是「以才學為詩」，「多務使事，不問興致」的結果，恰與「妙悟」相反的寫作方式的表現。當與漢詩比較，唐詩乃以境象為主，並不特別著重在「吟詠情性」，但是由於象以興生，境與意合，兼以「意是格，聲是律，意高則格高，聲辨則律清，格律全，然後始有調」[17]，對於聲調的講求，因此仍無礙嚴羽視為「一唱三嘆之音」。因而，當唐詩與宋詩比較時，「詩者，吟詠情性也」就成為唐詩的優點，而「蓋於一唱三嘆之音，有所歉焉」就成了宋詩的缺點。所以，楊慎《升菴詩話》亦以為：

唐人詩主情，去《三百篇》近；宋人詩主理，去《三百篇》卻遠矣。

劉大勤《師友詩傳續錄》亦記載王士禎的答話，以為：

> 唐詩主情，故多蘊藉；宋詩主氣，故多徑露，此其所以不及。[17]

以上的批評固然是一種美感偏好的選擇，但在對宋詩的有所見的同時，也正是對於宋詩所反映的新發展的美學理念與規範的拒絕接受。這種美學理念或許可以藉程顥〈偶成〉一詩來略作說明：

> 閒來無事不從容，睡覺東窗日已紅。萬物靜觀皆自得，四時佳興與人同。道通天地有形外，思入風雲變態中，富貴不淫貧賤樂，男兒到此是豪雄。

首先，宋代或許是另一個對於「形而上者之謂道」具有高度自覺與熱情的時代，而這種自覺一方面反映於自「萬物靜觀皆自得，四時佳興與人同」的體驗中察覺「道通為一」[18]，甚至「渾然與天地萬物

17　見王昌齡，《詩格》。
18　見《莊子．齊物論》。

同體」[19]，另一方面則轉化為「閒來無事不從容」的心性的操持，與「富貴不淫貧賤樂」的德行的踐履，甚至以此為「男兒到此是豪雄」的判準。在這種時代文化理想的影響之下，並非「佳興」，不是「自得」，未能「從容」，甚至未臻「富貴不淫貧賤樂」的情感反應與表現都成了負面的現象，因而邵雍《伊川擊壤集．序》強調：

近世詩人，窮感則職於怨憝，榮達則專於淫泆。身之休感，發於喜怒；時之否泰，出於愛惡。殊不以天下大義而為言者，故其詩大率溺於情好也。噫！情之溺人也甚於水！

因而主張去掉「情累」的「以道觀道，以性觀性，以心觀心，以身觀身，以物觀物」，而創作「因閒觀時，因靜照物，因時起志，因物寓言，因志發詠，因言成詩，因詠成聲，因詩成音」、「曾何累於性情哉？」的詩歌。整個寫作過程的構想，正跟王昌齡的主張大相逕庭：

夫文章興作，先動氣，氣生乎心，心發乎言，聞於耳，見於目，錄於紙。意須出萬人之境，望古人於格下，攢天海於方寸。詩人用心，當於此也。

興發意生，精神清爽，了了明白，皆須身在意中。若詩中無身，即詩從何有？若不書身心，何以為詩？是故詩者，書身心之行李，序當時之憤氣。氣來不適，心事不達，或以刺上，或以化下，或以申心，或以序事，皆為中心不決，眾不我知。由是言之，方識古人之本也。

由此我們大略可以看出雙方在美學預設上的基本差異。唐詩即使不算完全「主情」，至少仍然遵循「緣情」的原則，表現的仍以個人的「中心不決，眾不我知」，己身「當時之憤氣」的「興發意生」。因此不免要「露才揚己」，所以不但繼承了「綺靡」的原則，更發展為「意須出萬人之境，望古人於格下，攢天海於方寸」的「用心」。一方面追求高遠「雄渾」之意境，一方面重視苦思獨創，以求超越前人，「用意於古人之上，則天地之境，洞焉可觀」：

凡屬文之人，常須作意。凝心天海之外，用思元氣之前。巧運言詞，精練意魄，所作詞句，莫用古語及今爛字舊意。改他舊語，移頭換尾，如此之人，終不長進。為無自性，不能專心苦思；致見不成。[20]

所以對於唐代的詩人而言，物象有「綺靡」或者說「風流婉麗」與否之分，意境有「洞觀」「天

19 見《河南程氏遺書》卷二，「仁者渾然與物同體」、「仁者以天地萬物為一體，莫非己也」等語。
20 見王昌齡，《詩格》。

地」、「凝心」「天海」與否之別，言詞有「巧運」、「安穩」與「爛字舊意」之異。因此不論是物象，是意境，是言詞都是具有一種美感價值差異，甚至價值階層性的判斷，因而也就有了一種選擇的判準與方向。為了方便，這或許可以稱之為第一義的美學，強調美感正有賴於事物的客觀屬性，因此美感價值亦就存在於事物現象自身，美感的觀照正以接納、揀擇、運用這些客觀性質來達成「妙造自然」，在「精練意魄」中創造一個「鹹酸之外」的「醇美」境界。[21]

但在「道通天地有形外」，「道通為一」的形上觀照下，不但「萬物靜觀皆自得」，如蘇軾在〈超然臺記〉所謂的：

凡物皆有可觀，苟有可觀，皆有可樂，非必怪奇偉麗者也。

否定了事物在美感價值上的差異性或階層性，而且誠如趙湘〈本文〉所說的：

靈乎物者文也，固乎文者本也，本在道而通乎神明，隨發以變，萬物之情盡矣！《詩》曰：「本支百世。」《禮》謂：「行有枝葉。」皆固本也。日月星辰之于天，百穀草木之于地，參然紛然，司蠢植性，變以示來，罔有遯者。嗚呼！其亦靈矣，其本亦無邪而存乎道矣。

一切事物的美感性質：「靈」、「文」，都是「本在道」，「其本亦無邪而存乎道」。從這種角度，萬物的美感性質「萬物之情」，亦僅是「道」的「隨發以變」，只要能夠「無邪」，能夠「通乎神明」，則一切「參然紛然，司蠢植性，變以示來，罔有遯者」都呈現了同一道體的作用，因而也就呈具了相同的美感價值，事物客觀的差異性因而就消融而只有「道」的「隨發以變」，「變以示來」的「變態」之差異，並且在「思入風雲變態中」之際，真正重要就是要在一切的「變態中」，體察到其與「天地有形外」的「道通」。因而在這種「道通」中達到「富貴不淫貧賤樂」的操守與「閒來無事不從容」的心境。這也就是蘇軾在〈超然臺記〉可以由「凡物皆有可觀」而推出「吾安往而不樂」，因而反過來辨析說：

夫所為求福而辭禍者，以福為可喜而禍可悲也。人之所欲無窮，而物之可以足吾欲者有盡，美惡之辨戰乎中，而去取之擇交乎前。則可樂者常少，而可悲者常多，是謂求禍而辭福。夫求禍而辭福，豈人之情也哉？物有以蓋之矣。

因而以「道通天地有形外」的超然心境立說，以為：

21　見司空圖，〈與李生論詩書〉。

彼遊於物之內，而不遊於物之外；物非有大小也，自其內而觀之，未有不高且大者也。彼挾其高大以臨我，則我常眩亂反覆，如隙中之觀鬥，又烏知勝負之所在？是以美惡橫生，而憂樂出焉，可不大哀乎？

因此就形成了一種，或許可以稱之為第二義的美學：強調在「閒來無事」的「從容」「靜觀」中，「萬物」「皆自得」，皆具有相同的美感價值；而美感價值的產生「皆有可樂」，正來自人類的能以「遊於物之外」的「超然」心境，從事「誠為能以物觀物，而兩不相傷者，蓋其間情累都忘去爾」的美感觀照的結果。而這種美感觀照的特點正在不「以心觀身，以身觀物」，「視身如丘井，頹然寄澹泊」的「靜觀」。以此「靜觀」而作詩，則不「牽於一身而為言者」[22]，表現的因此從某種意義言，是「不以物喜，不以己悲」[23]，忘懷「四時」美惡與個人憂樂的美感情緒：「佳興」；從另一種意義言，則既已超越了個己的好惡悲歡，則此種「佳興」亦就是「人同此心，心同此理」[24]的「與人同」的道心的表現。因此蘇軾在〈送參寥師〉一詩中就進一步詮釋這種「靜觀」的作用，以及由此而產生的美感特質：

欲令詩語妙，無厭空且靜。靜故了群動，空故納萬境。閱世走人間，觀身臥雲嶺。鹹酸雜眾好，中有至味永。詩法不相妨，此語當更請。

所謂「空且靜」自然就是程顥所謂的「靜觀」或「道通」，而「靜」與「群動」或「空」與「萬境」的關係，正如趙湘所謂的「日月星辰之于天，百穀草木之于地」，正是「道」本之于「物」文的關係，因而「人間」萬事，「雲嶺」百態，甚至「世」與「身」都成為這以道心觀照的「觀」、「閱」的對象，這些對象或者為「鹹」為「酸」，但誠似「萬物靜觀皆自得」，在這種「空」、「靜」的「觀」、「閱」之下，即成為雖然「參然紛然」「雜眾」但皆為「好」，而終究充溢或貫串的卻是「空」、「靜」道心的「至味永」。這種「至味永」也就是他在〈書黃子思詩集後〉所謂：

予嘗論書，以謂鍾、王之跡，蕭散簡遠，妙在筆墨之外。……至於詩亦然。蘇、李之天成，曹、劉之自得，陶、謝之超然，蓋亦至矣。……李、杜之後，詩人繼作，雖間有遠韻，而才不逮意。獨韋應物、柳宗元發纖穠於簡古，寄至味於澹泊，非餘子所及也。

「蕭散簡遠，妙在筆墨之外」、「天成」、「自得」、「超然」，以至「發纖穠於簡古，寄至味於澹泊」的「遠韻」。這不但是周紫芝《竹坡詩話》所引申的：

22「誠能……」以下諸引句，除「視身……」見蘇軾〈送參寥師〉外，俱見邵雍《伊川擊壤集．序》。
23 見范仲淹，〈岳陽樓記〉。
24 見《孟子．告子》。

> 作詩到平淡處，要似非力所能。東坡嘗有書與其姪云：「大凡為文，當使氣象崢嶸，五色絢爛，漸老漸熟，乃造平淡。」余以不但為文，作詩者尤當取法於此。

並且也是梅堯臣〈讀邵不疑學士詩卷杜挺之忽來因出示之且伏高〉所主張的：

> 作詩無古今，唯造平淡難。譬身有兩目，瞭然瞻視端。

或者歐陽修一再稱譽梅堯臣的：「子言古淡有真味，大羹豈須調以齏。」（〈再和聖俞見答〉）「聖俞覃思精微，以深遠閒淡為意。」「梅翁事清切，石齒漱寒瀨。……心意雖老大，有如妖韶女，老自有餘態，近詩尤古硬，咀嚼苦難嘬。又如食橄欖，真味久愈在。」（《六一詩話》）其實都是「譬身有兩目，瞭然瞻視端」，由觀照的景象轉移到觀照的眼光，正是出於「空」、「靜」的道心的第二義美學的表現與強調，基於這種第二義的美學，宋詩的美感特質正在「閱世」、「觀身」之際的「觀點」的轉換，以及「鹹酸雜眾好」的美感範疇的擴大，而使「閒來無事」的所思以及「佳興與人同」的所感，皆能入詩，使詩的領域擴到了迥非良辰美景，高情遠意之日常生活的覃思精微中。

但是離別經驗卻是最具情感性，也是最具個人性的，如何可以第二義的美學來表現呢？就在這裡我們正可以看到宋詩所以往抽象、滑稽等美感範疇，甚至疏淡、衰殘等範疇發展的緣由。在蘇軾〈與子由別於鄭州西門外〉一詩，蘇軾首先以「靜觀」的自我，表現了他與沉溺於離情別緒中的「感情」的自我的疏離，並且以「靜觀」的自我的角度，將「感情」的自我「滑稽」化了：「不飲胡為醉兀兀。」「靜觀」的自我可以接受「感情」的自我的「心」——「此心已逐歸鞍發」，但卻有意拒斥「感情」的自我的「情」。「滑稽」、「怪誕」，甚至「抽象」，正都反映主體心靈對於成為客體的事物對象的拒絕完全的認同，因而強調了對象的某種異常、某種缺陷，某種醜惡或恐怖，或者是有意的忽視了對象的個體的自存，僅將它歸納而消失於普遍的形式或律則中。「不飲胡為醉兀兀」正是「靜觀」的自我對於「感情」的自我的「情」的不可「理」解。可以「理」解的是外在的，客觀性的情況：「歸人猶自念庭闈，今我何以慰寂寞！」特別強調了寫作之際的事實情況：

> 時東坡赴鳳翔，子由送至鄭州，復還京師侍父。[25]

因此在敘述了更為特殊的具體情境的同時，也強調了離別雙方的情感狀態的差異。這首詩雖然是〈馬上賦詩一篇寄之〉是寫給蘇轍的，但一開始卻強調、稱呼蘇子由為「歸人」，並且以「庭闈」代稱他們的父親。事實上正是將蘇轍的復還京師侍父「普遍」化，利用普遍的通稱，達成了論述

25　見戴君仁先生，《宋詩選》注。

（discourse）的效果，其實正是一種「抽象」的「理」解的表現。因為所有的「理」解，正都來自以普遍的律則或形式，解釋特殊個體或現象，而將個體或現象所引起的困擾或迷惑，消融到已知的律則與形式中，因而就消除了個體或現象的怪異性。「歸人猶自念庭闈」是正常的，而對比之下，「今我何以慰寂寞！」就顯得怪異了。他並沒有客觀指出，他到鳳翔是赴任判官去的。因此也不妨說：「赴任猶自念官衙。」接下來離別之際的瞻望景象，可以是「瞻望弗及，泣涕如雨」[26]，可以是「遠望悲風至」、「念子悵悠悠」，可以是「孤帆遠影碧空盡，惟見長江天際流」，亦可以是「平蕪盡處是春山，行人更在春山外」[27]，這都是足以令人與離情別緒交融的情景。但是「登高回首坡隴隔，惟見烏帽出復沒」卻深具喜劇意味。特別要加上「登高」以及「回首」的動作，已經使得瞻望不再是一種完全沉溺於離別的情緒與瞻望所見的景象的深觀諦視的狀態，反而成了一種追求的行動，而追求的所得竟然強調的是「歸人」的消解為「烏帽」，並且在「坡隴隔」之際，因為隨著馬行的顛簸而呈現為「烏帽」的「出復沒」，由懷思的對象主體轉化為物品的「烏帽」，而這一頂「烏帽」不但取代了人物，並且看到的景象——「惟見」，只是「烏帽」像變戲法的在「坡隴」上「出復沒」，這種「物性」的取代了「人性」，而且其形象本身並不具特殊的美感——「烏帽」，尤其出現在「登高回首」的追求之後，都使得此處充滿了喜劇性的「滑稽」效果，而沖淡轉移了離別的惆悵與憂傷。這正是另一次的以「凡物皆有可觀，苟有可觀皆有可樂」的「自得」之「靜觀」的自我，取代了「感情」的自我。

接著又由「烏帽」而聯想到「苦寒念爾衣裘薄」，更進一步「幻想」「猶自念庭闈」的「歸人」，

「獨騎瘦馬踏殘月」。當我們在這裡使用「幻想」（Fancy）一語時，正要與「想像」（Imagination）有所區別。[28]在「惟見烏帽出復沒」之際的白天，事實上是無法見到「歸人」的「獨騎瘦馬踏殘月」的。尤其我們可以想像的是歸人的在殘月之下的獨騎瘦馬而行，但卻無法真實的想像按照字面直述意義下的「獨騎瘦馬踏殘月」，這都不免已是一種「想入非非」的「索物以託情」，一種廣義的「情附物也」的「比」，但是又將「比」當作實有其事來敘寫來反應。正如全詩一開始的「不飲胡為醉兀兀」的「醉兀兀」原來不是實情實景，卻一本正經的奇怪，質問：「不飲胡為醉兀兀。」這正是一種以喻為真的「幻想」。同樣的「苦寒念爾衣裘薄」也不是實情實景，否則一開始就會有知覺有表現，事實上它正是由「人」消解為「烏帽」，少掉的正是「衣裘」，以及其「出復沒」所可知而不可見的「騎」「馬」，因而想到了「苦寒」，而離合引生出來「獨騎瘦馬踏殘月」的「幻想」，並且是在文字上誇張了「苦」、「寒」、「薄」、「獨」、「瘦」、「殘」等「清冷」、「衰颯」美感素質的「幻想」。正如所「踏」未必是「殘月」，所「騎」未必是「瘦馬」，而「念庭闈」的「歸人」的心情未必是孤「獨」。整個的

26　見《詩經．邶風．燕燕》。

27　見歐陽修詞，〈踏莎行〉。

28　Fancy 和 Imagination 的區分，首見於 Samuel Taylor Coleridge 的 *Biographia Literaria*，是 Coleridge 詩歌理論的重要觀念。但是此處應用則較為接近 T.E. Hulme, "Romanticism and Classicism" 一文中的用法。

「幻想」正是有意的將「歸時休放燭花紅，待踏馬蹄清夜月」[29]的風流豪宕，強調轉釋為悽慘悲苦。當事實上沒有那麼愁苦悽慘時誇張了它的悽慘愁苦，正是一種令人產生「滑稽」的喜劇性的慰解的方式。所以接下去才會是「路人行歌居人樂」的歡快的論述。而宋詩的「清冷」甚至「衰颯」美感的追求，雖說是承襲了晚唐流行的賈島、姚合的清苦詩風而來。但以被東坡譏為「郊寒島瘦」的孟郊、賈島而論，他們的「寒」不過是「天色寒青蒼，北風叫枯桑」（孟郊，〈苦寒吟〉），「瘦」亦僅是「秋風吹渭水，落葉滿長安」（賈島，〈憶江上吳處士〉），仍然是「天地之境，洞焉可觀」、「江山滿懷，合而生興」，卻未必如「苦寒念爾衣裘薄，獨騎瘦馬踏殘月」的全將注意力集中在人物的描寫上，而於十字中整整用了六個「清冷」的字眼，反而不若郊、島輩在他們的「寒」、「瘦」中自有「語須天海之內，皆入納於方寸」的宏壯。所以，不僅是「清冷」，而幾乎是近於「衰颯」或「蕭瑟」了。

「路人行歌居人樂」一方面是提出來與「獨騎瘦馬踏殘月」平衡的普遍性的論述，因此就有「抽象」的「說理」或「議論」的性質，另一方面在它所反映的「萬物靜觀皆自得」的觀點之餘，「路人」的「行歌」其實既非實景，也無必然，只是類似「居人」的「樂」的「比喻」式的形容，然後又作了以喻為真的描寫，正是透過這種「比」與「幻想」的方式，宋人將「說理」與「議論」轉化為形象的語言。因而一首詩中的語言形象就各自釘住原來的語言「論述」，而無法形成一個統一視點的「天地之境」了。所以，「路人行歌居人樂」與「獨騎瘦馬踏殘月」，分屬兩種境界，正如「惟見烏帽出復沒」又與「獨騎瘦馬踏殘月」情調有別。即使在「此心已逐歸鞍發」，強調的是「歸鞍」而非「歸騎」，已經令我們產生彷彿「日暮倒載歸，酩酊無所知，復能乘駿馬，倒著白接羅」是敘述者乘馬醉歸的錯覺，然後在「歸人猶自念庭闈，今我何以慰寂寞」的對比之際，我們才清楚原來「歸鞍」是「歸人」子由所騎。全詩的結構正不在單一視點之下的「意」與「境」的統一，而是以語言的論述辯證，在多種觀點的頡頏辯論中發展、推演，以期最終具有結論性的意義的發現與產生。所以在沉溺性的「今我何以慰寂寞」、「苦寒念爾衣裘薄，獨騎瘦馬踏殘月」之餘，又再以「靜觀」的自我，提出「路人行歌居人樂」的事實，甚至藉助旁人的觀點：「僮僕怪我苦悽惻。」在相隔僅只兩句之處，兩度出現「苦」字，但卻由感傷的「苦」，轉而化為批評：「何苦」的「苦」，正是強而有力的表現了這種兩個自我之間的辯論關係。因而進一步深入這種辯論：「亦知人生要有別，但恐歲月去飄忽。」「感情」的自我終於被說服，而自己採用「抽象」、「說理」的「論證」形式，同意了「亦知人生要有別」，但卻亦以「論證」的形式，反過來辯護為「但恐歲月去飄忽」，因而將注意與焦點，由兩個自我的辯證，轉化前面已經喻示的「我」、「爾」的關係，並且仍是一種「說服」的形態。因而前面的兩個自我的辯證亦同時成為「說服」的舉證，而以「寒燈相對記疇昔，夜雨何時聽蕭瑟？」的往事作為最強而有力的舉證：

29 見李煜，〈玉樓春〉。

子瞻自注曰：「嘗有夜雨對床之言，故云爾。」王注曰：「韋蘇州〈與元常全真二生詩〉：『那知風雨夜，復此對床眠。』次公曰：『子由與先生在懷遠驛常讀韋詩。至此句，惻然感之，乃相約早退，共為閒居之樂。正在京師同侍老泉時近事，故今詩及之。』」30

並且在「寒燈」、「夜雨」的刻意強調時，重複了前面的「苦寒」的「寒」。但是「相對」不過「寒燈」，共「聽」「夜雨」不過「蕭瑟」，所「記」的「疇昔」與所盼的「何時」，終究皆已浸染了「苦寒」、「寂寞」、「悽惻」的情緒與情調，相形之下，離合實在並不真正構成所謂悲歡的差異。因而雖然歸終到：「君知此意不可忘，慎勿苦愛高官職。」整體看來卻是種相當寒素的生命體認。所以，配合了「慎勿苦愛高官職」正是「富貴不淫貧賤樂」的平淡超然的情懷，雖然不免有種種偶然泛起的情緒的波瀾。難怪蘇軾後來在謫居黃州所作的〈定風波〉詞，所能盼望或肯定的亦僅是「回首向來蕭瑟處，歸去，也無風雨也無晴」了。

相同的「理性」的操持與「清冷」、「平淡」的表現，亦見於梅堯臣〈蕪湖口留別弟信臣〉與王安石〈示長安君〉二詩。信臣，堯臣同高祖弟。在〈蕪湖口留別弟信臣〉中，前四句幾乎以完全平直的語句，敘述了兩人的離合：「少也遠辭親，俱為異鄉客。昨日偶同歸，今朝復南適。」雖然在「少也」的「也」字的運用，多少洩露了淡淡的感傷，而在「異鄉客」的「俱為」的強調中，暗暗隱含著彼此的同情共感。在「昨日偶同歸」的「偶」字裡，強調了聚會的無心，而於「今朝復南適」

則強調了聚散的匆匆之餘，一個「復」字暗示了離別反是常態。所以在近乎客觀冷靜的敘述中，其實真正反映並不特別是離別的哀傷，而是遠離故鄉之羈旅異鄉的流移的命運。因此接下去就以「南適畏簡書」的「畏」字暗示了對於這種命運的感觸。但是「畏簡書」其實又是用的《詩經．小雅．出車》的典故：

昔我往矣，黍稷方華。今我來思，雨雪載塗。王事多難，不遑啟居。豈懷不歸，畏此簡書。

因此雖有「懷歸」之意，對於流移命運的「畏」亦不能多作聯想與引申。而且強調兩次的「南適」，「適」在「往」之意義外的多重意涵，亦使我們不能有太多負面的聯想。並且梅堯臣很明白的強調了另一種積極肯定的情緒與事況：「叨茲六百石。」因此此詩的前半六句，幾乎就是散文式的敘述，有客觀的情境，有主觀態度上的辯證，但是既無形象物色，亦無情景意境。正是「以文字為詩」，「以是為詩，夫豈不工，終非古人之詩也，蓋於一唱三嘆之音，有所歉焉」，但這種客觀理性的敘述，假如以「富貴不淫貧賤樂」的操持來看，未嘗不是一種「閱世走人間」的超然的「空且靜」，平淡中自有「至味永」。因此信臣的相送，亦只是「重念我當去，送我江之側」的平靜自然的行誼與敘述。尤其

30　見高步瀛，《唐宋詩舉要》注。

不用「江濱」、「江浦」之類較具意象性的詞語，反而用「江之側」，正是有意的散文化（古文化），觀念化，與「抽象」化，而刻意造成一種「簡古」或「古淡」的風格。而到了「江之側」必然會見到的「溪山」，梅堯臣卻不讓它們成為兩人身臨其中的「境」，而卻條舉目張的陳述為：「溪山遠更清，溪水深轉碧。」成為客觀事理之觀察的對象，因而很理智的證明了：「因知惜別情，愈賒應愈劇。」並且總結了兩人「惜別」的意義。但是若我們仔細的思索了：「溪山遠更清，溪水深轉碧」與「惜別情」的「愈賒應愈劇」的關係，就不免會理解，在「江之側」或許有「山」有「水」，但何來「溪」？「溪山」、「溪水」都不免是「說理」的「比」，以及以喻為真的「幻想」，其實是出於「造作」而非眼前景的觸物起興。並且恐怕正是先有「惜別情」、「愈賒應愈劇」的結論，因而衍生的論證，以及景象的構設。而兩人的「惜別情」亦只是「應」愈劇，而非「乃」或「是」愈劇，尤其梅堯臣亦只是「因知」而非「實覺」或「深感」。在面對情感性的情境，不表情感卻論情感之「理」，正是「以心觀心，以身觀身」、「曾何累於性情哉？」的超然的「思入風雲變態中」，自然也就是一種「尚理致」、「逞辨博」的表現。

王安石的〈示長安君〉，因「長安君，公妹也」[31]，所以不至大談「惜別情」之「理」。但是「少年離別意非輕，老去相逢亦愴情」的出以「普遍」性的直述，實在亦已有了「理致」在其中，尤其其中辨析了「少年離別」與「老去相逢」的兩種情緒的比較。而詩中只有「杯盤」、「燈火」、「湖海」、「塵沙」、「雁南征」等意象，但始終不讓它們構組為整體的「情境」，相反的讓它們只成為語句中形容的語詞，就仍然有意要保持「以文字為詩」。因而就使「情意」停留在「字面」，而無法具有一種「言有盡而意無窮」的深切感人的力量。所以，「意非輕」、「亦愴情」終於只有停留在「字面」，而對比間的「理致」就顯然勝於連續發生的「傳情」了。同時「供笑語」和「草草杯盤」，「話平生」和「昏昏燈火」在情調上其實構成分歧，「笑語」「平生」之際，而轉移注意於「杯盤」之「草草」，「燈火」之「昏昏」，即使不算分心旁顧，亦正有意以「物」之粗陋黯淡，沖淡「情」之濃郁溫馨，反映的正是一種「疏淡」「蕭瑟」、「蕭散簡遠」的情懷，而「自憐湖海三年隔，又作塵沙萬里行」，誠如李壁註，可以視為是由：「樂天詩：『雲雨三年別，風波萬里行。』」蛻化而出。而「湖海」既成「三年隔」的形容，則僅成「比」義，並不具有海闊天空的「天地之境」。「塵沙萬里」本有略顯「雄渾」的可能，但作為「行」的修飾語，再加上「又作」的強調，遂又只成「字面」上略加翻新的「用古語及今爛字舊意」，只是更為浩蕩，更為工切，所謂「意新語工」的「以才學為詩」，「負才力」、「逞辨博」的表現而已。「欲問後期何日是，寄書應見雁南征」，一方面似乎答非所問，一方面卻是藕斷絲連，其實是「君問歸期未有期」，卻出以轉折迴環的「幻想」的表達：「寄書應見雁南飛。」當然由「應見」而言，則此一「幻想」又是「理」的表達了。當然李壁註由「塵沙萬里行」、「寄書應見雁南征」以為：「此詩恐是使北時作。」則「寄書應見雁南征」遂更工切，而不僅是由「劉長卿詩：『離亂要知

31 見李壁，《王荊文公詩箋注》。

君到處，寄書須及雁南飛。』」[32]蛻化而出了。這首詩雖然明言：「自憐」，但卻在結語至少在字面上是正面的「寄書應見雁南征」，並不願多所陷溺，正如「笑語」「話平生」之際，要強調「草草杯盤」、「昏昏燈火」，「景」皆成為「情」的平衡制約的力量，雖然比較「精微」，我們還是可以感覺到「靜觀」的自我「覃思」的作用。或許〈岳陽樓記〉中的「滿目蕭然，感極而悲者」與「把酒臨風，其喜洋洋者」的「江山滿懷，合而生興」的「二者之為」，與「不以物喜，不以己悲」的操持，不僅是「情景交融」與「情景制衡」的差異。「想像」的實景總是情感的象徵；「幻想」的虛景，正是理致的構設。並且它們的差異，也正是唐詩與宋詩在基本美學素質與方向的差異吧！

四、以月夜景象的作品為例

雖然經由上述離別主題作品的討論，我們已經約略可以見到漢詩、唐詩、宋詩美感上的一些性質。但是若能不只是以離別這種人際、內在情意的經驗為限，而能同時以自然、外在的景象，在以上三個時期的詩作中的運用與表現來觀察，或許我們更能較為周全的探討它們各別的觀物與呈現的重點與方式。在這裡我們選擇了中國詩中常見的月夜的景象，或者月的意象：

〈古詩十九首・明月何皎皎〉

明月何皎皎！照我羅床幃。憂愁不能寐，攬衣起徘徊。客行雖云樂，不如早旋歸。出戶獨彷徨，愁思當告誰？引領還入房，淚下沾裳衣。

〈古詩十九首・明月皎夜光〉

明月皎夜光，促織鳴東壁。玉衡指孟冬，眾星何歷歷！白露沾野草，時節忽復易。秋蟬鳴樹間，玄鳥逝安適？昔我同門友，高舉振六翮。不念攜手好，棄我如遺跡。南箕北有斗，牽牛不負軛。良無磐石固，虛名復何虛？

〈古詩十九首・孟冬寒氣至〉

孟冬寒氣至，北風何慘慄！愁多知夜長，仰觀眾星列。三五明月滿，四五蟾兔缺。客從遠方來，遺我一書札。上言長相思，下言久別離。置書懷袖中，三歲字不滅。一心抱區區，懼君不識察。

32 見李壁，《王荊文公詩箋注》。

張九齡，〈望月懷遠〉

海上生明月，天涯共此時。情人怨遙夜，竟夕起相思。滅燭憐光滿，披衣覺露滋。不堪盈手贈，還寢夢佳期。

孟浩然，〈宿建德江〉

移舟泊煙渚，日暮客愁新。野曠天低樹，江清月近人。

王維，〈山居秋暝〉

空山新雨後，天氣晚來秋。明月松間照，清泉石上流。竹喧歸浣女，蓮動下漁舟。隨意春芳歇，王孫自可留。

王維，〈閨人贈遠〉

洞房今夜月，如練復如霜。為照離人恨，亭亭到曉光。

王維，〈竹裡館〉

獨坐幽篁裡，彈琴復長嘯。深林人不知，明月來相照。

李白，〈靜夜思〉

床前明月光，疑是地上霜。舉頭望明月，低頭思故鄉。

李白，〈玉階怨〉

玉階生白露，夜久侵羅襪。卻下水精簾，玲瓏望秋月。

李白，〈關山月〉

明月出天山，蒼茫雲海間。長風幾萬里，吹度玉門關。漢下白登道，胡窺青海灣。由來征戰地，不見有人還。戍客望邊邑，思歸多苦顏。高樓當此夜，嘆息未應閒。

李白，〈把酒問月〉

青天有月來幾時？我今停杯一問之。人攀明月不可得，月行卻與人相隨。皎如飛鏡臨丹闕，綠煙滅盡清暉發。但見宵從海上來，寧知曉向雲間沒。白兔擣藥秋復春，姮娥孤棲與誰鄰？今人不見古時月，今月曾經照古人。古人今人若流水，共看明月皆如此。唯願當歌對酒時，月光長照金樽裡。

杜甫，〈月夜〉

今夜鄜州月，閨中只獨看。遙憐小兒女，未解憶長安，香霧雲鬟溼，清輝玉臂寒。何時倚虛幌，雙照淚痕乾。

杜甫，〈旅夜書懷〉

細草微風岸，危檣獨夜舟。星垂平野闊，月湧大江流。名豈文章著？官應老病休。飄飄何所似？天地一沙鷗。

李商隱，〈嫦娥〉

雲母屏風燭影深，長河漸落曉星沉。嫦娥應悔偷靈藥，碧海青天夜夜心。

蘇舜欽，〈中秋夜吳江亭上對月懷前宰張子野及寄君謨蔡大〉

獨坐對月心悠悠，故人不見使我愁。古今共傳惜今夕，況在松江亭上頭。可憐節物會人意，十日陰雨此夜收。不唯人間重此月，天亦有意於中秋。長空無瑕露表裡，拂拂漸上寒光流。江平萬頃正碧色，上下清澈雙璧浮。自視直欲見筋脈，無所逃遁魚龍憂。不疑身世在地上，祇恐槎去觸斗牛。景清境勝反不足，嘆息此際無交遊。心魂冷烈曉不寢，勉為筆此傳中州。

蘇舜欽，〈永叔石月屏圖〉

日月行上天，下照萬物根。向之生榮背則死，故為萬物生死門。東西兩交征，晝夜不暫停。胡為虢山石，留此皎月痕常存？桂樹散疏陰，有若圖畫成。永叔得之不得曉，作歌使我窮其原。且疑月入此石中，分此兩曜三處明。或云蟾兔好溪山，逃遁出月不可關。浮波穴石恣所樂，嫦娥孤坐初不覺；玉杵夜無聲，無物來擣藥。嫦娥驚推輪，下天自尋捉。遶地掀江踏山岳，二物驚奔不復見。留此玉輪之跡在青壁，風雨不可剝。此說亦詭異，予知未精確。物有無情自相感，不相幽微與高邈。老蚌向月月降胎，海犀望星星入角。彤霞爍石變靈砂，白虹貫巖生美璞。此乃西山石，久為月照著；歲久光不滅，遂有團團月。寒輝籠籠出輕霧，坐對不復嗟殘缺。蝦蟆縱汝惡觜吻，可能食此清光沒。玉川子若在，見必喜不徹。此雖隱石中，時有靈光發。土怪山鬼不敢近，照之僵仆肝腦裂。有如君上明，下燭萬類無遁形，光豔百世無虧盈。

梅堯臣，〈古意〉

月缺不改光，劍折不改剛。月缺魄易滿，劍折鑄復良。勢利壓山岳，難屈志士腸。男兒自有守，可殺不可苟。

王安石，〈葛溪驛〉

缺月昏昏漏未央，一燈明滅照秋床。病身最覺風露早，歸夢不知山水長。坐感歲時歌慷慨，起看天地色淒涼。鳴蟬更亂行人耳，正抱疏桐葉半黃。

蘇軾，〈舟中夜起〉

微風蕭蕭吹菰蒲，開門看雨月滿湖。舟人水鳥兩同夢，大魚驚竄如奔狐。夜深人物不相管，我獨形影相嬉娛。暗潮生渚弔寒蚓，落月掛柳看懸蛛。此生忽忽憂患裡，清境過眼能須臾。雞鳴鐘動百鳥散，船頭擊鼓還相呼。

蘇軾，〈倦夜〉

倦枕厭長夜，小寒終未明。孤村一犬吠，殘月幾人行？衰髮久已白，旅懷空自清。荒園有絡緯，虛織竟何成？

黃庭堅，〈夏日夢伯兄寄江南〉

故園相見略雍容，睡起南窗日射紅。詩酒一年談笑隔，江山千里夢魂通。河天月暈魚分子，槲葉風微鹿養茸。幾度白沙青影裡，審聽嘶馬自搘笻。

黃庭堅，〈和涼軒〉

打荷看急雨，吞月任行雲。夜半蚊雷起，西風為解紛。

月的意象，一方面如同《詩經．邶風．日月》所謂：「日居月諸，照臨下土。」是一種特殊的天體現象，因而與夜晚，超越性的永恆與普遍的存在息息相關；一方面亦如同《詩經．陳風．月出》的「月出皎兮，佼人僚兮；舒窈糾兮，勞心悄兮」，同時亦與其明亮但卻柔和的光耀，以及由此衍生的懷慕思念的情緒，迴環相映。因此，或者以月意象為引發情緒的觸媒或比喻；或者構設為整體的優美景象，成為其畫龍點睛或不可或缺的感人部分；或者藉此引發種種的幻想，讓它成為說理的比喻，或將其形象陌生化怪誕化，轉化為一種怪異的經驗：就標誌著漢、唐、宋詩在應用處理上的不同。

在〈古詩十九首〉中，三首使用月意象的作品裡，〈明月何皎皎〉和〈明月皎夜光〉，皆藉此「起興」，〈孟冬寒氣至〉，雖然出現在詩作的第五第六句，算是中間前半的部位，但卻仍是由天候轉入人事的關鍵，發揮的仍是「起興」的作用。但是這樣的「起興」，就興句的性質而言，卻是近於「參差荇菜，左右流之」的立即就是情意的象徵，反而遠於「關關雎鳩，在河之洲」[33]，或「蒹葭蒼蒼，白

33　以上詩句俱見《詩經．周南．關雎》。

露為霜」[34]的可以獨自成立的景象描寫。

因此，〈明月何皎皎〉一詩中，在其「明月何皎皎！」的興句中，不但對「明月」的「皎皎」全無玩賞的意興（本來不論是「明」或者「皎皎」，都具美感觀覽的性質與意涵），而且立即化外景為內情，逕以一個驚嘆的「何」字，將它轉換為一種直逼人來的壓迫的力量，以及因而產生的強烈感動；加上特別強調了它的「照我羅床帷」的針對著「我」個人，直射著理當安眠的「羅床幃」，所要傳達的正是一種「如有隱憂」，因而「不寐」的「耿耿」[35]，也就是緊接著表述的「憂愁不能寐」的儆醒不安的狀態。因此，吳淇《六朝選詩定論》遂曰：

> 無限徘徊，雖主憂愁，實是明月逼來；若無明月，只是搥床搗枕而已，那得出戶入房許多態？

因而遂自「攬衣起徘徊」以下，就全是對於客行不歸之「憂愁」的直接抒寫，而「皎皎」「明月」正是這份情思的觸媒，也是這份情感的象徵。

在〈孟冬寒氣至〉中，「三五明月滿，四五蟾兔缺」，不但是「愁多知夜長，仰觀眾星列」之所見，因而本來就是一種「愁」思觀照的投射與顯現，並且亦如前論〈良時不再至〉中的「仰視浮雲馳，奄忽互相踰」，亦正是在自然景象中發現彼此分合命運之情狀的象徵，因此，雖然月還是因為三五的滿盈而稱為「明月」，但在四五之際，已經改為神話性的「蟾兔」了。在這裡月本身或月夜景象的美感性質皆未被強調，通常這類強調皆會注意物象的空間與視覺的特質；在此處表現的重點，卻在時間的延續與其中物象的變化：「變故」與「不變」才是此詩此句關注的重點，因為要引起與發抒的正是「三歲字不滅；一心抱區區」的堅貞心意。月的「滿」、「缺」即是萬物在時間中流轉變化的自然象徵，也是詩中「長相思」「久別離」兩人之「合」「離」，以至「離」「悲」的象徵，側重的仍是其象徵情境的意涵。

在三首中，「明月皎夜光」，似乎最具獨立美感意涵的寫景性質與表現，但是其中，「夜」之暗與「月」之「明」及其「光」之「皎」所形成的對比表現，卻未被充分強調，反而在「皎夜光」的構詞中，使「夜」成為「光」的修飾與限定，因而說明性就遠遠超過了景象性，強調的反而是「夜」的時間的性質，而非其空間視景。尤其在補上了「促織鳴東壁」的下句，整個興句的示意重點，就更往「時序」變異的方向偏斜，這一點在接觸的「白露沾野草，時節忽復易。秋蟬鳴樹間，玄鳥逝安適？」數句中更是發揮得淋漓盡致。因此，全詩的構成，就呈現為先以八句強調時節與景物的變易，再以八句轉入對「昔我同門友」在「高舉」之餘，「棄我如遺跡」的人事變易的感嘆。因而，一如「秋蟬鳴樹間；玄鳥逝安適？」象徵的正是春去秋來，或者「促織鳴東壁」，不論參照《詩經・豳

34　見《詩經・秦風・蒹葭》。

35　見《詩經・邶風・柏舟》：「耿耿不寐，如有隱憂。」

風．七月》的「七月在野，八月在宇，九月在戶，十月蟋蟀，入我床下」，或《春秋考異郵》所謂的「立秋趣織鳴」，顯然都具一種明顯的時節意涵，此處的「明月皎夜光」顯然就更有一種「秋月揚明暉」[36]的時序的意涵。因而前八句的景物描寫，雖然都具有「時節」的統一或對比的關連，但卻未形成同一視點的連續境象，抒情示意的涵義與性質，仍然大於創造一個統整的美感景象的作用。

盛唐詩則顯然刻意在構設一個深具美感性質的統整景象，因而使用物象往往不僅在於它們的示意象喻作用，更要強調它們的美感以至感覺性質，在月的情況，一方面是它的形狀：「皎如飛鏡臨丹闕。」一方面是它的光耀：「綠煙滅盡清暉發。」這種光耀，觀看時是「如練復如霜」，「疑是地下霜」，「月照花林皆似霰，空裡流霜不覺飛」[37]；當沐浴在其中時，更是「滅燭憐光滿，披衣覺露滋」，「香霧雲鬟溼，清輝玉臂寒」，不但滿溢成一團徹上徹下的神祕浪漫的氛圍，更具一種溼寒光潤的清涼晶瑩的感覺性，甚至讓人可以產生「憐」愛，想掌握以「盈手贈」的衝動，或盛持飲味的渴望：「唯願當歌對酒時，月光長照金樽裡。」

除了感覺與美感性質的刻意強調之外，要形成一個統整的美感景象，就有賴於所謂「取境」、「明勢」等工夫來組合各別的物象，而達到「氣象氤氳，由深於體勢」的效果。[38]既談「取境」又言「明勢」而終於言「體勢」，實在正是深切的明瞭要在原係時間藝術的詩歌裡，創構一個整體的美感空間形象所具的內在矛盾與困難。因而，在時間上前後連續的詩句，雖然必須作種種發展性的描繪與呈現，但是設法以「天地之境，洞焉可觀」的單一視點來統整全局，讓我們產生「處身於境」，而「所見景物」，皆為「境」之一部分的「象」，因而遂有「了然境象，故得形似」的感覺；也就是在次第詩句的進展中，先有整體畫面已然存在的錯覺，然後各別細部的景物，只是我們由「統觀」而「細覽」的迴環往覆的歷程。因此，「昏日景色，四時氣象，皆以意排之，令有次序」，各別的景象雖然有時間的進展與變化，但是詩中所要表現的卻仍為未曾變異的同一觀照的處身之「境」。

因此，要達到同一觀照與處身之「境」的完形，除了各別詩句的景象，原屬相關而且相容，因而可以在其接續中形成更加具體化的相互充實與補足的效果之外，在上述的盛唐詩例中，我們還可以看到它們往往以月意象為統一的核心，或者一再的環繞著它，不斷作各種側面的描述：如張九齡的〈望月懷遠〉一詩，由「海上生明月」起興，但立即引申為「天涯共此時」，於是由「海上」與「明月」所撐起拉開的廣大的「天地之境」，就成為「情人怨遙夜」裡「共此時」的具體的「天涯」；而「明月」的光照，就成為充滿這一「遙」遠「天涯」之廣大空間與距離的美感性實質，因而也是「情人」含「怨」「竟夕起相思」之情感的具體象徵。接著對月光的描寫：「滅燭憐光滿，披衣覺露滋。」不但由「海上生明月，天涯共此時」所感思懷想的雄渾的遠景，拉回具體身處的可感可覺的秀

36 見〈四時〉：「春水滿四澤，夏雲多奇峰，秋月揚明暉，冬嶺秀孤松。」見陶澍集注，《靖節先生集》，湯注、李注皆謂出於顧愷之，劉斯立則謂：「淵明摘出四句，可謂善擇。」

37 見張若虛，〈春江花月夜〉。

38 此處引詞、引句，皆見上一節論述之引文，茲不再一一註出，下文亦同。

美近景，並且強調了其切身貼體的感受。同時經由這種具體的感受，進一步象徵了對於此一「相思」之情的「憐」惜與為其所充「滿」，以及在「相思」中所格外感受的無依與淒涼。既明寫完全沉浸在月光中的種種經驗與感受，同時亦暗抒相思之種種情愫與體驗，正是「物色兼意興為好」，而就「意興」而言，幾乎並無隻字片語為言，所以是「羚羊掛角，無跡可求」，也就是「意度盤礴，由深於作用」[39]，因而結束在「不堪盈手贈，還寢夢佳期」的希求與對方有所交接的渴念，以及在無可奈何中，即使是夢中的相會，亦慰情聊勝於無的盼望。「不堪盈手贈」自然直接指陳的是月光，間接喻示的是「相思」的情懷；而「還寢夢佳期」似乎一方面兼用《楚辭．九歌．湘夫人》之「登白蘋兮騁望，與佳期兮夕張」的典故，一方面則照應前面的「情人怨遙夜」。因此全詩雖然有時間的發展，但並未脫離同一情境的今夕今夜，全詩遂由「海上生明月」的薄暮起而終於「寢夢」的入夜，中間貫穿充溢的正是「明月」的光照，因此也是「天涯」「相思」的「滿」「盈」。月遂成為反覆出現，貫穿全詩的主題景象。

這種對於月的景象不斷重複，轉而使它成為主題貫穿的景象的情況，亦見於王維〈閨人贈遠〉，李白〈靜夜思〉、〈關山月〉，杜甫〈月夜〉等詩作。〈閨人贈遠〉絕句的四句裡，句句有月：首句直接言「月」，次句形容月光，三句詮釋月「照」，末句強調其「亭亭」竟夜。這種句句不離主題景象的寫法，在李白〈把酒問月〉因為原就具有「詠物」的性質，固然可以不論，但是〈閨人贈遠〉所寄的其實是「不堪盈手贈」的相思之情；而其歷程，亦正是由「今夜」而「到曉」，但空間視點則始終是在「洞房」與月照之間，經由這樣的「場景」（setting）的不變，以及主題景象的關連，全詩就成為一個單一而連續之「情景」的呈現。同樣的，李白的〈靜夜思〉所以不可視為〈明月何皎皎〉的簡縮本，不僅在其不具〈明月何皎皎〉詩中「明月逼來」、「憂愁不能寐」的種種「出戶入房許多態」，並且最重要的是「明月」在〈明月何皎皎〉一詩，除了作為起興，就完全不再提起，事實上全詩的表現，正是集中到「雖主憂愁」、「無限徘徊」的種種心思與情態上；但貫穿〈靜夜思〉一詩的卻是明月的景象，甚至不惜在短短四句中，兩度出現「明月」一詞，而其他兩句：「疑是地上霜」，原來指的就是「床前明月光」；「低頭思故鄉」更是作為「舉頭望明月」的對比與互補而表出的。因此，「明月」在詩中就不僅是泛泛的起興，而是「物色兼意興」的「了然境象」，正是貫串全詩的主題景象；而整個的「場景」亦全然不脫「床前」見月的此刻。雖然人物的動作，有了戲劇性的「舉頭」與「低頭」的轉換連續，並且在視域上亦有了「床前」「地上」室內景象和「舉頭望」之際，由「明月」所喻示的無限開闊的天空等的轉換，但這種空間視點之重視，以及同時強調近景與遠景之繫連，也正是唐詩之兼具秀美與雄渾美感，而以「了然境象」為其風格特質的基礎；而「明月」的千里普照與光爍在地如霜，雖為一體，但卻分別顯現為或雄渾或秀美的美感素質，這正是它特別適合唐詩的種種表現之處。〈春江花月夜〉，雖曰音樂創自陳後主，但傳誦千古之作，終待張若虛，就時代發展的意義而

39　皎然的《詩式》對於「作用」，特別在「明作用」一段作了：「如壺公瓢中，自有天地日月，時時拋鍼擲線，似斷而復續。」

言，或許並非偶然。

同樣的，〈關山月〉雖然展現的是「明月出天山，蒼茫雲海間；長風幾萬里，吹度玉門關」的無限開闊的「天地之境」，甚至因而引申到「漢下白登道，胡窺青海灣；由來征戰地，不見有人還」的歷史悲劇意識，但該詩在末尾，仍然將焦點收攝到「戍客」望月思鄉的「高樓當此夜」，因而以身邊近景的方式，強調他們的「多苦顏」與「嘆息應未閒」的憂愁情懷；而〈月夜〉一詩，固然以「閨中只獨看」的「倚虛幌」、「照淚痕」，以至「香霧雲鬟溼，清輝玉臂寒」的秀美景象，為表現的重心，但由「鄜州月」與「憶長安」的對比，仍然在「今夜」的月色與思念裡，撐開了一片遼闊的空間，與兼具過去回憶，現在處境，及未來盼望的情意世界。它們刻意具體表現「處身於境」的抒寫意圖，則都是昭然若揭的。

而這種美感化，抒情化的「處身」之「境」的呈現，在詩作的分句書寫的必然形式要求下，正有賴於每句自成景象，而句與句之間不只在文法體式上相互對應，更重要的是景象與景象之間的互補相成，迴環呼應，形成一個不可分割的有機整體。這種整體，既有賴於「物色」之間的客觀關連；亦建立於其所象喻的「意興」的內在機轉，它們正都由句與句之間的「無字句處」，以「不著一字，盡得風流」的方式呈示。因此，句與句的連繫，不僅在於「處身之境」的整體境象的構成，更是「祕響旁通」的在「心入於境，神會於物」、「視境於心」之際，達成「興於自然，感激而成」之主體情思意興的形成與表白。因而，月照的意象，亦往往結合於其他種種的景物形象，而或者成為整體景觀的一部分；或者更因其超越，孤絕的特質，與傳統上賦予的種種懷思的聯想與意涵，而成為詩歌表現的或宕開或聚情的畫龍點睛的焦點。像「明月松間照，清泉石上流」、「星垂平野闊，月湧大江流」，固然描摹清景已近天成，自足成為千古名句，但前者在〈山居秋暝〉裡，卻正是「王孫自可留」的要點所在，松石、泉流是「山居」景物，而「明月」相「照」則是「秋暝」起始，正完全提供了居留其間的安逸，亦反映了其心情的適性「隨意」；後者在〈旅夜書懷〉裡，亦是旅夜舟行之際，所面對的「天地」與「飄零」的無窮動盪和孤絕寂寞反應之所寄，雖非「名豈文章著？官應老病休」的感嘆和「飄零」似鷗的直抒，但卻將當時「懷」中感受，以「祕響旁通」的方式，曲達至盡。因而都是「物色兼意興」，足以令人「觸物以起情」的「物動情也」的表現。

雖然「野曠天低樹，江清月近人」，一如「星垂平野闊，月湧大江流」，都是描寫旅夜舟行景觀的名句，而〈宿建德江〉裡「月」的「近人」，固然可以視為與「天低樹」，或者「星垂」、「月湧」一般，都是舟行「江」中特有的觀感，但是若參酌前二句的「移舟泊煙渚，日暮客愁新」，全詩一開始就強調了旅宿的飄泊感與陌生感所形成的「客愁」，因而當「月」來「近人」，就不僅是泛泛寫景，而更有見月如見故物或故人，因而視為來相親近相安慰的弦外之音。這種利用月的高懸遍照的特質，藉以超越地域的隔絕與因而產生的孤獨、陌生感，亦見於〈竹裡館〉的「深林人不知，明月來相照」。月在這裡似乎都具有一種「人攀明月不可得，月行卻與人相隨」，永遠相隨相伴之超越性的伴侶，甚至是拯救者或安慰者的意味。因而，月在詩的結尾出現，就不只是單純的寫景，或象徵懷思的情感，而是「情往似贈，興來如答」[40]的，轉化了整體身處的孤寂情境，進入一種深遠的天地有情的宇宙意識。這種宇宙意識，若不嫌穿鑿的話，幾乎可以視為是近於宗教上的孤獨的面對上帝或具有上帝之理念而以此反觀一己之生命存在與情境的意涵。李白〈玉階怨〉中的「卻下水精簾，玲瓏望秋月」正是以這樣一個下簾望月的動作，進入了對於一己在奢華表象下其實是空虛寂寞之命運的深觀諦視，因而達到了對一己在「玉階」上的生活不過僅是一名「怨」婦之真相的明澈醒悟。但是所有的觀照與醒悟，若沒有高迴超絕的天心「秋月」之對照與仰望，種種盡在不言中的心理機轉與象徵表達皆成為不可能。因此嚴羽要強調：「唐人尚意興而理在其中。」[41]因為恍如只在捕捉一片淒清月色的寫景裡，正自有著對於人類與一己生命的最深刻的觀照與反省：這種對照人命短暫，月之超越永恆，因而正可藉此反觀沉思人類與一己命運之性質，或許在李白〈把酒問月〉的「今人不見古時月，今月曾經照古人。古人今人若流水，共看明月皆如此」裡有著最明晰的表述。但李白仍然使用人見月，月照人，以至共看明月的景象，來加以表現。景象化似乎是唐詩最基本的傳情達意的思維模式。

在唐詩對於月之優美雄渾景象，做了多方情景交融意興的開發之後，宋人似乎只有作意好奇，甚至不惜想入非非，方才得以出「奇」制勝；事實上這也正是宋人對於月意象與其美感之開發所採取的方式。以蘇舜欽的〈中秋夜吳江亭上對月懷前宰張子野及寄君謨蔡大〉為例：首先，他並不經由富涵物色的景象之描摹來轉入意興，而是直陳「獨坐對月心悠悠，故人不見使我愁」的見／不見的辯證性情境。然後說理：「古今共傳惜今夕，況在松江亭上頭。」然後，由見而及於不見，先不強調景物之形態，卻強調其所涵蘊的意義（這種涵義自然只是出於主觀的詮釋）：「可憐節物會人意，十日陰雨此夜收；不唯人間重此月，天亦有意於中秋。」到了詩之中段的第九句之後方始描繪月景，但是異於唐人綜合性的表現法：「海上生明月」、「明月松間照」、「月湧大江流」，採取的反而是近乎分析性的表現手法：「長空無瑕露表裡，拂拂漸上寒光流」，「長空無瑕」似既指萬里無雲，又似指「此月」如璧，圓滿「無瑕」，「露表裡」則既指滿月之形（表）可見；復兼月中陰影（裡）之可察。多少正反映了宋人重視客觀觀察的精神。然後以「拂拂漸上」繼續引申「無瑕」之璧玉的隱喻，一如〈離騷〉：「折若木以拂日兮。」或韋應物詩：「白玉雖塵垢，拂拭還光輝。」以拂拭的動作，喻示月出江上的情景，因而「寒光流」既是月光，亦是水光，清冷一片，流漾不止。然後，不同於「月湧大江流」的含混，他很清晰的強調了「江平萬里正碧色，上下清澈雙璧浮」，不但正面的凸現出以月為璧的隱喻，並且勾勒長空碧水，上下清澈，明月與月映之懸浮成「雙」。在這種精確而且具體的分析與描寫下，月反而失去了它的超越的神祕性或引發懷思之情的象喻性，成為清楚明白的可以客觀觀察的天上與水中的「物體」。雖然它的光耀，明亮如晝：「自視直欲見筋脈，無所逃遁魚龍憂。」但是在對於月光明亮的強調之際，詩人就不免想入非非，動用怪誕的美感，他不去舉頭望月，卻去「自視」（手

40 見劉勰，《文心雕龍．物色》。
41 見嚴羽，《滄浪詩話．詩評》。

腳？）而「直欲見筋脈」；又去幻想水中的「魚龍」的因「無所逃遁」而竟生「憂」，對現代的讀者而言，這種透視力，顯然早已遠超日光，而簡直是X光或紅外線了。終於進一步幻想，整個為月光所浸淫的世界已然羽化登仙，進入天界：「不疑身世在地上，祇恐槎去觸斗牛。」這裡自然是使用了張華《博物志》，「天河與海通」、「人有奇志」、「乘槎而去」，以至歸訪嚴君平，曰「客星犯牽牛宿」的典故，[42]但無須「天河與海通」的預設，只以月光照耀，就一下子由「不疑身世在地上」而轉化為「祇恐槎去觸斗牛」，在其「不疑」與「祇恐」的心理之快速轉換中，正自強調了一種如幻似真的非非之想，經營的正是一種幻覺的世界。但這首詩一如許多宋詩，所具有的更是一種多重觀點的轉換併合的表現，詩人在創造了幻覺之後，並不願繼續停留在幻覺之中，立即以「景清境勝反不足」，跳出情境之外，而「嘆息此際無交遊」，反映的正是將月夜與中秋月色當作客體的「景」「境」看待，而無法將「物色」同時轉化為「意興」，成為情意的象徵，因此即使「清」「勝」，仍不免：清景自清景，人物自人物，終究情景無法交融，不能打成一片，於是終要「反」覺「不足」，而要渴盼起友朋的交遊來，而要「嘆息此際」的「無交遊」了。而中秋月色所造就的竟然是「心魂冷烈曉不寢」，雖然「對月懷前宰張子野及寄君謨蔡大」，但「勉為筆此傳中州」所傳達其實並未著墨於任何的懷思之情，反是一己「心魂」在月下的「冷烈」之感，以及在「景清境勝」之中的到「曉不寢」，其所抒寫的正是極為理性自制的清冷，疏淡，兼或怪誕的美感。

蘇軾的〈舟中夜起〉，其基本的情境，其實近似杜甫的〈旅夜書懷〉，但是異於唐詩的重視空間的單一視域的寫作手法，採取卻是時間性的戲劇呈現。全詩著重在不斷打破岑寂的聲音與驚異的效果。「微風蕭蕭吹菰蒲」原本雷同於「細草微風岸」，但杜詩藉著動詞的省略，以及使前四字皆成名詞之「岸」的修飾語詞，使它往視覺性的寫景發展；蘇詩卻藉著「蕭蕭」的狀聲詞，「吹」的動詞，以及下句的「開門看雨」，一再強調聽覺上的聲響效果，而使「月滿湖」成為一種驚異的發現。但在發現之餘，並非舉頭望月，反而是往「獨夜舟」的方向強調。杜甫的「危檣獨夜舟」仍然是作視景性的表現；但東坡的「舟人水鳥兩同夢」，雖然採的是說明性的呈現，其實仍然著眼的是聽覺上的安睡無聲，人鳥俱寂。突然又以「大魚驚竄如奔狐」打破寧靜，而終於在「夜深人物不相管」的說明裡，點出「我獨形影相嬉娛」的「獨夜」之事實。夜起舟中，並不寧靜賞月，反而在月下「形影相嬉娛」，顯然並不具「起舞弄清影，何似在人間」的飄逸出塵的姿態，反而有一種近似大人學兒戲的滑稽感。這種滑稽感亦早已在「開門看雨月滿湖」與「大魚驚竄如奔狐」的驚異，甚至「舟人水鳥兩同夢」的聯想與形容裡發生了，因而使得全詩充滿了一種童趣與喜感。因而，在杜詩是「星垂平野闊，月湧大江流」的舟中月景，在蘇詩中就成了「暗潮生渚弔寒蚓，落月掛柳看懸蛛」。一般山水畫中最具美感的水紋，竟然在「暗潮生渚」的月光下被視為一條條牽弔的「寒蚓」；而在詞人筆下充滿旖旎風光的

42 見《博物志》卷三，此處僅就其要點節略引述。

「月上柳梢頭」[43]或「楊柳岸，曉風殘月」[44]，更被凝想為蜘「蛛」的「懸」「掛」，這不但是一種近乎反高潮的惡作劇，可是卻也不得不承認其想入非非之中，自有其確可如此聯想的貼切與巧妙。其實以習慣上視為「醜」的事物來形容比擬習慣上視為是「美」的事物，所產生的不但具有一種「陌生化」的尖新效果，創造出來的正是一種「怪誕」的美感，也就是一種「道通為一」裡「厲與西施」的相互等同[45]，既是「思入風雲變態中」，也就是「每下愈況」[46]。

但是，這種「怪誕」、「滑稽」美感的一個重要的心理意涵，卻是將「景物」只當客觀的外在的「物體」觀看，因此對於「景物」或許有玩賞，但卻不會有「先動氣，氣生乎心，心發乎言，聞於耳，見於目」之「興於自然，感激而成」的「物色兼意興」的表現，也就是由於人物並未認同於物色，因而物色遂無法同時成為人物的情意之象徵，而作出情景交融的呈現。蘇東坡一如蘇子美之超脫「身處於境」而作出「景清境勝反不足」之判斷，立即將整個月夜的景象，視為僅是「能須臾」的「清境過眼」，將它勾銷在一個疑問中。這正好又是一個時間性的疑問。因而將詩作結束在夜去晨興的一片以聽覺為主的喧鬧中：「雞鳴鐘動百鳥散，船頭擊鼓還相呼。」他雖然為了和「清境過境」的「能須臾」對照，而在觀念上提出了「此生忽忽憂患裡」，但其實蘇軾在詩中所要避免的，正是一如杜甫經由自覺身處於「星垂平野闊，月湧大江流」的宏偉宇宙，而興發出對於一己人生與命運的深切反省：「名豈文章著?官應老病休」而終於達到「飄飄何所似?天地一沙鷗」的悲壯觀照。與杜詩的深沉雄渾相較，蘇詩表現的正是一種舉重若輕，出於嬉娛的模擬狀物之機巧。

相似的以戲劇性的機智來模擬狀物，亦見於黃庭堅的〈和涼軒〉，這首詩的巧妙，並不僅是利用倒裝句法，將自然的景象陌生化，甚至怪誕化：「打荷看急雨，吞月任行雲。」詩人將代表觀者之人物的主詞省略，並且將代表其動作的動詞：「看」、「任」置於類似「朱華冒綠池」[47]，「時雨靜飛塵」[48]之句法的動詞位置，同時又將「急雨打荷」與「行雲吞月」的詞序打散顛倒，將「打」、「吞」等動詞置於句首加以強調，就令人產生了一種擬人的意志性行為之錯覺，不但創造了一個動盪不安，恣情肆虐的自然世界，還進一步在「夜半蚊雷起，西風為解紛」的人事化的因果解說中，確定了全詩呈現的是：將自然的種種變化，作人性化意志化詮釋的，一種特殊的宇宙之觀感。這種觀感，或許在「明月來相照」中已然出現，但〈竹裡館〉表現的仍然是一個單一視點的整體景象，「明月」正是它的統整超升的主題意象。〈和涼軒〉的重要卻不在強調人與自然的感應，而是不去刻意形塑一個單一視點的整體景象；假如有此整體景象的話，亦被依時間的先後加以切割，而作各別不相連屬的詮釋，皆化作種種人事糾紛的類比：「急雨打荷」、「行雲吞月」、「蚊雷夜起」、「西風解蘇」。一方面，

43 見歐陽修，〈生查子〉，或傳為朱淑真作。
44 見柳永，〈雨霖鈴〉。
45 見《莊子．齊物論》。
46 見《莊子．知北遊》。
47 見曹植，〈公宴〉。
48 見曹植，〈侍太子坐〉。

「打」、「吞」、「解紛」甚至「起」[49]，其實都有衝突、鬥爭甚至戰鬥等一般歷史所側重記載事件的意涵；一方面全詩又刻意的安排了「雨」、「雲」、「雷」、「風」為四句中動態的主體（自然第三句只是很巧妙的利用了「聚蚊成雷」的成語，來補足字面的上關連），使它們的關連，除了戲劇性的時間因素，更具一種類型的歸納與整理。相同的切割亦見於「暗潮生渚弔寒蚓，落月掛柳看懸蛛」，由於加上了「弔寒蚓」與「看懸蛛」的類比，一個可以自然綜合的整體景象遂因主體的介入，主詞的遊移而被切割了，並且由於都使用了同一類型，在中文裡皆從虫字旁的醜物：「蚓」、「蛛」，因而它們的關連不是景象的整體，反而是喻依的類型性，刻意強調的正是一種「醜怪」的美感。因此，分析性，戲劇性，詮釋性就成為這類詩作之寫景或觀照自然的基本原則，或許我們未必因此而得到一種深切的情景交融之感動，但或許亦不得不驚嘆其巧思的機智與妙想的貼切。

黃庭堅〈夏日夢伯兄寄江南〉的「河天月暈魚分子，槲葉風微鹿養茸」，重點在寫時間性的「夏日」景象，因而仍是未以構成單一視點的「天地之境」為念，反而多少側重於「河天月暈」、「槲葉風微」的天候狀況，與「魚分子」、「鹿養茸」的動物棲息生長的關係。但和我們此處的論旨，特別相關的是，它體物入微的寫月而及於「月暈」，而且先「河」而「天」的觀看順序，然後又寫回河裡的「魚」而甚至及於「分子」之微，既似觀月而及於月暈，又像描寫河中映月，遂有光暈，總之景象充滿轉折而頗有奇詭的意味。同樣的，在盛唐詩中，月的形象總以「明月」的形容出現，因此似乎永遠是光輝而圓滿的狀態。而在宋詩中，則亦同時以「獨騎瘦馬踏殘月」、「殘月幾人行」的「殘月」，「月缺不改光」、「缺月昏昏漏未央」的「缺月」，以及行雲掩蔽的「呑月」等種種的「變態」出現。並且一如王安石〈葛溪驛〉，或蘇東坡〈倦夜〉等例，將人的「衰」、「病」與月的「殘」、「缺」相提並論，而創造出一片「淒涼」、「倦厭」的情景，同為「旅懷」卻有異於〈明月何皎皎〉以下的漢、唐詩作，而反映得如此困頓，如此的荒涼，真是清景不再，而卻「衰鬢久已白」，「病身最覺風露早」了。由「明月何皎皎，照我羅床幃」的豪邁有力，到「缺月昏昏漏未央，一燈明滅照秋床」的陰沉蕭條，我們自可感覺到，前者勢必以「攬衣起徘徊」、「出戶獨傍徨」的充滿行動力來作反應；而後者則不免只是困居室內「坐感歲時歌慷慨，起看天地色淒涼」或「倦枕厭長夜」、「旅懷空自清」一番而已。這正是兩者氣象迥然有別。

李白的〈把酒問月〉，雖然在有關月意象所涵蘊的各種可能意涵，多所發揮，有趣的是：對於月的形象卻只強調：「皎如飛鏡臨丹闕，綠煙滅盡清暉發。」只對「飛鏡」般圓滿而又「清暉發」的「明月」之本體加以描摹，並無意於對「月有陰晴圓缺」[50]之變態，有所著墨。同時，他的關注，反而指向了：「但見宵從海上來，寧知曉向雲間沒。」月在一夜之間的「生」「沒」。相同的例子，亦見於張若虛〈春江花月夜〉，該詩正是始於「春江潮水連海平，海上明月共潮生」，而結束在「斜月沉沉

49 例如：起兵。

50 見蘇軾，〈水調歌頭〉。

藏海霧」與「落月搖情滿江樹」。「海上生明月」似乎是嚮往「天地之境，洞焉可觀」的唐代詩人的共識，因而在他們「凝心天海之外，用思元氣之前」、「語須天海之內，皆入納於方寸」之際，總是不忘以「海」來凸顯，月的超越性與廣大遍在的「月行」。這種常見的強調似乎並未繼續成為宋詩表現的重點。

但與此超絕之運行相關的，卻是永恆與孤獨的主題，因而接著提出的：「白兔擣藥秋復春，姮娥孤棲與誰鄰？」正是利用嫦娥奔月的早期神話來加以表現。李白除了加強了「白兔」與「不死藥」的連繫之外，他並未曾刻意去修改此一神話的原始意蘊與內容；自然他也以「與誰鄰？」的詢問，強調了「姮娥孤棲」的事實。李白正要藉此引出：「今人不見古時月，今月曾經照古人。古人今人若流水，共看明月皆如此。」讓我們從超越的觀點，廣大的時空，對宇宙人生之恆暫關係加以沉思默省。充分的發揮了神話的提示與指示的功能。李商隱的〈嫦娥〉詩，一方面是充分利用了天海生沒的時空景象：「長河漸落曉星沉」與「碧海青天夜夜心」來強調其周而復始的永恆性與時間感；另一方面則正藉此永恆的時間感來強調「姮娥孤棲」的孤獨感與寂寞心：「嫦娥應悔偷靈藥，碧海青天夜夜心。」自然這其實是一種「雲母屏風燭影深」裡之「夜夜心」的投射與放大。雖然李商隱詩中表現的是，對於「孤棲」的命運，作出了「應悔」的反省，但掌握的卻仍是嫦娥神話之永生與孤獨的原始意涵，並未作想入非非的引申或變造；充分利用的仍是廣大時空的景象性與神話傳說所具的人情意涵的對比重疊。

對嫦娥，蟾兔神話加以引申幻想的是蘇舜欽，雖然他的重點是在對於歐陽修所得之「石月屏」：「胡為虢山石，留此皎月痕常存？桂樹散疏陰，有若圖畫成」之現象，意圖「窮其原」。他先已「且疑月入此石中，分此兩曜三處明」，以直陳的方式提示了題旨，但卻繼之以想入非非的幻想：「或云蟾兔好溪山，逃遁出月不可關。浮波穴石恣所樂，嫦娥孤坐初不覺。玉杵夜無聲，無物來擣藥。嫦娥驚推輪，下天自尋捉。邍地掀江踏山岳，二物驚奔不復見。留此玉輪之跡在青壁，風雨不可剝。」他自己立即評論云：「此說亦詭異，予知未精確。」但全詩的趣味，正建立在這種近乎兒戲的瞎掰與富涵喜劇意味的滑稽幻想中。它們正好與此詩開頭的：「日月行上天，下照萬物根。向之生榮背則死，故為萬物生死門。東西兩交征，晝夜不暫停。」嚴肅而冷峻的宇宙圖象，以及接著：「物有無情自相感，不間幽微與高邈。老蚌向月月降胎，海犀望星星入角。彤霞爍石變靈砂，白虹貫巖生美璞。此乃西山石，久為月照著，歲久光不滅，遂有團圓月。」引經據典的理智解說，形成一種平衡。這裡我們一方面看到了宋詩的併合多種觀點多種風格於一詩的特色，一方面也可以看到它的有意避免陷溺於抒情描摹優美景象的傾向。它可以冷峻的說理：「向之生榮背則死，故為萬物生死門。」「物有無情自相感，不間幽微與高邈。」使用抽象，甚至散文性的語言，唯一的詩意只是「向」、「背」、「生」、「死」；或「幽微」、「高邈」的對比，以及超越了此一對比的更高綜合：「故為萬物生死門」、「物有無情自相感」等辯證性真理與實體的發現與提出，近於美國文評家布魯克斯（Cleanth Brooks）所謂的「矛盾語法」（The Language of Paradox）[51]；它也可以為了罕譬而喻，在舉例說理之際，作意象化的表現，正如前面已然提出的「生死」之「門」，雖然不論日月，或生死之理，皆與「門」了不相關；甚至可以經營出，像「老蚌向月月降胎，海犀望星星入角。彤霞爍石變靈砂，白虹貫巖生美璞」之類的充滿藻飾的華美對句，但它們也不過是對「物有無情自相感」論點的一些舉證；它更可以在「寒輝籠籠出輕霧」清冷，秀美而近於神秘的美感之後，因為「坐對不復嗟殘缺」的聯想，而立即轉向「蝦蟆縱汝惡觜吻，可能食此清光沒」之醜陋與秀美交織的怪誕美感。假如說這還只是沿襲了玉川子盧仝〈月蝕詩〉：「傳聞古老說，蝕月蝦蟆精。」稍作戲劇化的表現而已，但底下的：「此雖隱石中，時有靈光發。土怪山鬼不敢近，照之僵仆肝腦裂。有如君上明，下燭萬類無遁形，光豔百世無虧盈。」則同時創造了一個非非之想的幻境，它的靈光可以殺死鬼怪，因而充分的開發了「土怪山鬼」、「照之僵仆肝腦裂」的醜陋，與「時有靈光發」、「光豔百世無虧盈」的美好，以戲劇方式結合而形成的一種怪誕詭異的美感，並且以此轉化為「有如君上明」的徵象，而大談其「下燭萬類無遁形」的不被蒙蔽的君道之理，並陳狀物、幻想與說理的表現，兼具清冷、滑稽與怪誕的美感，蘇舜欽的這首〈永叔石月屏圖〉可謂將宋詩的特質發揮得淋漓盡致了。

詩中「老蚌向月月降胎」，正如「河天月暈魚分子」，正是一種不以整體景象的物象與物象關係來描寫觀看自然，反而是以萬物遵循一種「物理」——「物有無情自相感」的因果性關連來觀看自然的物態與物態。月光，因此也可以不必為情思別緒的象徵，而可以是闡明萬物自有其不可更易之本質的喻例，因而梅堯臣〈古意〉，要強調：「月缺不改光，劍折不改剛。月缺魄易滿，劍折鑄復良。」這裡月的圓缺的對比與變化，突然被超越為具綜合性質之不變的月光，並且將它與「劍折」而「不改」之「剛」相提並論，最為溫柔纏綿的「月」「光」，突然「剛」硬甚至強勁銳利了起來。因而竟然成為能夠抵抗「勢利壓山岳」的「難屈志士腸」，成為「可殺不可苟」的「男兒自有守」的象徵。同樣的剛強銳利亦見於「虢山石」只因「留此皎月痕」，就要幻想其「寒輝」「清光」，足以使「土怪山鬼不敢近，照之僵仆肝腦裂」，能夠「下燭萬類遁形，光豔百世無虧盈」，在這類的想像中，月光幾乎由X光、紅外線，而進一步成了雷射，與永不消失的放射性物質了。物我分離，以理智的分析比喻，或以戲劇性的幻想，而非以物我合一的情景交融之感，來觀察事物，思索事物，或許正是宋詩所以偏向畸美的緣由。

五、結語

本文在極少的詩例，極為簡單的分析中，以掛一漏萬的方式，對漢、唐、宋詩的美感特質，多少

---

51 見Cleanth Brooks, *The Well Wrought Urn* (New York: A Harvest Book, 1947, 1975)。「詩的矛盾語法」為夏濟安的翻譯，見林以亮編，《美國文學批評選》（香港：今日世界出版社，一九六二年）。雖然原著所強調的並不就是一種「語法」，反而更近於一種思維方式。此處姑從舊譯。

作了一番描述。由於所涵蓋的範圍與所實際探討詩例之極度懸殊，因此論述的是否確當，根本就是一種不必考慮的問題。若有什麼值得一提的，反而是我們是否可以從此類的角度來觀看中國詩歌，中國詩歌的歷史？以及透過這樣的角度，我們對於歷代的詩歌是否可以更有一種同情的了解，而更能按照其觀照的特性與風格的特色，來加以接受與欣賞？這一點，惟有就教於高明，並寄望於後來的開拓了。

從「亭」、「臺」、「樓」、「閣」說起

——論一種另類的遊觀美學與生命省察

一、遊觀自然的兩種取向

> 古者包犧氏之王天下也，仰則觀象於天，俯則觀法於地，觀鳥獸之文與地之宜，近取諸身，遠取諸物，於是始作八卦，以通神明之德，以類萬物之情。

《易・繫辭下》的這一段經常被引述的話語，自然是出於一種神話式的想像，但卻無疑反映了一種特殊的「觀物」的態度。面對天地鳥獸萬物，人們掌握的卻是透過它們的象、法、文、宜，而製作為符號文字，以便通神明之「德」，類萬物之「情」。也就是《莊子・知北遊》中所謂的：

> 天地有大美而不言，四時有明法而不議，萬物有成理而不說。聖人者，原天地之美而達萬物之理，是故至人無為，大聖不作，觀於天地之謂也。

即使面對了「天地大美」，當這些「聖人者」在「觀於天地」之際，卻往往更在推「原」其中的「四時明法」與「萬物成理」。這雖然未必就是近代科學式的認知考察，但確是一種「開物成務」的闡釋與發明。在將「自然」加以「人文化」以至「人性化」過程中，往往不僅是著重於「作結繩而為罔罟，以佃以漁」，「斲木為耜，揉木為耒」[1] 的器用，以至種種文物制度的制作；更往往在自然萬物之

「情」，「通」出了人類中心的「神明之德」。最簡明扼要的例子是《論語．雍也》中記載的：

子曰：「知者樂水，仁者樂山。知者動，仁者靜。知者樂，仁者壽。」

孔子在「山」、「水」的「靜」、「動」之「情」中，看到了與「仁」、「知」相「類」的「神明之德」，甚至盡在不言中的，使得「山」、「水」成了「仁者」、「知者」的「壽」與「樂」的象徵。自此以往，透過孟子的闡釋與引申，不但「觀水有術」，而且「登山有道」：

徐子曰：「仲尼亟稱於水，曰：『水哉！水哉！』何取於水也？」

孟子曰：「原泉混混，不捨晝夜，盈科而後進，放乎四海。有本者如是，是之取爾。苟為無本，七八月之間雨集，溝澮皆盈；其涸也，可立而待也。故聲聞過情，君子恥之。」（〈離婁下〉）

孟子曰：「孔子登東山而小魯，登泰山而小天下。故觀於海者難為水，遊於聖人之門難為言。

1 見《易．繫辭下》。

觀水有術，必觀其瀾。日月有明，容光必照焉。流水之為物也，不盈科不行；君子之志於道，不成章不達。」（〈盡心上〉）

「山」的高聳與「海」的浩瀚，以至「水」的「瀾」，都成為聖人之「志」的超升與「道」之廣大，以至君子「為言」、「志道」，而至「成章」與「達」等等體驗之象喻。《荀子．宥坐》以及劉向《說苑．雜言》中所載的孔子與子貢「君子見大水必觀焉」以下的對話，以至董仲舒的《春秋繁露．山川頌》，皆以「君子比德焉」[2]的角度，發揮了「智者樂水，仁者樂山」的豐富內涵與喻旨，顯然都是一脈相承，踵事增華的表現了。

但是在這種聖人君子的遊觀之外，平凡百姓在他們的日用生活之餘，自然也有其與此不同的遊觀型態，或許《詩經．鄭風》中的〈溱洧〉，就是一個現成的例子：

溱與洧，方渙渙兮！士與女，方秉蕑兮！
女曰：「觀乎？」士曰：「既且。」
「且往觀乎？洧之外，洵訏且樂！」
維士與女，伊其相謔，贈之以勺藥。

這裡一樣有「觀」有「樂」，並有對於「溱與洧」的「方渙渙兮」或「瀏其清矣」、「洧之外」的「洵訏」等情狀的體會。但終於為「士與女」的「方秉蕑兮」、「伊其相謔」的情事所掩蓋，正是典型的詩歌「起興」或者「比興」的表現型態。於是「觀」與「樂」就成了「士與女」由「秉蕑」到「相謔」的心路歷程的過渡與關鍵，提供的或許就是歡愛情懷所以滋生的背景與心境。因此，同樣是「遊」，其意義自然不同。孔、孟、董仲舒等儒者，往往只重視「山」、「水」、「東山」、「泰山」、「海」、「川」等等的近乎本質的某種屬性，因而引申為某種「道」與「志」的象徵；但〈溱洧〉所掌握的卻是「方渙渙兮」，誠如鄭箋所謂的「仲春之時，冰以釋，水則渙渙然」的季節性的特質，針對「方秉蕑兮」的「士與女」，就不免具有類似「寄言少年子，努力作春事」[3]的意涵，於是「春遊」就轉換為「遊春」了。這樣的「遊觀」，諸如〈周南．漢廣〉的「漢有游女，不可求思」所描述的，自《詩經》以降，一樣的充斥在詩歌、小說，以及戲曲等的傳統中。但是在上述兩種「山水」的遊觀美學的傳統之外，加上了亭、臺、樓、閣等人文建築，它們的意涵就有了變化。當然像《詩經．大雅．靈臺》一類作品中的遊樂，誠如孟子所謂的：「賢者而後樂此。」則又成為「古之人與民偕樂，故能樂也」[4]的德政的象徵，依然反映的是一種「比德」的意涵。而從司馬相如的〈長門賦〉中寫陳皇后的「登蘭臺而

2　見《荀子．法行》：「夫玉者，君子比德焉。」

3　見王安石，〈少年見青春〉。

4　見《孟子．梁惠王上》。

遙望」以至「下蘭臺而周覽」，或者王昌齡〈閨怨〉詩裡「閨中少婦」的由「春日凝妝上翠樓」而至「忽見陌頭楊柳色」，反映的仍然是男女情愛追求的悲歡離合，看到的依然是情感的投射與渴望。

然而，誠如王之渙〈登鶴雀樓〉詩所謂的：「欲窮千里目，更上一層樓。」亭、臺、樓、閣確實是改變了我們對於「白日依山盡，黃河入海流」的自然景觀的認知與欣賞，對於「錦江春色來天地，玉壘浮雲變古今」等山水的觀賞，亦只要「花近高樓傷客心，萬方多難此登臨」的「登樓」[5]即可，未必需要真的登山臨水，於是我們遂有了另外一類的遊觀美學，並且在一些以亭、臺、樓、閣為名的作品中，看到這樣的遊觀，進一步發展為某種獨特的生命省察。

二、山水美學的形成

雖然我們已經指出了「比德」與「興情」的兩種山水的遊觀型態，但是我們所習慣視為「山水美學」的遊觀型態，卻是在魏晉之後產生的。這不但見於「莊老告退，山水方滋」[6]的文學表現，山水畫與畫論的興起，也見於竹林七賢以後的名士生活。

這種「山水美學」的基本要件，首先是「山水」本身的「質有而趣靈」[7]，也就是謝靈運詩所謂「山水含清暉，清暉能娛人」[8]的美感素質的發現。其次是「懷新道轉迥，尋異景不延」[9]，對於這種山水美感的追尋。而這種追尋，正如「江南倦歷覽，江北曠周旋」[10]所強調的，既著重在「遊」

的「周旋」，亦側重在「觀」的「歷覽」。並且發展出類似：「是以軒轅、堯、孔、廣成、大隗、許由、孤竹之流，必有崆峒、具茨、藐姑、箕首、大蒙之遊。」聖賢藉此「以神法道」的「遊」歷的神話。[11]而在這種神話裡，其所標示出的「遊」，其實不僅取其身體行動的意義，如：「子曰：『父母在，不遠遊，遊必有方。』」[12]而顯然是同時掌握了「遊」字，所引申而具有的一種特殊的心理狀態的意義，一如〈學記〉所謂的：「未卜禘不視學，遊其志也。」或者「遊於藝」[13]、「以遊無窮」[14]等等的用法。或許像《詩經．小雅．采菽》：「樂只君子，福祿膍之：優哉遊哉，亦是戾矣。」或叔向引

5 見杜甫，〈登樓〉。
6 見劉勰，《文心雕龍．明詩》。
7 見宗炳，〈畫山水序〉。
8 見謝靈運，〈石壁精舍還湖中作〉。
9 見謝靈運，〈登江中孤嶼〉。
10 見謝靈運，〈登江中孤嶼〉。
11 此處引句，俱見宗炳，〈畫山水序〉。
12 見《論語．里仁》。
13 見《論語．述而》。
14 見《莊子．逍遙遊》。

詩：「優哉遊哉，聊以卒歲。」[15]中的「優哉遊哉」最能反映「遊」的這種心理情態了。[16]這正是宗炳在提到這些聖賢的山水遊歷之際，要首先強調「聖人含道」以及「賢者澄懷」的原因。[17]

這種山水之遊的身體與心情兩面，綜括而言，就是謝靈運詩「將窮山海跡，永絕賞心晤」[18]中所謂的「山海跡」與「賞心晤」。而對於「山海」的「賞心晤」，除了以「優哉遊哉」的心情去登臨行止之外，正有賴於一種「登山則情滿於山，觀海則意溢於海」[19]，暫時的「遺情捨塵物，貞觀丘壑美」[20]，對於山水本身作凝神的美感觀照。因此，自謝靈運以降的山水詩，就充滿了「撫化心無厭，覽物眷彌重」[21]，對於山水的「周覽」、「騁望」、「遙望」、「顧望」、「迴顧」、「瞻眺」、「遊眺」、「目睹」、「舉目」、「極目」、「滿目」、「窺」、「瞰」、「睞」、「視」[22]等等的描寫與表現。但這種觀看的過程，卻不僅是「視覺」的，而同時是「心理」的。用宗炳的話來說，就是「應目會心」，就是「含道映物」，是「澄懷味象」[23]。而以劉勰《文心雕龍．物色》的說法，則是「山沓水匝，樹雜雲合，目既往還，心亦吐納」。謝靈運因此要強調「觀此遺物慮，一悟得所遣」[24]，以至「慮澹物自輕，意愜理無違」[25]了。是以，山水美感的獲得，既有待於「身所盤桓」的「遊」，亦有賴於「目所綢繆」的「觀」，而最終則為「應會感神，神超理得」，以至「萬趣融其神思」，「余復何為哉？暢神而已」[26]，為其極至。

但是這種「應目會心」的山水情趣，其實並不限於「滅跡入雲峰，巖壑寓耳目」[27]的入深山，或「隱汀絕望舟，騖棹逐驚流」[28]的赴奔流，方才可得。若據《世說新語．語言》的記載：

王子敬云：「從山陰道上行，山川自相映發，使人應接不暇，若秋冬之際，尤難為懷。」

簡文入華林園，顧謂左右曰：「會心處不必在遠。翳然林水，便自有濠濮間想也，不覺鳥獸禽魚自來親人。」

15 見《左傳》襄公二十一年。

16 當然，我們也不可忽略莊子「逍遙遊」之義，對於魏晉以降山水美學的影響，所以宗炳提到堯的藐姑射之遊。但宗炳卻也提到：「又稱仁智之樂焉」，「山水以形媚道，而仁者樂」，再加以「遊」字的廣泛的心理意義的用法，我們寧可不局限於莊子的影響。

17 見宗炳，〈畫山水序〉。

18 見謝靈運，〈永初三年七月十六日之郡初發都〉。

19 見劉勰，《文心雕龍．神思》。此處僅借句意，並非使用劉勰原意。

20 見謝靈運，〈述祖德〉。

21 見謝靈運，〈於南山往北山經湖中瞻眺〉。

22 以上詞語俱見謝靈運山水詩作。

23 見宗炳，〈畫山水序〉。

24 見謝靈運，〈從斤竹澗越嶺溪行〉。

25 見謝靈運，〈石壁精舍還湖中作〉。

26 以上引句，俱見宗炳〈畫山水序〉。

27 見謝靈運，〈酬從弟惠連〉。

28 見謝靈運，〈登臨海嶠初發彊中作〉。

則王子敬所謂的「應接不暇」，固然強調的正是「應目」的活動，而「尤難為懷」則屬「會心」的表現；同樣的晉簡文帝所謂「翳然林水」固為「應目」所見，而「濠濮間想」則是「會心」所感。所「遊」或許為「山陰道上」或者只是「華林園」，所「觀」的卻是典型的山水美感。因此簡文說得好：「會心處不必在遠。」只要所至之處，「山川自相映發」，或者只是「翳然林水」，亦皆一樣可以產生或獲致這種「應會感神，神超理得」的「暢神」的山水美感。於是不論是行旅、是園林，只要在「尤難為懷」與「不覺」中，忘我遺慮，虛以應物，任由自然界的山川鳥獸禽魚，自然而然，自在自得的自呈自化，就一樣的可以產生或獲致登山臨水的「山水美感」，而深深體驗到山川的「自相映發」，或鳥獸禽魚的「自來親人」，也就是消融了自然與人的對立隔閡，而達到「萬趣融其神思」的精神狀態。

因而，只要能夠「會心」，則「應目」的不論是典型的遊山玩水所遇的清景，是「山陰道上」、是「華林園」，甚至只是「披圖幽對」之際所面對的「峰岫嶢嶷，雲林森眇」[29]，其山水理趣，作為一種遊觀的美學，總是若合一契的！這也正是山水畫，以至山水詩、山水遊記、文書，[30]能夠成立與存在的理由：「夫以應目會心為理者，類之成巧，則目亦同應，心亦俱會。」因為「神本亡端，棲形感類，理入影跡，誠能妙寫，亦誠盡矣」，甚至可以達到「雖復虛求幽巖，何以加焉」的境界。[31]

同樣的，當我們以亭、臺、樓、閣為中心，作為遊覽的目的地時，一方面我們一樣的經歷行遊與登臨的過程；一方面即使我們「身所盤桓」的「遊」，或許只是亭畔、臺上、樓中、閣內，但是

「西北有高樓，上與浮雲齊」[32]，我們的「目所綢繆」，遠眺或可及於山川，而「青青河畔草，鬱鬱園中柳」[33]，近觀亦可及於草木禽魚。就像「蘭澤多芳草」，一個「所思在遠道」的人，會因「采之欲遺誰」，而「涉江采芙蓉」[34]；而「庭中有奇樹，綠葉發華滋」之際，懷思遠人的人，亦不妨就近取便，「攀條折其榮，將以遺所思」[35]，在感懷思念，傳情達意上，仍是「其致一也」[36]。因此，亭、臺、樓、閣之遊，只要能夠保持「醉翁之意不在酒，在乎山水之間」[37]的情懷，往往所獲得的亦就可以是一種「山水」的美感。但是事實往往更為複雜：這種「山水」美感，常常會因亭、臺、樓、閣的人文素質，或者是其地理位置，或者是其歷史記憶，再加上聚會的場合，登臨的處境，使得這種「山水」美感，只成為進一步生命省察的基礎。

---

29 引句見宗炳，〈畫山水序〉，理念上亦據該文引申。

30 六朝山水遊記、小品，往往出以書信的形式，如：鮑照〈登大雷岸與妹書〉，吳均〈與宋元思書〉、〈與顧章書〉等。

31 引句見宗炳，〈畫山水序〉。

32 見〈古詩十九首．西北有高樓〉。

33 見〈古詩十九首．青青河畔草〉。

34 見〈古詩十九首．涉江采芙蓉〉。

35 見〈古詩十九首．庭中有奇樹〉。

36 這裡是取王羲之，〈蘭亭集序〉「所以興懷，其致一也」之意。

37 見歐陽修，〈醉翁亭記〉。

三、亭、臺、樓、閣的建築特質

不論就《爾雅．釋宮》所謂的：「四方而高曰臺；陝而修曲曰樓。」或《玉篇》的：「閣，樓也。」以至《淮南子．主術訓》的：「高臺層榭，接屋連閣。」或《說苑．反質》的：「宮室臺閣，連屬層累。」等看來，「臺」、「樓」、「閣」雖然各有其差異，但其實是具有相當的同質性與關連性的，也就是它們都是一種「高聳」甚或「層累」的建築。「亭」，相對的，若從《釋名》：「亭，停也；人所停集也。凡驛亭、郵亭、園亭，並取此義為名。」似乎強調的，並不在其建築的式樣，反而是著重在其作為延伸行程的中間休憩的性質，但也因此有異於三者在建築上可能的宏偉與華麗，往往只堪遮蔽風雨，聊供憩息而已。在傳為李白詞作的〈菩薩蠻〉中：

> 平林漠漠煙如織，寒山一帶傷心碧。暝色入高樓，有人樓上愁。
> 玉階空佇立，宿鳥歸飛急。何處是歸程，長亭更短亭。

充分利用的正是「高樓」、「樓上」的可以遠「觀」，但其實是「靜止」的；以及「長亭」、「短亭」的低矮可見，但卻反而喻示著「歸程」的「行動」，兩者之間的對比所形成的張力。

因此，不論是《漢書．高帝紀》的「為泗水亭長」，顏師古注曰：「亭，謂停留行旅宿食之館。」

或《漢書・百官表》「十里一亭」等資料所顯示的「亭」和「行旅」的關係，或者如《南史・昭明太子傳》所謂：「性愛山水，於元圃穿築，更立亭館，與朝士名素者遊其中。」似乎「亭」的設立或建構，往往就是暗示著一種動態的行「遊」的意圖或先決情況，因此，「亭」的本身未必宏麗，卻往往與「行旅」的情景與「山水」的勝況，常相連繫。

當然，誠如《南齊書・顧歡傳》中所謂：

> 貴勢之流，貨室之族，車服伎樂，爭相奢麗，亭池第宅，競趣高華，至于山澤之人，不敢採飲其水草，貧富相輝，捐源尚末。

六朝之後的「園亭」亦日趣高華，因而「亭」字亦往往與「閣」、「樓」、「臺」、「院」、「宇」等字連用，如：「亭閣華詭，埒西京。」（《唐書・長寧公主傳》）「人幽宜眺聽，目極喜亭臺。」（高適，〈陪竇侍御靈雲南亭宴〉）「亭臺臘月時，松竹見貞姿。」（劉得仁，〈冬日駱家亭子〉）「亭樓明落照，井邑秀通川。」（孟浩然，〈峴山送蕭員外之荊州〉）「誰知貴公第，亭院有煙霞。」（郭良，〈題李將軍山亭〉）「亭宇麗朝景，簾牖散暄風。」（韋應物，〈西亭〉）但是基本上，「臺」、「閣」、「樓」往往如明人張鼐在其〈題王甥尹玉夢花樓〉中所謂的：

室之左，構層樓。仙人好樓居，取遠眺而宜下覽平地，拓其胸次也。

因而，它們在歷來的「遊觀」文學中，其所呈現的美感效應，不免側重的常是「遠眺」、「下覽」的「觀」之所見；而「亭」，一般而言，則往往強調其地點非日常所居，而側重在發現、前往與徜徉其地的「遊」之歷程。

因此王粲〈登樓賦〉，開篇即言：「登茲樓以四望兮。」范仲淹〈岳陽樓記〉，亦首記：「予觀夫巴陵勝狀，在洞庭一湖。銜遠山，吞長江，浩浩湯湯，橫無際涯，朝暉夕陰，氣象萬千，此則岳陽樓之大觀也。」皆是以「觀」、「望」為著眼點，甚至還得出了所謂的「大觀」的印象來。相對的，王羲之〈蘭亭集序〉則首敘「暮春之初，會於會稽山陰之蘭亭，修禊事也」，先說明遊歷的目的，接著「群賢畢至，少長咸集」，交代遊歷的伴侶，以至「此地有崇山峻嶺，茂林修竹；又有清流激湍，映帶左右」，描寫四周的景觀，終而「引以為流觴曲水，列坐其次，雖無絲竹管弦之盛，一觴一詠，亦足以暢敘幽情」，敘述徜徉其間的活動與心情，包括的正是完整的「遊」的歷程。

韓愈的〈燕喜亭記〉，則始於其地的發現：「太原王弘中在連州，與學佛人景常玄慧遊。異日從二人者，行於其居之後，邱荒之間，上高而望，得異處焉。」那正是「遊」的結果；至於「亭」，則不過為「自是弘中與二人，晨往而夕忘歸焉，乃立屋以避風雨寒暑」的產物，標示的則是經常的「遊」止的活動。同樣的，蘇舜欽的〈滄浪亭記〉亦先記其發現的經過：「一日，過郡學東，顧草樹鬱然，崇阜廣水，不類乎城中。並水得微徑於雜花修竹之間，東趨數百步，有棄地，縱廣合五六十尋，三向皆水也。」但是他的描寫，加上了先前：「予以罪廢，無所歸，扁舟南遊，旅於吳中，始僦舍以處。時盛夏蒸燠，土居皆褊狹，不能出氣，思得高爽虛闢之地，以舒所懷，不可得也。」等情況的敘述，已經就是典型的「遊」記的寫作了。

歐陽修的〈豐樂亭記〉，亦一方面記「始飲滁水而甘；問諸滁人，得於州南百步之近」的發現過程，一方面敘「於是疏泉鑿石，闢地以為亭，而與滁人往遊其間」的情景。而其《醉翁亭記》更是始於：「環滁皆山也，其西南諸峰，林壑尤美。……山行六七里，……峰回路轉，有亭翼然，臨於泉上者，醉翁亭也。」行遊前往的歷程；而全篇更是集中在「太守與客來飲于此」，與眾人「從太守遊而樂」之情狀的描繪。

至於他的〈峴山亭記〉，則提供給我們一個很重要的，因為是建築才必然遲早會具有的歷史層面，因而強調的是：

> 山故有亭，世傳以為叔子之所遊止也。故其屢廢而復興者，由後世慕其名而思其人者多也。

這裡的「遊止」一詞，正凸顯了「亭」在「遊觀美學」上的最主要的特質，它既因四周的景致，提供了前往以及在當地徜徉的「遊」的經歷，又因本身的足以「避風雨寒暑」，而成為可以長期停留憩

「止」的地點。使得它們的「遊」就往往不只是或者匆匆而過，或者僅為一趟的經歷，而是從容玩味的較長的停留，或經常的觀賞。因此，一方面使得或者像「流觴曲水」之類的觴詠活動成為可能，一方面則因可以「晨往而夕忘歸」，甚至「日與滁人，仰而望山，俯而聽泉」，玩賞「四時之景」[38]，而對於當地的景物，有一種歷時長久的體會。這種「歷時長久」的性質，既可以是貫穿朝夕季節的，甚至可以貫串古今，透過建築的媒介與座標，古今的「遊」人，可以在想像的四度時空裡，攜手同「遊」。

而正如所有的「遊記」，「遊者」原本就是不可或缺的一環，因為記述的原來就是他們的經歷與活動，雖然能夠得記姓名的，往往只是一些主要人物。因而在這些以「亭」為名的「記」、「序」中，往往就記敘的是這些主要人物的「遊止」的經歷，如「蘭亭」、「燕喜亭」、「醉翁亭」等；至於「滄浪亭」，在蘇舜欽修築之際，固已提到：「錢氏有國，近戚孫承祐之池館也。」但主要描寫的還是他自己「予時榜小舟，幅巾以往，至則洒然忘其歸」的遊歷；到了歸有光撰寫〈滄浪亭記〉時，追述的重點，則已是「蘇子美始建滄浪亭」了。其情況一如歐陽修的〈峴山亭記〉。

因此，建築，或者說，在某一「定點」上的，同一名稱的建築（因為可以「屢廢而復興」）的這種「歷時長久」的特質，一方面使人在遊歷之際，可以掌握「朝暮」、「四時之景不同，而樂亦無窮也」[39]，一種特殊的近乎「可居可遊」而不僅是「可行可望」的山水美感[40]；一方面卻也足以使「遊」人的注意，由「山水之間」，而轉往「宴酣之樂」[41]與「夫人之相與」[42]，對於同遊伴侶的情意交感：

「人知從太守遊而樂，而不知太守之樂其樂也。」[43]甚至曾經在此遊止的歷史人物，「慕其名而思其人」，因而既「遊」「覽」其「左右山川之勝勢，與夫草木雲煙之杳靄，出沒於空曠有無之間」的自然美景；復又「襲其遺跡」而「慕叔子之風」，因而其心路歷程就轉向「懷古」，以至「則其為人與其志之所存者可知也」[44]的「自我認同」的表現了。這種情況，自然不僅只以「亭」為然，或許「臺」、「樓」、「閣」等建築，一般而言，由於規模更為宏偉，並且更可能建在通都大邑，或許要更具社會性與歷史性，因而它們的「遊觀」，即使在「應目會心」的面對「山水美景」之際，就要更容易往「自我認同」的生命思索方向發展了。

38 見歐陽修，〈豐樂亭記〉。
39 見歐陽修，〈醉翁亭記〉。
40 宋．郭熙，《林泉高致集》謂：「世之篤論，謂山水有可行者，有可望者，有可遊者，有可居者，畫凡至此，皆入妙品；但可行可望，不如可居可遊之為得。」
41 見歐陽修，〈醉翁亭記〉。
42 見王羲之，〈蘭亭集序〉。
43 見歐陽修，〈醉翁亭記〉。
44 以上引句俱見歐陽修，〈峴山亭記〉。

四、「觀」與「觀者」的情懷

王粲的〈登樓賦〉，或許更該視為是一種「遠望可以當歸」[45]的「登高思歸」的作品[46]。它的重點可以說，並不在反映一種山水美感的「遊觀」經驗，雖然在《昭明文選》中，它被列為「遊覽」一目的首篇，但是它所表現的「望」、「覽」經驗，卻因為包含了多種層次的轉折，而可以提供我們作為比較討論的起點。〈登樓賦〉一起始即云：

> 登茲樓以四望兮，聊暇日以銷憂。
> 覽斯宇之所處兮，實顯敞而寡仇。

由於尚未進入「思歸」之主題，反而充分顯現「遊覽」之際，登高上樓的「觀」、「望」的特質。首先是「登茲樓」，接著是「四望」；但在這「四望」之際，除了眼前的四方景象：「清漳之通浦」、「曲沮之長洲」、「墳衍之廣陸」、「皋隰之沃流」，其實同時意識到的，卻是「茲樓」、「斯宇之所處」的這一定點，事實上也就是「四望」之際的「觀點」所在。而這一「觀點」之所以可以「聊暇日以銷憂」，也正因「登樓」這一「登高」活動，可以獲得「實顯敞而寡仇」，廣大的「四望」視野；而在「所處」與「所見」之間，形成一種連續伸展的「視覺空間」；並且也因此而形成以「斯宇」為中心的，種種

「所見」景象與其「所處」茲樓之間的「挾」、「倚」、「背」、「臨」的關係，甚至，「北彌陶牧；西接昭丘」的「北」、「西」的方位，也才有了確切的意義。

因此，任何「更上一層樓」所「窮」的「千里目」，並不都是漫無邊際而可以互相代換的。這種「觀點」的固定，所導致的「視域」的固定，正是樓閣臺榭在觀覽之際的特殊作用。一方面它打破了「出門便有礙，誰謂天地寬」，位居地面時必然會有的限制，一方面它所提供的「顯敞而寡仇」的「視域」，正是由「斯宇」本身，延伸向「所處」四周，極目「所見」區域的結果。因而這種「視域」，正如「茲樓」，是有其特殊不易的「內容」，它是一種向「斯宇」輻輳的視覺景觀，反映的正是一種形象化了的，該「區域」的自然與人文所交織而成的網絡。因此當人們面對這些景觀「澄懷味象」之際，或許獲得的就是「自然」或者「形象」本身的純粹的「形式」美感。但是由於這些「形象」或「網絡」都是具有某種「人文」或「歷史」的「內容」：「陶牧」、「昭丘」的歷史意涵過於明顯，姑且不論；「通浦」、「長洲」或許是自然形象的描寫；但「清漳」與「曲沮」，在它們的「清」與「曲」的「形式」美感裡，只要我們一意識到它是「漳水」與「沮水」之際，我們就同時意識到它們所被賦與的「人文」意涵，以及附麗於其上的種種的歷史記憶，於是我們所獲得的，就同時是

45 見漢樂府，〈悲歌〉。

46 見廖蔚卿先生，〈論中國古典文學的兩大主題〉，收入《漢魏六朝文學論集》頁五六—七一。

依存於「內容」的更為複雜的美感，並且透過這些景觀的「形象」，我們的心思，很可能就脫離對其「形相的直覺」[47]，而轉向針對其「人文」、「歷史」的內容，作出種種「情意」的反應。例如：蘇軾在〈超然臺記〉中，雖然敘述其於密州「因城以為臺者舊矣，稍葺而新之；時相與登覽，放意肆志焉」，但他在「觀」、「覽」之際的反應卻是：

> 南望馬耳、常山，出沒隱見，若近若遠，庶幾有隱君子乎？而其東則盧山，秦人盧敖之所從遁也。西望穆陵，隱然如城廓，師尚父、齊威公之遺烈，猶有存者。北俯濰水，慨然太息，思淮陰之功，而弔其不終。

雖然，東坡提到了「馬耳、常山」的「出沒隱見，若近若遠」，或者「穆陵」的「隱然如城廓」等以模糊視線所形成的迷離彷彿的美感效應，但是他「應目」之餘，所「會心」的，竟是「庶幾有隱君子乎？」或「師尚父、齊威公之遺烈，猶有存者」等人文、歷史的關懷。至於望「盧山」而思盧敖；臨「濰水」而嘆韓信，則更已是典型的「登臨懷古」的反應了。當然，更巧妙的是在文中看似很呆板的南、東、西、北的「四望」的描敘中[48]，其實一直反覆著「隱」、「遁」、「功」、「烈」、有「遺」、「不終」等等的對比與辯證，反映的卻是更複雜，甚至矛盾的「慕」其人「之風，而襲其遺跡，則其為人與其志之所存者，可知矣」的「自我認同」的猶疑與傍徨。在這裡，我們正可以很明顯的看到，樓、臺之類建築所獲致的景觀，不僅往往提供了一種特殊的深具人文、歷史內涵的網絡關連，甚至還可以因為「觀者」的特殊體會，而使這些景觀，這種關連引發出特殊的個人反應，呈現出獨具的意義來。

在〈登樓賦〉中，「北彌陶牧，西接昭丘」的遠眺，是否涵具類似〈超然臺記〉一般，對陶朱公的功成而隱遁，或楚昭王的未捷而身死，有著「慨然太息」，「弔其不終」之含意，由於文字的簡略，我們不得而知。但緊接著的，卻是同時涵蓋著遠望與近觀兩種體察之描寫的：「華實蔽野，黍稷盈疇。」因為就「華實」與「黍稷」而言，似乎應該是近觀；但若就「盈疇」以至「蔽野」而言，則至少已經是放眼「望」去了。雖然這兩句，未必即可稱為「寫景對句」，但其實是深具意象性質的表現。自然顯露出大地為一片欣欣綠意所覆蓋的景象。因而它們確乎具有某種「應目」即是的「形象」與「形式」的美感，雖然未必全是「自然」的美感[49]，但「華實蔽野」與「黍稷盈疇」卻更進一步，在「內容」上，反映出一種生活供應上的「豐足」與生命感受上的「甜美」等等的「客觀」的意涵，所以，王粲得出了「信美」的「美感」，甚或是「價值」的判斷[50]。正是這種對於「景觀」的相當接

47　美感為「形相的直覺」，請參閱朱光潛，《文藝心理學》，及其所譯克羅齊的《美學原理》。美感本為「形式」的，但亦有依存於「內容」者，則為康德之說法，可參閱其《判斷力批判》。

48　同樣表現「四望」的空間關係，〈登樓賦〉用「挾」、「倚」、「背」、「臨」就更具感覺性，而表現得更靈活生動。

49　因為，「盈疇」的「黍稷」，已是人類耕作的結果，雖然它們仍然具有草本植物的造形與美感。因此，這種美感，其實更該說是「田園」的；雖然「華實蔽野」亦不妨視為是「自然」的。

50　「美」之一字，在古代漢語，甚至在當代漢語，都不僅作「美感」判斷的形容。

近「應目」所見的「客觀」的刻劃，以及對「形相」作「直覺」的「會心」觀照，所產生的「實」、「信」的「美感」判斷「顯敞而寡仇」、「美」，使得〈登樓賦〉亦具有了「遊覽」，或「遊觀」文學的成分與意義。

雖然，王粲很快的就因意識到它的「非吾土」的事實，而轉向：「曾何足以少留」的心思與「漫踰紀以迄今」之「遭紛濁而遷逝」命運的自覺與感懷，一下子將「登樓」、「四望」的行為，轉變為「思歸」「望鄉」之舉。這裡正反映了，在「遊觀」活動中，即使所「覽」所「見」的景觀，有其固定的內涵與「客觀」的「美感」性質，卻完全可以因為「觀者」的「主觀」情狀，而會作出不同的「詮釋」，產生截然不同的「反應」，因而形成的也就是截然不同的「美感經驗」。因而「登臨」之際的「無我之境」或許是近似的，但是滋生的「有我之境」卻是千差萬別的[51]。是以王粲就在「暇日銷憂」、「登樓四望」之餘，重新以「情眷眷而懷歸兮，孰憂思之可任」的心情：

> 憑軒檻以遙望兮，向北風而開襟。
> 平原遠而極目兮，蔽荊山之高岑。
> 路逶迤而脩迥兮，川既漾而濟深。
> 悲舊鄉之壅隔兮，涕橫墜而弗禁。

迥異於「四望」的，唯「應目」所見而不拘於任何特殊目的、特殊對象的「遊觀」，這一次是有方向——「向北」，有目的——「舊鄉」，以至有特殊情致姿態——「憑軒檻」、「向風開襟」的「遙望」。其中最值得注意的是「憑軒檻」與「向風開襟」的描寫，它一方面反映了「高臺多悲風」[52]，或者「流飆激櫺軒」[53]、「清風飄飛閣」[54]等樓閣臺榭所經常具有的建築特質與物理現象，因此它們往往是「登臨」、「觀眺」經驗的一部分；但另一方面，這樣的深具觸感的姿態與行動，卻讓我們的注意轉向「觀者」的身體的感受、「觀者」的自身存在，而不僅只專注於眼前的景物，於是「觀照」的經驗受到干擾，對於「景物」自性的「直覺」默會不再，「景物」就成了「物以情觀」[55]的情感的象徵。「觀望」亦可以意在「看過」，也就是「穿越」，而非「注視」眼前的景物或對象，因此而形成一種「視而

51 「無我之境」與「有我之境」的區分，見王國維，《人間詞話》：「有我之境，以我觀物，故物皆著我之色彩；無我之境，以物觀物，故不知何者為我，何者為物。」只是此處針對著許多「遊觀」文學的內涵觀察，一位「觀者」盡可以同時兼有兩種反應。通常是先有「客觀」、「無我」的「睹物」；然後轉變為「主觀」、「有我」的「興情」。因而二者的關係就近於E. D. Hirsch, Jr.所謂的meaning與significance的區分與關連了。Hirsch的劃分，見其*Validity in Interpretation*一書。

52 見曹植，〈雜詩〉。

53 見曹植，〈贈徐幹〉。

54 見曹植，〈贈丁儀〉。

55 見劉勰，《文心雕龍．詮賦》，此處只是借其語詞，並不必然採其「物以情觀，故詞必巧麗」的命題。只是他所提到：「原夫登高之旨，蓋睹物興情，情以物興，……物以情觀」的討論，確與「遊觀美學」相契。

不見」的情狀——「平原遠而極目」，以及訴諸在視覺中最基本的「見／不見」的辯證——「蔽荊山之高岑」。同樣的，「路逶迤」與「川既漾」等「形象」中的「形式」的「美感」意涵亦被忽略而轉移到「現實」與「情意」的「內容」：「脩迴」、「濟深」，這一切都指向了一個不可跨越的「事實」——「舊鄉之壅隔」，因而整個的反應，就集中在「望而不見」，因此也是「懷而未歸」的「悲」哀，而「涕橫墜而弗禁」了。

由於「視覺」中本來就包含了「焦點」的現象，因此我們的「注意」與「意向」就在其中扮演了一個決定性的角色。它們重新「詮釋」而「整理」了我們的「應目」所見，並且「轉移」同時「加深」了我們的「會心」所在。

因而「遊目騁懷，足以極視聽之娛」[56]，或者景象本身的「萬趣融其神思」的「暢神而已」，就不必然成為觀覽之際唯一的心理反應。景象或許就被「看過」（穿越），不但不再是「意識」的「焦點」，而其「形式」美感往往只成為某些「焦點意識」的「支援意識」[57]，例如：「路」的「逶迤」之於「脩迴」，「川」的「既漾」之於「濟深」，或者只是觸發或引生久已蘊蓄情意與感動的「助緣」，一如嵇康〈聲無哀樂論〉所謂：「和聲之感人心，亦猶酒醴之發人情也。」而由「蔽荊山之高岑」到「悲舊鄉之壅隔」的「見」荊山卻「不見」舊鄉的「見／不見」的機轉，似乎更是一種基本的「觀覽」形態。不但崔顥那首著名的〈黃鶴樓〉詩：

昔人已乘黃鶴去，此地空餘黃鶴樓。
黃鶴一去不復返，白雲千載空悠悠。
晴川歷歷漢陽樹，芳草萋萋鸚鵡洲。
日暮鄉關何處是？煙波江上使人愁。

全詩的感興，都集中在「昔人」的「不見」，卻只「見」「黃鶴樓」；「黃鶴」的「不見」，卻只「見」「白雲」；「川」、「樹」、「草」、「洲」，以至「煙波」、「日暮」的放眼可「見」，但「鄉關」卻「不見」的反覆辯證上，也就是「可見」的景物，不但與「不見」的事物成為對比，而且還是「不見」的事物的「借喻」（metonymy），因而詩中所追尋的「焦點」其實都在「不見」的事物上，而所「見」的一切則僅成為其各項「指標」，一種要「看過」（穿越）的「支援」性質的事物。我們還可以在陳子昂〈登幽州臺歌〉中看到這種，由「見」而及於「不見」的最極端的表現形態；

56 見王羲之，〈蘭亭集序〉。

57 「焦點意識」（focal awareness）與「支援意識」（subsidiary awareness），見Michael Polanyi & Hary Prosch所著*Meaning*一書；awareness譯成「意識」一詞，容易滋生誤解，或許譯為「知覺」較好，此處姑從該書中譯本之用語。見彭淮棟譯，《意義》（臺北：聯經出版公司，一九八四年初版），頁三六。

前不見古人，後不見來者。念天地之悠悠，獨愴然而涕下。

在這首詩中，所有「登」「臺」所「見」，皆被「穿越」、「看過」，而只強調了「不見」的「古人」與「來者」，所有「日月疊璧」、「雲霞雕色」、「山川煥綺」、「草木賁華」[58]的眼前「景象」全皆消隱，只剩下了「與我並生」的「天地」之基本架構[59]，以及它們的「不可見」之「悠悠」——永恆長存——在「念」中。因而就在一切的「不見」中透顯為一種「生命的悲劇意識」[60]：「獨愴然而涕下。」

這種因「不見」而產生的哀感：「涕橫墜而弗禁」、「獨愴然而涕下」、「煙波江上使人愁」，甚至「長安不見使人愁」[61]，固然來自「觀望者」的深切的渴望之無法實現，但在「觀望」之際，卻呈現為一方面是空間的「距離」——「平原遠而極目」，以及可見景物所形成的「阻隔」——「蔽荊山之高岑」，一方面則由於時間的猶如「黃鶴」恆是「一去不復返」，且又來去無止無盡——「白雲千載空悠悠」——所形成的另一種的「距離」與「阻隔」，是以「古人」、「來者」皆盡「不見」。因而，不但「斯宇」與「舊鄉」之間、「此地」與「鄉關」之際，是「壅隔」的；在「昔人」、「古人」、今人與「來者」之間，亦一樣有著無法跨越的鴻溝存在。於是在橫亙的時間長流中「煙波江上」，「觀者」意識到了一己生命存在：「人生天地間，忽如遠行客。」[62]相對於「天地悠悠」所體現的本質上的渺小短暫與飄忽孤絕，以及在實際上因遠離親人故里，「舊鄉壅隔」、「鄉關何處」，所形成的生命情境上的孤「獨」，因而「日暮」「愁」生，或「愴然涕下」，甚至「涕墜弗禁」了。因此，這類「遊觀」的作品，往往反映了一種類似：

「登臨」→「觀望」→「見」→「不見」→「情境的覺知」→「感傷」

這樣的「經驗結構」。當然在「見」與「不見」之間，以至形成對於一己生命情境的發現與覺知，往往可以有許多迴環往覆的歷程。而這種經驗的歷程，其實正是由外景的「觀望」轉向不只是「觀者」，更是「觀者」的生命情境的知覺，因而也是由此覺知所滋生的內在情懷的呈露的過程。也就是所「觀」之「景」與所「觀」之「情」的迴環引生的過程。

許多短篇「遊觀」詩歌，或許就停止在這種「情以物興」、「物以情觀」的「睹物興情」之中，

58　引句見劉勰，《文心雕龍．原道》。

59　見《莊子．齊物論》：「天地與我並生。」此處僅借其以與「天地」之「並生」作為思考生命存在的參考架構之義，並不涉及其「萬物與我為一」的思想。

60　以永恒的意識與渴望觀照不免一死的人生之際，就產生了生命的悲劇意識。見Miguel de Unamuno, *The Tragic Sense of Life in Men and Nations* (N.J.: Princeton University Press, 1972)。

61　見李白，〈登金陵鳳凰臺〉。

62　見〈古詩十九首．青青陵上柏〉。

〈登樓賦〉卻在「悲舊鄉之壅隔兮，涕橫墜而弗禁」的「感傷」之餘，對此種「感傷」加以反省，由尼父、鍾儀、莊舄等人的經驗，得出：「人情同於懷土兮；豈窮達而異心。」對自己的「感傷」作理性的接納。同時，進一步思索自己「遭紛濁而遷逝」之命運，所究竟傷痛的，正是平生志意全然落空的憂懼：「懼匏瓜之徒懸兮；畏井渫之莫食。」因而「步棲遲以徙倚兮」的徘徊樓上，又起始了另外一層的「觀望」：

白日忽其將匿。
風蕭瑟而並興兮，天慘慘而無色。
獸狂顧以求群兮，鳥相鳴而舉翼。
原野闃其無人兮，征夫行而未息。

雖然一般的「樓臺」都不致廣大到需要跋涉其中，但仍具有足夠的徘徊流連的空間。因此登臨之際，在「定點」的「觀望」之餘，仍是具有相當的「活動」性質。因為它們往往一方面是「使工鑿其前為方池，以其土築臺，高出於屋之危」[63]，具有開闊的視野；一方面則是「臺高而安，深而明，夏涼冬溫」[64]，比起山巔水涯，適宜較長時間的盤桓。因此，「步棲遲以徙倚」就自然是其「遊觀」的一部分，也正是在「定點」中，藉著「步」的或「棲」或「徙」，使「觀望」具有一種「遊覽」的性質與意趣，因而活化且生動了「觀」的內容與經歷，但也同時強調了時間的因素。是以接著敘及「白日忽其將匿」，就顯得並非偶然了。

在這裡，我們正觸及了「遊觀」美學所必然要牽涉到的兩個重要的因素：一是時間與季候，它們會改換了我們遊觀的山水之面貌與感受，這也是蘇軾在〈超然臺記〉中要強調「雨雪之朝，風月之夕，余未嘗不在」的緣故，而〈登樓賦〉要接著描寫「風蕭瑟而並興兮」了；另一則是觀賞的景象，必須在照明之下，才能顯現。由於〈登樓賦〉中王粲只記錄其特殊的「一日遊」，因此只有一日之中的時間轉變。雖然如此，若參照王昌齡所謂：

> 昏旦景色，四時氣象，皆以意排之，令有次序，令兼意說之，為妙。旦日出初，河山林嶂涯壁間，宿霧及氣靄，皆隨日色照著處便開。觸物皆發光色者，因霧氣濕著處，被日照水光發。至日午，氣靄雖盡，陽氣正甚，萬物蒙蔽，卻不堪用。至曉間，氣靄未起，陽氣稍歇，萬物澄淨，遙目此乃堪用。至於一物，皆成光色，此時乃堪用思。[65]

63 見蘇軾，〈凌虛臺記〉。

64 見蘇軾，〈超然臺記〉。

65 見空海，《文鏡祕府論》南卷〈論文意〉，據羅根澤考證，以為是王昌齡《詩格》中文字。「至曉間」，周維德校點，以為當作「晚」字，但從上下文看，當指午後以至黃昏時分。

王粲所掌握的正是午後的景象，因而一方面他用的是「白日」，但接著則描寫其「忽其將匿」；一方面則進一步描寫日暮天黑之狀：「天慘慘而無色。」《文選．李善注》謂：「《通俗文》曰：『暗色曰黲。』慘與黲古字通。」不論「慘」是否當作「黲」解，然而「無色」卻一定是不符合王昌齡的「物皆成光色」的美感要求，並且就在這種「美感」的「喪失」上產生了意義與作用。這裡我們正看到「天色」在「遊觀美學」上的重要，詩人作者皆不忘記提醒我們它們的狀況與存在──「白雲悠悠」、「晴川歷歷」、「日暮煙波」，以至「三山半落青天外」、「總為浮雲能蔽日」[66]，〈蘭亭集序〉更是明白陳述：「是日也，天朗氣清，惠風和暢。」因為底下的「仰觀宇宙之大，俯察品類之盛，所以遊目騁懷，足以極視聽之娛，信可樂也」的活動與感受，都是以此為必要條件。因為不論是「仰觀」、是「俯察」，一切「遊目騁懷」的「遊觀」活動，都有賴於「白日」，或者「明月」、「燈火」等的照明，這同時又是在空間的「距離」、「阻隔」之外的另一個「見／不見」的關鍵。一個反映在大自然運行上，由「時間」影響視覺所形成的「距離」、「阻隔」（這自然不同於在全球同步通訊與快捷航空的年代裡，我們稱之為「時差」的現象）。

於是，「日暮」促使的「煙波」迷茫，使人自問：「鄉關何處？」正如「浮雲」之「蔽日」一樣引發「長安不見」的思緒，因為光色漸暗所形成的視野的迷離──由「見」而逐漸轉為「不見」──亦都成了「使人愁」的情感觸媒與迫力。所以「天黲黲」的天色，亦不妨正是「天慘慘」的感觸與心情。因為正與「陽春布德澤，萬物生光輝」[67]的歡欣鼓舞相反，「天慘無色」總讓人聯想到「天地閉，賢人隱」[68]的「黑暗」時期，以及眼前一切「美好」的消失或淪沒。所以〈登樓賦〉結束在「夜參半而不寐兮，悵盤桓以反側」的「耿耿不寐，如有隱憂」[69]，就顯然是此處在「天慘慘而無色」中，「步棲遲以徙移」的回響；同時，「風蕭瑟而並興兮」也就成為前面「向北風而開襟」之渴望的回答。

但是值得探討與玩味的是，在「天慘無色」中，王粲是如何「看」到底下的「獸狂顧」、「鳥相鳴」、「原野無人」、「征夫行息」的？就我們的視聽經驗而言，站在樓上或許極可能聽聞，甚至見到空中飛過的「鳥相鳴而舉翼」，並且由於距離的遙遠，視線的模糊，不管事實如何，確實可以「觀聞」為「原野闃其無人」，但「獸狂顧以求群」與「征夫」的「行而未息」，恐怕就是「想像」的「心象」，而非眼前的「觀象」了。這裡我們正觸及了「遊觀」美學中，與「見／不見」一樣重要的，「觀看／想像」的課題。因為「觀看」所「不見」的事物，依然可以透過「想像」而「望見」。於是「心象」與「物象」皆可以「景觀」的方式雜然交陳，形成引生互補或者對比辯證的關連，完成或凸顯了我們對於「景象」或「情境」的體會與詮釋。

---

66 見李白，〈登金陵鳳凰臺〉。

67 見漢樂府，〈長歌行〉。

68 見《周易．坤卦．文言》。

69 見《詩經．邶風．柏舟》。

〈登樓賦〉由「步棲遲……」，經過中間「物象」與「心象」雜揉的「觀望」，而終於達到「心悽愴以感發兮，意忉怛而憯惻」的「觀—感」歷程，我們後來亦可以在曹植的〈贈白馬王彪〉中見到回響：

踟躕亦何留！相思無終極。
秋風發微涼，寒蟬鳴我側。
原野何蕭條！白日忽西匿。
歸鳥赴喬林，翩翩厲羽翼。
孤獸走索群，銜草不遑食。
感物傷我懷，撫心長太息。

全詩除了增添了「寒蟬」、「相思」等因素之外，由徘徊而日匿，而風寒，而原野寂寥，而鳥獸求索，以至傷懷，其機樞如出一轍。因而掌握的已近乎一種「原型」的經驗[70]，未必都出於實際景況的「觀—感」，尤其「鳥」、「獸」兩句（在曹詩中是兩聯），都是「花鳥共憂樂」式的「神入」（Empathy）性質的寫法，象徵的涵義恐怕要大於「感物」的事實，雖然也不妨有部分「感物」的實況，因而形成一種「觀看」與「想像」交織相輔的景況。這樣的「實景」繼之以「虛象」，「心象」揉和於「物象」，正是以人心的共感為基礎，擴大了我們的「觀—感」經驗，及於古人、他人或後人經驗之機軸所在，因而也擴大了一切「遊觀」經驗中，局限於「觀看」與「望見」的部分，而達到更豐富情感意涵的呈露與體驗。

〈登樓賦〉在「遊觀」文學中的重要啟示，可能就在於「登覽」的活動，並不僅只「放意肆志焉」的「暢神而已」；在我們「登高」之際，我們更可能「睹物興情」，由所「見」而及於「不見」，自「觀看」而引生「想像」，獲致的不僅是山水景物的美感經驗，更可以切入歷史、社會、時局，以至個人的遭遇，成為達到自我生命情境，也就是「命運」，之突然醒覺的階梯。使「觀者」登高所見成為「觀者的情懷」的展現，於是整個「登覽」就成了「觀者」的自我發現，或者更精確的說，是自我與世界之「真實」關連的發現的一種探索與朝聖的歷程。王粲也就在「原野闃其無人兮，征夫行而未息」中，認識了一己與時代的「天命」。這種「知命」除非能夠轉化為「超越的智慧」，否則往往「所得是沾衣」[71]，徒然令心靈為一種深沉的「悲劇覺知」所漲滿，所以，王粲「循階除而下降兮」之際，心理是沉重的「氣交憤於胸臆」，直到「夜參半」仍然無法消解平抑。

---

70 此處僅只引申借用榮格（C. G. Jung）的 archetype 一語，以強調其所具心理型態的涵義多於實際情景的描寫而已，並不一定要涉及整個理論所牽涉的複雜內涵。

71 見李商隱，〈落花〉：「芳心向春盡，所得是沾衣。」

五、「觀者」情懷的超越與轉化

在〈登樓賦〉中，我們看到了「觀覽」的心路歷程，如何由「以物觀物」的「無我之境」偏離，而轉化為「以我觀物」的「有我之境」，於是山水的純粹美感經驗就轉化為「情景交融」的情意象徵，不但蘊涵且勃發了豐沛的情感動能，而且表現為對於人我生命情境之廣大深刻的悲劇性覺知，使它成為一篇「感傷亂離，追懷悲憤」[72]的感人至深的「抒情」作品。這種在「觀看」中，注意由眼前的「景象」轉向了「觀者情懷」的展現，雖然是唐詩常見的表現形式，但在范仲淹的〈岳陽樓記〉中卻有一種嶄新的發展。

范仲淹首先在〈岳陽樓記〉中強調了「予觀夫巴陵勝狀，在洞庭一湖」，並且對洞庭湖作了一番描寫：

> 銜遠山，吞長江，浩浩湯湯，橫無際涯，朝暉夕陰，氣象萬千。

以為「此則岳陽樓之大觀也」。表達的似乎是他個人——「予觀」——對於「岳陽樓」上「觀」覽所得的「美感判斷」；但緊接著他卻似乎忘掉了他在句前所強調的「予觀」，竟然提出：「前人之述備矣。」顯然他在有意無意中，相信這是大家感覺一致的共同的美感經驗。因為「岳陽樓」面對洞庭湖，處於「北通巫峽，南極瀟湘」的地理位置是固定的，因而觀覽所見的內容也是固定的，雖然他也多少意識到，其實具體的情景是會隨著晝夜氣候的變化，而呈現為種種不同的面貌的：「朝暉夕陰，氣象萬千。」

但是，他一下子又放棄了這種「大觀」皆同的立場，由「遷客騷人，多會於此」的交通樞紐情況，而詢問起這些眾多的「觀者」，其各自的「覽物之情，得無異乎？」，注意一樣由觀看的景物，轉向了觀者的情懷，但強調的卻不是作者自身「觀覽」的情懷，而是「想像」中的眾多的「遷客騷人」的情懷。因此〈岳陽樓記〉的寫作重點，就由「前人之述備矣」的「無我之境」的描繪，轉向了這些「遷客騷人」的「登斯樓也」之際的「有我之境」的探析。但是他事實上又不可能一一知曉各別「遷客騷人」的「我」之性情遭遇，於是他所掌握的反而是「朝暉夕陰，氣象萬千」的景象，隨著晴雨晝夜變化所引生的「覽物之情，得無異乎？」了：

> 若夫霪雨霏霏，連月不開，陰風怒號，濁浪排空，日星隱耀，山岳潛形，商旅不行，檣傾楫摧，薄暮冥冥，虎嘯猿啼；登斯樓也，則有去國懷鄉，憂讒畏譏，滿目蕭然，感極而悲者矣！
>
> 至若春和景明，波瀾不驚，上下天光，一碧萬頃，沙鷗翔集，錦鱗游泳，岸芷汀蘭，郁郁青

72 見《後漢書．董祀妻傳》，此處既借其辭語，亦多少反映出於相同亂世的感懷。

青；而或長煙一空，皓月千里，浮光耀金，靜影沉璧，漁歌互答，此樂何極！登斯樓也，則有心曠神怡，寵辱皆忘，把酒臨風，其喜洋洋者矣！

范仲淹事實上只以晴、雨二種氣象來概括洞庭湖景的差異，同時將「霪雨霏霏」的雨景，所引起的「滿目蕭然」，以及「春和景明」與「皓月千里」的晴景，所產生的「心曠神怡」的美感反應，進一步引申到「去國懷鄉，憂讒畏譏」，以及「寵辱皆忘，把酒臨風」的「觀者」的情懷，因而將陰雨與晴明景象的觀覽經驗，轉化為「感極而悲」與「其喜洋洋」的情感反應。基本上採取的乃是「情以物興」的寫作策略。其心理轉變的機制，雖然似乎近於王粲〈登樓賦〉的「睹物興情」，但卻缺少了類似「雖信美而非吾土兮，曾何足以少留」，這樣的情感反應與美感判斷互相矛盾的內心衝突與激盪；同時亦不具備類似「平原遠而極目兮，蔽荊山之高岑」的「物以情觀」的觀覽經驗。所以這種「想像」的觀者情懷，未免就只是出於常情常理的推斷，而只具簡單概括的「類型」涵義，未必就真的掌握了任何「觀者」的具體情懷。因而其引人入勝的，反倒是對於湖景的描寫，它所側重的不僅是晴雨的差異，而同時是具有照明與否所形成的「陰暗／光亮」，「不見／能見」，以至視野的「淺仄／廣大」等等的對比。

在「霪雨霏霏」之景象下，強調「連月不開」，不但暗示了歷時的長久，更是強調了照明缺乏「日星隱耀」所造成的視野的封閉，甚至對於活動的限制：「商旅不行，檣傾楫摧。」因此整個景觀就失去遠方的能見度，所謂的「不開」、「隱耀」，以至「山岳潛形」、「薄暮冥冥」，都在強調它們的「不見」的特質。而「所見」的僅為「陰風怒號，濁浪排空」，或者加上「檣傾楫摧」的湖面近景而已。相對的，不論是「春和景明」的日景或者是「長煙一空」的夜景，在表現「天朗氣清」之際，刻劃的正都是日、月照耀下，廣大的視野：「上下天光，一碧萬頃。」「皓月千里，浮光耀金，靜影沉璧。」以及明晰的能見度：湖上的「沙鷗翔集」，湖面的「波瀾不驚」，湖內的「錦鱗游泳」，以至湖邊的「岸芷汀蘭，郁郁青青」，都在登樓觀望裡盡收眼底，呈現為一片安詳中，充滿自得自在活動的魚鳥與欣欣生機向榮的花草，所象徵的大化流行的自然宇宙，因而范仲淹不禁要在，似乎也參與了此一和諧宇宙的人性活動——「漁歌互答」下，讚嘆：「此樂何極！」了。

雖然，此處的「不見」並未指向特別的對象，但是陰暗：「霪雨霏霏」、「薄暮冥冥」；阻隔：「連月不開」、「商旅不行」；以至動盪摧敗：「濁浪排空」、「檣傾楫摧」的景象，甚至酷烈蠻荒的聲響：「陰風怒號」、「虎嘯猿啼」，確實帶給人「滿目蕭然」的感受。至於是否會因此「感極而悲」，恐怕就只有「去國懷鄉，憂讒畏譏」的「遷客」，將上述景象當作一己命運的象徵來觀感才會如此。同樣的，「上下天光，一碧萬頃」或者「長煙一空，皓月千里」的遠望，確實令人「心曠」；「沙鷗翔集，錦鱗游泳」或者「浮光耀金，靜影沉璧」的近眺，亦誠使人「神怡」，但是否就是「其喜洋洋」，又端賴在「良辰美景」當前，他能否具「寵辱皆忘」的賞心（這是「騷人」的特質？），而出以「把酒臨風」的「樂事」了。

但是范仲淹卻是以此二者，作為「以己悲」與「以物喜」的觀覽的方式與「觀者」的情懷，來與「先天下之憂而憂，後天下之樂而樂」的「古仁人之心」相對。只是范仲淹並沒有告訴我們，這種「或異二者之所為」的「古仁人」在其「居廟堂之高，則憂其民；處江湖之遠，則憂其君」之餘，若登岳陽樓時，他們要如何觀覽洞庭湖景呢？還是他們在忙著「進亦憂，退亦憂」，根本無暇登樓遊觀？但是〈岳陽樓記〉作為「遊觀」文學作品來看，其美感的價值，卻完全建立在他自己的既「以物喜」，復「以己悲」的山水刻劃上，雖然他意圖超越這種「觀者」的情懷。

其實「不以物喜，不以己悲」，不僅是「古仁人之心」為然，不但《莊子》所謂「以道觀之，物無貴賤」[73]，或「安時而處順，哀樂不能入也」[74]等，都可具有這種襟懷，事實上它亦未嘗不可視為是「以物觀物」的「無我之境」這樣的純粹的美感經驗的特徵。只要不往「悲」、「喜」發展，洞庭湖的雨景與晴光，亦皆可以成為美感觀照的對象。而范仲淹未往「去國懷鄉，憂讒畏譏」、「寵辱皆忘，把酒臨風」延伸前的種種描寫，未嘗不是這樣的純粹的美感經驗。只是他終於採取了「睹物興情」的發展，扭轉了讀者對於它們的最後印象而已。

或許真正從「不以物喜，不以己悲」的美感觀照出發，來理解、處理「遊觀」經驗的，還是蘇軾的〈超然臺記〉。他一開始就說：

凡物皆有可觀，苟有可觀，皆有可樂，非必怪奇偉麗者也。

在這一段開宗明義的話裡，他強調了「觀」是達到「樂」的關鍵，也就是透過了美感觀照（觀），任何事物皆可成為美感經驗的對象與內涵（可觀），而能產生美感的愉悅（可樂），不一定要具有「怪奇偉麗」等美感素質。這裡蘇軾似乎多少意識到「秀美」（麗）、「雄偉」（偉），以及「怪誕」（怪奇）等比較明顯易覺的美感素質，較容易引發我們的美感觀照，而令我們產生美感的愉悅，但是蘇東坡此處的論述，正要打破這種限制，而及於一切的事物，尤其是平凡日常的事物。所以他接著說：

餔糟啜醨，皆可以醉；果蔬草木，皆可以飽。

這裡，他似乎偏離了「可觀」與「可樂」的連結，而採取了日常生活中的「可以醉」、「可以飽」來作說明。也許不如此，他無法解釋平庸凡常的事物，如何可以呈現出「可樂」來；當然另一個重點，亦可能是他想將「美感觀照」擴展到生活的全面，以一種「美感態度」來面對生活，經營生活，所以他要強調：「推此類也，吾安往而不樂？」

事實上他是以「欲望」的超越，來解釋這種出於「美感觀照」所形成的「美感態度」。但是在此

73 見《莊子．秋水》。

74 見《莊子．養生主》。

之前，他提出了近乎《老子》所謂「天下皆知美之為美，斯惡已；皆知善之為善，斯不善已」[75]的辯證性論點：

> 夫所為求福而辭禍者，以福為可喜而禍可悲也。人之所欲無窮，而物之可以足吾欲者有盡；美惡之辨戰乎中，而去取之擇交乎前，則可樂者常少，而可悲者常多，是謂求禍而辭福。

並且以「物有以蓋之矣」與「彼遊於物之內，而不遊於物之外」，來解釋這種「夫求禍而辭福，豈人之情也哉？」的顛倒迷惑。但是饒有意味的是，他並不以提倡「見素抱樸，少私寡欲」[76]或者「不見可欲，使民心不亂，是以聖人之治，虛其心，實其腹，弱其志，強其骨，常使民無知無欲」[77]來對治所謂的「人之所欲無窮，而物之足吾欲者有盡」的困境，相反的，他卻提出了近乎美感想像「思理為妙，神與物遊」[78]之「遊於物之外」的觀點，來超越「物」「欲」的拘束，來保持一己精神之自由與逍遙。

他首先對「物」提出可「觀」，接著又強調「物之外」的可「遊」，自然是為了照應文末「樂哉遊乎！」，子由「名其臺曰『超然』，以見余之無所往而不樂者，蓋遊於物之外」的結論；但是在這裡，他同時舉出「遊觀」美學，以為可以當作以「美感態度」面對人生之一種象徵或範例的意圖，則是昭然若揭的。當然蘇軾其實很清楚，「遊觀」之際，產生「以物喜，以己悲」的情緒反應，也是非常可能的。所以，他一方面聲言，從「美感觀照」的角度「物非有大小也」；一方面則進一步詮釋，這種不能從欲求裡超脫，而致「美惡之辨戰乎中，而去取之擇交乎前」的「遊於物之內」，以為：

自其內而觀之，未有不高且大者也。彼挾其高大以臨我，則我常眩亂反覆，如隙中之觀鬥，又烏知勝負之所在？是以美惡橫生，而憂樂出焉，可不大哀乎！

這一段似乎正好解釋了〈岳陽樓記〉中，所謂「憂讒畏譏，感極而悲」與「把酒臨風，其喜洋洋」的情感反應的產生。因為拘囚於一己生命情境與心志意願，所以即使面對的是廣闊洞庭湖的湖光水色，仍然不免要「眩亂反覆」、「美惡橫生」；所以，「如隙中之觀鬥」，正因所有的「觀覽」僅只局限於與一己的欲望與情意的關連，並不能真正欣賞到景色風光的全面與本象：「又烏知勝負之所在？」是以，所謂「超然」正是要超越這種「物有以蓋之矣」的心境的局限，而在登高遠望之際，真正不僅開

75 見《老子》第二章。

76 見《老子》第十九章。

77 見《老子》第三章。

78 見劉勰，《文心雕龍．神思》，該篇在文中以「獨照之匠，闚意象而運斤」為「取文之首術」，並在贊曰中，以「神用象通，情變所孕；物以貌求，心以理應」為「神思」作結，這些都可以看出，劉勰所強調的已是文藝創作的「美感想像」，而非一般書寫的心理活動。

拓了視野，也同樣的放寬開闊了一己的心胸，而充分實現「遊觀」的美學真諦！

但是，饒有意味的，蘇軾之所以有此體味的前提，竟是他的「余自錢塘，移守膠西」，其中所蘊涵的生活與美感經驗的轉換：

釋舟楫之安，而服車馬之勞。去雕牆之美，而蔽采椽之居。背湖山之觀，而行桑麻之野。

其中「湖山之觀」固然是「觀覽」美學所要措意的重點，但是「舟楫之安」與「雕牆之美」則預先提供了「遊」與「居」的美感條件，因此正是由理想的登臨遊覽的美感情境，走向了平庸凡常的僅具實用價值的生活狀況。這種日常生活的具體的內涵，更是無味：「始至之日，歲比不登，盜賊滿野，獄訟充斥。而齋廚索然，日食杞菊。」不但如蘇軾自己所說的：「人固疑余之不樂。」事實上，至少在「始至之日」，蘇軾一定「感覺」不樂，否則這一大段「謫遷淪落」的感覺，就不但無從下筆而且也沒有描寫的必要與意義了。

但是曾經擁有的「雕牆之美」與「湖山之觀」的「觀」「遊」經驗，終於使他領悟到「凡物皆有可觀」，以及「遊於物之外」的更基本、更普遍的美感觀照的原理。這也就是《老子》三十五章所謂：

執大象，天下往。往而不害，安平太。樂與餌，過客止。道之出，口淡乎其無味；視之不足見，聽之不足聞，用之不足既。

因而能在「桑麻之野」、「采椽之居」、「車馬之勞」，甚至「獄訟充斥，齋廚索然」之間，假如不全是「為無為，事無事」（所以，蘇軾形容他在膠西是：「余既樂其風俗之淳，而其吏民亦安余之拙也。」），至少是「味無味」的[79]。其結果則是：「處之期年，而貌加豐，髮之白者，日以反黑。」得到了以「不足」養「有餘」的頤養效果，因而遂進一步「治其園圃，潔其庭宇」，將「園之北，因城以為臺者舊矣，稍葺而新之」，重拾「遊觀」的行徑與喜樂，不但「時相與登覽，放意肆志焉」，作為一種偶爾為之的消遣，甚至「雨雪之朝，風月之夕，余未嘗不在，客未嘗不從」，成為一種經常性的共同活動，而且「擷園蔬，取池魚，釀秫酒，瀹脫粟而食之」，作生活上種種的享用。當蘇軾對此下結論曰：「樂哉遊乎！」時，他已經將「遊」與「生活」劃上了等號，所以接著要強調他自己的「無所往而不樂」。這種將「遊」「觀」經驗延伸到整個生活態度，以及各種的生活層面，正因為「亭」、「臺」、「樓」、「閣」往往也可以是我們的日常居憩遊息之地。這一點也充分反映在其他的許多作品中。

79 見《老子》第六十三章。

六、「遊」與「遊人」的省覺

「觀」似乎總是相對短暫的活動，但是自從《莊子．逍遙遊》提出了「若夫乘天地之正，而御六氣之辯，以遊無窮者，彼且惡乎待哉？」的觀念之後，「遊」似乎就具有象徵一種生命形態與生活方式的潛能，因而亦往往可以代表一段較長時日的生活情態，這通常是見於地近所居，經常往「遊」的狀況，同時這也往往正是在所「遊」之地構亭修臺的緣由。於是這種長時的往「遊」，也就成為某個階段的生活，以及其所蘊涵之意態與義理的象徵，足以反映「遊人」對於一己生命的掌握與詮釋。在這裡，是屬於「興來每獨往，勝事空自知」[80]之類的獨往，還是「少長咸集」或「余未嘗不在，客未嘗不從」的同遊，往往就決定了他們所掌握的意趣是從「自得」，還是從「相與」出發。前者如蘇舜欽的〈滄浪亭記〉，蘇轍的〈黃州快哉亭記〉；後者如王羲之的〈蘭亭集序〉與歐陽修的〈醉翁亭記〉等。

蘇舜欽在〈滄浪亭記〉中，先敘述了發現並且購得孫承祐池館遺址的經過之後，接著描寫構亭與遊覽的勝事：

> 構亭北碕，號「滄浪」焉。前竹後水，水之陽又竹，無窮極，澄川翠幹，光影會合於軒戶之間，尤與風月為相宜。

予時榜小舟，幅巾以往，至則洒然忘其歸。觴而浩歌，踞而仰嘯，野老不至，魚鳥共樂。形骸既適，則神不煩；觀聽無邪，則道以明。返思向之汩汩榮辱之場，日與錙銖利害相磨戛，隔此真趣，不亦鄙哉！

蘇舜欽關於「滄浪亭」的描敘其實很簡單，不過強調其有竹有水，「澄川翠榦，光影會合」，與風月相宜而已。但是正如他的「號滄浪焉」，原本就取的：「滄浪之水清兮，可以濯吾纓；滄浪之水濁兮，可以濯吾足。」所涵蘊的「不凝滯於物，而能與世推移」[81]之進退自如的意趣。這裡的整個往「遊」的描寫，不但強調他的興來獨往，而且著重在其「放意肆志焉」於其中的境況：「時榜小舟，幅巾以往」、「洒然忘其歸」、「觴而浩歌，踞而仰嘯」，其特點尤在親近自然而遠離人類——「野老不至，魚鳥共樂」，因而擺脫了「向之汩汩榮辱之場，日與錙銖利害相磨戛」的榮辱利害的牽掛，而在純粹的自放於山水中，得到「形骸既適，則神不煩；觀聽無邪，則道以明」的「真趣」。雖然蘇舜欽用的是「神不煩」、「道以明」，甚至「觀聽無邪」等近乎倫理性質的語句，但他強調的正是一種「無利害」、「無關心」的純粹的美感經驗，並且在這種經驗中超然出俗，而以往日沉溺在榮辱利害場中的自己為

80　見王維，〈終南別業〉。
81　引句見《楚辭．漁父》。

「鄙」！

這裡值得注意是，作為一種「遊」，蘇舜欽的活動，不僅是「觀覽」竹水風月魚鳥而已，還要「觴而浩歌，踞而仰嘯」，因此所產生的就是一種形適神暢的身心狀態。

就在這種暢適的「樂」的狀態中，他意識到了在往昔生活中，一己心靈的不安與痛苦，既置身於榮辱的汩汩急流之中，復又竟日陷身於「日與錙銖利害相磨戛」的折磨裡，正是處於東坡所謂「美惡之辨戰乎中，而去取之擇交乎前」的「可樂者常少，而可悲者常多」的狀態。而這些不安與痛苦其實是來自自身心靈的陷溺，在榮辱利害的追逐中自作自受，自貽伊戚。因而在這種「真趣」之樂與「鄙哉」之苦的身心狀態的對比中，他終於因「視聽無邪」的美感經驗，而「神不煩」、「道以明」的「省覺」到了：

> 噫！人固動物耳！情橫于內而性伏，必外寓於物而後遣，寓久則溺，以為當然；非勝是而易之，則悲而不開。唯仕宦溺人為至深，古之才哲君子，有一失而至于死者多矣，是未知所以自勝之道。予既廢而獲斯境，安於沖曠，不與眾驅，因之復能乎內外失得之原，沃然有得，笑閔萬古。尚未能忘其所寓，自用是以為勝焉。

在這一段「返思」之後的省察裡，蘇舜欽對於人之為「動物」，不但深有所感，而且其實是以「情動於中」[82]的「動」，來加以理解的。所以，他接著說：「情橫于內而性伏。」至於他所體察到的解決之道，則雖是近乎「形於言」以至嗟嘆、詠歌、手舞足蹈等[83]「形於外」的表現過程，卻反而是將情感投注於某些外在對象與活動中來加以排遣：「必外寓於物而後遣。」因而肯定了一般人的心靈注意向外追求馳逐的必要性。但卻指出了「寓久則溺，以為當然」的陷溺的可能，以及「非勝是而易之，則悲而不開」的困境。

在這裡，其實就隱隱點出了「神與物遊」之際，「遊」所具有的「不離不即」的「不凝滯於物」的重要性。那麼對於「以為當然」的久寓的所溺，除了借助寓情他物，以「勝是而易之」的方法，確實是難以自拔。即使為了所溺而身陷痛苦之中，亦將「悲而不開」，往而不回，近於范仲淹所謂「去國懷鄉，憂讒畏譏」的人士。但是范仲淹始終沒有告訴我們「以己悲」的人士，若遇到「春和景明」或「皓月千里」的良辰美景，會不會也因為「以物喜」而進入「心曠神怡，寵辱皆忘」，甚至「其喜洋洋」的境地？在這一點上，蘇舜欽則是肯定的：

予既廢而獲斯境，安於沖曠，不與眾驅。

82 見〈毛詩序〉。

83 見〈毛詩序〉。

他經由今昔生活的對照省察，體認到所謂「眾驅」正是「唯仕宦溺人為至深」，甚至「古之才哲君子，有一失而至于死者多矣」，正因為他們的「是未知所以自勝之道」的緣故；但是他卻因為體驗到逍遙於山水自然中的「真趣」，不但「因之復能乎內外得失之原，沃然有得，笑閔萬古」，對於生命的真正價值與意義，有一番新的認知與體會，亦即：所有的追求，不過是人作為「動物」的「寓情」而已，未必具有更必然更客觀的價值，並且他因而找到了他的「所以自勝之道」，一方面他承認自己對於「仕宦」的「尚未能忘其所寓」，另一方面則以滄浪亭的清景幽境，「自用是以為勝焉」。這裡我們正看到了自陶淵明、謝靈運以降，乃至王維、柳宗元等人所發揮光大的，以山水遊觀活動作為仕宦失意之救濟方式的延續，以及身處其境的自覺的反省。

當蘇舜欽感嘆的強調：「噫！人固動物耳。」且將「仕宦」視為只是「情橫于內」的「外寓於物」之際，他顯然將人的社會生活中的諸多因素與考量完全忽略了。雖然未必陷於「獨我論」（solipsism）的立場，但是回歸山水自然而暫忘社會文化，以及將倘徉於自然的「遊觀」的經驗，延伸到了「宦遊」一事，則是無庸置疑的。是以，「人固動物耳」的「動」，顯然亦不僅只是強調「情橫于內」的「情動」，同時兼指的亦是人在自然中的「遊觀」與社會中的「宦遊」所顯現的「遊／動」的基本情況。他並且以此情況作為人的存在本質，而強調「人固動物耳」；於是正如「遊觀」的山水會隨著我們的行「動」而不斷的變化，我們的「仕宦」，亦如「宦遊」[84]一詞所顯示的，亦是隨時變「動」不居。因此榮辱得失就一如山水景象，成為只是身屬「動物」的人們所遭遇的「外寓」之物了。

這裡有意無意之間，蘇舜欽正是以「遊觀」美學的立場，賦予了他「觀看」自己或人們的「仕宦」以一種「美感觀照」的「距離」（distance）[85]，也就是忽略了「榮辱」、「利害」的一種「無利害」、「無關心」的體認。因為他所思考的「情」之「外寓於物而後遣」的過程本身，即是一種以「美感觀照」轉化「情感經驗」的歷程。所以，他所據以「笑閔萬古」，自以為「能乎內外失得之原，沃然有得」的，其實亦只是將「內」情與「外」境加以區分，而以忘懷「失得」的美感觀照，使二者（情與境）得以分離而自由「遊動」，全部轉化為「美感經驗」中的種種不同風味而已。這裡我們所看到的正是一種「遊觀美學」化的「生命觀照」。

正如蘇舜欽可以依據自己「沃然有得」的經驗「笑閔萬古」，蘇軾、蘇轍兄弟亦可以在張夢得「謫居齊安，即其廬之西南為亭，以覽觀江流之勝」，而蘇軾名之曰「快哉」於前，蘇轍序其意於其後。他一方面客觀的描繪其中所覽見的景觀：

> 蓋亭之所見，南北百里，東西一舍。濤瀾洶湧，風雲開闔。晝則舟楫出沒於其前，夜則魚龍悲嘯於其下。變化倏忽，動心駭目，不可久視；今乃得翫之几席之上，舉目而足。西望武昌諸山，

---

84 見王勃，〈送杜少府之任蜀州〉：「與君離別意，同是宦遊人。」

85 自康德以降的西方美學傳統，通常以三D為「美感經驗」（aesthetic experience）的核心。見John W. Bender & H. Gene Blocker: *Contemporary Philosophy of Art*, p.367。

岡陵起伏，草木行列，煙消日出，漁夫樵父之舍，皆可指數，此其所以為快哉者也。至於長洲之濱，故城之墟，曹孟德、孫仲謀之所睥睨；周瑜、陸遜之所騁騖：其流風遺跡，亦足以稱快世俗。

藉所可觀覽的對象，不是「變化倏忽，動心駭目」的自然的宏偉，就是歷史英雄：曹、孫、周、陸等，人物的崇高[86]，也就是蘇轍在〈上樞密韓太尉書〉中所表白而尋求，「以知天地之廣大」的「天下奇聞壯觀」，亦即是一種「宏壯」(sublime)的美感，因此，他們不用「樂」而用更強烈的「快哉」、「稱快」以至「快」來形容、反映這種美感經驗。而「亭」的存在，不僅可「以覽觀江流之勝」，更是提供了一種安適的美感距離，使「動心駭目，不可久視」的雄偉景象，「今乃得翫之几席之上，舉目而足」。

另一方面，卻藉楚襄王、宋玉，論「快哉雄風」的故事，將這種對於相同經歷到的「宏壯」經驗之能否欣賞(「楚王之所以為樂，與庶人之所以為憂」)，視為「人有遇不遇之變」，因而引申為身處「謫居」中，張夢得的一種人格特質：

今張君不以謫為患，竊會計之餘功，而自放山水之間，此其中宜有以過人者。將蓬戶甕牖，無所不快；而況乎濯長江之清流，挹西山之白雲，窮耳目之勝，以自適也哉？不然，連山絕壑，長林古木，振之以清風，照之以明月，此皆騷人思士之所以悲傷憔悴而不能勝者，烏睹其為快也哉？

在這裡，我們一方面看到了「去國懷鄉，憂讒畏譏，滿目蕭然，感極而悲」的「以己悲」的可能情況，也呈示了「無所往而不樂」、「遊於物之外」的美感觀照所標誌的心性修養。蘇轍將這種「自放山水之間」、「窮耳目之勝，以自適也」的「遊觀」態度，不僅作為張夢得「此其中宜有以過人者」的人格表徵，並且進一步推括為：

士生於世，使其中不自得，將何往而非病？使其中坦然，不以物傷性，將何適而非快？

蘇轍的這一段話，若參照他在前後文中所有的描寫，皆是「宏壯」的景象，也許他的「何適而非快」的涵義，就不僅是東坡所謂「無所往而不樂」，以「遊於物之外」的美感距離，作「超然」的美感觀照而已。似乎亦有近於面對「動心駭目」宏偉景象，而以內在的充實「自得」相頡頏，因而能夠「坦

86　此處的「宏偉」與「崇高」，其實皆在強調他／它們所具的「宏壯」的美感性質。

然，不以物傷性」之特殊的感受欣賞「宏壯」美感的經驗與精神在[87]。所以，他一而再，再而三的強調，張君與士之心靈的「其中」——在這裡，「自得」就成了最重要的精神本質，「自適」則是遭遇外物的基本態度。這裡我們似乎可以看到，他在〈上樞密韓太尉書〉中所強調的「其氣充乎其中，而溢乎其貌，動乎其言，而見乎其文，而不自知也」的「充實之謂美」了。這自然仍是一種「美感態度」，但卻是「孟子曰：我善養吾浩然之氣」與「太史公行天下，周覽四海名山大川」，特別是針對宏偉巨麗景象，「登覽以自廣」、「求天下奇聞壯觀」、「以激發其志氣」、「觀賢人之光耀」、「以自壯」，也就是「盡天下之大觀而無憾」[88]、「窮耳目之勝，以自適」的美感態度。

這顯然既不同於蘇軾從「凡物皆有可觀」所推得的「遊於物外」的「超然」，因為它的前提正是對「怪奇偉麗」之殊異的超越；亦更不同於蘇舜欽的「未能忘其所寓」，正藉「沖曠」清境與「風月」「真趣」，「自用是以為勝也」。子由與子美的根本差異，正在後者仍然執著於「情橫于內而性伏，必寓外物而後遣」，因此必得依賴外物以自勝；而前者則肯定「氣可以直養而無害」，人確實可樹立「自得」、「自適」的人格，而不但不因「情橫」而「性伏」，而且可以「何適而非快？」的達到「使其中坦然，不以物傷性」的境地，在這裡「悲傷憔悴而不能勝者」之「情」，不過被視為「使其中不自得」的「以物傷性」之「病」，所要做正是「氣可以養而致」的「充氣」「全性」。這裡蘇轍一樣的區隔了「內性」與「外物」，但卻更加措意「性」的「自得」、「自適」、「坦然不傷」等強旺剛健的屬性，這正是使我們情願「求天下奇聞壯觀，以知天地之廣大」，能夠欣賞「宏壯」美感的剛健與崇高之精神本質。因此，三人皆自「遊觀」的美感經驗出發，但是蘇軾要「超物」，蘇舜欽要「遣情」，蘇轍要「養氣」，入手的方式雖然不同，但是以某種美感觀照的態度，尋求掌握一己主體精神的主動與自由，因而雖生於世，但卻能遊於物而不役於物的立場，則是一致的。因此，「遊」（以及其中的「樂」、「趣」、「快」、「適」），就成為「道以明」的生活方式與生命精神的象徵了。

七、「遊」、「樂」的一致與差別

山水清景，基本上不同於個人居室，原就是一個公共的空間，因此依此而建構的「亭」、「臺」之類的建築，往往也具有「公共」或「半公共」空間的性質——「於是疏泉鑿石，闢地以為亭，而與滁人往遊其間」[89]，或者「郡守蘇軾時從賓客僚吏，往見山人，飲酒於斯亭而樂之」[90]，諸如此類的同遊共賞，也就成為「遊觀」的另一常態，並且在相當的程度裡改變了它的經驗重點與內涵。就像在兩篇〈赤壁賦〉（雖然它們不是以建築為中心）中，不論是「舉酒屬客」，與客問答，以至「洗盞更酌，

87 關於「宏壯」的美感經驗的精神特質，請參閱康德的相關論述。
88 以上引句俱見蘇轍，〈上樞密韓太尉書〉。
89 見歐陽修，〈豐樂亭記〉。
90 見蘇軾，〈放鶴亭記〉。

肴核既盡」，或者是「仰見明月，顧而樂之，行歌相答」，往往注意的重點，都會由「江上之清風與山間之明月」，轉向「吾與子之所共適」或「蓋二客不能從焉」之類的考量。因此「遊人」的「相與」關係，也就成為這類「遊觀」經驗的一種反省描寫的重點。

在〈蘭亭集序〉中，由於「會於會稽山陰之蘭亭」，原本為的就是「修禊事也」，因此「群賢畢至，少長咸集」的人際交往，很顯然的就優位於「此地有崇山峻嶺，茂林修竹」的自然景觀，於是：

> 又有清流激湍，映帶左右。引以為流觴曲水，列坐其次；雖無絲竹管絃之盛，一觴一詠，亦足以暢敘幽情。

「清流激湍」的自然景觀，亦被轉化為「流觴曲水」的活動場域，因而「列坐其次」，並不感覺「山水有清音」[91]，反而想到的是「無絲竹管弦之盛」，因此整個注意與活動的中心是，人際間的「一觴一詠」與「暢敘幽情」了。

因此，在〈蘭亭集序〉中所刻意描寫的「遊觀」狀況，反而是注目於「是日也，天朗氣清，惠風和暢」，由於天氣晴朗顯示為「陽春布德澤，萬物生光輝」[92]，一種近乎「照燭三才，暉麗萬有」[93]的照明效果，因而接著就是「仰觀宇宙之大，俯察品類之盛」的宇宙意識的興起。同時，在「暮春之初」，近乎一團和氣的「惠風和暢」中，亦使「遊人」沐浴在最為和煦舒適的春風裡。於清景良辰中達到了「所以遊目騁懷」，心靈的自在自由，與「足以極視聽之娛」的充分「觀覽」的樂趣：「信可樂也。」得出來的還是「遊」與「樂」的命題。

但是，這個「遊」之「樂」的命題，卻是扣緊了「人之相與」以及因以「俯仰一世」，也就是「樂」固然是「人之相與」的交「遊」的結果，而人生的「俯仰一世」亦何嘗不是一種在「宇宙」中「仰觀」、「俯察」之「遊」，這樣的角度，來加以引申發揮：

夫人之相與，俯仰一世：或取諸懷抱，晤言一室之內；或因寄所託，放浪形骸之外。雖趣舍萬殊，靜躁不同，當其欣於所遇，暫得於己，快然自足，不知老之將至。

所有的「有生之樂」：「欣於所遇，暫得於己；快然自足，不知老之將至。」其實都從「相與」來解釋，也都從「遊」來解釋，不但具有明顯活動的「因寄所託，放浪形骸之外」，本來就是一種「遊」；即使重點在「人之相與」的「取諸懷抱，晤言一室之內」，也因「相與」，而具有「欣於所遇」的「遊」之意涵。於是「有生之樂」就等同而具現在「遊」之「樂」上了。但是，既然是

91　見左思，〈招隱〉：「非必絲與竹，山水有清音。何事待嘯歌？灌木自悲吟。」
92　見樂府古辭，〈長歌行〉。
93　見鍾嶸，《詩品．序》。

「遊」，它就包含了無法固著的變動與渴求新鮮的性質，於是：

及其所之既倦，情隨事遷，感慨係之矣！向之所欣，俛仰之間，已為陳跡，猶不能不以之興懷；況修短隨化，終期於盡，古人云：「死生亦大矣。」豈不痛哉！

基於「渴求新鮮」，「遊」就無法長久重複，於是「向之所欣」，可以瞬息之間，轉為「陳跡」，無論「所之」的是何種景觀地域，何種交遊對象，亦皆因此會產生「既倦」，以至「情隨事遷」的變化。對於這種「無法固著」的現象，我們除了「感慨係之」以外，全然無可奈何；至於「修短隨化，終期於盡」的最大的「死生」變化，我們除了「豈不痛哉」的深沉的悲嘆之外，又復何言？這真是由「遊」與「樂」來透視人生，所能達到的最弔詭，也是最悲劇性的覺知。

但是，這種「歡樂極兮哀情多，少壯幾時兮奈老何」[94]的感嘆，並不就是王羲之的最後結論。當他指出「遊」：「雖趣舍萬殊，靜躁不同。」但是它們所以達到「樂」的情狀，基本上皆是在「遊」中經歷一種「欣於所遇，暫得於己」的狀態；並且在這種當下即是的「樂」之情狀裡，「快然自足」，體驗到某種超越時間的「永恆」：「不知老之將至。」同樣的，對於「遊」之「既倦」，因「時間」之流轉變化而滋生的「情隨事遷」與「終期於盡」等無法避免的命運，以及對此命運的「感慨」、「興懷」上，王羲之亦皆看到了人類基本情性的一致性，因而他強調：「每覽昔人興感之由，若合一契。」

「雖世殊事異，所以興懷，其致一也。」因此，也看到了終究不免一死的人們，得以超越生死而古今共感的可能。

因而，他強調了文學的感通的效果，一方面是「未嘗不臨文嗟悼，不能喻之於懷」，人們可掙脫一己的有限性，擁抱一切「遊」「樂」與「感懷」；一方面則「後之視今，亦猶今之視昔」，「遊人」的生命，一如其「遊」、「樂」與「感懷」，亦皆可以在「後之覽者，亦將有感於斯文」中，復活重生。這裡不但確定了「遊」的可重複性，其實更是確定了「遊興」，不論是「乘興」的「樂」，或是「興盡」的「感慨」的可重複性，某種意義上正是「遊」而要有種種「書寫」與「觀覽」的意義：透過「遊觀」文學，即使「世殊事異」，我們一樣成為「遊觀」的同伴，而不斷分享、增益這種古今同遊之「樂」，與種種的「感」「懷」——「亦足以暢敘幽情」。因此，人類的歷史與實存，也就成為一場浩大的「相與」攜手，「俯仰」「宇宙」，漫漫「共感」的長久的「遊」歷。同時也就是在這種「遊觀」型態的一致性與「遊觀」經驗的可感通性上，一切「遊觀」文學的「觀覽」，甚至種種「遊觀」美學的討論，才有了可能與意義。

自然，王羲之在〈蘭亭集序〉所透視的「遊觀」經驗與書寫，其意涵原就可以推擴到整個的「人生」歷程與全部的「文學」創作；但是「遊觀」終究是核心的經驗與全體之象徵。這可能是對「遊

94 見漢武帝，〈秋風辭〉。

觀」經驗最深刻、最基本的反省與沉思，因為我們所得到的是對於人類生命本質與其命運的覺知與認識。正如《莊子．齊物論》中的南郭子綦的「今者吾喪我」，王羲之在蘭亭之「遊」中的種種沉思與觀照，其實都是「無我」的，是針對著「人」的一致性，針對著人類共同的情性本質與生命情境而發的。就在這種共通的本質情境中，種種的差別，與深具個性的「我」，又有了表現發揮的空間。

歐陽修在〈醉翁亭記〉裡的寫作策略，基本上就是以「自號曰醉翁也」的「太守」，也就是「醉能同其樂，醒能述以文」的作為作者的「我」之發現，當作整個「遊觀」寫作的軸心。因此，這篇文章事實上是以「醉翁亭」的發現為起始，經歷其間種種的「山水之樂」，因而在「樂」的層層差別中，達到了對於身為「醉翁」的「太守」——「太守謂誰？廬陵歐陽修也」——的發現為終結。因而整篇作品呈現的就是經歷種種層次「山水之樂」的迷宮，而達到「得之心而寓之酒」、「不在酒，在乎山水之間」的「醉翁之意」的體認與發抒。

在這種近乎迷宮的探索中，「醉翁亭」的發現，固然經歷由「環滁皆山」，而「琅琊也」，而「釀泉也」，而「醉翁亭也」的層層轉折，歷經「西南諸峰，林壑尤美，望之蔚然而深秀」、「山行六七里，漸聞水聲潺潺，而瀉出於兩峰之間」、「峰回路轉，有亭翼然臨於泉上」等等景觀的變化，描寫的正是由滁州前往「醉翁亭」的沿途所見，顯示了「遊人」們所獲的「遊觀」之樂，並不僅限於「醉翁亭」四周，而是一上路即已應接不暇，美不勝收。但是「醉翁亭」所在的「山間」，仍然更有：

若夫日出而林霏開；雲歸而巖穴暝，晦明變化者，山間之朝暮也。野芳發而幽香，佳木秀而繁陰，風霜高潔，水落而石出者，山間之四時也。

等等「朝暮」、「四時」之可賞景觀的種種變化存在；於是日、雲等照明的變化，林木、巖穴、花發、木秀、林霏、樹陰、風霜、水石等附麗於山間的景物的轉換，都成了「日涉以成趣」[95]的對象。因此，「朝而往，暮而歸，四時之景不同，而樂亦無窮也」，這裡既強調了「醉翁亭」的存在，使得四時長期的「遊覽」成為可能，亦說明了這種種「晦明變化」的季節景象之差異，使得「山間」成為無法經由一次之「遊」即可完全掌握或玩賞殆盡的場域，因而涵具了「無窮」的「遊」「樂」之可能。這種「無窮」之「樂」的可能性，正是根源於景象在時序早晚等時間變化中，所顯現的種種「差別」之上。

但是，不僅「景觀」在時間裡有差別變化，更重要的是即使當「太守與客來飲於此」，「遊」「宴」的活動中，各人的表現與感受，復又有種種之差別：

至於負者歌於塗，行者休於樹，前者呼，後者應，傴僂提攜，往來而不絕者，滁人遊也。臨谿而漁，谿深而魚肥；釀泉為酒，泉香而酒洌；山肴野蔌，雜然而前陳者，太守宴也。宴酣之樂，

95 見陶潛，〈歸去來辭〉。

非絲非竹，射者中，奕者勝，觥籌交錯，起坐而諠譁者，眾賓歡也。蒼顏白髮，頹然乎其間者，太守醉也。

這一段可能是以建築為中心的記「遊」作品裡，描寫各色人等，以及各種活動，最為繁雜繽紛，充滿了差異與對比的段落。以大體而言，則「滁人遊」有別於「太守宴」，而「滁人遊」則有負者、行者、前者、後者，以至傴僂、提攜、往、來之別，不僅各有姿態，並且在「歌」、「呼」、「應」裡，顯現得熱鬧非凡，充滿聲音與情意。至於「太守宴」，亦包含「臨谿而漁」、「釀泉為酒」的準備活動，以及「射者」、「奕者」「觥籌交錯，起坐諠譁」，沉醉在種種遊戲笑鬧的「眾賓」，以及「頹然其間」的「白髮」「太守」。甚至還描寫了宴飲的內容：「谿深而魚肥」、「泉香而酒冽」、「山肴野蔌，雜然前陳」，既強調了它們的就地取材的屬性，復形容了它們的鮮美豐盛，足以引人垂涎。總之，整個「遊」的盛美表述，正因歐陽修充分強調了種種「差別」所形成的種類繁多，多姿多彩。

但是，真正與「遊觀美學」相關的，反而是歸程之後的反省：

已而，夕陽在山，人影散亂，太守歸而賓客從也。樹林陰翳，鳴聲上下，遊人去而禽鳥樂也。然而禽鳥知山林之樂，而不知人之樂；人知從太守遊而樂，而不知太守之樂其樂。醉能同其樂，醒能述以文者，太守也。

這裡雖然簡短，卻是描述了「遊」的「歸程」，這常常是最被忽略的一部分。它固然是「遊」的不可或缺的一部分，往往也是饜飽飫足於山水活動之「樂」後，深具畫龍點睛之意的句點。雖是曲終人散，但卻餘音不絕，裊裊可玩。歐陽修很確切的指出，以「亭」而論，「夕陽在山，人影散亂」，固然不免於人去樓空的寂寥；以「山」而論，則正是「樹林陰翳，鳴聲上下，遊人去而禽鳥樂也」，自然回復其本來原始面目之時，也就是萬物各得其和，各盡其性的渾然天機的狀態。這或許正是山林所原本具有，同時亦是人們往遊其間所追尋的「山林之樂」。

但是「遊」一旦出以「人之相與」的方式，則種種「取諸懷抱」、「因寄所託」的觴詠戲弄，以至「非絲非竹」的中、勝、呼、應等等的「暢敘幽情」的「人之樂」就會出現。但是「人之樂」除了「放浪形骸之外」的投入參與之外，尚可以「頹然其間」的方式「樂其樂」，以「觀照」領會「行動」，將活動的「快感」轉化為觀賞的「美感」。而且也正因這種「美感」的不即不離的距離，一如繪圖者必須既面對畫景又得身在圖畫之外，歐陽修強調了自己的「醉能同其樂，醒能述以文」。

他所以能夠寫作以「遊人」之活動為重點的「遊觀」文學，一方面是因「醉翁之意不在酒，在乎山水之間；山水之樂，得之心而寓之酒也」，一方面則是由於「人知從太守遊而樂，而不知太守之樂其樂也」的「醉能同其樂」。他很巧妙的以「醉」來象徵這種純屬知覺，不具行動，卻在知覺裡陶醉的「美感觀照」，同時也藉此充分的掌握了「遊觀」的美感經驗的本質。這既是所有「遊觀」文學的寫作基礎，事實上也是我們閱讀「遊觀」文學，所獲得的真正內容。

除了以「醉能同其樂」、「意不在酒，在乎山水之間」、「山水之樂，得之心而寓之酒」的方式，我們怎能「得意忘言」的透過語言文字，領會「山水之樂」與前人的「遊觀」之樂？終究這一切紙上的山水遊觀之樂，都是來自於我們的能夠忘我而沉醉於「同其樂」的閱讀想像過程之中，而一切的「山水之樂」的領會，雖然是透過寓於文字的描寫，但終究還是「得之心」，來自我們自己意醉神馳的想像。在這裡，歐陽修以其「自號曰醉翁」所具有的特殊的「醉意」，對於山水遊觀的美學本質，作了絕妙的掌握與詮釋。

八、結語：〈滕王閣序〉的結合型態

〈醉翁亭記〉中所謂：「人知從太守遊而樂，而不知太守之樂其樂也。醉能同其樂，醒能述以文者，太守也。」自然不僅可作「遊觀」美學，以及「遊觀」文學之寫作角度的解讀，其實更通常的理解，應該還是孟子所謂的「古之人與民偕樂，故能樂也」與「賢者而後樂此」的隱喻。

正如范仲淹在〈岳陽樓記〉中強調：「滕子京謫守巴陵郡，越明年，政通人和，百廢具興，乃重修岳陽樓。」這類建物的修築與遊樂，往往正是有意作為「政通人和，百廢具興」的象徵。甚至連〈超然臺記〉也不例外，所以一方面要敘起：「余既樂其風俗之淳，而其吏民，亦安余之拙也。」以作為修臺之緣起，一方面則要強調「余未嘗不在，客未嘗不從」的「相與登覽」，以顯示「與民偕樂」

之意。

這樣的主題尤其見於歐陽修的〈豐樂亭記〉，所以該文中一方面將滁州的「民生不見外事，而安於畎畝衣食，以樂生送死」，歸因於「孰知上之功德，休養生息，涵煦於百年之深也」，一方面則直言：「夫宣上恩德，以與民共樂，刺史之事也，遂書以名其亭焉。」蘇軾的〈喜雨亭記〉、〈凌虛臺記〉，雖然所述各有轉折，其所具有的政教涵義與思維理路，則都是同樂比德之意。這樣在「相與」同遊之際，其間所涉及的就不只是單純的「遊觀」或個人生命的反省了。這一方面可以見出以建築為中心的「遊觀」文學所涉及的題旨之廣，一方面也反映了本文在論述重點上的有所局限，並未意圖窮盡，反而只是對於「一種另類」的探討而已。

當我們分別以「遊觀美學」與「生命省察」的角度，對於這類以建物為中心的文學作品作了一番考察之餘，或許我們更應該考慮二者在同一作品的結合型態。那麼，王勃的〈秋日登洪府滕王閣餞別序〉[96]，或許就是一篇合適的觀察對象。由於這篇序作，誠如文中所云：「蘭亭已矣，梓澤丘墟。」原來就是為宴遊吟詠之雅集場合，為「登高作賦，是所望於群公」，而「敢竭鄙誠，恭疏短引」之所作。因此，一方面不僅有「序」，還有「一言均賦，四韻俱成」的「詩」，一方面則是起結兩段皆照應此次的「宴集」。所以首段以「豫章故郡，洪都新府」等地靈人傑，賓主逢迎之景況的鋪陳誇飾起

96　為了行文的簡省，本節的標題，以及往後的行文皆從俗稱作〈滕王閣序〉。

始，而以「童子何知？躬逢勝餞」作結；而末段則以「嗚呼！勝地不常，盛筵難再」起始，而以「請灑潘江，各傾陸海云爾」作結，強調的都是此次的「勝餞」、「盛筵」，近於我們前面所討論過的〈醉翁亭記〉的「太守宴也」的描寫。只是王勃以「童子」的身分，「幸承恩於偉餞」的處境，不免對「賓主盡東南之美」，頗多溢美之辭，正如文中的「騰蛟起鳳，孟學士之詞宗；紫電青霜，王將軍之武庫」，未免華而不實；雖然應對得體，藻麗工巧。因此，真正動人的反而是由「時維九月，序屬三秋」以至「鍾期既遇，奏流水以何慚？」的中間，假如我們可以稱之為「記」的部分。

當我們將〈滕王閣詩〉，與此處我們稱之為「記」的部分加以對照，就可以發現：雖然出於同一作者之手，而且幾乎作於同時，但是不論就「遊觀美學」，或者「生命省察」兩者的著重點皆截然不同。首先，就詩而論，作者的自我幾乎就是隱形的：

滕王高閣臨江渚，佩玉鳴鸞罷歌舞。
畫棟朝飛南浦雲，珠簾暮捲西山雨。
閒雲潭影日悠悠，物換星移幾度秋。
閣中帝子今何在？檻外長江空自流。

這首詩，首先強調了滕王閣的位置：「臨江渚」，但也無形中強調了「高閣」與「長江」的人文建築與自然山水的對比，而它們正是「遊觀」的主要對象與憑藉。但是第二句的「佩玉鳴鸞罷歌舞」卻轉入了閣內的活動，並且整個轉移了「滕王閣」建構與存在的意義——也就是「滕王閣」並非為了登眺閣外的自然山水景觀所建，反而是滕王沉酣歌舞的場所。當然，此處一個「罷」字，使得原來近乎急管繁弦的「佩玉鳴鸞」的「歌舞」場景，似乎在一個緊急煞車裡頓成海市蜃樓，既似餘興未息而裊裊繞梁；又似煙消雲散，已無可捉摸。於是在曲終人散之餘，我們的注意力轉移到滕王閣的建築本身與裝潢陳設：「畫棟」、「珠簾」，並且透過它們所在位置的高曠，不但使它們與建物之外的自然：「南浦雲」、「西山雨」，產生了朝朝暮暮的長久連繫，而且還以「畫棟」的華麗與「珠簾」的精美，和素淡的「雲」、透明的「雨」形成近似卻踵事增華的對比，真的是極寫了滕王閣的比擬而勝過自然的豪華。

但是，這一切的繁華，卻在天光雲影的映照中，「閒雲潭影日悠悠」；隨著時間無聲無息卻又無止無盡的流逝裡，「物換星移幾度秋」，顯出終究只是過眼雲煙。即使滕王閣並未因「物換」而消失，但是以此名閣的「閣中帝子」卻早已離閣而去：「今何在？」於是所有的富貴榮華，歡欣豪奢盡成虛空，剩下的只是自然與時間的浩浩長流：「檻外長江空自流。」因而使我們不得不觀照、沉思在自然的永恆之中，而感覺人類個己的短暫渺小，終究只能任其自流自去，無法追攀，亦無可存留。

這裡正是由於「觀覽」的視點，由閣內的「歌舞」經「畫棟」、「珠簾」，而轉往閣外的「南浦雲」、「西山雨」，以及「仰觀」、「俯察」所見的「日」、「星」的移換，「雲」、「潭」的飄蕩——這原也是「遊觀」山水所該及見的景象。我們終於體悟：富貴不過等「閒」——雖然我們起先誤覺「閒」的只是天上的浮「雲」；年華往往「空」過——雖然我們或者錯認「空」流的乃是檻外的長「江」。這裡發揮作用的仍是「見」與「不見」的心理機轉，而整首詩的涵義就在「見」：「滕王高閣臨江渚」，「見」「畫棟」、「珠簾」，「見」「南浦雲」、「西山雨」，「見」「日」、「雲」、「潭」，「見」「長江自流」；但卻「不見」「佩玉鳴鸞」的「歌舞」，「不見」「閣中帝子」而留給人的無限悵惘中，自然顯現。

這首詩使用的仍是「觀望」的模式，因此「觀者」自身除了進行「觀」的動作之外，並未出現。在建築與自然中被意識到的始終只是「滕王」，是「閣中帝子」，以及與他相關的「佩玉鳴鸞」的「歌舞」。作者雖有感觸，但卻是非關他的個人與遭遇，反而是以「滕王」為某種普遍類型的象徵，對人類的共同的命運作了沉思觀照。所以他的感觸，不但是人人可以有的感觸，而且極盡含蓄之能事，除了「閒」、「悠悠」、「空自」等寥寥數語，幾乎只在「今何在」的「不見」與「長江流」的「見」的對比上，作盡在不言中的寄意。

但是〈滕王閣序〉中，我們可以視之為「記」的部分，採取的卻是作者自身的「遊」的記敘，而且是一個極為完整細膩的記敘。他始終扣緊此次「遊」歷的單一性質，因而刻意突出的不僅是季節——「時維九月，序屬三秋」，更是一日中的黃昏日暮。所以他對於景色的描寫，始於「潦水盡而寒潭清，煙光凝而暮山紫」，而終於：

虹銷雨霽，彩徹區明。
落霞與孤鶩齊飛，秋水共長天一色。
漁舟唱晚，響窮彭蠡之濱。
雁陣驚寒，聲斷衡陽之浦。

強調的一方面是雨過天晴，秋光明淨，一方面則是黃昏霞光，輝耀炫爛，以至逐漸暗淡，而「日暮飛鳥還」的「孤鶩飛」、「雁陣驚」，就不免要成為「行人去不息」的映襯與隱喻了[97]。因此，前有「舸艦迷津，青雀黃龍之舳」，後有「漁舟唱晚，響窮彭蠡之濱」的描寫，都是藉以作「人」、「鳥」的對比。在這種對比裡，「鳥」固然是「孤」、是「驚寒」，飛翔在秋寒與日暮之中；「人」亦飄泊在「舸艦」在「舟」上，既感天「晚」，復覺「迷津」，心靈一片迷惘。所以，底下接著就出現了他的瞻望一己之行程與遭遇的：

97 見王維，〈臨高臺送黎拾遺〉：「相送臨高臺，川原杳無極。日暮飛鳥還，行人去不息。」此處之象徵心理機制，其實可以回溯到王粲〈登樓賦〉的「鳥相鳴而舉翼」、「征夫行而未息」；或者陶潛〈歸去來辭〉的「雲出岫以無心，鳥倦飛而知還」，與其〈詠貧士〉詩中關於雲霞與飛鳥的象徵。這裡引用王維詩，只是取其解說之方便。王維此詩，自然與王勃此文風馬牛不相及。

望長安於日下，指吳會於雲間。
地勢極而南溟深，天柱高而北辰遠。
關山難越，誰悲失路之人？
萍水相逢，盡是他鄉之客！
懷帝閽而不見，奉宣室以何年？

這裡我們不但看到了「望」與「不見」的典型題旨，事實上引申的就是他自己身遭斥逐，流離他鄉，失路關山的描述，以至於「嗟乎！時運不齊，命途多舛」的一連串慨嘆之餘，終於正面的以「勃三尺微命，一介書生」的自敘，既強調了平生的志意──「無路請纓，等終軍之弱冠；有懷投筆，慕宗愨之長風」，也交待了一己「舍簪笏於百齡，奉晨昏於萬里」的行跡，因此既扣緊了「秋日」之景，更喻示了「餞別」之意。這裡正凸顯了王勃的滕王閣之「遊」，其實發生在見罪後、前往交趾的行旅途中。於是，這次的「遊」就具有一種雙重的性質，既是謫遷省親之遊，亦是預宴登閣之遊[98]。

但在本篇的記敘中，屬於「遊觀」的描寫都扣緊了此次的滕王閣之遊，可是因此興發的「生命」感懷，卻都是針對著必須南遊的命運。因此和詩作大異其趣的是，這裡的寫作完全以作為「遊人」的自我為中心，在「遊觀」的描寫上，很細膩的交代了此一特殊遊歷的「應目」所見；在「會心」的感懷上，則感慨多端，反覆訴說了他處於南遊命運下的心靈掙扎。假如我們可以說，在詩中，滕王李元嬰是被懷思的主角，那麼在序裡，尤其我們視之為「記」的部分，敘說的正是王勃自身的悲欣交集的經歷。當然他在此次南遊裡，竟然是走上了「度海，溺水，痵而卒」[99]的命運，更是使得本篇所描寫的一切，蒙上了悲劇的色彩。或許是因身處行旅之中，王勃很清楚的在潦盡潭清、煙凝山紫的景象下，描述了前往滕王閣的路途，並且對於滕王閣的建築本身作了相當的點染，這是後來的「樓」、「臺」之類的作品，所較少著墨的：

儼驂騑於上路，訪風景於崇阿。
臨帝子之長洲，得仙人之舊館。
層巒聳翠，上出重霄；
飛閣流丹，下臨無地。
鶴汀鳧渚，窮島嶼之縈迴；

98 見《新唐書．文藝傳》：「父福畤，繇雍州司功參軍，坐勃故，左遷交趾令。勃往省。……初，道出鍾陵，九月九日，都督大宴滕王閣。宿命其婿作序以夸客。因出紙筆遍請客，莫敢當。至勃，汎然不辭。」自俞正燮，《癸巳存稿》謂：「勃隨父福畤往交趾，俱過洪州，閻餞之閣上。」以降，屢有主隨父上任之說，但觀「他日趨庭，叨陪鯉對」文意，似於省親為近，姑仍從本傳。但以非本文宗旨所在，故不詳考。

99 見《新唐書．文藝傳》。

桂殿蘭宮，即岡巒之體勢。

這裡他似乎完全擺脫了「童子何知？躬逢勝餞」之預宴的考量，而完全從「遊觀」的立場發言，所以他從「儼驂騑於上路」的道途寫起，但強調的卻是「訪風景於崇阿」，不但關切的只是「風景」，而且是以山陵的自然美景為主要的關切點，然後在一片山水的美景中凸現了滕王閣。但是他的分開兩句的敘述，卻使我們產生了遭逢女神，被引導進入仙境的錯覺[100]。「臨帝子之長洲」，讓我們想起《楚辭．九歌．湘夫人》的：

帝子降兮北渚，目眇眇兮愁予。
嫋嫋兮秋風，洞庭波兮木葉下。

尤其王勃前面已強調了「序屬三秋」、「潦水盡而寒潭清」，於是整個的情境都導引我們去想像認同於〈湘夫人〉中的「予」，不但要「登白蘋兮騁望」，更要「朝馳余馬兮江皋，夕濟兮西澨」的去追索，而終於看到「築室兮水中」，「播芳椒兮成堂」之舉行「聖婚」的場所[101]，我們於是「得仙人之舊館」，看到了昔日神蹟發生的居所。

然後是對於滕王閣的「崇」「高」位置：「層巒聳翠，上出重霄」，甚至因為它的「臨江渚」，透過高低對比與倒影返照而深具「超越」與「流動」之意趣與象徵：「飛閣流丹，下臨無地」，都作了有形有色，甚至是有動作、有姿態的「氣韻生動」的呈現。至此，才結束神話性的幻覺，回到「現實」的情景，由「仙境」的幻象轉為王侯苑園宮殿的比擬與形容：「鶴汀鳧渚」、「桂殿蘭宮」。其中，「鶴汀鳧渚」自可溯源至西漢梁孝王的兔園[102]；「窮島嶼之縈迴」正是一個具體而實在的平視或低望的視角。同時，「即岡巒體勢」亦使前面的「超越」性質的描寫，得到了「寫實」的說明[103]，並且間接的喻示了對滕王閣的由「遙望」而逐漸接近，以至「近觀」的過程。所以接下去就是身歷其境的登臨，以及由閣中俯視與遠眺的描寫了：

100 遭遇女神，或者仙女，進入神域或仙境，自〈九歌〉，宋玉〈高唐賦〉、〈神女賦〉，曹植〈洛神賦〉以降，一直是中國文學的重要主題，它往往象徵著對於遭逢者的一種價值的肯定、精神的救贖與詳細的論述，請參閱張淑香，〈邂逅神女——解《老殘遊記二編》逸雲說法〉，《「語文、情性、義理——中國文學的多層面探討」國際學術會議論文集》（臺北：國立臺灣大學中國文學系編印，一九九六年四月）。

101 以上引句俱見〈湘夫人〉。〈湘夫人〉全篇以遭逢女神始，而以「聖婚」的「靈之來兮如雲」終；但緊接在旁的〈大司命〉則形容神降臨的姿態為：「靈衣兮被被，玉佩兮陸離。」而〈湘君〉迎接女神降臨的動作為：「捐余玦兮江中，遺余佩兮醴浦。」若從這些聯想去閱讀，則詩中的「佩玉鳴鸞罷歌舞」、「畫棟朝飛南浦雲」，以至「閣中帝子今何在？」又皆可以一如此處，具有另一層神話性質的意涵，而近於「昔人已乘黃鶴去，此地空餘黃鶴樓」的意趣了。

102 見《西京雜記》：「梁孝王……築兔園。園中……又有雁池，池間有鶴洲、鳧渚。」

103 雖然「飛閣」在王勃之前已是現成的辭語，但此處與「流丹」，或「翔丹」並用，加上「上出重霄」、「下臨無地」的強調，都在經營出一種「仙境」或「仙宮」的錯覺。

披繡闥，俯雕甍。
山原曠其盈視，川澤紆其駭矚。
閭閻撲地，鐘鳴鼎食之家；
舸艦迷津，青雀黃龍之舳。

這裡不但以「繡闥」、「雕甍」再一次勾勒了滕王閣建築的華美，也以「披」、「俯」呈示了登臨下眺的過程。「觀覽」的還首先是遠方的山水：「山原」、「川澤」，而視野的廣闊：「曠其盈視」，與居高臨下的視點：「紆其駭矚」，都成為表現的重點。接著「觀覽」的則是人文薈萃的陸上的居室與江上的船艦，無形中正凸顯了「樓」、「閣」之類建物上的「眺望」，由於位居都會，終究所見不會僅限於山水自然，也就無法在「觀賞」之際，絕聖棄智，忘懷得失。於是接下來雖然面對的是秋暮的澄江明空：「虹銷雨霽，彩徹區明」，在水天漫布的炫麗而澄澈的景象中，興起的卻隱隱是「日暮客愁新」[104]的可能情緒。透過人鳥的對比映襯，於一片「響窮」的晚唱與「聲斷」的雁鳴中，蘊藏的是未言之離思悠悠。

這一切的情緒雖然只在「迷津」、「孤」、「落」、「唱晚」、「響窮」、「驚寒」、「聲斷」等等的遣詞用字，以及最重要的，將注意集中在「南遊」的「雁陣」裡打住，間接傳出，但畢竟仍是隱含的。因此，王勃仍然可先只意識到自己的「登覽」與「宴遊」之「樂」：

遙襟甫暢，逸興遄飛。
爽籟發而清風生，纖歌凝而白雲遏。
睢園綠竹，氣凌彭澤之樽。
鄴水朱華，光照臨川之筆。
四美具，二難并。
窮睇眄於中天，極娛遊於暇日。

由「睢園……」以降，到「二難并」的寫作手法，不免又回到序文開頭的華藻勝典的風格，其實只在標明舉行的乃是「公讌」之類的「詩酒遊宴」性質，並未深具任何經驗的內容。

但「遙襟甫暢，逸興遄飛」到「爽籟發而清風生」，則頗有〈登樓賦〉的「憑軒檻以遙望兮，向北風而開襟」的意味，只是更加的喜悅而爽快。這裡的「爽籟」、「清風」，幾乎就是楚襄王的「雄風」了[105]；並且「遙襟甫暢」的「暢」，正是宗炳形容山水美學「余復何為哉？暢神而已；神之所暢，孰

104 見孟浩然，〈宿建德江〉。
105 一個有趣的暗合，王勃以「桂殿蘭宮」形容滕王閣，而宋玉〈風賦〉中：「有風颯然而至，王迺披襟而當之曰：『快哉此風！』」的地點，正是「楚襄王遊於蘭臺之宮」。是以「遙襟」、「逸興」，亦可與襄王之遊有所聯想。

有先焉」[106]所用的關鍵字。而「逸興遄飛」則已不僅是興高采烈，而更是神采飛揚了；並且加上了「絲竹管弦之盛」的「纖歌凝而白雲遏」，尤其用上了「響遏行雲」[107]的典故，真的令人有「不知老之將至」的得意忘歸之慨。同時，「窮睇眄於中天」似乎亦不僅是「遊目騁懷，足以極視聽之娛」而已，因為位居「中天」而「窮睇眄」似乎更有一種超凡入勝，「飄飄乎如遺世獨立，羽化而登仙」[108]的如夢如幻的效果。因此王勃終於得出了「極娛遊於暇日」的結論。

但是蘊藏在秋暮景象的離愁別緒，終於在「窮睇眄」之餘，喚醒了他意識到所以南遊的已身處境，而感悲於身為「失路之人」、「他鄉之客」，終於引發了他「嗟乎！時運不齊，命途多舛」的一連串感嘆。他徵引了馮唐、李廣、賈誼、梁鴻、孟嘗、阮籍等賢而不遇歷史人物的命運自比，同時也以「所賴君子見機，達人知命。老當益壯，寧移白首之心；窮且益堅，不墜青雲之志」自勵，以「道勝寧外物」[109]的「酌貪泉而覺爽，處涸轍以猶懽」自勉，以「北海雖賒，扶搖可接；東隅已逝，桑榆非晚」自寬。這一連串的慷慨陳辭，有多少部分是反映了他真正的人格特質？又能產生多少的慰勉作用？是頗值得玩味的。但是可確定的是，他在自悲「失路」之際，所念茲在茲的是：「懷帝閽」，「奉宣室」；所以他的「不墜青雲之志」，確可相信是「窮且益堅」。因此整個感嘆，就結束在：

> 孟嘗高潔，空懷報國之情！
> 阮籍猖狂，豈效窮途之哭？

「空懷報國之情」的心思，又在接著以「勃三尺微命，一介書生」的自敘中，再次以「無路請纓，等終軍之弱冠；有懷投筆，慕宗慤之遺風」的比擬上作了表白，可見正是他所欲表達的中心主旨。但阮籍的痛哭「窮途」，以及「請纓」之「無路」等「失路」的「命途」，才是他在修辭中不由自主扣緊的感覺。他的「遊」並沒有走向他想前去的方向，反而是南轅北轍，愈行愈遠。他引阮籍窮途之哭為喻，卻出以「猖狂」、「豈效」的詢問，真是深有疑慮，對命運的反詰：是邪？非邪？

但是，真正連結起王勃對滕王閣及在滕王閣上的「遊觀」，以及他對一己命運的思索的，卻是底下的這兩句：

天高地迥，覺宇宙之無窮。
興盡悲來，識盈虛之有數。

---

106 見其〈畫山水敘〉的結語。

107 見《列子．湯問》：「薛譚學謳於秦青，未窮青之技，自謂盡之，遂辭歸。秦青弗止，餞於郊衢，撫節悲歌，聲振林木，響遏行雲。薛譚終身不敢言歸。」

108 見蘇軾，〈赤壁賦〉。

109 見王維，〈留別山中溫古上人兄并示舍弟縉〉。

這兩句初看，首句似乎近於隱括了「仰觀宇宙之大，俯察品類之盛」的意涵，加上天地之高迴的形容以成文；次句亦近於隱括，由「欣於所遇，暫得於己，快然自足」，到「及其所之既倦，情隨事遷，感慨係之」的心情變化，以盈虛有數的觀念衍對成句。但是王勃透過滕王閣上的登高遠望，以及一己的遷離長安、投奔交趾的命定旅程，卻對「天高地迴」有了遠勝於王羲之的更為真實深切的感覺[110]。所以，他接著就描寫：「望長安於日下，指吳會於雲間。」而同時更要強調：「地勢極而南溟深，天柱高而北辰遠。」反映出唐人特有的無限開闊悠久的時空意識；並且在生存於如此無窮宇宙的覺識中，體認到了人類生命的短暫，以及其命運起伏的必然性質。也終於因此而發覺蒙受遷移的非僅自己而已：「萍水相逢，盡是他鄉之客。」

這種共同命運的發現，正如曹植〈箜篌引〉詩所謂的：「先民誰不死，知命復何憂？」無疑的對於他「誰悲失路之人？」的瞻顧自憐，是有一種紓解的作用。因而他也在「與前世而皆然兮，吾又何怨乎今之人」[111]，回顧前代名賢的不遇中，得到寬慰與勉勵。而終於在參與遊宴中，遂覺：「今晨捧袂，喜託龍門。」而要申言：「楊意不逢，撫凌雲而自惜；鍾期既遇，奏流水以何慚？」「撫凌雲」正照應了「青雲之志」，「奏流水」亦暗接「萍水相逢」，真的是「同是天涯淪落人，相逢何必曾相識」[112]？

但是與本節的題旨最具關連性的，卻是由「逸興遄飛」到「興盡悲來」的承接轉換。前者固然是「遙襟甫暢」的結果，後者亦緣於「天高地迴」——所以開闊廣遠的「觀覽」視野，正同時是「興飛」

與「興盡」的關鍵。因為遼闊的山水天地的景象，既可成為純粹美感觀照的對象與內涵，也可以引發「在世存有」[113]的存在自覺。前者或者可以形成各種「觀物」或「遊覽」的「樂」，也就是「逸興遄飛」的精神狀態；但後者終於不免要「樂極生悲」，沉思生命的極限與短暫，以及在生死之間人類生活與命運的種種限制與憾恨。這也就是「興盡悲來」所產生的「生命的悲劇意識」，也就是「覺宇宙之無窮」與「識盈虛之有數」相對比之下，所油然而生的「生命的悲劇意識」。

這種「生命的悲劇意識」，用洪自誠《菜根譚》的話來說就是：

> 天地有萬古，此身不再得。人生只百年，此日最易過。幸生其間，不可不知有生之樂，亦不可不懷虛生之憂。

於是所有的生命省察，正都是在「有生之樂」與「虛生之憂」之間所做的辨識與決斷。我們是否能夠

110 王羲之雖云「仰觀宇宙之大」，但不免是泛指虛寫，這裡一方面是唐世版圖與交通之廣遠，迥非半壁江山的東晉可比；另一方面也正是「亭」與「高閣」在視野上的差異。

111 見《楚辭．九章．涉江》。

112 見白居易，〈琵琶行〉。

113 此處姑借海德格之術語，以省辭費。

「酌貪泉而覺爽，處涸轍以猶懽」？我們是否能夠「君子見機，達人知命」？是否必得「冀王道之一平兮，假高衢而騁力」才算不虛此生？因而不得不肩負「懼匏瓜之徒懸兮，畏井渫之莫食」的虛生之憂？以至「心悽愴以感發兮，意忉怛而憯惻」？我們是否能夠時時「欣於所遇，暫得於己，快然自足」，因此「樂以忘憂，不知老之將至」？我們能否「不以物喜，不以己悲」？甚至「先天下之憂而憂，後天下之樂而樂」？我們能否「魚鳥共樂」，「自用是以為勝焉」？或者「遊於物外」，「無所往而不樂」？或者「其中坦然，不以物傷性」，「將何適而非快」？或者能夠「與民共樂」，而將「山水之樂，得之心而寓之酒」？

這一切都是在人生「終期於盡」，並且往往身處遷移裡登覽，謫居處遊觀，在山水人文之勝景中，所得的種種反省與決斷。山水人文的勝景，不但提供了當下即是的美感之樂，而且提供了生命思索的環境與解決。畢意沒有「有生之樂」，哪來「虛生之憂」？是以「遊觀」之義深遠哉！即使這只是一些另類的「遊觀」。

從韓柳文論唐代古文運動的美學意義

唐代的古文運動，基本上是一種文化重整的運動，而不僅是一種純粹的文學運動。因此陳寅恪先生〈論韓愈〉，就以為韓昌黎在唐代文化史上的貢獻為：一曰：建立道統證明傳授之淵源；二曰：直指人倫，掃除章句之繁瑣；三曰：排斥佛老，匡救政俗之弊害；四曰：呵詆釋迦，申明夷夏之大防；五曰：改進文體，廣收宣傳之效用；六曰：獎掖後進，期望學說之流傳[1]。從陳先生所強調的六門觀察，其實可以歸結到：一、在思想上重建儒學的正統地位；二、在文體上改革從六朝以降的駢儷之風；三、在實踐上組織集團，推行改革運動。因此在文化學術上，「結束南北朝相承之舊局面」，「開啟趙宋以降之新局面」[2]。而在上述的三點中，第三點屬於策略與方法，姑置不論。這一文化運動的基本主張，就在第一、二點的配合，亦即以先秦兩漢的「古文」文體，來弘揚重視人倫日用的儒道。也就是〈原道〉所謂的：

> 夫所謂先王之教者，何也？博愛之謂仁，行而宜之之謂義，由是而之焉之謂道，足乎己無待於外之謂德。其文《詩》、《書》、《易》、《春秋》，其法禮、樂、刑、政，其民士、農、工、賈，其位君臣、父子、師友、賓主、昆弟、夫婦，其服麻絲，其居宮室，其食粟米、果蔬、魚肉：其為道易明，而其為教易行也。是故以之為己，則順而祥；以之為人，則愛而公；以之為心，則和而平；以之為天下國家；無所處而不當。是故生則得其情，死則盡其常；郊焉而天神假，廟焉而人鬼享。

韓愈這種對儒道的肯定，因而也就是對佛老的駁斥，其基本精神除了是一種「戎狄是膺，荊舒是懲」[3]本位文化的立場，其實是類似於《荀子．天論》所謂：「物之已至者，人祅則可畏也。」因而強調：

無用之辯，不急之察，棄而不治。若夫君臣之義，父子之親，夫婦之別，則日切磋而不舍也。

的主張。所以韓愈論佛老之弊則謂：「奈之何民不窮且盜也。」論儒道之功則謂：「如古之無聖人，人之類滅久矣。」因此他詮釋佛老則著眼於：「今其法曰：必棄而君臣，去而父子，禁而相生養之道，以求其所謂清淨寂滅者。」同時在強調「有聖人者立，然後教之以相生養之道」之餘，特別歸結到「君臣之義」：

是故君者，出令者也。臣者，行君之令而致之民者也。民者，出粟米麻絲，作器皿，通貨財，以事其上者也。君不出令，則失其所以為君。臣不行君之令而致之民，則失其所以為臣。民不出粟米麻絲，作器皿，通貨財，以事其上，則誅。

1 見陳寅恪，《陳寅恪先生論文集》（下）（臺北：九思出版社，一九七七年）。
2 見陳寅恪，《陳寅恪先生論文集》（下）。
3 此句原出《詩經．魯頌．閟宮》，為韓愈〈原道〉本文所引。

韓愈的主張有異於荀子的：一方面是荀子的「人祅」，其實側重在「政險失民」、「政令不明，舉錯不時」、「禮義不脩」、「上下乖離」，是對於君主的責求；而韓愈則偏重在君權的維護，這在藩鎮割據的歷史情勢中或許有其必要[4]；另一方面，則在「相生養之道」的強調：

有聖人者立，然後教之以相生養之道。為之君，為之師，驅其蟲蛇禽獸而處之中土。寒然後為之衣；飢然後為之食。木處而顛；土處而病也，然後為之宮室。為之工，以贍其器用；為之賈，以通其有無。為之醫藥，以濟其夭死；為之葬埋祭祀，以長其恩愛。為之禮，以次其先後；為之樂，以宣其湮鬱。為之政，以率其怠勌；為之刑；以鋤其強梗。相欺也，為之符璽斗斛權衡以信之；相奪也，為之城郭甲兵以守之。害至而為之備，患生而為之防。

由於韓愈心目中的「道」，既包括「欲治其心」的「仁、義、道、德」，亦包括「君臣、父子」的「天常」，更遍及驅禽獸、治衣食、設宮室、工賈、醫藥、葬祀、禮樂、政刑、符信、武備等一切「相生養之道」，所以他所注意的並不僅是心性與倫常的問題，更要廣泛的涉及一切百姓日用的生活問題。這種將百姓日用的、生活的「相生養之道」，與仁義君臣的道德倫常問題的繫連在一起，而欲以「文」貫「道」的結果，就產生了唐代古文的基本的美學風格——以百姓日用的經驗來闡發人倫心性的旨趣。

同樣的，當柳宗元「及長，乃知文者以明道」，因而力求「凡吾所陳，皆自謂近道」[5]，他心目中的「道」，自然仍是「聖人意」，而所謂「聖人」自然仍推「古聖王堯、舜、禹、湯、文、武」[6]，與韓愈〈原道〉的「吾所謂道」，「堯以是傳之舜，舜以是傳之禹，禹以是傳之湯，湯以是傳之文武周公……」，初無二致。而且一如韓愈的充分意識到「人之類」，因為「無羽毛鱗介以居寒熱也，無爪牙以爭食也」，「古之時，人之害多矣」，所以「聖人者立，然後教之以相生養之道」，柳宗元亦以「生人之初」：

彼其初與萬物皆生，草木榛榛，鹿豕狉狉，人不能搏噬，而且無毛羽。莫克自奉自衛，荀卿有言：必將假物以為用者也。夫假物者必爭，爭而不已，必就其能斷曲直者而聽命焉。其智而明者，所伏必眾；告之以直而不改，必痛之而後畏：由是君長刑政生焉。故近者聚而為群。群之分，其爭必大，大而後有兵有德。[7]

4 韓愈不但受命撰寫〈平淮西碑〉，由〈送董邵南序〉亦可看出韓愈的尊王攘夷的立場。
5 見柳宗元，〈答韋中立論師道書〉。
6 見柳宗元，〈封建論〉。
7 見柳宗元，〈封建論〉。

用「相生養之道」來解釋「君長刑政」，以至「兵」、「德」之產生。雖然他更進一步以為「聖人之意」乃在「公之大者」，亦即：「夫天下之道，理安，斯得人者也。使賢者居上，不肖者居下，而後可以理安。」[8]但是他心目中的「道」，不僅是關乎仁義道德，更是及於「生人之理」，則是無可置疑。所以他亦強調：「道之及，及乎物而已耳。」[9]

由於韓、柳心目中的「道」，皆不僅限於柳冕所謂：「蓋言教化發乎性情，繫乎國風者謂之道。」並不僅止於「君子之道與君子之心」的表現[10]，而能遍及一切生活日用的「物」，以及「相生養之道」、「生人之理」。所以「文以貫道」或「文以明道」的結果，就走向一種即物窮理、寓言寫物的修辭策略，因而導致一種新起的美學風格的確立，使古文運動終於達到了文學上的成功。

這種憑藉外物，經由百姓日用的經驗，來闡發修齊治平、賢與不肖等等的仁義道德之理，所形成的新起的美學風格，雖然並未見於韓、柳論文的主張，但是卻充分的在韓、柳文章的創作中實踐，而且達到了極度的成功。

由所謂驅蟲蛇禽獸，韓愈有〈鱷魚文〉，強調天子的慈武與刺史守土治民的決心；柳宗元有〈熊說〉，申論不善內而恃外之險。進一步以禽獸申論倫理道義，韓愈有〈獲麟解〉，申論「以德不以形」的「祥」與「不祥」；有〈貓相乳〉，申論仁義的感應；〈雜說一〉以龍喻君道；〈雜說四〉以馬喻臣德。柳宗元有〈鶻說〉，借鶻說仁義；有〈牛賦〉，借牛說命運；以〈捕蛇者說〉喻賦斂之毒；以〈謫龍說〉喻謫不可狎；〈三戒〉以「臨江之麋」、「黔之驢」、「永某氏之鼠」，喻不推己之本之禍；

〈蝜蝂傳〉以蝜蝂喻貪取之危。

由為宮室，韓愈有〈圬者王承福傳〉喻貴富難守；柳宗元有〈梓人傳〉喻為相之道。由為醫藥，韓愈〈雜說二〉以善醫察脈喻善計天下察紀綱；柳宗元〈宋清傳〉以賣藥論市交。由為賈，柳宗元有〈鞭賈〉喻求用於朝。由種樹，柳宗元〈種樹郭橐駝傳〉以養樹喻居官養人。由器用，韓愈有〈瘞硯銘〉強調其「識之仁之義」；有〈毛穎傳〉謂其「簡牘是資，天下其同書」，皆以好義而推愛及物，憫硯「全斯用，毀不忍棄」，論毛穎「賞不酬勞，以老見疏」為如秦之少恩；有〈三器論〉，以明堂、傳國璽、九鼎，喻歸天人之心，興太平之基，不在盛飾於外而在修誡於內。凡此種種，皆可以顯示這一新起的美學風格的特質。

但是這種美學風格的意義，其實不僅止於寫物敘事以貫道、明道而已，或許同時包含了韓、柳二人意見的〈天說〉一文，最能顯示這種美學風格的另一層相。在這一篇文章中，柳宗元首先敘述韓愈對他說：「若知天之說乎？吾為子言天之說。」但是韓愈言天之說的基本立場，其實是針對著人窮而呼天的情境，並不是基於客觀的求知：

8　見柳宗元，〈封建論〉。

9　見柳宗元，〈報崔黯秀才論為文書〉。

10　見柳冕，〈答衢州鄭使君論文書〉。

今夫人有疾痛、倦辱、饑寒甚者，因仰而呼天曰：「殘民者昌，佑民者殃！」又仰而呼天曰：「何為使至此極戾也？」若是者，舉不能知天。

因此韓愈的天之說，表面上似乎在說理，並且有意的以他所說的理來駁斥這種窮而呼天的反應：「今夫人舉不能知天，故為是呼且怨也。」但是由他推理的結論：「吾意有能殘斯人使日薄歲削，禍元氣陰陽者滋少，是則有功於天地者也；繁而息之者，天地之讎也。」因而進一步強調：「吾意天聞其呼且怨，則有功者受賞必大矣，其禍焉者受罰亦大矣。」雖然解釋了天的「何為使至此極戾也」，但所陳述的正是一種「殘民者昌，佑民者殃」的道理，正是使呼天且怨的情緒更加深化而確定的表現。誠如劉鶚《老殘遊記．自敘》所謂：「以哭泣為哭泣者，其力尚弱；不以哭泣為哭泣者，其力甚勁，其行乃彌遠也。」正是一種「不以哭泣為哭泣」的表現，貌為說理實為抒情。這種不能忘情於「今夫人有疾痛、倦辱、饑寒甚者」而作的貫道文章，正是「仁義之人，其言藹如也」[11]。不僅是說理明道，也是「取於心而注於手」[12]的抒情言志。所以柳宗元的反應就是：「子誠有激而為是耶？」並且勸他：「子而信子之仁義以遊其內，生而死爾。」這種以敘事寫物為貫道明道的美學風格，其實乃更是深一層的抒情言志的表現。故而在其寫物敘事以明貫普遍的道理之際，其實更有個人情志的寄託在。因此他們的明道貫道，就不是學問家（不論是漢儒的章句訓詁、玄學的校練名理，或宋儒的闡說性理）的明道貫道，而是文學家出於一己情性，透過具體經驗之描摹的體物言志的明道貫道。因此文以明道、貫道的結果，只是使得他們的文更具有一種思想情感，以至人格表現的深度，並未使道學代替了文章。

但是更值得注意的是，〈天說〉中所載的韓愈論天人關係的修辭策略：

夫果蓏飲食既壞，蟲生之；人之血氣敗逆壅底，為癰瘍、疣贅、瘻痔，蟲生之。木朽而蝎中，草腐而螢飛，是豈不以壞而後出耶？物壞，蟲由之生；元氣陰陽之壞，人由之生。蟲之生而物益壞，食齧之，攻穴之，蟲之禍物也滋甚。其有能去之者，有功於物者也；繁而息之者，物之讎也。人之壞元氣陰陽也亦滋甚：墾原田，伐山林，鑿泉以井飲，窾墓以送死，而又穴為偃溲，築為牆垣、城郭、臺榭、觀游，疏為川瀆、溝洫、陂池，燧木以燔，革金以鎔，陶甄琢磨，悴然使天地萬物不得其情。倖倖衝衝，攻殘敗撓而未嘗息。其為禍元氣陰陽也，不甚於蟲之所為乎？

韓愈的這段議論，在基本觀念上近於《莊子．應帝王》所謂：「日鑿一竅，七日而渾沌死。」但在修辭策略上採取的卻是近於〈知北遊〉中所謂：道，「在螻蟻」、「在稊稗」、「在瓦甓」、「在屎溺」的

11　見韓愈，〈答李翊書〉。
12　見韓愈，〈答李翊書〉。

「每下愈況」的表現方式，背後所據的正是一種近於「是其所美者為神奇，其所惡者為臭腐。臭腐復化為神奇，神奇復化為臭腐，故曰通天下一氣耳」的美學意識。所以文中大談一切臭腐的：「果蓏飲食既壞」、「血氣敗逆壅底」、「癰瘍、疣贅、瘻痔」、「木朽」、「草腐」、「蝎」、「螢」，以至「窮墓」、「穴為偃溲」等等卑俗低下，甚至醜陋可憎的事物，不但以「果蓏、癰痔、草木」比天，更以蟲擬人。而一切先王之教、仁義之施，也就是他在〈原道〉中所謂的「聖人者立」、所教的「相生養之道」，都比喻為「食齧之，攻穴之，蟲之禍物」，強調為「倖倖衝衝，攻殘敗撓」，都是很明顯的以卑下之物喻崇高之道，以臭腐之事言神奇之理。所以柳宗元很正確的反應說：「子而信子之仁義以遊其內，生而死爾，烏置存亡得喪於果蓏、癰痔、草木耶？」

當韓、柳藉物事貫道言志之際，雖然未必皆如〈天說〉那麼「有激而為」的戲劇性，但大體上總是運用卑俗的事物與經驗，來發揮雅正高遠之理。所以，以低於人的禽獸，或下層階級的人物，如圬者、梓人、賣藥、鞭賈、種樹、捕蛇的行誼與經驗，來闡明士大夫所關切的仁義政刑之道，就是韓、柳古文的典型修辭策略與美學風格。因為誠如柳宗元在敘述了韓愈的以臭腐之物說天人之理的「天之說」，他的批評竟然是：「信辯且美矣！」這裡反映的正是一種新起的美感知覺。美，不再被視為是使用本身為美麗之事物作為比喻的喻依，這也就是我們平常所謂辭藻或麗藻的結果；反而是側重在比喻之際，喻依和喻旨之間的密切配合，因而達到令人耳目一新的說服效果的「辯」上。由重視辭藻的美麗，就產生了李諤所謂的「連篇累牘，不出月露之形；積案盈箱，唯是風雲之狀」的陳言充斥的弊病[13]。例如王勃〈滕王閣序〉：「騰蛟起鳳，孟學士之詞宗；紫電青霜，王將軍之武庫。」一聯中，「騰蛟起鳳」、「紫電青霜」屬對雖工，亦有故實，但是在辭藻的美麗之外，實乏深意。這也正是韓愈所謂「戛戛乎其難哉」所「務去」的「陳言」[14]。

「惟陳言之務去」的結果，就是尋找新的經驗、新的物象來「辯」「聖人之志」，來「羽翼夫道」。在這一點，韓、柳其實是相當理解老子所謂「天下皆知美之為美，斯惡矣」的道理。因此一方面絕不放棄在憑藉事物明道言志之際，刻意的描寫物態、摹擬人情，保持經驗的生動新鮮的可感性，例如韓愈〈送孟東野序〉，論「大凡物不得其平則鳴」就著力於：

> 草木之無聲，風撓之鳴；水之無聲，風蕩之鳴；其躍也，或激之；其趨也，或梗之；其沸也，或炙之。金石之無聲，或擊之鳴。

所舉列之物的物態的表現。「撓」、「蕩」、「躍」、「激」、「趨」、「梗」、「沸」、「炙」、「擊」的刻意敘寫，其實皆無關於「物不得其平則鳴」的宏旨，但是卻經營出一個具體生動的感覺世界，一個由無聲

13　見李諤，〈上隋高帝革文華書〉。
14　見韓愈，〈答李翊書〉：「唯陳言之務去，戛戛乎其難哉。」

而眾聲喧譁的經驗歷程。而這些「物之善鳴者」所要導引譬喻的，正是自古以來人文化成的文辭的製作。同樣的，在〈柳子厚墓誌銘〉，韓愈為了強調柳宗元願以柳州易劉禹錫播州的道義之交，就描述出下列虛構的世態人情：

> 嗚呼，士窮乃見節義！今夫平居里巷相慕悅，酒食遊戲相徵逐，詡詡強笑語以相取下，握手出肺肝相示，指天日涕泣，誓生死不相背負，真若可信。一旦臨小利害，僅如毛髮比，反眼若不相識，落陷穽，不一引手救，反擠之，又下石焉者，皆是也。此宜禽獸夷狄所不忍為，而其人自視以為得計。聞子厚之風亦可以少愧矣！

這一段充滿了形象化：「詡詡強笑語」、「僅如毛髮比」、「落陷穽」，以及誇張的動作：「握手出肺肝相示，指天日涕泣，誓生死不相背負」、「反眼若不相識」、「不一引手救，反擠之，又下石焉」；同時是前後強烈轉變對比的敘事，與柳宗元的行誼其實了不相涉，但卻充分誇張的演出了一場炎涼世態的諧劇，既是韓愈的感慨之所在，也是該文的美感形象之所寄。但是這些物態人情的形象表現，卻只是感覺性的端緒；韓、柳另一方面絕不僅止於這些卑下景象的描摹，總要經由它們的對比譬喻，引申出更深一層的雅正深遠的含意與主題。所以他們的修辭策略，其實是可以區分為經驗的再現模擬，與經驗的引申判斷兩層；也就是經驗不妨卑下，思維卻是高雅。卑下俚俗的物事與經歷，在「駢四儷六，錦心繡口，宮沉羽振，笙簧觸手」[15]盛行的年代，自然是一種嶄新的美感經驗，足以令人目駭心折，產生強烈的感受。韓愈〈與馮宿論文書〉所謂：「僕為文久，每自則意中以為好，則人必以為惡矣；小稱意人亦小怪之，大稱意即人必大怪之也。」雖然是出以負面的形容，但是確已指出這種修辭策略的效果，亦即它令讀者不能不動容或無法無動於衷。所謂「其觀於人，不知其非笑之為非笑」[16]，正因這些卑下經驗只是喚起注意、引人思慮的感覺表相，作品的真正的主題思維卻總是歸於仁義政刑、賢與不肖的辨別，在「抽黃對白，啽呀飛走」徒然「眩耀為文，瑣碎排偶」的年代[17]，自然就更有「蘄至於古之立言」[18]，或「扶樹教道，有所明白」[19]的意義。所以韓、柳的古文，不但具有美感性質其實相異的「語言的結構」（意象與節奏的安排）與「主題的結構」（意義階層的安排）[20]，亦即以卑下怪異的「肌」，表現高遠典正的「理」。這一點韓愈顯然是自覺的，所以他在〈上宰相書〉中說自己：「時有感激怨懟奇怪之辭，以求知於天下；亦不悖於教化，妖淫諛佞譸張之說，

15　見柳宗元，〈乞巧文〉。
16　見韓愈，〈答李翊書〉。
17　見柳宗元，〈乞巧文〉。
18　見韓愈，〈答李翊書〉。
19　見韓愈，〈上兵部李侍郎書〉。
20　「語言的結構」與「主題的結構」之區分，見葉維廉，〈現代中國小說的結構〉，《中國現代小說的風貌》（臺北：晨鐘出版社，一九七〇年初版），頁四。

無所出於其中。」同時，不論是「語言的結構」或「主題的結構」，韓、柳的古文，正都有意的追尋與當時流行的駢文彼此對反的美學典範。所以柳宗元在〈讀韓愈所著〈毛穎傳〉後題〉就比較二者，以為：

……時言韓愈為〈毛穎傳〉，不能舉其辭，而獨大笑以為怪，……索而讀之，若捕龍蛇，搏虎豹，急與之角而力不敢暇，信韓子之怪於文也。世之模擬竄竊，取青媲白，肥皮厚肉，柔筋脆骨，而以為辭者之讀之也，其大笑固宜。

柳宗元很清楚的指出當時駢文末流的弊病在，雖然有華靡的「語言的結構」，所謂「肥皮厚肉」；但是在「主題的結構」上卻是相對的貧乏，缺少「有益於世」的思想寄託，所謂「柔筋脆骨」。〈毛穎傳〉卻相反，一方面它似乎有一種「戲謔」、「滑稽」的「語言的結構」：「且世人笑之也，不以其俳乎？」但是其「主題的結構」卻是「取乎有益於世者也」：

且凡古今是非六藝百家，大細穿穴用而不遺者，毛穎之功也。韓子窮古書，好斯文，嘉穎之能盡其意，故奮而為之傳，以發其鬱積，而學者得以勵，其有益於世歟！

正確的指出〈毛穎傳〉作為一個寓言，它的「語言的結構」和「主題的結構」的相異的美感性質，以及由於相反相成的兩重結構的配合，所形成的「生龍活虎」的強烈表現「力」，要求讀者用更大的注意與努力，才能完全掌握住它豐富的意涵與寄寓的主題。柳宗元並且為韓文這種「怪」解說，以為：

大羹玄酒，體節之薦，味之至者。而又設以奇異小蟲、水草、樝梨、橘柚，苦鹹酸辛，雖蜇吻裂鼻，縮舌澁齒，而咸有篤好之者。文王之昌蒲菹，屈到之芰，曾晳之羊棗，然後盡天下之奇味以足於口。獨文異乎？

但是這段話，其實可以解說的不只是〈毛穎傳〉的奇特想像與寓託，它的意旨正可以涵蓋韓、柳所以使用卑下低俗以至臭腐之意象經驗，作為「語言的結構」或表層形相的美學意義，因為蟲、草、梨、柚、苦鹹酸辛，也是一種「味」，因此也可以成為我們美感經驗的一部分。所以韓、柳古文所欲打破的，正是駢文的僅限於華靡的「甜膩」一味的美學禁忌；他們所要求的，正是要「盡天下之奇味以足於口」。所以，韓愈〈答劉正夫書〉一方面對「文宜易宜難」的問題，強調「無難易，惟其是爾，如是而已，非固開其為此，而禁其為彼也」；一方面卻不免要主張：「夫百物朝夕所見者，人皆不注視也；及覩其異者，則共觀而言之，夫文豈異於是乎？」「若與世沉浮，不自樹立，雖不為當時所怪，亦必無後世之傳也。足下家中百物皆賴而用也，然其所珍愛者，必非常物。夫君子之於文，豈異於是乎？」因此不免為了要「求知於天下」，而有「奇怪之辭」。而卑下俚俗甚至臭腐的經驗意象，針對著已然發掘既盡的駢文的華靡美感範疇，不但是一個尚待開發的經驗領域與美感範疇，而且取用為「語言的結構」與美感的形相，正是一種「奇怪之辭」，足以引人「覩其異」，而「共觀而言之」。韓愈為〈毛穎傳〉而連「南來者」，亦「時言」「大笑以為怪」，正是這種修辭效果的充分達成其原始目的。於是不僅韓愈有充分利用這種怪異效果，以及使用卑俗甚至臭腐意象的〈天之說〉、〈毛穎傳〉、〈送窮文〉；柳宗元更有同樣修辭策略的〈東海者〉、〈乞巧文〉、〈罵屍蟲文〉、〈斬曲几文〉、〈宥蝮蛇文〉、〈憎王孫文〉等作品，甚至變本加厲到對於變態心理本身的刻劃與描寫，如〈李赤傳〉寫的是戀廁狂，〈河間傳〉寫的是色情狂。

這種以卑俗、臭腐，甚至變態的經驗意象，來作為作品的感覺層面，然而卻又由此而引申出雅正的教化，以蘄有益於世，固然難免有時會遭受「勸百諷一」之譏——理學家們始終以文章家看待韓愈，未肯視其為同道，未始不是由於這種修辭策略；但是從美學的立場看，這種修辭策略一方面反映了韓、柳對於「美是形相的直覺」的體認，因此大半為文的用心，正在物態人情的形相上的刻劃與描摹。他們的文章，即使是論說而仍然是「美文」，正因他們的致力於感覺經驗層面的苦心經營，並且以感覺經驗的強烈印象之「美」而「辯」其所欲論說的主題，同時由於文章中感覺層次的卑下與主題層次的高遠，在美感範疇上的距離與背反，就產生了俄國形式主義者希洛夫斯基（Victor Shklovsky）

所謂的「陌生化」（defamiliarization）的美學效應[21]；使我們以高遠雅正的眼光來觀看卑下俚俗的事物經驗，因而「陌生化」了卑下俚俗的事物經驗，使它們擺脫了純然卑俗的實際意義，而只成為特具新異之感覺內容的美感形象；而高遠雅正的主題乃是引生自卑下俚俗的事物經驗，因此也「陌生化」了高遠雅正的思維，不但使它們成為一種新鮮的思辨，而且因為它事實上超越了習見適用的範圍，不但具有了更大的涵蓋性，甚至顯現出一種化腐朽為神奇的威力。是以這種美感範疇的背反，不但形成的正是一種更為寬廣的美感距離，以及更為開闊的美感品味的心靈空間，無形中正亦提升了我們觀照人生一切經驗事物的心靈的自由與高度，同時也提供了更廣大與豐富的經驗內容，使我們充分體驗到心靈知覺之擴大與充實的滿足。這不能不說是這種修辭策略在美學上的成功。

但是這種策略的形式，正如柳宗元在〈天說〉一文，針對韓愈的〈天之說〉所說的：「子誠有激而為是耶？」其實是一種「不平之鳴」。誠如韓愈在〈送高閒上人序〉以張旭為例所形容的：

> 往時張旭善草書，不治他伎，喜怒窘窮，憂悲愉佚，怨恨思慕，酣醉無聊不平，有動於心，必於草書焉發之。觀於物：見山水崖谷，鳥獸蟲魚，草木之花實，日月列星，風雨水火，雷霆霹

---

21 參閱 Viktor Shklovsky, "Art as Technique" 一文，見 Lee T. Lemon 及 Marion J. Reis 所譯介 *Russian Formalist Criticism: Four Essays* (Lincoln and London: University of Nebraska Press, 1965)。

> 靂，歌舞戰鬬，天地事物之變，可喜可愕，一寓於書。故旭之書，變動猶鬼神，不可端倪，以此終其身，而名後世……為旭有道，利害必明，無遺錙銖，情炎於中，利欲鬬進，有得有喪，勃然不釋，然後一決於書，而後旭可幾也。

因此一方面是一種「情炎於中，……勃然不釋」的激憤感慨的情感反應，一方面也是一種「寓其巧智，使機應於心，不挫於氣，則神完而守固，雖外物至，不膠於心」[22]，將情感經驗轉化為美感經驗的超越過程。所以柳宗元接著說：「則信辯且美矣。」由於韓、柳其實皆不能算「天將和其聲，而使鳴國家之盛」，基本上可以說就是「將窮餓其身，思愁其心腸，而使自鳴其不平」的生平遭遇[23]。所謂：「公不見信於人，私不見助於友，跋前躓後，動輒得咎，暫為御史，遂竄南夷，三年博士，冗不見治。」[24]或者：「坐廢退，既退又無相知有氣力得位者推挽，故卒死於窮裔，材不為世用，道不行於時也。」[25]因此他們的「有激而為」，其實就不免於憤世嫉俗，甚至怨天尤人，這正足以使他們以「俳」而「戲謔」、「滑稽」，刻意的去描摹卑下低俗甚至怪異臭腐的意象與經驗。所以，韓愈亦不妨將經典聖賢之作等同於「草木」「金石」、「鳥」「雷」「蟲」「風」之「鳴」[26]；柳宗元則明言：「度今天下不吠者幾人。」直以「邑犬」喻天下士[27]。但他們又都是「信道篤而自知明」、「特立獨行適於義而已，不顧人之是非」的「豪傑」性格[28]，因此既敢於驅遣卑下低俗經驗意象為文，亦終要信道適義，「寓其巧智，使機應於心」，「神完而守固，雖外物至，不膠於心」，而表現雅正道義的主題知見，於是就形成了這種揉合高雅與卑俗於一爐，既非純然高雅亦非純然卑俗，而是介於二者之間的「中間」文體。

同時由於這種文章，其實是「情炎於中，……勃然不釋」，然後一決於文的有激為作。因此不但「不挫於氣」是必要的，甚至視「文者氣之所形」[29]，而要主張：

> 氣，水也；言，浮物也；水大而物之浮者大小畢浮。氣之與言猶是也，氣盛則言之短長與高下者皆宜。

因而在節奏韻律上就再也無法滿足於刻板的駢四儷六，而要尋求更大的自由、更大的變化，務求能夠

22 見韓愈，〈送高閒上人序〉。
23 見韓愈，〈送孟東野序〉。
24 見韓愈，〈進學解〉。
25 見韓愈，〈柳子厚墓誌銘〉。
26 見韓愈，〈送孟東野序〉。
27 見柳宗元，〈答韋中立論師道書〉。
28 見韓愈，〈伯夷頌〉。
29 見蘇轍，〈上樞密韓太尉書〉。

反映胸中情炎有激的「盛氣」。因此，韓、柳的古文就不是簡單的以散文來代替駢文而已，而是以能夠反映「盛氣」的自然流動的韻律節奏，來取代四六文的刻板韻律，亦即以語調的抒情性美感來取代形式的規律性美感。錢穆先生〈雜論唐代古文運動〉一文，一方面強調：

> 然太白所為諸序，尋其氣體所歸，仍不脫辭賦之類，其事必至韓公，乃始純以散文筆法為之。

一方面仍得在蘇東坡所謂「唐無文章，惟韓退之〈送李愿歸盤谷序〉而已」的引文之後承認：

> 今按：韓公〈送李愿歸盤谷序〉，竟體用偶儷之辭，其實尚是取徑於辭賦，東坡以之擬陶淵明〈歸去來辭〉，是也。惟文中遇筋節脈絡處，則全用散文筆法起落轉接，此為韓公有意運用散文氣體改換古人辭賦舊格之證。[30]

事實上，韓、柳古文仍然充分的利用辭賦的排比、對偶的形式美感，只是將通篇四六轉化為多種字數句式的對偶與排比，並且中間穿插「散文筆法起落轉接」，因而充分顯現一種「氣盛」的靈轉流動；從〈原道〉開始本篇中的韓、柳引文，皆處處可見這種特質。同時，亦將駢文運用典故的習慣，轉化為歷史性的列舉的敘述，不論是〈封建論〉、〈送孟東野序〉，或〈進學解〉的：

周誥、殷盤，佶屈聱牙。《春秋》謹嚴；《左氏》浮誇。《易》奇而法；《詩》正而葩。下逮《莊》、《騷》，太史所錄，子雲、相如，同工異曲。先生之於文，可謂閎其中而肆其外矣。

或是〈答韋中立論師道書〉的：

本之《書》以求其質，本之《詩》以求其恆，本之《禮》以求其宜，本之《春秋》以求其斷，本之《易》以求其動，此吾所以取道之原也。參之《穀梁氏》以厲其氣，參之《孟》、《荀》以暢其支，參之《莊》、《老》以肆其端，參之《國語》以博其趣，參之《離騷》以致其幽，參之《太史公》以著其潔，此吾所以旁推交通而以為之文也。

它們的美感特質，在形式上仍是近於辭賦的排比對偶，只是句法或者刻意變化，或者略加參差，因而顯得辭氣靈活而不呆板。但是這種歷史性事物的排舉列述，畢竟和駢文典故的運用不同，因為它並沒有以歷史經驗代替現實經驗，相反的，歷史事實卻成了現實經驗的一部分。韓、柳的兩段引文強調的正都是自己對於歷史典籍的判斷，以及這些典籍和自己的學習與創作的關係，所以基本上正是作為個

30 見《新亞學報》三卷一期，一九五七年。

人經驗的一部分來加以呈現。而〈封建論〉和〈送孟東野序〉的歷史敘述，不但是作為論證的主體，事實上反映的正是作者對於歷史傳統的重估，基本上仍是一種言志的表現。

但是重複的排比性的敘述，仍是韓、柳論說文在形式上的特色。韓愈的許多碑文，即使是著名的〈平淮西碑〉，亦完全是建立在這種排比鋪陳的形式美感上。他的革新並不在字句的由駢化散，而是不使用典故作間接的引述，卻實際去呈現事件的經驗，以身歷其境的言語與情狀，和盤托出於讀者眼前。所以雖然不是完全的散文，卻已有了直接呈示經驗的模擬（mimesis）敘事的效果。韓、柳古文的這種同時介於排比對偶的形式美感，以及直接呈示經驗事件的模擬美感的「中間」文體，它所具有的真正的美學意義，其實只是駢儷文體的一種解放，並不就是駢儷美感的棄絕。而最重要的則是對於個人直接經驗的肯定，深信它們具有足夠的美學意涵或倫理意涵，而值得讀者再去經驗與分享。因而個人的實際遭遇，以及出於性情志意的思維與感受，也就成為文學表現的內涵，古文的美學就不免是一種自傳性表現的美學了。

韓愈在〈新修滕王閣記〉再三記述的，只是自己的「益欲往一觀」而始終「願莫之遂」；在〈殿中少監馬君墓誌銘〉所述則為與北平王祖子孫三世交遊；在〈李元賓墓銘〉則但抒一己之感慨；在〈貞曜先生墓誌銘〉則直寫「愈走位哭，且召張籍會哭」等情狀；在〈女挐壙銘〉記諫迎佛骨被貶；甚至在〈唐河中府法曹張君墓碣銘〉中敘述：

有女奴抱嬰兒來，致其主夫人之語曰：「妾張圓之妻劉氏也。妾夫常語妾云：『吾常獲私於夫子。』且曰：『夫子天下之名能文辭者。凡所言必傳世行後。』今妾不幸：夫逢盜死途中，將以日月葬。妾重哀其生志不就，恐死遂沉泯。敢以其稚子汴見。先生將賜之銘，是其死不為辱，而名永長存，所以蓋覆其遺胤若孫；且死萬一能有知，將不悼其不幸於土中矣。」又曰：「妾夫在嶺南時，嘗疾病，泣語曰：『吾志非不如古人，吾才豈不如今人，而至於是，而死於是邪？爾若吾哀，必求夫子銘，是爾與吾不朽也。』」愈既哭弔辭，遂敘次其族世名字事始終而銘。……

遺族來求銘的經過成為墓銘最重要，也最感人的內涵。尋常人物的尋常心情與尋常經驗成為表現的主體，而作者自己或是親眼目睹、親身經歷的觀點人物的敘事者，就使這類原具客觀性質的應用文，成為抒情寫志的敘事作品。柳宗元的〈故襄陽丞趙君墓誌〉也是這種敘事化的好例子，只是所敘的正是尋墓改葬的歷程。這種寫法，從某種意義而言，似乎正是敘事主體的偏離，正如後設小說（metafiction），使寫小說的歷程成為小說自身的內容。但是這種現象所顯示的，其實只是注重被敘述的對象與敘述者的經驗關連，甚於被敘述者的自身性質，因而將敘述的主體轉移到敘事者自身之體驗的結果。

這種轉移也特別見於柳宗元的山水遊記，如〈始得西山宴遊記〉首段的：

> 自余為僇人，居是州，恆惴慄。其隙也，則施施而行，漫漫而游。日與其徒上高山，入深林，窮迴谿，幽泉怪石，無遠不到。到則披草而坐，傾壺而醉。醉則更相枕以臥，臥而夢。意有所極，夢亦同趣。覺而起，起而歸。

描寫的重點固然已經轉移到人身上，至於「予以愚觸罪，謫瀟水上，愛是溪」而竟「更之為愚溪」，以至「丘」、「泉」、「溝」、「池」、「島」，「皆山水之奇者，以予故，咸以愚辱焉」，則更強要一己的主觀憾恨的情志投射為山水的性質。即使沒有這麼戲劇化，像〈小石城山記〉既視之為「類智者所施設也」，而「疑造物者之有無」，且「怪其不為之中州，而列是夷狄，更千百年不得一售其伎，是故勞而無用」；像〈鈷鉧潭西小丘記〉的嘆「以茲丘之勝，致之灃、鎬、鄠、杜，則貴遊之士爭買者，日增千金而愈不可得。今棄是州也，農夫漁父過而陋之，賈四百，連歲不能售」，都已經以人情冷暖，富貴貧賤的思維寄寓其上了。像〈鈷鉧潭記〉亦明言：「孰使予樂居夷而忘故土者，非茲潭也歟？」即使是對於景物的描寫：

> 黃溪距州治七十里，由東屯南行六百步，至黃神祠。祠之上，兩山牆立，如丹碧之華葉駢植，與山升降。其缺者為崖峭巖窟，水之中，皆小石平布。黃神之上，揭水八十步，至初潭，最奇麗，殆不可狀。其略若剖大甕，側立千尺，溪水積焉。黛蓄膏渟，來若白虹，沉沉無聲，有魚數

百尾，方來會石下。南去又行百步，至第二潭。石皆巍然，臨峻流，若頦頷齗齶。其下大石雜列，可坐飲食。有鳥赤首烏翼，大如鵠，方東嚮立。自是又南數里，地皆一狀，樹益壯，石益瘦，水鳴皆鏘然。又南一里，至大冥之川，山舒水緩，有土田。始黃神為人時，居其地。[31]

亦已經完全轉化為對於遊程的詳細記錄：「南行六百步」、「揭水八十步」、「南去又行百步」、「又南數里」、「又南一里」，真的已是足「以啟後之好遊者」的觀光指南了；所寫的景觀亦多暫時性的景象：「有魚數百尾，方來會石下」、「有鳥赤首烏翼，大如鵠，方東嚮立」，考慮的亦是遊人的實際問題：「大石雜列，可坐飲食」。對於自然景象不用駢語敘述，卻用人事為比喻：「兩山牆立」、「若剖大甕」、「若頦頷齗齶」；而遊途的起點是人居的「州治」、「東屯」，終點則是「有土田，始黃神為人時，居其地」，還是人居。這與六朝山水小品主要是依賴駢語來構設全景：

梅谿之西，有石門山者，森壁爭霞，孤峰限日。幽岫含雲，深谿蓄翠。蟬吟鶴唳，水響猿啼。英英相雜，緜緜成韻。既素重幽居，遂葺宇其上。幸富菊花，偏饒竹實。山谷所資，於斯已辦；仁智所樂，豈徒語哉！[32]

31 見柳宗元，〈遊黃溪記〉。
32 見吳均，〈與顧章書〉。

固是迥然不同，即使與盛唐，如王維的〈山中與裴秀才迪書〉，雖然已是動態的歷程，但卻仍是整片遠景以及表現情韻的選擇性描寫：

北涉玄灞，清月映郭。夜登華子岡，輞水淪漣，與月上下。寒山遠火，明滅林外。深巷寒犬，吠聲如豹。村墟夜舂，復與疏鐘相間。

依舊判然有別。基本的差異，正在柳宗元的遊記已經不復想塑造出一片整體的富有情韻的山水景象，而是將注意轉移到遊歷的經驗過程，人與風景的交涉過程與經歷才是這一新的山水遊記與描寫的重點。主體的介入與優位，才是這種新的經驗表現的美學特質。這種作者個人主體的介入與優位，也正是韓、柳文的可以驅遣卑下低俗經驗形象，而表現高遠雅正的主題意識的基本原理。

韓、柳文確實是創造出了一種能夠表現作者個人的情志與具體經驗，而又包含了更豐富的經驗對象內容——這往往是尋常人物、尋常人情，甚至不妨是卑下低俗的事物，卻以其栩栩如生的模擬呈現而依然動人的新的美學典範，正預示了一個作者現身說法而又擁抱紛紜世界的新的文學時代的來臨。真正將此新的美學典範發揚光大的，其實不在李漢、李翱、皇甫湜輩，而是宋代的古文家、歸有光與桐城派！

附錄四

《傳記與小說——唐代文學比較論集》序

從事中國文史研究的人，稍加留心都會注意到，除了個人差異之外，海峽兩岸學者的論著，往往也會同時反映出各自所屬的社會特質與學術風貌。這不但見於因為社會情況差異所影響到的學術典範的分歧，同時也由於彼此長期的隔絕，致使學者們在他們參考與論辯的相關論述上，不可避免的囿限於自身所處的學術圈內。兩岸交流以來，這種文化學術視域的融會與擴大，正如春雪渙流般的時見波瀾，日益壯闊；另一個可喜的現象是，兩岸皆逐漸清晰的意識到日本海或太平洋的彼岸，亦是一個有待接觸合流的學術天地，而逐漸有了對於這或許可以算是「第三岸」的漢學著作的譯述。倪豪士（William H. Nienhauser, Jr.）教授的這本《傳記與小說——唐代文學比較論集》的出版。或許正是跨越重洋，首批上岸的珍貴信使！

北美洲由於幅員廣大，學術發達，大學以及各種研究機構林立，雖然中國文史研究往往寄身於東亞系或遠東系甚至其他的學科，居於各校的個別規模亦不算太大，但整體而言，卻是一個蓬勃而豐沛的學術世界。許多學者往往可以根據當地的論著譯述，即足以進入中國學術的殿堂，而迥非孤陋寡聞或一偏之見所可形容。同時北美洲的學術訓練，亦往往使得當地的學者可以跨越多重語文的障礙，除了中文以外，他們往往能夠，也習以為常的參考日本、西歐，甚至東歐、俄國等地的漢學著述，而以一種國際性的視野來看待中國的文史問題。先師屈翼鵬先生在六〇年代即已諄諄告誡臺大的同學：「漢學已經是一種國際性的學問！」可惜我們受限於養成與訓練的方式，大部分人到了九〇年代依然只能「立足臺灣，胸懷大陸」，往往未能輕鬆自在的「放眼世界」。所以，國外漢學著作的中譯仍是需要。本書中的多篇論文，例如第一篇〈中國小說的起源〉等，正都是以國際視野來思考問題的範例。

但是正如海峽兩岸，西歐、北美亦各有其學術背景，而當地的漢學研究亦不能自外於其特殊的文化傳統與當令的時代思潮。本書中的〈《文苑英華》中「傳」的結構研究〉採取了結構主義的文類分析；〈唐人載籍中之女性及性別雙重標準初探〉顯然受到了方興未艾的女性主義批評的影響；而〈中國詩，美國詩及其讀者〉則明顯的築基於閱讀現象學、詮釋學、讀者反應理論、接受美學，以至後結構主義諸流派論述的理解之上。因而都一方面自然而然的反映了西歐、北美人文社會學界的特殊興味，一方面也將這類新起的思維角度與探討的方法帶進了中國文史研究的領域。這些觀察與分析，不論是否可以成為我們從事研究時的主要關懷，至少是豐富且提示了我們對於中國文史現象可能的更多面的思考。

至於〈柳宗元的〈逐畢方文〉與西方類似物的比較研究〉一篇，自然是一篇比較文學的論述，但其精神卻近於語言哲學的實在論者。正如這批實在論者所一再辯議以為：無論每個歷史、地域、文化社會的語言用法與想像理解有何明顯的差距，但其所指的「黃金」之為物，其實同一，其事實屬性、其構造成分終究並無二致。該文強調的則是《山海經》神話與柳宗元認定的「畢方」，事實是「鬼火」，亦即是「ignis fatuus」，而在西方，相同的事物亦衍生 Will-o'-the-wisp 等等的傳說與想像來。

實在論的語言哲學能不能在後結構主義的詮釋思潮中，提供一種東西、古今互通的理論基礎，或許是一個饒有興味的基本問題。但是本書的基本關懷，其實卻在設法釐清在中國文化的傳統中，尤其是唐宋之際，「傳」、「記」、「碑誌」、「哀辭」與「小說」、「傳奇」等文體的千絲萬縷的糾纏與關連。本書多篇論文的重點是，一方面經由歸納整理，分析探討「傳記」與「小說」的「文類」規範與寫作型態（〈《文苑英華》中「傳」的結構研究〉、〈中國小說的起源〉）；一方面經由互文（intertextuality）比對，首先指出：「小說」不但在用字遣詞、謀篇形製，甚至情節的構成單位與安排經營，往往前有所承，而且大抵本於史傳或經籍（〈〈南柯太守傳〉的語言、用典和外延意義〉），並且在其衍變改寫之際，則不但反映了作者個人的用心與情懷，更是對於當代現實的一種迂曲的反映（〈略論九世紀末中國古典小說與社會〉）。同樣的，由於文體的不同規範，各類「傳記」性的作品，亦往往對所謂歷史「事實」有所選擇取捨，然後再行構組，結果產生的就是角度、主題，甚至內容各異的「詮釋」（〈略論碑誌文、史傳文和雜史傳記：以歐陽詹的傳記為例〉）；甚至亦不妨借傳主生平事跡之酒杯，澆作傳者自己胸中的塊壘（〈讀范仲淹〈唐狄梁公碑〉〉），於是「傳記」的自抒作者胸懷的功能，亦頗類於「小說」作品之於其作者。

在〈唐人載籍中之女性及性別雙重標準初探〉中，倪教授更是以具體實例，論證了：不論其文體性質為「古文」、為「寓言」、為「傳奇」、為「史傳」，在性愛態度上採取的是「性別雙重標準」的觀點，甚至在描寫表現的基本方式上，皆若合一契的反映了文化價值與偏向的一致性。如是則歷史「傳記」與傳奇「小說」，以至道德寓言與訓誨等各類不同體式的作品，在諸多時代、文化現象的反映上，就未必那麼判然有別，截然可分了。真可謂是「六經皆史」的另一種現代理解了。倪教授甚至在〈〈南柯太守傳〉、〈永州八記〉與唐傳奇及古文運動的關係〉一文中指出，「傳奇」的〈南柯太守傳〉與「古文」之〈永州八記〉，雖然文類性質迥異，但在許多描寫與文字上卻有顯然的雷同之處，因而探詢兩作的因襲承繼的問題，並且重新質疑「古文」與「傳奇」二者關連的傳統說法。但不論舊說或新說，顯示正都是二者的盤根錯節、密不可分，也都是中國敘事傳統影響下的同流分派。

上述種種發現與論述，雖然篇章各別，重點互見，其實都是倪豪士教授浸淫泛濫於中國敘事傳統，尤其是唐代的傳記、傳奇與古文作品多年的閱歷有得之言。雖然本書保留了發表過程的軌跡，以「論文集」，而非以「專書」的形式出現，但整體而言，書中各篇息息相關，環環相扣，其實自有一貫的理路，衍續的血脈，隱然輝映。逐篇讀來，但見其對核心問題的層層逼近，卻又峰迴路轉時有柳暗花明的意態，其引人入勝之處，實不遜於閱覽「小說」。同時其論述善用比較而分析細密，能在文獻字裡行間的參詳比對中，推測史傳之「事實」與作者之「用心」，勾沉顯晦，既是「傳記」的重構詮釋，亦富「小說」的制作興味。名其書為：《傳記與小說》，其誰曰不宜？

倪豪士教授任教於美國威斯康辛大學，行蹤遍天下，但卻獨對臺北情有所鍾，幾度來臺任教與研究，留臺期間甚至號召同好，組織論學談文的定期聚會。慶明有幸蒙其邀約，樂與數晨夕，頗享疑義相析、奇文共賞之歡趣。此番論著中譯付梓，又得先睹為快之便，敢贅數語於前，亦略表「有朋自遠方來，不亦樂乎！」的欣喜愛好之情。

附錄五

《北宋的古文運動》序

文學運動顯然是一種遠比文學創作複雜的現象。但是文學創作原來就是一種社會性的活動，它的促發、產生、傳播與接受，其實無法不受流行的社會成規的影響，也必須透過種種社會的機制方才得以發生作用。因此，創作雖曰「創」作，其實泰半仍須是合於某種「典範」或「法式」之下的「創作。只有少數的豪傑之士，不但超越了既有的成規，而且及身的使一己的寫作，成為取而代之的新的「法式」，因而自居於「典範」的地位，這樣就形成了所謂的「文學運動」。

每個時代的主盟文壇的人物，或大或小都在從事「文學運動」。文學史的重要工作之一，正在敘述、探究這些大大小小的「文學運動」；所有的分期、分體，以至各種風格的討論，尋繹的其實都是這些或顯或隱的運動與其成果。但是明顯自覺的文學運動，所提示給我們的，就不只是一般文學史中所常見的作品與風格而已，同時更是運動的過程、影響的因素與發展的規律。這樣的明顯自覺的文學運動，在中國文學史中屢見不鮮，但是就以影響之深遠長久而論，除了近代的「文學革命」外，當數唐宋的古文運動最為重要。

古文運動與白話文學運動所以重要，所以影響廣大，因為它們都不僅是文學的革命，也是書寫語言的革命，更是一種文化的革命。然而它們的成功，卻不在打、砸、搶、燒的激憤的破壞，或者政治權力的三令五申，威迫利誘，而是來自於其主張的合於社會轉變之時代需要，以及領導人物經由成功的創作所形成的「典範」作用，與其經由批評自覺所闡明的「法式」之確立，足為時人及後人的仿效與遵循。卡萊爾（Thomas Carlyle）《論英雄、英雄崇拜與歷史上的英雄》（*On Heroes, Hero-Worship, and the Heroic in History*）所謂的「英雄」的創造世界新秩序，正是此義。

何寄澎先生的這本《北宋的古文運動》，雖然未在書名上強調，追索的卻正是這樣的兩個文化「英雄」——歐陽修與蘇軾，他們兩人所前倡後繼的最重要的文化事業（歐、蘇二人的文學事業，其實更包括了宋詩風格的確立與宋詞意境的開拓，但影響到整個書寫與文化變革的卻是古文運動）。由於他們的提倡與「典範」，終於使得「古文」成為一種平易自然，既切近於人們思感的心理歷程，卻又富於表現、溝通能力，足以適應多種體類之目的的書寫媒介，因而達到了「文」、「道」融合，「文統」與「道統」合一的新的文化方向的開展。從此，「文章」具有了「思想」的靈魂，「思想」也具有了藝術表現的體貌。正是另一次「文質彬彬」人文化成之理想的體現。即使在「文學革命」七十年後的今天，當我們回顧古典文化，亦不能不為之崇仰讚嘆，低迴不已。因此何先生在本書中對於他們承先啟後之事業的細按深究，就格外意義重大，充滿啟示。

「英雄」雖然創造時代，時代也同時造就「英雄」。因為每一位文化「英雄」都有他們的先驅者，先行摸索了未來發展的方向。「英雄」們承繼了他們的成功與失敗的經驗，因而終於找到了真正可行的康莊大道。但是「英雄」之所以為「英雄」，也正因他們不只是真理之坦途上的踽踽獨行的人物。陶淵明或許在詩文上走的正是文化理想最後會到達的真理之路，但是其意義卻要到了蘇東坡之後方才被體認，方才有重大的影響。因而陶淵明只是「先知」，但卻不是「英雄」；因為他只是「頗示己志，忘懷得失，以此自終」的完成自己，卻未嘗努力去發起任何文學運動。「英雄」之事業，正因為他們的不僅獨善其身，自我完成，而且更是能夠栖栖惶惶的接引同志，獎掖後進，甚至號召群眾。因此他們不只影響久遠，成為文化傳統中永不熄滅的火炬，而且更是開創了風雲際會的時代潮流的吹鼓手。雖然任何的運動，不論一時如何的盛況空前，往往在它成功的被納入正典，成為傳統的一部分之後，終要逐漸的由社會的前景消褪，而融入了永恆的歷史背景。但是若無這種盛極一時的流行，就談不上所謂的明顯自覺的「運動」了，不論是文學的，或是文化的。

何先生很真切的掌握「文學運動」的既有前驅，復有同志，更有後繼與群眾的特質，因此本書的注視的探照燈，一方面集中在前後兩位「英雄」的樞紐作用上，一方面亦不忘照射到北宋古文運動的前驅者：柳開、王禹偁、穆修、石介、尹洙、蘇舜欽，以及歐陽修所提攜的曾鞏、王安石、三蘇，以至蘇門的秦觀、晁補之、李廌、張耒，甚至私淑蘇文的唐庚、鮑由、李朴等身上。

何先生在時代背景上通觀叢列了北宋所有重要文化人物的言論，以證明「通經致用」正是時代心靈的共同傾向，並且以相同的方式證明了，當時一般對於「文」、「道」觀念的理解，以及「文」、「道」合一的要求。因而歸結到歐陽修的能夠「富有文采」的塑造出一種「簡雅平淡的風格」，反應了這種時代的需求，而且一方面具有了「文章為士子所效習」的「典範」作用，更兼「指示了眾人可習的門徑」的「法式」功能。因而在「掌握有力的工具——知貢舉」的便利下，憑恃其「善處人事」、「胸襟寬闊」的特殊性情，在「提攜後進不遺餘力」的精神感召中，達到了古文運動的成功。

接著歷述蘇軾的代興繼起，踵事增華，達到了「古文最高藝術層次」，但也埋伏下了盛極而衰的根由，因而在歷經黨爭、洛學的攻擊，終於內外交困，再難振作，古文運動遂及北宋而止，南宋再無大家繼起。整個的分析，遂具有從驚天動地到寂天寞地的悲劇情調，在低迴掩抑的終曲聲中，我們只聽見〈餘論〉裡何先生的諄諄致意於黨爭之害：「古文之被提倡，本有政治上的目的，但此一政治性係限於冀求實現儒家的政治理想，並不同於黨同伐異的鬥爭工具」、「古文淪為政爭的工具」、「古文被大量用於批評時政，譏刺人身，古文遂為政治所污染，喪失了它的純淨」、「古文一旦用為政治鬥爭，終必受到政治力量的傷害」……餘音裊裊，發人深省。

江西詩派到了南宋猶能開啟四大詩家，終南宋一世而古文竟無大家。或許正在「古文運動」的「文道合一」原即出於經世致用的要求，所以「道」取「外王」之義，頗具進取精神。而偏安半壁的南宋，正如晚唐的疲於外患與黨爭，在苟且委靡的世風下，或許「內聖」之思與清苦之音更近於時代心理，古文的復興遂有待於明、清的有心用世之士。但是古文終究於北宋之後成為文體的正統，歐、蘇的努力亦可算功不唐捐了。

何先生雖然對於蘇軾的「重詩賦，文章亦求華美」，「蘇文縱橫徜恍，難以學習」，「蘇文頗軼儒家之道」，東坡的未為粹然純儒，而導致古文運動的盛極而衰，略有微詞，遺憾之意溢於言表，但這其實也是書中重點之一的「道統」與「文統」的能否融合為一的關鍵。早期的古文家所以只好走怪奇艱澀之路，就是他們只能「宗經」而無法「變騷」，不能融攝戰國以下，縱橫、屈宋、班馬……等等在文風上的發展，因此只能在一種極端有限的文體中艱苦掙扎。歐陽修變怪奇為雅正，化艱難為平易，自是為古文開出一條可行的新路。但是平淡若無真味為內裡，終究有失為文的本義。並且若一味強調平易，亦未嘗不是另一種有限而拘束的風格。書中所探討的二蘇的「文意」與「文氣」的主張，正是想藉由「有德者必有言」的理念，突破文主一格的拘限，想以人心思感的自然流動——「意」之流變多姿，以及性情閱歷的寬厚豐富——「氣」之宏博疏蕩，來充溢平淡自然的文字，而達到有文有質的風格。事實上這正是古文文體的再次解放，而終於找到了真正足以反映性情，自由表現的美學基點，也就是古文的足堪擔當宋代之後文體之範式的活水源頭。所以，何先生亦一再強調蘇軾「造就古文最高藝術層次」，「在藝術成就上，蘇軾的確推古文及於巔峰」——雖然何先生對於「波瀾壯闊、變化萬千之文取代了清新平易之文」，站在為古文運動設想的立場，評價上略有保留。

何先生的另闢一章〈與唐代古文運動的比較〉以及〈古文家與釋子之交涉〉、〈古文家與理學家之交涉〉的兩篇附論，無疑的使得本書的脈絡更加清晰完整。尤其唐代古文運動雖然出以比較，敘述卻是詳備完整。通觀叢列，不但是本書的基本寫作方式，在第一章註十一檢討郭紹虞論北宋文論之不當的這段：

> 郭氏的偏失可能肇因於立論之時僅就個人論文篇章著眼，而未從史傳、文集綜合觀察他們的思想、言論，甚至行為；尤其未能將文學現象置於全文化、全社會現象檢視，這很值得我們警惕。

更是充分的反映了本書的寫作態度。是以本書在材料掌握上的周備精密，分析探討上的深入細膩，其足資學者的參考應用，自不待言。而透過「排佛」，何先生強調了古文運動的本位文化意識；談到了「理學家」對於「古文家」的抨擊，則強調了儒門的同室操戈的不無遺憾。但釋契嵩在本書中似乎是理所當然的反派角色；而批評蘇軾的朱熹則位同「聖人作而萬物睹」的儒道「聖賢」，雖有指瑕而大體服膺，似乎完全反映了何先生的深深涵詠於性理、文章兩全其美的儒學大傳統，以及傾向德言兼顧的中庸天性所形成的特殊襟抱，因此發為論斷，有所取而有所不取，俱見性情。

何寄澎先生自於臺大求學之日起，即為經常談文論學的好友。多年前本書初稿完成時，依稀記得彼此曾有熱烈討論，當時惟願見其早日刊行。現在終於正式成書出版，真是可喜可賀！付梓之前有幸重閱，依舊興味盎然，可見學問的累積，雖因歲月而異，但流露真生命真性情的文章，自然永遠動人！

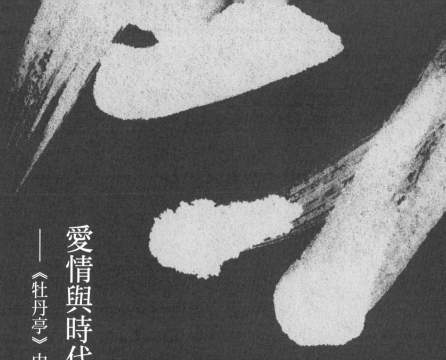

愛情與時代的辯證

——《牡丹亭》中的憂患意識

一、前言

天下女子有情，寧有如杜麗娘者乎！夢其人即病，病即彌連，至手畫形容，傳於世而後死，死三年矣，復能溟莫中求得其所夢者而生。如麗娘者，乃可謂之有情人耳。情不知所起，一往而深。生者可以死，死可以生。生而不可與死，死而不可復生者，皆非情之至也。夢中之情，何必非真？天下豈少夢中之人耶！必因薦枕而成親，待掛冠而為密者，皆形骸之論也。嗟乎！人世之事，非人世所可盡。自非通人，恆以理相格耳！第云理之所必無，安知情之所必有邪！

任何翻閱《牡丹亭還魂記》的人，都無法迴避上引湯顯祖以清遠道人署名的題詞，以及本劇以《還魂記》為名的事實。是以，「生者可以死，死可以生」的「有情」，乃至「情之至」的「還魂」，正是作者所欲宣揚的主題，殆無疑義。

但上述提及的情節僅只見於第十〈驚夢〉、第十二〈尋夢〉、第十四〈寫真〉、第二十〈鬧殤〉、第二十四〈拾畫〉、第二十六〈玩真〉、第二十八〈幽媾〉、第三十二〈冥誓〉、第三十五〈回生〉等齣而已，事實上這不但是《杜麗娘慕色還魂話本》的主要內容，也正是搬演最多的折子戲的段落。但就全劇五十五齣《牡丹亭》而言，不過占其五分之一不到；尤其自〈回生〉到劇末的第五十五齣〈圓駕〉整整還有二十齣，其中僅第三十六〈婚走〉、第三十九〈如杭〉、第四十四〈急難〉、第四十八〈遇母〉、第五十四〈聞喜〉、第五十五〈圓駕〉六齣中有旦角（杜麗娘）的戲。題辭又云：

> 傳杜太守事者，彷彿晉武都守李仲文、廣州守馮孝將兒女事，予稍為更而演之。至於杜守收拷柳生，亦如漢睢陽王收拷談生也。

「收拷」一事，見於第五十〈鬧宴〉、第五十二〈硬拷〉兩齣。而提及李仲文、馮孝將兒女事，正指出《杜麗娘慕色還魂話本》的本事，與《搜神後記》中的〈李仲文女〉及〈徐玄方女〉故事的雷同，皆為前任太守亡女和後任太守之子，鬼人相戀，以相與寢息而為更生還魂的過程[1]，但湯顯祖卻將他們的身分改易了，柳夢梅不再是後任太守柳思恩之子，在現實的身分上只是一介秀才或孤單的寒儒，但卻以身屬柳宗元的後代來配杜寶或杜麗娘的身為杜甫之後代，強調的反而是文學大家的血脈身分。似是有意的要將志怪的鬼神事蹟，轉化為文壇的傳奇佳話——是否就是一種具文學才華的懷才未遇者，對詩文大家的瓣香認同？因而更創造出了平章宰相拷打新科狀元的鬧劇。

湯顯祖所謂「予稍為更而演之」的部分，正是第一齣〈標目〉中，「果爾回生定配」之後，所謂

1 兩篇俱見《搜神後記》卷四，〈徐玄方女〉中以候至本命生日，還魂成功；〈李仲文女〉以「我比得生，今為所發」，「遂死」。〈漢談生〉，亦屬同類故事，更育有一子，以違背三年不以火照之言而功敗垂成。見《搜神記》卷十六。

的：「赴臨安取試。寇起淮揚，正把杜公圍困。小姐驚惶，教柳郎行探；反遭疑激惱平章。風流況，施行正苦，報中狀元郎。」添出的正是「無嘩戰士」[2]的「取試」與「寇起淮揚」的「鎮守」等，當時男士所必須面對的個人與集體的戰鬥。「赴臨安取試」是《杜麗娘慕色還魂話本》已有的情節，因而男主角喜中進士，兼得授官，且女主角「生二子，俱為顯宦」，遂以「夫榮妻貴，享天年而終」作結。似乎非得如此結局，不足以充分表現「還魂」、「更生」的歡慶[3]。因而湯顯祖所真正添加的，正是「寇起淮揚」的戰亂，以及〈耽試〉中的「因金兵搖動，臨軒策士，問和戰守三者孰便？」的策問。這裡自然就加重了時局動盪的歷史分量。

但是「戰亂」在以「愛情」為主題的作品中，未必真的就是作者所想表現的主題所寄。在《詩經．邶風．擊鼓》中雖然有著最深情真切的愛情表白——「死生契闊，與子成說。執子之手，與子偕老。」但那首詩表現的還是：「擊鼓其鏜，踴躍用兵。土國城漕，我獨南行」，由「從孫子仲，平陳與宋」，「爰居爰處，爰喪其馬。于以求之，于林之下」，以至「于嗟闊兮，不我活兮」的戰爭處境。但是張愛玲〈傾城之戀〉援引了該詩，也描寫日軍圍攻香港的戰事，卻是以戰事作為導致男女主角結合的催化劑之用而已。

對湯顯祖而言，他寫作《牡丹亭》的愛情戲曲，眼前所可取法且要挑戰的範本，正是《西廂記》。所以，第十齣〈驚夢〉中杜麗娘感嘆：「吾今年已二八，未逢折桂之夫；忽慕春情，怎得蟾宮之客？」之際，羨慕的正是《西廂記》中的「張生偶逢崔氏」等，「此佳人才子，前以密約偷期，後皆得成秦晉」[4]。而《西廂記》中不但有男女主角在夢中相會，又被驚散的〈驚夢〉；男主角中狀元，奉聖旨：「今日衣錦還鄉，小姐的金冠霞帔都將著。」而以雖經波折終得完婚的〈團圓〉作結等[5]，為《牡丹亭》所承襲或具近似的情節，而且亦有「寇起河橋」孫飛虎的圍困普救寺，終因杜確將軍「急難」馳援而終得「圍釋」等戰亂情事，所以歷來往往以兩劇相提並論[6]，沈德符《顧曲雜言》甚至說：「湯義仍《牡丹亭夢》一出，家傳戶誦，幾令《西廂》減價。」因此「寇起淮揚」亦可只是增添戲劇效果的設計。

純粹從戲劇性而論，戰亂，不管是全面的，或者只是潛在的威脅，總是可以增添戀愛中的男女主角在生離死別之際的情性表現，而讓他們的愛情品質在此試煉得到揭現，不論是〈梧桐雨〉、〈漢宮秋〉，或者是*Romeo and Juliet*和*Antony and Cleopatra*。但這些劇作中，戰亂或其可能皆直接影響到男女

2 歐陽修，〈禮部貢院進士就試〉，以「無嘩戰士銜枚勇，下筆春蠶食葉聲」來形容就試情景。

3 〈徐玄方女〉亦以「生二兒一女，長男字元慶，永嘉初為祕書郎中，小男字敬度，作太傅掾，女適濟南劉子彥徵士延世之孫云」作結。六朝取士重門第，尚未行科舉，故無「取試」情節，但基本意涵則近似。

4 這段話原出《杜麗娘慕色還魂話本》，但湯顯祖自無不知《西廂記》一書的道理，且杜柳之事，去掉了夢合、幽媾等煙幕，精神上本就等同於崔張之事。

5 這裡借用金聖歎批點本的回目，以資比較。

6 如王應奎，《柳南隨筆》云：「王實甫《西廂》，湯若士《還魂》，詞曲之最工者也。」《吳吳山三婦合評牡丹亭還魂記》亦一再以兩劇相提並論。

主角與其愛情的變化，皆可算是其有機結構不可或缺的部分，只有《牡丹亭》的戰亂是自成一條線索，只和女主角的父親杜寶、塾師陳最良有直接的關連，男女主角不過只是「杜公圍困。小姐驚惶，教柳郎行探」，除了前去「激惱平章」平白被「硬拷」一番，對戰亂的解決全無關係。

另一條反覆出現的主題，則是男主角一再的遭遇落魄、受人誣蔑，甚至還被拷打的惡運，除了「硬拷」一事外，這條線索亦與男女主角的愛情，並無直接的關連，它的解決反而主要來自他的「報中狀元郎」。因此本章擬從：一、女主角的生死歷程，二、男主角的由窮而達之命運轉變，以及三、父輩的禦寇圍釋過程，這些深具時代特徵的現象，來和男女主角的愛情相互對照，探討其正反相生的辯證關係。

二、閨女還魂之底蘊

（一）從〈白雪公主〉說起

杜麗娘「還魂」的故事，並非一般的「復活」或「再生」，其重點正在她以「養在深閨人未識」的「閨女」而「慕色」，所形成的實際困境與矛盾心理。她的故事其實和德國《格林童話》中的〈白雪公主〉在心理機制上如出一轍：白雪公主進入了青春期，但母親（故事中故意將她改變為繼母，以使她的嫉妒與威嚇得到合理化的解釋），在有意無意中不接受她已長大而成為「美麗」（也就是「性感」）的「女人」之事。所以要殺死白雪公主之「美麗」的女性素質，甚至要吃掉她的「春心」（在童話中繼母將獵人帶回的假「心」，加鹽煮熟吃掉了）。白雪公主只好躲到七矮人（也就是只知道埋身地底淘金度日的工作狂，或者正相反的象徵盡日嬉戲的孩童，但不論為何者，都顯然是不具「性感」或「性意識」之存在的生命型態）群中，成為盡日忙碌，擅長幫忙清潔煮食等家事之女傭般的存在。

但是白雪公主仍然日漸發育（有趣的是童話反覆提及她的白膚、紅唇、黑髮，卻全然不提她的體態），她在自我壓抑中，也仍然渴望一切可以襯托、凸顯她的「美麗」（性感）的事物，如各色的絲帶、梳子，因而每一次在受誘（其實正是繼母的假裝測試），淺嘗即死（以中毒來象徵受到嚴懲或驚嚇的結果），直到又如同小矮人般的完全放棄，清除了這種嘗試（這是七矮人解救白雪公主的標準程序），才得「復活」，重過與小矮人一般的生活。但是面對象徵「性愛」的蘋果，母親作為已婚婦人自然沒有影響，可吃它「無毒」的白色的一半；而鮮紅的一半，對於處女的白雪公主，自然仍是「致命」的禁忌。小矮人們這一次不能像前兩次找到外因，因為它不僅是可以解除的外飾而已。

直到她「雖死猶生」的被王子看上，經過提議贈金且示愛（議婚？）之後，王子命人將白雪公主抬舉（玻璃棺等於花轎？）回家之時，作為禁忌的紅蘋果才自口中掉出（落紅？），她的「情欲自我」因而才能真正的重生，而母親所加的禁咒也就在婚禮的舞會中消失了（童話中以繼母跳舞至死來象徵，跳舞至死是否也暗示了母親的渴望保有青春，不願意在女兒長成中自覺老去的心理？因而同時解釋了她的行為動機）[7]。

（二）杜麗娘的困境

在沒有適齡未婚男女公開社交與社交舞會的宋明時代的中國，作母親的並不需採取任何行動來禁制女兒，社會中「男女授受不親」與官宦家的處子，其生活活動的空間，僅限於閨閫之間的禮教規範已足以形成嚴格的禁制。所以在〈肅苑〉一齣中，更要塾師陳最良教訓道：「論娘行，出入人觀望，步起須屏障。」相形之下，當時的閨女「慕色」所承受的精神壓力，顯然要比《詩經．鄭風．將仲子》中所謂：

將仲子兮，無踰我里，無折我樹杞。豈敢愛之？
畏我父母。仲可懷也，父母之言，亦可畏也。
將仲子兮，無踰我牆，無折我樹桑。豈敢愛之？
畏我諸兄。仲可懷也，諸兄之言，亦可畏也。
將仲子兮，無踰我園，無折我樹檀。豈敢愛之？
畏人之多言。仲可懷也，人之多言，亦可畏也。

「畏我父母」、「畏我諸兄」、「畏人之多言」有過之而無不及。至於《杜麗娘慕色還魂話本》中所謂：「忽見一書生年方弱冠，丰姿俊秀，於園內折楊柳一枝，笑謂小姐曰：『姐姐既能通書史，可作詩以賞之乎？』」正是〈將仲子〉的「踰園」、「折檀」等等之「折樹」或「伐柯」之意。要求「作詩賞之」，是要杜麗娘強調「無折」、「可畏」？還是反映「可懷」、「豈敢愛之」的心意？或者竟是等同於「紅葉題詩」的自憐與冀望？所以〈驚夢〉中生一上場就吟：「一徑落花隨水入，今朝阮肇到天臺。」而唱：「則為你如花美眷，似水流年。是答兒閒尋遍，在幽閨自憐。」

但是他們「共成雲雨之歡娛，兩情和合，已值母親至房中喚醒，一身冷汗，乃是南柯一夢」之餘；卻立即得至母親：「我兒何不做些鍼指，或觀玩書史，消遣亦可。因何晝寢於此？」以及「孩兒，少去閒行！」禁止遊園的教訓。在母親心目中，女兒只當做個麻木無感、努力工作、認真讀書的小矮人？杜麗娘須得一再以：「不覺困倦少息，有失迎接，望母親恕罪。」及「領母親嚴命。」就可知其所受家教之嚴。湯顯祖卻變本加厲的在老旦上場時，要她吟出的竟是：「夫婿坐黃堂，嬌娃立繡窗。怪他裙衩上，花鳥繡雙雙。」這已不遜於白雪公主配帶的絲帶有毒了。接著以一齣〈慈戒〉，讓甄夫人強調：「女孩兒只合坐香閨，拈花剪朵，問繡窗鍼指如何？逗工夫一線多！更晝長閑不過，琴書

7　這裡的分析，主要是依據：Joanna Cole, "Snow-White," *Best-Loved Folktales of the World* (New York: Doubleday Anchor Books, 1982), pp. 53-62。

外自有好騰那。去花園怎麼？」

杜麗娘的困境，在湯顯祖筆下，主要還不在母親，而是父親杜寶雖為「西蜀名儒，南安太守」卻是膝下無兒，不免要在「伯道官貧更少兒」之餘，想如「中郎學富單傳女」，因此不但指責妻子：「你纔說『長向花陰課女工』，卻縱容女孩兒閑眠，是何家教？」並且親自責備女兒：「白日眠睡，是何道理？」要她「刺繡餘閑」，寓目圖書，「他日到人家，知書知禮，父母光輝」。夫妻兩人對女兒「未議婚配」之事不放在心上，卻期盼她成為「謝女班姬女校書」。所以才令杜麗娘深感「錦屏人忒看的這韶光賤」，辜負了她「可知我一生愛好是天然」的本性，其沉魚落雁，羞花閉月的美貌，「恰三春好處無人見」，正如園中春色：

原來姹紫嫣紅開遍，似這般都付與斷井頹垣！

這種芳華虛度，生命與愛情全然落空的悵惘心情，也正是《西廂記》中崔鶯鶯一上場的心靈基調：

可正是人值殘春蒲郡東，門掩重關蕭寺中；花落水流紅，閒愁萬種，無語怨東風。

結果是兩人皆在這寂寥的「蕭寺」或跡近荒廢，僅只「斷井頹垣」的花園（後來又成了祭祀她自己的道觀），展開了一場熱情澎湃、轟轟烈烈的千古不朽的戀愛。有趣的是不論是「西廂」或者是「牡丹亭」，正都是她們初試雲雨，吃下白雪公主的紅蘋果的處所，以借喻（metonymy）的方式，而成為點出主題的劇名，實在令人莞爾。兩劇此場的曲文（《西廂記》是第四本第一折，金批作〈酬簡〉，《牡丹亭》則是〈驚夢〉及〈尋夢〉），皆極優美，雖是巧用意象，詩意盎然，卻又使人心領神會之際，頓見此一沉酣過程的描寫，歷歷如繪，栩栩如生。當它們在舞臺上搬演之時，是否就是一種讚頌花月神祇的「聖婚」儀式？

（三）讚頌花月的「聖婚」

《西廂記》在此折，先是強調「月明如水浸樓臺」，接著「月移花影，疑是玉人來」，然後以「春至人間花弄色」，「露滴牡丹開」為高潮，終於「乘著月色，嬌滴滴越顯得紅白」歸返。《牡丹亭》則分為兩路，在〈驚夢〉直接出以花神的保護，「他夢酣春透了怎留連？拈花閃碎的紅如片」，因而〈尋夢〉亦強調：「忑一片撒花心的紅影兒弔將來半天，敢是咱夢魂兒厮纏？」

在〈幽媾〉中則始於生賞春容：「瞥下天仙何處也？影空濛似月籠沙」，「他飛來似月華」，「幽佳，輝娟隱映的光輝殺」，由觀畫而直嘆：「小生客居，怎勾姐姐風月中片時相會也？」企盼「怎能勾他威光水月生臨榻」；而魂旦則「魂隨月下丹青引」，「又到的高唐館玩月華」；相見之際旦對生唱：「俺不為度仙香空散花。」「秀才呵，你也曾隨蝶夢迷花下。」生想介答：「是當初曾夢來。」旦自稱：「奴年二八，沒包彈風藏葉裡花，為春歸惹動嗟呀。」生驚嘆：「夜半無故而遇明月之珠。」因而頓覺：「月明如午，問今夕何年星漢槎？」「玉天仙人間下榻。」恍如夢中。旦卻提起：「你為俺催花連夜發」、「牡丹亭，嬌恰恰；湖山畔，羞答答」的往事，而強調「清風明月知無價」。生則唱：「俺驚魂化，睡醒時涼月些些。陡地榮華，敢是夢中巫峽？虧煞你走花陰不害些兒怕。」讚嘆之餘，敦促道：「你看斗兒斜，花兒亞，如此夜深花睡罷。笑咖咖，吟哈哈，風月無加。」臨別旦自云：「花有根元玉有芽。」「秀才，且和俺點勘春風這第一花。」這一整齣不論是借喻或隱喻，全然不憚重複的再三以月、花為言，並且是逐步的由月的借喻轉向花的隱喻。

（四）杜麗娘的「仙」格

事實上《牡丹亭》寫作的初始，接近《杜麗娘慕色還魂話本》中柳夢梅題畫的和詩：「貌若嫦娥出自然，不是天仙是地仙。若得降臨同一宿，海誓山盟在枕邊。」以嫦娥比喻女主角，亦見《西廂記》第一本第三折張生高吟一絕的：「月色溶溶夜，花陰寂寂春。如何臨皓魄，不見月中人。」以月中人相比，自是以「天仙」相況。而改稱「地仙」，則劉晨、阮肇之類的奇遇，就因志怪傳奇的傳統而成為明顯可期的佳話。《杜麗娘慕色還魂話本》此一和詩作得甚近俚俗，遠不如杜麗娘的原詩。原詩雖屬平常，但在遠觀近覩的對照中還能強調出杜麗娘性格中的兩面性：受社會化壓抑的表面「儼然」，但真正的精神卻是「自在若飛仙」，是渴望自由而追求自我實現的靈魂。至於後兩句原為命運的「預言」，自可不必深究[8]。當然，「蟾宮客」亦又以「月中折桂」的獲取功名，來隱隱與「園中折柳」獲得芳心遙相比對。因而湯顯祖保留了原詩，而將和詩改為：

> 丹青妙處卻天然，不是天仙即地仙。
> 欲傍蟾宮人近遠，恰些春在柳梅邊。

首先強調了丹青的妙處，能夠渾成反映畫中女性「一生愛好是天然」的內在本性。「不是天仙即地仙」，強調的正是她與天地並立的「仙」的本性，美麗之外，更傳達出她「自在若飛仙」的超越現實嚮往自由勇敢追求的精神；並且將她的降臨（「玉天仙人間下榻」）、依傍引喻為將「春」帶至「柳梅邊」，因而作為「仙」，她竟成為「春」的象徵，頗有「春至人間花弄色」之意味了。

若從「仙」的象徵而言，杜麗娘的「還魂」、「更生」就不僅是性愛渴望的壓抑與解除了，而同時更具有與「聖婚」崇拜相關，自然神祇在季節變化中的「死亡」與「再生」的意蘊了。所以，〈憶女〉中春香說她「仙果難成，名花易隕」；同時，《杜麗娘慕色還魂話本》中已明白交代杜麗娘之死，「時

8　按：原詩作：「近覩分明似儼然，遠觀自在若飛仙。他年得傍蟾宮客，不在梅邊在柳邊。」

八月十五也」，而「杜麗娘葬於後園梅樹之下，今已一年矣」。湯顯祖雖將一年改為三年（可能受杜府尹「不覺三年任滿，使官新府尹已到」的影響），但卻將杜麗娘的回生，改為春回花開之日。

（五）「春」與「梅」的象徵

柳夢梅〈拾畫〉，一開始就唱：「驚春誰似我？」定場詩頭一句亦是「脈脈梨花春院香」；〈玩真〉的定場詩，亦強調「畫意無明偏著眼，春光有路暗抬頭」，對畫中人則讚為：「問丹青何處嬌娥，片月影光生毫末？似恁般一箇人兒，早見了百花低躲。總天然意態難摹，誰近得把春雲淡破？」並且進一步強調她是「動春蕉，散綺羅，春心只在眉間鎖。春山翠拖，春煙淡和」，「他青梅在手詩細哦，逗春心一點蹉跎」。〈魂遊〉一開場即是石道姑唱：「臺殿重重春色上。」杜麗娘魂歸人世，亦驚唱：「原來是賺花陰小犬吠春星，冷冥冥梨花春影。」直到〈幽媾〉，柳夢梅對畫仍要祈求：「他春心迸出湖山罅，飛上煙綃萼綠華。」所以，杜麗娘地獄歸來正與大地春回同時。〈回生〉之前，生拜當山土地，說：「土地公公，今日開山，專為請起杜麗娘。不要你死的，要箇活的。」所唱的結句，就是：「呀，春在小梅株。」梅，不論在節候上或文學傳統的應用上，正是「春風第一花」！

杜麗娘作為與「春」有關，能夠「回生」重臨的「仙」（劇中亦一再以女仙「萼綠華」、「杜蘭香」之名來指稱她），顯然從她對「梅」的認同起始。在後來習慣稱為〈遊園〉的段落中，且上即唱：「夢回鶯囀，亂煞年光遍，人立小庭深院。」強調的正是「夢」在鶯聲中，隨「春」而「回」，貼亦強調了這種「年光」的流轉：「炷盡沉煙，拋殘繡線，恁今春關情似去年。」接著旦的道白正是：「曉來望斷梅關。」與此相對的則是：「春香呵，牡丹雖好，他春歸怎占的先！」由於最早開花，「梅」不僅象徵早春，「寒梅著花未？」[9]甚至可視為是否春回的象徵。而「梅」的結實與摘取，自《詩經．召南．摽有梅》以降，更是象徵處子的婚嫁與期待婚嫁的心情：

摽有梅，其實七兮！求我庶士，迨其吉兮！
摽有梅，其實三兮！求我庶士，迨其今兮！
摽有梅，頃筐塈之！求我庶士，迨其謂之！

屈萬里先生詮釋這首詩，以為反映「女子遲婚」的心情[10]。而〈驚夢〉中杜麗娘遊園歸來，不但道白全襲《杜麗娘慕色還魂話本》：「吾生於宦族，長在名門。年已及笄，不得早成佳配，誠為虛度青春，光陰如過隙耳。」入夢之前的一曲〈山坡羊〉更將這種心情寫得淋漓盡致：

9　見王維，〈雜詩〉。
10　見屈萬里，《詩經選注》（臺北：正中書局，一九七六年），頁一七。

沒亂裡春情難遣，驀地裡懷人幽怨。則為俺生小嬋娟，揀名門一例、一例裡神仙眷。甚良緣，把青春拋的遠！俺的睡情誰見？則索因循靦腆。想幽夢誰邊，和春光暗流轉？遷延，這衷懷那處言？淹煎，潑殘生，除問天！

這裡的「春情難遣」，正因雖有父母而「衷懷」卻無處可言。因為晝眠尚且不准，遑論「睡情」以及「幽夢」？生於「名門」反致「幽怨」，挑三揀四的結果，並沒有成就任何「良緣」，徒然在「春光暗流轉」中「把青春拋的遠」，眼看婚齡將過，再「遷延」就全無指望了。在「女子有行，遠父母兄弟」[11]的年代裡，女性若是婚姻無著落，等於生命整個落空：「傷彼蕙蘭花，含英揚光輝，過時而不采，將隨秋草萎。」[12]此處的焦慮必須放到這種文化社會之處境才能深切體會（因而《牡丹亭》甫出即引起許多女性讀者的共鳴，更有感傷至死者）[13]。所以，最後頓然陷入絕望的谷底：「淹煎，潑殘生，除問天！」

在這種絕望的心情下，「因杜知府小姐麗娘與柳夢梅秀才，後日有姻緣之分。杜小姐遊春感傷，致使柳秀才入夢」[14]，事實上正是她足以預知未來的潛意識，甚至是她內在的animus[15]，前來拯救她、補償她，向她保證將來是有「良緣」與「神仙眷屬」的佳配，而不是徒然在「似水流年」裡「淹煎」而已！

但是「夢」裡的「預先」經歷，並未構成真正的保證。母親將她「驚」醒，卻又對遊園一事加以禁止，再次使她跌入了令人絕望的現實。當她再度前來〈尋夢〉，發現「明放著白日青天，猛教人抓不到魂夢前」，「昨日今朝，眼下心前，陽臺一座登時變」，更顯得夢境虛無縹緲。就在此時她注意到了：「呀，無人之處，忽然大梅樹一株，梅子磊磊可愛。」她終於看到了自己類似〈摽有梅〉的命運：

> 偏則他暗香清遠，傘兒般蓋的周全。他趁這、他趁這春三月紅綻雨肥天，葉兒青，偏迸著苦仁兒撒圓。愛煞這晝陰便，再得到羅浮夢邊。

由梅花的「暗香清遠」到梅子的「紅綻雨肥天」，時序不止，人的青春亦一樣流逝，無花可折枝，但亦不妨「愛煞這晝陰便」。杜麗娘對梅花的賞愛，遂由「灼灼其華」、「有蕡其實」轉到了「其葉蓁蓁」

---

11 見《詩經》之〈邶風．泉水〉、〈鄘風．蝃蝀〉、〈衛風．竹竿〉等篇，可見其為當時普遍接受的成語，至近代以前，女性的處境都還如是。

12 見〈古詩十九首．冉冉孤生竹〉。

13 見諸記載即有俞二娘、金鳳鈿、馮小青、商小玲等。

14 這是〈驚夢〉中花神的解釋。

15 此處用的是榮格的觀念，指女性自我中所涵蘊的男性人格，目前尚無固定中譯，故用西文。

的「晝陰便」[16]。「華」、「實」若以〈桃夭〉詩例來看，皆與男女結合的「室家」、「家室」相關，僅只「葉」卻與「家人」相關。似乎在此，她已放棄成婚的希望，只好在面對丫角終老的命運前，由嚮往「梅子磊磊可愛」而轉向認同於自己家人般的注視梅葉青青，「傘兒般蓋的周全」，甚至以「這梅樹依依可人」為其最終的歸宿與認同：「罷了，這梅樹依依可人，我杜麗娘若死後得葬於此，幸矣！」

當杜麗娘提到「再得到羅浮夢邊」時，她不只將她的夢境與柳宗元《龍城錄．趙師雄醉憩梅花下》的經歷相比，其實正以幻為美人的梅樹香魂自比，並且其實企望的正是這一場類似當年發生於羅浮山的「幽夢」能夠「再得到」：

偶然間心似繾，梅樹邊。這般花花草草由人戀，生生死死隨人願，便酸酸楚楚無人怨。待打併香魂一片，陰雨梅天，守的箇梅根相見。

「梅樹」因此不僅是春日的象徵、自我的類比，「梅樹邊」更是一場幽夢的場景與追懷心情之無法忘懷與割捨（「心似繾」）的寄託。她在此對生命所表達的渴望，正是「春日」或「青春」的美好：「花花草草」能夠盡情去愛戀，而人的「生生死死」能夠自主、自我掌控「隨人願」，如是則無怨無悔，「便酸酸楚楚無人怨」。

在這裡，特別值得注意的是：首先，春日的「花花草草」能夠「自由」的「由人」不僅是「觀賞」而是「戀」，這簡直是反對禮教桎梏人心，公然主張「自由戀愛」的宣言（相同的意思，首見於《西廂記》的「願普天下有情的都成了眷屬」）；其次「生生死死」疊句的背後正是「生死輪迴」的宗教信仰，與四季循環的自然現象所疊合而成宇宙觀感，在此卻強調「隨人願」，遂有類似「願世世為夫婦」[17]之類超越死生恢弘的願力。在此祈願下，即使歷經生生死死的酸楚亦是無怨無悔。整個說來，是認同於雖有花開花落、草長草枯的季節與生命的循環，但是若能掌握春光，充分實現青春的生命（或者說生命的青春），即使所結的果實，如梅子般的「酸酸楚楚」，甚至「偏迸著苦仁兒撒圓」，得以苦澀為核心而自求圓滿，遭逢的必然都是「陰雨梅天」風雨不斷、動盪不安的環境，雖艱辛備嘗，卻是無人怨悔的以愛情為核心關懷的人生信念。

在這種信念下，可怕的並不是戀愛所導致的種種痛苦，而是未曾有過任何戀愛的生命的落空。即使只是「睡情」，是「幽夢」一場，只要有了「所謂伊人」，不論是生生死死的哪種「在水一方」[18]，終究有永遠的期盼，恆久的等待。於是此處的「愛情」，就有如牛郎織女般進入了神話的型態。只是這不是仲夏夜夢的「天仙」的型態，而是隨著春光流轉，初春開花、暮春結果，可以藉「梅」之開落循環來象徵的「地仙」的型態。因此，「待打併香魂一片，陰雨梅天，守的箇梅根相見」，只要「根」

16　此處借用《詩經．周南．桃夭》的詩句。
17　見陳鴻，〈長恨歌傳〉。此為傳中唐玄宗與楊貴妃七夕時的密誓。
18　兩句見《詩經．秦風．蒹葭》。

在，終是「天上人間會相見」[19]。

《杜麗娘慕色還魂話本》中，柳夢梅「因母夢見食梅而有孕，故此為名」，是暗喻柳衙內為「梅」子，顯然會破壞了全劇以杜麗娘為「梅」的象徵。因此，湯顯祖將他取名的來源，扣緊杜麗娘的同一夢境：

> 忽然半月之前，做下一夢。夢到一園，梅花樹下，立著箇美人，不長不短，如送如迎。說道：「柳生，柳生，遇俺方有姻緣之分，發跡之期。」因此改名夢梅，春卿為字。正是：「夢短夢長俱是夢，年來年去是何年？」

這一段自然牽涉到下一節要討論到的書生窮達命運之轉變的主題，但就此處論述的重點而言，梅花樹正是美人的借喻，夢「梅」不僅夢的是杜麗娘，夢的更是逢「春」花發所象徵的「發跡」。因而以「夢梅」為名，「春卿」為字，正是呼應「聖婚」儀式之「神仙眷」的表徵。

「年來年去是何年？」似就更有一種「春」之永恆循環來去的弦外之音。因而「春」的消逝、歲月的流變（甚至人的死去），都可視為只是來去循環的一端。從人間萬事俱是「春夢」一場，「夢短夢長俱是夢」，就更有一種深沉的對於「真幻」的辨別，即〈題辭〉所謂：「夢中之情，何必非真？天下豈少夢中之人耶！」這裡湯顯祖反映的是近於對榮格（C. G. Jung）所謂的「anima/animus」之直覺的了悟？還是了解「愛情」遠遠超乎肉體的吸引與接觸——「必因薦枕而成親，待掛冠而為密者，皆形骸之論也」，是一種「所過者化，所存者神」，彼此對「神」的認同與契合？

「情」所以能教人死生相許，正因「情」可以遠遠超越死生，成為比如夢如幻的人生更為「真實」，而非隨夢而逝的現象，達到一種近於神聖的「實在」。對於此一「實在」之掌握，有時反而必須透過揭現於「睡情」、「幽夢」中的內在心靈之眼目。杜麗娘覺悟的感嘆：

聽、聽這不如歸春暮天，難道我再、難道我再到這亭園，則掙的箇長眠和短眠？

「掙的箇長眠和短眠？」的自覺，其實正與「夢短夢長俱是夢」遙相呼應，正都流露出一種永劫循環之宇宙透視。在此「生者可以死，死可以生」的生死輪迴中，「不知所起，一往而深」的「情」反而成了《續老殘遊記．序》所謂「固歷劫而不可忘者也」[20]，永恆的「天然」本性了。

這種「情」正是和「青春」生命不可分割的「春情」，也正是可以藉「梅」為喻的「天然」本性。這種以「梅」為喻的刻意安排，更見於〈寫真〉特地添加了《杜麗娘慕色還魂話本》所全然未

19　見白居易，〈長恨歌〉。
20　其上下文為：「五十年間，可驚可喜可歌可泣之事業，固歷劫而不可以忘者——而此五十年間之夢，亦未嘗不有可驚可喜可歌可泣之事，亦同此而不忘也。」可作參考。

曾提及的：「一種人才，小小行樂，撚青梅閑廝調。」以手撚青梅作為「春容」的主要提示；在〈診祟〉中杜麗娘更直陳：「咳，咱弄梅心事，那折柳情人，夢淹漸暗老殘春。」〈玩真〉更讓柳夢梅看畫驚嘆：「卻怎半枝青梅在手，活似提掇小生一般？」而唱出：「他青梅在手詩細哦，逗春心一點蹉跎。小生待畫餅充饑，小姐似望梅止渴。」由杜麗娘題詩：「他年得傍蟾宮客，不在梅邊在柳邊。」自然「柳」，包括所謂「那折柳情人」，是指柳夢梅；但「梅」正指杜麗娘，尤其是她「一生兒愛好是天然」之充滿「渴」、「望」而未得滿足的「春心」，也就是她生命的最終本質。

「撚青梅」或「弄梅」自然用的是李白〈長干行〉「妾髮初覆額，折花門前劇。郎騎竹馬來，遶床弄青梅」的典。但是一「折柳」一「弄梅」，就更有《詩經・鄭風・溱洧》：「士與女，方秉蕳兮。」「維士與女，伊其相謔，贈之以勺藥。」春日的崇拜、嬉戲與交相傳情之意味。杜麗娘「情知畫到中間好，再有似生成別樣嬌」之紙上靜止的「寫真」，其實充滿了挑逗意味（所謂「逗春心」、「提掇小生」），但基本作用卻是與白雪公主被裝在玻璃棺中異曲同工——雖然進入了行動中止的「死亡」或等於「死亡」狀態，但卻是一種等待被發現、被追求，因而得以復活以至獲得真正的結合，所故意留下、誘人按圖索驥的線索標示。

這幾乎是一種壓縮了熱情與美麗的青春生命之藏寶圖錄（在〈白雪公主〉的場合是展示櫃），這不但是一種欲隱還顯的捉迷藏的過程，更重要的還是一種選擇與考驗。只有一方面透過靜止表象之觀覽，即可掌握其所喻示隱藏於內在的躍動生命與審美精神（「撚青梅」暗用佛陀拈花、迦葉微笑的妙悟會心之典？），另一方面又肯甘冒大不韙的前來追求的勇士，才是真正能夠解救她們於被禁錮，因此形同「死亡」狀態的雖生猶死，甚至生不如死的命運。（歌劇《魔笛》中的 Tamino 王子亦是僅只看了夜之后女兒 Pamina 的畫像就愛上了她，而決心冒險去拯救她。他因此面對了種種試煉，後來卻揭現為皆出自她父親 Sarastro 之安排。）

（六）「更生」的條件

以〈題辭〉所提及的〈李仲文女〉、〈徐玄方女〉的故事看來，雖然「更生」之事，後者成功，前者功敗垂成。但兩位女主角皆在夢中明告兩位男主角她們為「死者」：「自言前府君女，不幸早亡。」「我是前太守北海徐玄方女，不幸早亡，亡來今已四年。」同時表達愛意與更生之事，而不論是張子長或馮馬子皆能不以對方「早亡」為嫌，皆「遂為夫妻寢息」，「與……寢息」。

但二者成敗之別，似乎一方面是李仲文女，雖「會今當更生」，但僅只「心相愛樂，故來相就」，但並不如徐玄方女具有「為鬼所枉殺，案生錄，當八十餘」的壽數；「又應為君妻」的宿緣，同時必須「要當有依馬子乃得生活」，「能從所委，見救活不？」必要的救活過程，與「馬子答曰：『可爾。』」之承諾與執行；一方面是徐玄方女的更生是充分的等待到「出當得本命生日」，而且經由以「丹雄雞」、「黍飯」、「清酒」祭訖，掘棺，開視等程序。

但李仲文女，文中雖強調「寢息，衣皆有污，如處女焉」，卻因「此女一隻履在子長床下」，為仲文遺婢所見，導致雙方的父親「發棺」，女遂「比得生，今為所發，自爾之後遂死」，顯然雖「女體已生肉，姿顏如故」，但卻是過早的發掘（發覺？）。將兩者加以對照，「更生」成敗的基本關鍵顯然一是程序，一是時間。

徐玄方女所謂：「能從所委，見救活不？」若從前此「應為君妻」、「要當有依馬子乃得生活」的話語看來，雖是女方主動提出，但其實正是一種「出嫁從夫」的議婚；馬子的應允，顯然已具「婚約」的意涵。而其出現由髮、額、頭面、肩項形體頓出，顯然是一種「掀起蓋頭」開封經驗的神祕化，這種經驗延續至「掘棺出，開視，女身體貌全如故。徐徐抱出，著氈帳中」皆可與新婚初夜的情景類比。同時，「醱其喪前，去廄十餘步，祭訖，掘棺出」等歷程，其實亦頗類同於祭別迎娶的過程。後來更有「乃遣報徐氏，上下盡來。選吉日下禮，聘為夫婦」，總而言之，雖為「自媒」仍是合於「善良風俗」的「成婚」。

顯然與李仲文女僅只熱情的「心相愛樂，故來相就」，文中強調的既是「顏色不常」、「衣服薰香殊絕」的美豔引人，更及「遂為夫妻寢息，衣皆有污，如處女焉」，由少女而成為婦人之經歷，其實都只算是幽會偷情，一如〈會真詩〉[21]所描寫的內容；況又事機不密，留下證據為人發覺。終至只有「萬恨之心，當復何言！」的涕泣而別，不僅其際遇判然有別，且以留鞋在床下象徵被世人視為「淫奔」的性質，亦有根本不同。

《牡丹亭》中〈幽媾〉近於〈李仲文女〉，因而遂有〈旁疑〉、〈歡撓〉等情節的衍生；〈冥誓〉

以下，則近於〈徐玄方女〉。社會的壓力，尤其杜寶所代表的父權的懲處卻是更加嚴峻，遂有「杜守收拷柳生，亦如漢睢陽王收拷談生也」等情節。

徐玄方女「出當得本命生日」；〈漢談生〉中睢陽王女雖「來就生，為夫婦」，卻言：「我與人不同，勿以火照我也。三年之後，方可照耳。」似乎都是一種「俟時」、「更生」或「垂生」的母題（motif），這或許是出於將「更生」與一般嬰孩孕育成熟而後可以沒有危險「出生」類比而成的思維。因而徐女須當「本命生日」，而王女則竟「生一兒，已二歲」，無疑都在提示「出生」一事。至於「三年之後，方可照耳」，不知可是取的「守喪」三年之意[22]？

但《牡丹亭》中的杜麗娘則是「湊的十地閻君奉旨裁革，無人發遣，女監三年」。在〈圓駕〉中，杜寶問麗娘：「人間私奔，自有條法，陰司可有？」還魂的麗娘回答：「有的是。柳夢梅七十條，爹爹發落過了，女兒陰司收贖。」因而杜麗娘的病死三年，就成了其「風流罪過」的刑罰。當然，湯顯祖也用了劉玄石飲中山千日酒的典故[23]，讓杜麗娘在回生成親「婚走」之際悲嘆：「傷春便埋，似中山醉夢三年在。」終究強調的還是「傷春」與「醉夢」，也就是春日之時序與個人之青春的虛擲！

---

21 見元稹，〈鶯鶯傳〉。傳中男女主角亦以男女各自婚嫁，「自是絕不復知矣」結束。

22 〈秘議〉中，石道姑即調侃柳夢梅：「秀才，既是你妻，鼓盆歌、廬墓三年禮。」

23 見晉．張華，《博物志》卷五〈千日酒〉。

（七）回春的過程

因而「回生」的時間意涵，誠如所謂「出當得本命生日」，它必須正與本人的天性相合，而在劇中與「聖婚」相關的乃是，這同時是個人，也是時序上的「回春」。麗娘回生之際，生作覷介喊道：「好了，好了！喜春生顏面肌膚。」眾曰：「虧小姐整整睡這三年。」旦的回答則是：「流年度，怕春色三分，一分塵土。」當生唱：「死工夫救了你活地獄。」而要扶她去「梅花觀內」，旦卻以「可知道洗棺塵，都是這高唐觀中雨」。

這裡正牽涉到「回生」與「聖婚」必須一提的兩項基本要件：不論是「更生」成功的〈徐玄方女〉，或者功敗垂成的〈李仲文女〉、〈漢談生〉，除了「時機」必須合適，未被過早發覺，而且必須出以適當「程序」之外，「遂與馬子寢息」、「遂為夫妻寢息」、「來就生為夫婦」似乎是一最根本的必要條件。即使「更生」、「得生」不成，似乎也因經此接觸，方能使睢陽王女「其腰以上，生肉如人；腰以下，但有枯骨」；李仲文女「體已生肉，姿顏如故」，一旦「為所發，自爾之後遂死，肉爛不得生矣」。也就是只有在性愛的雨露澆灌下，一如枯木「逢春」的滋生新芽新葉，還魂者的「枯骨」才能「生肉」而至「姿顏如故」。

由〈徐玄方女〉回生之後，仔細描寫其復原的過程：「唯心下微煖，口有氣息。令婢四人守養護之，常以青羊乳汁瀝其兩眼，漸漸能開，口能咽粥，既而能語。二百日中，扶杖起行。一期之後，顏色肌膚氣力悉復如常。」我們幾乎可以視為就是一種大病初癒的調養歷程。自然《牡丹亭》在〈詗藥〉中強調：「海上有仙方，這偉男兒深褲檔。」「不尋常，安魂定魄，賽過反精香。」正是以借喻的方式，表達「性愛」的療效。因而在〈回生〉時，亦在「俺為你款款偎將睡臉扶，休損了口中珠」之餘，扶旦：「且在這牡丹亭內進還魂丹，秀才剪檔。」並且在「尾聲」中作結語道：「死工夫救了你活地獄，七香湯瑩了美食相扶。」云云。基本上這正是中國文學傳統中所謂「相思病」的治療方式。

《西廂記》中張君瑞害相思，強調：「願言德配兮，攜手相將；不得于飛兮，使我淪亡。」[24] 他的證候依紅娘的觀察是：「張生近間、面顏，瘦得來實難看。不思量茶飯，怕待動彈；曉夜將佳期盼，廢寢忘餐。黃昏清旦，望東牆淹淚眼。」而其治療：「他證候吃藥不濟。病患、要安，則除是出幾點風流汗。」[25] 因而紅娘居間傳訊：「因今宵傳言送語，看明日攜雲握雨。」[26] 終因鶯鶯「姐姐玉精神，花模樣」，「出畫閣，向書房，離楚岫，赴高唐」[27]，張生豁然痊癒。

杜麗娘的病徵，依春香的敘述：「他茶飯何曾，所事兒休提，叫懶應。看他嬌啼隱忍，笑譫迷廝，睡眼懵憕。」正與張生類似，終至「他一搦身形，瘦的龐兒沒了四星」，「一病傷春死了」。但回生還陽的過程，若省卻〈冥判〉一段，其實與相思病的痊癒無異。

24 見第二本第五折。
25 見第三本第二折。
26 第三本第四折。
27 第四本楔子。

但是湯顯祖對於杜麗娘的「生者可以死，死可以生」的歷程，始終不忘扣緊「春」之來去，「月」之落生。當她病重，貼形容：「看他春歸何處歸？春睡何曾睡？氣絲兒怎度的長天日？把心兒捧湊眉，病西施。」陳最良診病說：「春香呵，似他這傷春怯夏肌，好扶持，病煩人容易傷秋意。」臨終前貼唱：「甚春歸無端廝和哄！霧和煙兩不玲瓏。算來人命關天重，會消詳、直恁匆匆！」她辭別母親：「娘呵，此乃天之數也。當今生花開一紅，願來生把萱椿再奉。」眾泣介合：「恨西風，一霎無端碎綠摧紅。」而在此齣她先已望月：「海天悠，問冰蟾何處湧？玉杵秋空，憑誰竊藥把嫦娥奉？甚西風吹夢無蹤！」交代後事時更說：「做不的病嬋娟桂窟裡長生，則分的粉骷髏向梅花古洞。」此際一再出現的合唱，皆是：「恨蒼穹，妒花風雨，偏在月明中。」「恨匆匆，萍蹤浪影，風剪了玉芙蓉。」最後在「怎能彀月落重生燈再紅」的嘆息下香消玉殞。杜寶陞安撫使鎮守淮陽前，更安排了：「因小女遺言，就葬後園梅樹之下。」「割取後園，起座梅花庵觀，安置小女神位，就著這石道姑焚修看守。」

在上述的徵引中，象徵「春」的「花」和同具浪漫意涵的「月」，雖然往往並提而顯然有別，最主要的是「月」並不是季節，雖然它亦有每夜的生落與每月的圓缺等循環現象，但卻位於「海天」之上，是秋日的「西風」所無法傷害的對象，因而在中國傳統文學中一向成為永恆（或永恆生命）的象徵，例如蘇軾〈赤壁賦〉所謂：「哀吾生之須臾，羨長江之無窮；挾飛仙以遨遊，抱明月而長終。」尤其在神話裡，它同時是擁有和製造不死藥或不死與不斷再生之象徵的嫦娥、冰蟾、玉兔與桂樹之所在。因此，「竊藥」、「桂窟裡長生」，遂成為可望不可及的「夢」。非常清楚，在此段特別以「向梅花古洞」來與其相對照。

同時，以「春歸」與「春睡」、「花開一紅」來象徵杜麗娘的生命情境，以「花」、「玉芙蓉」、「梅花」以至「紅」、「綠、紅」來象徵杜麗娘的生命，而「西風」、「風雨」、「風」則是「吹」、「剪」、「碎綠摧紅」摧殘其生命的力量，但這種力量卻又是自然季節轉化的動態形勢而已。因而以「算來人命關天重」、「此乃天之數也」，甚至「當今生花開一紅」來形容杜麗娘的夭折時，就有了一語雙關的象徵意涵，因為杜麗娘就是「春花」——當隨春去而殞，春回而生、而「再紅」。（我個人一直懷疑，「怎能彀月落重生」底下當作「花再紅」，現作「燈再紅」乃是沿前老旦唱「冷雨幽窗燈不紅」或涉後「再不叫咱把剔花燈紅淚繳」而致誤植。蓋「燈不紅」、「紅淚繳」兩處都無「死滅」之意，則「燈再紅」遂皆無回生之義，當作可與「花開一紅」相對之「花再紅」為是，至少其意較佳。）這種杜麗娘的「人命關天」，亦見於〈回生〉時，當「旦開眼嘆介」之際，淨道：「小姐開眼哩！」生卻喊出：「天開眼了，小姐呵！」

杜麗娘葬於「梅樹之下」，杜寶又為她修起一座「梅花觀」，安置她的神位。而她在自寫春容的題詩上強調「遠觀自在若飛仙」，同時〈寫真〉的尾聲中，旦唱：「儘香閨賞玩無人到。」貼唱：「這形模則合掛巫山廟。」合唱：「又怕為雨為雲飛去了。」一方面充分利用了道教的飛仙或遊仙，以至遇仙等神話的寓意；一方面不論是「高唐觀中雨」，或「合掛巫山廟」、「為雨為雲飛去了」，都一再指涉「未行而卒」之巫山神女，其「旦為朝雲，暮為行雨，朝朝暮暮，陽臺之下」，而與楚懷王「薦枕席」、「因幸之」的故事[28]。只是神女號為「朝雲」，雖「神」、「仙」有別，但終屬「天仙」系統，故楚王只能為之立廟；杜麗娘以「梅花」為「觀」則近「地仙」，其實在神話系譜中屬於所謂「樹神崇拜」，因此，遂有藉「聖婚」而「回春」、「還魂」之事，也因此需有〈魂遊〉中：「鑽新火，點妙香，虔誠為因杜麗娘」的祭祀，以塚上「殘梅半枝紅蠟裝」，「安在淨瓶供養」，眾人並作：「小姐，你受此供呵，教你肌骨涼，魂魄香，肯回陽，再住這梅花帳？」的祈禱。杜麗娘的遊魂亦受感動：「則為這斷鼓零鐘金字經，叩動俺黃粱境；俺向這地坼裡梅根迸幾程，透出些兒影。」而以「抵甚麼一點香銷萬點情」顯靈，「將梅花散在經臺之上」。然後在生的對畫叫喚（招魂？）下，逐步的走向幽媾、還魂之路。

上段的引述中，除了一再加強刻意描繪的杜麗娘與「梅」，尤其是「梅花」與「紅」的關係外，特別值得注意的是「鑽新火」，這顯然用的是「鑽燧改火」的故實，這正是一方面是「寒食」（同時也包括了「清明」）的慶典儀式，另一方面也正象徵年歲交替的新生復活情境。「聖婚」作為再生、繁殖的祝儀，其實正與藉世代交替而求生生不息之季節循環的感應與信仰相關。

（八）寒食的慶典

《西廂記》始於崔鶯鶯父親的死亡（她失去了「在家從父」的保護者），因而遂有崔鶯鶯夜燒香的祈願，而開始了她與張生的月下聯吟。張君瑞的追求行動，進一步表現在追薦崔父亡靈祭儀中的「鬧道場」。接著在孫飛虎搶親事件中，張生以「破賊計」成為崔鶯鶯事實上的保護者，並期盼獲致其「出嫁從夫」的保護者身分。結果受挫，以「害相思」模擬（其父的）「死亡」，終於在象徵著「願普天下有情的都成了眷屬」之神聖殿堂「普救寺」完成了「聖婚」，而使其「重生」。最後再經離別、科考，終於在功名成就「敕賜為夫婦」下完成了「俗婚」，因為「相國」之女必須匹配「狀元」之夫。因而「夫」又再一次模擬其「父」，終至可以達成完全的代替。因而，死亡、寺廟、祭祀、聖婚、(再生)、分離、俗婚，所隱含的正是一種大地春回的「神話」結構，由「從父」而轉向「從夫」，亦正反映了以寒食（清明）為中心，藉「鑽燧改火」所象徵的歲月循環世代交替的恆常的春之祭典。

《牡丹亭》的愛情經歷，一樣包括了死亡、寺廟、祭祀、聖婚、再生、分離、俗婚等等過程，但反應的卻不是「父」、「夫」的世代交替，反而近於兩者的拉拒，杜寶甚至要求杜麗娘：「離異了柳夢梅，回去認你。」因而，自其「傷春」，終至「死亡」，然後直到「再生」都是象徵春花的杜麗娘，其所經歷「聖婚」所在的寺廟，正是供其神位的「梅花觀」，強調的反而是她自身的「回春」能力，所以全劇的最後一句曲詞，是杜麗娘唱的：「則普天下做鬼的有情誰似咱！」

28 見《昭明文選．高唐賦序》。

但饒有意味的卻是梅花觀中杜麗娘的牌位，竟作「杜小姐神王」，致使柳夢梅詢問：「是那位女王？」石道姑才解釋：「你說這紅梅院，因何置？是杜參知前所為。麗娘原是他閨秀女，十八而亡，就此攢瘞。他爺呵，陞任急，失題主，空牌位。」「偏他沒頭主兒，年年寒食。」正一語雙關，由「神王」點出：杜麗娘在此廟中是「神」而不是「鬼」，而且是與「年年寒食」有關的「女神」。因而不僅其祭祀，「聖婚」與「寒食」的季節意涵，亦見〈圓駕〉中杜麗娘對杜寶「指生介」所唱的：「他他他，點黃錢聘了咱。俺俺俺，逗寒食喫了他茶。」強調的正是在〈回生〉中，以「開山紙草面上鋪，煙罩山前紅地爐」，向土地公公祈求：「今日開山，專為請起杜麗娘，不要你死的，要箇活的。」「便做著你土地公公女嫁吾。」以及回生之際，正是「寒食」期間。至於「聖婚」導致回生的過程，則可見〈硬拷〉中的【雁兒落】的曲詞：

我為他禮春容叫得凶，我為他展幽期耽怕恐，我為他點神香開墓封，我為他唾靈丹活心孔，我為他偎熨的體酥融，我為他洗發的神清瑩，我為他度情腸款款通，我為他啟玉肱輕輕送，我為他軟溫香把陽氣攻，我為他搶性命把陰程迸。神通，醫的他女孩兒能活動。通也麼通，到如今風月兩無功。

這一段句句語帶雙關，既是醫療的過程，也是性愛的描繪，最後以「風月」肯定了這種「聖婚」的兩面性。因而〈婚走〉中，生：「姐姐，俺地窟裡扶卿做玉真。」旦：「重生勝過父娘親。」對杜麗娘而言，柳夢梅就取代了杜寶夫妻成為她的「至親」。在〈圓駕〉她更明白對父親表示：「則你箇杜杜陵慣把女孩兒嚇，那柳柳州他可也門戶風華。」「叫俺回杜家，赸了柳衙。便作你杜鵑花，也叫不轉子規紅淚灑。」這裡充分反映了杜麗娘由「在家從父」轉向了「出嫁從夫」的「鑽燧改火」的歷程，並且暗用了「望帝春心託杜鵑」[29]之當季典故，堅決往「新生」的方向前進。

柳夢梅【雁兒落】曲的告白，雖然被杜寶認定是「著鬼了」，卻是「聖婚」奧義之所在。同時杜麗娘的「慕色」、「有情」，正是所以熱愛生命，也是大地回春的真諦，因為：色即是生，生即是色。湯顯祖在〈標目〉中說得好：「世間只有情難訴！」

三、書生窮達之感懷

（一）寒儒的夢想

雖然《牡丹亭還魂記》，沿襲《杜麗娘慕色還魂話本》，仍以杜麗娘的「還魂」為劇名，但不再強調「杜麗娘」的人名，尤其加上「牡丹亭」這個「聖婚」處所的位置名，就使「還魂」這一事件具有

29 見李商隱，〈錦瑟〉。

更廣大的象徵意涵。值得注意的是，在劇中首先上場的是柳夢梅，杜麗娘先在他的「夢」中以梅下美人的姿態出現，然後才在〈訓女〉中隨杜寶夫婦上場。因而我們也可以說，整個杜麗娘還魂情事，基本上就是柳夢梅「漫說書中能富貴，顏如玉，和黃金那裡」之「春夢」的一部分，尤其夢中梅下美人預告了：「柳生，柳生，遇俺方有姻緣之分，發跡之期。」因而必須杜麗娘還魂，柳夢梅方能「發跡」，也就是考取狀元的關鍵。

正如杜麗娘（兼及柳夢梅）的命運，以「名者命也」的方式，註於地府的「斷腸簿」、「婚姻簿」上；同樣柳夢梅的狀元身分，亦必須以「登科錄」上的名字為憑。不論是〈榜下〉中的聖旨或黃門唱榜，乃至〈索元〉、〈硬拷〉、〈聞喜〉，亦都是一種循「名」得「實」的過程。因而，柳生的因夢「改名夢梅」，就決定了他終能獲取榮華的命運。因而雖已獲得注定富貴的名字，但它的實現卻仍是漫長的煎熬與等待：

> 雖則俺改名換字，俏魂兒未卜先知？定佳期盼煞蟾宮桂，柳夢梅不賣查梨。還則怕嫦娥妒色花頹氣，等的俺梅子酸心柳皺眉，渾如醉。

這一段很巧妙的以考取功名的「蟾宮折桂」，與後來將要發生的「花園折柳」比並，因為二者都是「佳期」，但也藉「還則怕嫦娥妒色花頹氣」來表達兩者間可能的矛盾。因而，預示了對於「春回」

（既是「聖婚」也是「回生」）的期待：

> 無螢鑿遍了鄰家壁，甚東牆不許人窺。有一日春光暗度黃金柳，雪意沖開了白玉梅，那時節走馬在章臺內，絲兒翠，籠定箇百花魁。

這裡「鑿壁偷光」的苦讀就與「踰東家牆而摟其處子」[30]的欲望，疊合為一，渴盼的就是「春光暗度」，「玉梅」、「金柳」爭放，既是「走馬章臺」的得意，又是「獨占花魁」的喜樂。這並不只是柳夢梅一個人特有的期盼，在經由科舉方得出身的年代，如〈榜下〉所謂：「今當榜期，這些寒儒卻也候久。」正是仍為冬雪所覆蓋，天下「寒儒」的共同夢想。因而柳夢梅的奇遇，只是天下眾「寒儒」常年想入非非之夢想的實現，縱使是絕對的荒誕不經，也仍是他們在「貧薄把人灰」的生活處境中，能夠「且養就這浩然之氣」的一線希望。

（二）科第下的人生處境

《牡丹亭》中相對於已是「紫袍金帶，功業未全無」，具「西蜀名儒，南安太守」身分的杜寶，

30　見《孟子．告子下》。

在柳夢梅外，更創造了傳為韓愈旁支的韓子才，與姓名上即暗喻孔子「在陳絕糧」的陳最良等幾個寒儒，他們其實正象徵科第之下，儒生命運常見的幾個型態。以一個配角而言，緊接在柳夢梅〈言懷〉、杜寶〈訓女〉之後，就是陳最良的〈腐嘆〉，他其實象徵了普天下沒有柳夢梅那種奇遇的芸芸眾生之標準寫照：「燈窗苦吟，寒酸撒吞；科場苦禁，蹉跎直恁！可憐辜負看書心，吼兒病年來迸侵。」觀場十五次無成，一旦停廩，只好授館；若再失館，只有「儒變醫，菜變虀」，開藥店度日。府學門子所謂「天下秀才窮到底」，自是當時社會的一般觀感。即使在接下來的〈延師〉中，陳最良仍以杜甫「百年粗糲腐儒餐」為其下場詩。這類窮秀才攀附官員自有許多醜態，陳最良在道白中即敘述了「七事」。在〈鬧殤〉中杜寶高陞之際，陳最良爭香火田，甚至說出：「秀才口喫十一方。」更提及：「便是老公相高陞，舊規有諸生遺愛記、生祠碑文，到京伴禮送人為妙。」都可見當時士風之一斑。

緊接著〈延師〉，湯顯祖又以一齣〈悵眺〉，藉已淪為昌黎祠香火秀才，為韓愈後人的韓子才，來與具柳宗元後人身分，卻仍只「寄食園公」的柳夢梅，藉其先祖韓、柳二人的遭遇文章，大嘆：「時乎？運乎？命乎？」終於得出：「假如俺和你論如常，難道便應這等寒落？」「算來都則是時運二字所虧！」的結論。也就是：柳夢梅雖有發跡之「命」，卻仍得等待由杜麗娘所象徵的「春回」之時運方得實現。但此齣中真正的牢騷更在藉「越王自指高臺笑，劉項原來不讀書」，指陳「到是不讀書的人受用」，「似吾儕讀盡萬卷書，可有半塊土壓？」但終歸以陸賈能以語言折服漢高祖、南越王趙陀，奏《新語》而致封侯為其典範，因而柳夢梅走向他干謁以圖前進的道路。

「干謁」，如劇中生自云：「混名打秋風哩。」自然這又是當時的士習，《儒林外史》刻劃甚詳。在此齣的下場詩中，特又以杜甫詩「此身飄泊苦西東」來形容這種「秋風客」的生涯，而以王建詩「秋風還不及春風」來扣緊他的渴望「春風」的來臨。〈謁遇〉中柳夢梅向欽差苗舜賓自稱：「小生到是箇真正獻世寶。」自認：「我若載寶而朝，世上應無價。」並強調：「但獻寶龍宮笑殺他，便鬥寶臨潼也賽得他。」自信可與當今的卿相士大夫一爭長短。因而終於得到苗欽差「將衙門常例銀兩」取作「書儀」資助，以「驟金鞭及早把荷衣掛，望歸來錦上花」的祈願，步上「向長安有路榮華」的赴京取試之途。這裡我們當然可以看到官員們的坐擁「衙門常例銀兩」，以及對打抽豐的「秋風客」，慣以「書儀」資助路費的時代風習。但更值得注意的是，不斷的以「花」(「榮」、「華」亦皆原意指「花」)來象徵取得功名，因而對於「寒儒」們而言，考取功名確是天地逢「春」之事。

（三）從「聖婚」到「俗婚」的辯證

接著〈旅寄〉，柳夢梅終於在「離船過嶺，早是暮冬」來到了南安，卻「攬天風雪夢牢騷，這幾日精神寒凍倒」，而由陳最良搭救，以「暫將息梅花觀好」，在「看一樹雪垂垂如笑，牆直上繡旛飄」的指引下來到了「梅花觀」(劇中在不同的場合，亦強調稱呼為「紅梅觀」、「紅梅院」)，開啟了柳杜二人交感相戀以至回生的契機。在寺廟所象徵的神聖世界，以彼此的真情交感，而舉行「聖婚」還魂，卻又因害怕被腐儒陳最良發覺而「婚走」。

陳最良不只是個「靠天也六十來歲，從不曉得傷箇春，從不曾遊箇花園」，而且是主張「聖人千言萬語，則要人收其放心」的道學夫子，對他而言大地春回全無意義：「但如常，著甚春傷？你放春歸，怎把心兒放？」所以湯顯祖借春香之口批評他：「正是：年光到處皆堪賞，說與癡翁總不知。」同時湯顯祖更借春香之口指出杜麗娘：

讀到《毛詩》第一章：「窈窕淑女，君子好逑。」悄然廢書而嘆曰：「聖人之情，盡見於此矣。今古同懷，豈不然乎？」

此處杜麗娘的嘆息，正是為其往後的「聖婚」（合於「聖」人之情、之意的男歡女愛），作了絕佳的詮釋，其實也就是湯顯祖以情、理之辨，對儒道所作的不同於理學家「存天理，去人欲」之詮釋。也就是在〈題辭〉中所謂：「嗟夫！人世之事，非人世所可盡，自非通人，恆以理相格耳！第云理之所必無，安知情之所必有耶！」所作的批判。

當理學家們從格物致知下手，在即物窮理（而又非作科技之探索，反而走向自我甚至人我性理的宰制）之際，不免就否定了人類的主觀能動性，忽略了人作為目的因與動力因的主體性質，因而在「存天理」的壓抑下成為一種枯萎殘缺的生命。這種經過「理學」武裝或自我制約的殘缺生命自是全然無法接受出於真「情」交感的「聖婚」。

對於他們，男女之情假如不是不存在的，就只是認作「罪惡」，因而乃是必須「去」除的「人欲」。因為他們所肯定而要堅「存」的「天理」，不過等同於〈圓駕〉中所謂：「不待父母之命，媒妁之言，則國人、父母皆賤之。」這種忽略男女二人之天性相契真情相感，純任「不識不知」的媒妁之言作仲介，由兩家父母以利害作考量，卻形成必須「順帝之則」的絕對權威[31]。從不考慮判斷稍有差池，即斷送子女一生的幸福，甚至性命，卻要堅持其必須執行以宰制子女命運之權威，其實這就是「俗婚」的本質，也是必須透過「聖婚」來拯救的整體社會的墮落與焰陷。因為整個社會中人人的自我真性，以及在真情交感所產生的相互提升，激昂更新的生命力，就在這種自以為是的「天不變，道亦不變」[32]之錯誤解釋中，窒息消失殆盡了。

杜寶「為官清正」、「春深勸農」自然算是好的地方「父母」官，但硬要強調「龍涎不及糞渣香」，非要「能騎大馬」的牧童「騎牛得自由」，就未免只知其一不知其二，近於只是盡日埋首淘金的七矮人了。陳最良和石道姑在某種意義上皆是殘缺的生命，但石道姑只是生理上殘缺，因而仍能參與「聖婚」，甚至「女冠子真當梅香」成為扶持的夥伴；陳最良的殘缺卻是心性上的，又加上了自以為是的為其所信之「義理」所桎梏，終於成為駭變之餘，一再謬傳訛信的麻煩製造者。

31 「不識不知，順帝之則。」見《詩經．文王．皇矣》，經書中多次引用，此處為望文生義的借用。

32 見董仲舒，〈元光元年舉賢良對策〉，見其《漢書》本傳。

因而《牡丹亭》中，由湯顯祖所親自主持的科考中，陳最良十五次不第。柳夢梅則因能夠實現「聖婚」，成為能使大地回春之真情交感儀式的執行者而一舉中了狀元。〈急難〉中杜麗娘的上場詩說得好：「鬼魂求出世，貧落望登科。」對於天下寒儒言，「登科」正等同於「還魂」；但他們「登科」之後，是否能夠致使天下一體「重生」、「還魂」？還是只圖個「夫榮妻貴顯」、「高車晝錦」而已？這可是湯顯祖的言外之意或者竟是微言大義？

四、內憂外患之時局

（一）入死出生的借喻

《牡丹亭》作為一部愛情的戲劇，其主角並非如《梧桐雨》、《漢宮秋》為帝王、后妃，卻很特殊的牽扯到了內憂外患國家命脈延續的問題。在第十二齣杜麗娘〈尋夢〉、第十三齣柳夢梅〈訣謁〉、第十四齣杜麗娘〈寫真〉，男女主角分別開始走上他們各自的追尋之路時，接著第十五齣寫的竟是〈虜諜〉，淨扮番王引眾上，以大金皇帝完顏亮的身分出場，一開口即唱道：「天心起滅了遼，世界平分了趙。」接著在道白追述當時的國際情勢：「俺祖公阿骨打，搶了南朝天下，趙康王走去杭州，今又三十餘年矣。聽得他妝點杭州，勝似汴梁風景，一座西湖，朝歡暮樂。」因此，「便待起兵百萬，吞取何難？」結果卻以兵法而決定用南人李全，騷擾淮陽，以開征進之路。

此處李全之事自屬虛構，但完顏亮以「立馬吳山第一峰」之志，舉金兵南寇，宋江淮軍敗，中外震駭，如姜夔〈揚州慢〉詞在十餘年之後所述：「過春風十里，盡薺麥青青。自胡馬窺江去後，廢池喬木，猶厭言兵。漸黃昏，清角吹寒，都在空城。」自是長久的歷史記憶。加上了這種時代背景，自然柳、杜的愛情勢必無法像在太平盛世，只完全沉浸於兩人的幽歡佳會，以至科考功名，則是必然的。

接著以杜麗娘的病情加重為主的〈詰病〉，以及顯然無效的治療〈道覡〉、〈診祟〉之後，李全夫婦在〈牝賊〉現身，除了引司空圖〈河湟有感〉詩句，蛻化為：「漢兒學得胡兒語，又替胡兒罵漢人。」在上場詩為李全的缺少民族意識定性。透過李全的敘述：「南朝不用，去而為盜。」「大金皇帝封俺做溜金王。」「央俺騷擾淮陽三年，待俺兵糧齊集，一舉渡江，滅了趙宋，那時還封俺為帝哩！」這裡對李全者流所以為異族所用的緣由作了詮釋。

同時杜麗娘的得病與完顏亮的立意侵宋，以及其逐步加劇的過程呈平行發展，到了〈鬧殤〉杜麗娘終於病故，杜寶則接到「金寇南窺」、「陞安撫使，鎮守淮陽」的聖旨。杜、柳兩人在南安〈幽媾〉、〈歡撓〉之後，則是杜寶〈繕備〉，在「維揚新築兩城牆」，「敵樓高窺臨女牆，臨風灑酒旌旆揚」；杜麗娘〈回生〉兩人〈婚走〉之後則是〈淮警〉；柳夢梅〈耽試〉之餘，則是杜寶〈移鎮〉淮安，〈禦淮〉鎖入圍城。直到「陳最良為報杜小姐之事，揚州見杜安撫大人，誰知他淮安被圍」，結果被俘，卻在〈寇間〉與〈折寇〉兩齣，意外成為雙方談和所需的傳話人，而終於藉和談而導致〈圍釋〉。因而，陳最良的及時出現，亦可算是杜麗娘「回生」的一種歪打正著的效應。

同時，若據〈移鎮〉中杜寶的自白：「自到揚州三載，雖則李全騷擾，喜得大勢平安。昨日打聽金兵要來，下官十分憂慮。可奈夫人不解事，偏將亡女絮傷心。」則杜麗娘埋身梅樹三年，亦正是杜寶在揚州築城守備的三年。杜麗娘「回生」、「婚走」之際，亦是杜寶必須「刻日渡淮」，馳救淮城，因而面臨戰爭的時刻，所以夫人和他分別時說：「也珍重你這滿眼兵戈一腐儒。」結果衝殺入淮安，被鎖城中，終以和談釋圍。

因而杜麗娘的「死」而復「生」，正與杜寶對金兵（李全）的「守」而復「戰」平行並列；而所謂「和」，其實正如柳夢梅所譏諷的：「你則哄的箇楊媽媽退兵，怎哄的全！」基本上正由「牝賊」下工夫，以「保奏大宋，敕封夫人為討金娘娘」，以幣賂而換得降表；他們的「和」解正又與全劇大結局的父女和解遙相對映。有趣的是楊娘娘在接受招安寫下降書後，卻選擇了「范蠡載西施」，「權袖手，做箇混海癡龍」，一方面以夫妻的愛情為生命的最終認同，一方面卻依然還是個生龍活虎不受羈束的自由人。雖然深受禮教的束縛，因而不像楊娘娘的豪放，反而出以內斂自傷的型態，其實追求一己熱情的實現，不自由毋寧死，正是杜麗娘「情不知所起，一往而深，生者可以死，死可以生」的生命本質。

（二）臨軒策士的問答

柳夢梅或許是中國戲曲小說中，唯一在讀者（觀眾）面前參加科考，並且其應答內容為大家所知的狀元。以《西廂記》為例，在第四本第四折，張君瑞才在草橋店驚夢；第五折楔子，他一上場就已自道：「托賴祖宗之蔭，一舉及第，得了頭名狀元。」整個科考過程與內容，因為無關愛情主題的宏旨（考中狀元，只是為了「顯得那有志的狀元能」），遂一筆帶過，付諸闕如。

湯顯祖卻在《牡丹亭》中寫了一齣〈耽試〉，他不但安排了曾經資助過柳夢梅的苗舜賓為典試，而且讓柳夢梅錯過了試期，成了個「遺才狀元」，並在未得收考之際，還急切得：「生員從嶺南萬里帶家口而來。無路可投，願觸金階而死！（生起觸階，丑止介）」終因正逢典試是故人的「千載奇遇」，而得以「姑准收考，一視同仁」，這種安排自然有戲劇效果的考量，以及朝廷科考雖然號稱拔舉人才，其實場外往往更有勝過「狀元」之「遺才」存在的暗示。但更重要的是讓苗舜賓可以先品評「天字號三卷」，然後再讓柳夢梅論說他的基本主張，而由苗舜賓讚賞許他鰲頭獨占，顯示他並非徇私，更非如他所自謙的：「俺的眼睛原是貓兒睛，和碧綠琉璃水晶無二。因此一見真寶，眼睛火出：說起文字，俺眼裡從來沒有。」當然這段話亦未嘗不可解作從來未見可以令眼睛火出，視作「真寶」

的文字[33]。因而，這段文字正有湯顯祖對其所生存時代之憂患意識的寄意。

苗舜賓在柳夢梅未出現前，雖取了三名，但卻慨嘆：「文章五色訛，怕冬烘頭腦多。」「恁這裡龍門日月開無那。」「池裡無魚可奈何！」在聽了柳夢梅立言的大要之後，欣賞之餘仍要評論到：「對策者千餘人，那些不知時務，未曉天心，怎做儒流？似你呵，三分話點破帝王憂，萬言策檢盡乾坤漏。」因而強調：「你釣竿兒拂綽了珊瑚，敢今番著了鰲頭。」這裡自然也包含了湯顯祖對於科舉的微辭：「道英雄入彀，恰鎖院進呈時候。」當唐太宗以為通過科舉可使「天下英雄入吾彀中矣」，他卻質疑這些沉浮在科舉的「儒流」，不過都是一群「不知時務」之人！

《牡丹亭》中的策問，竟是直接扣緊時務：「聖旨：問汝多士，近聞金兵犯境，惟有和戰守三策，其便何如？」苗舜賓先前所詳定的三卷。第一卷，主和：「臣聞國家之和賊，如里老之和事。」第二卷，主守：「臣聞天子之守國，如女子之守身。」第三卷，主戰：「臣聞南朝之戰北，如老陽之戰陰。」先不談苗舜賓的反應，守、戰二策皆具兩性關係之弦外之音。「女子之守身」正是杜寶所一再責求杜麗娘，甚至「聽說女兒成了箇色精」，上本題奏：「妖魂託名亡女。」即使殿上親見，仍啟奏：「臣女沒年多，道理陰陽豈重活？願吾皇向金階一打，立見妖魔。」

至於「老陽之戰陰」，已藉苗舜賓口中點出：「《周易》有『陰陽交戰』之說。」其說見〈坤卦〉：「上六：龍戰於野，其血玄黃。」《文言》：「陰疑於陽必戰，為其嫌於無陽，故稱『龍』焉，猶未離其類也，故稱『血』焉。夫『玄黃』者，天地之雜也，天玄而地黃。」而《文言》解釋其「六四：括囊，無咎，無譽」則曰：「天地變化，草木蕃；天地閉，賢人隱。」

這些話語都多少可以涉及劇情而成為其意旨的示明。湯顯祖杜撰出李全圍戰一事，卻在回目上標明為「牝賊」，明白的指出杜寶「守」、「戰」、「和」的真正對手其實是李全妻楊娘娘，自然「如老陽之戰陰」。但是杜麗娘和杜寶之關係，則先是近於六四之「括囊」，「天地閉，賢人隱」，但終於發展為「陰疑於陽必戰，為其嫌於無陽也」，以至「夫『玄黃』者，天地之雜也」，而導致大地春回的「天地變化，草木蕃」。其中所暗喻的「聖婚」旨趣，則既見於柳夢梅形容他協助杜麗娘還魂的：「我為他軟溫香把陽氣攻，我為他搶性命把陰程迸。」亦見於〈婚走〉中杜麗娘的嘆息：「幽姿暗懷，被元陽鼓的這陰無賴。」所以她接著說：「伴情哥則是遊魂，女兒身依舊含胎。」

若以杜麗娘的命運與宋金關係相提並論，看和她關係密切的三個男性：師、父、夫，在劇中杜寶平生作為其實近於他一向主張的「女子之守身」，若非朝廷有令，他安撫淮揚，只是於揚州「加築外羅城」，「身當鐵甕作長城」，對李全的騷擾全無積極的行動，鎮日僅在「敵樓高窺臨女牆」；即使馳救淮安亦仍只是「鎖城」而守，所以他可算是在行動上主「守」的代表。陳最良則出入兩軍，達成招安，自然算是「和」賊的代表；但他基本上就只是個「和事」的「里老」，他的最大缺點就是辨不明深層事實的真相，他既誤判柳夢梅盜墳，又受騙假傳了杜夫人與春香的死訊。作為「使者」（不管是

33　元末明初，有黃堅所集《古文真寶》一書風行於世，甚至流傳日本。該書所選僅及北宋（以下遂無足觀？），與此處未必真有關涉，姑附誌之。

門館或黃門）能否報奏事真，頗成疑問。

柳夢梅，由他的策論看，自然不完全主「戰」，但他卻是唯一在思想上肯定「戰」，在心態上不怕「戰」的人。在〈耽試〉中他一上場，就先唱：「風塵戰鬥，風塵戰鬥，奇材輻輳。」在〈急難〉中他為了打聽杜麗娘父母的安危，不惜「探高親去傍干戈」。在知道杜麗娘是「鬼」之際，他能以「你是俺妻，俺也不害怕了」去擁抱死者，使她還魂；雖然出以相愛之忱，其精神卻顯然與《莊子．秋水》所謂「白刃交於前，視死若生者，烈士之勇也」相通。事實上，若非在心理上可以克服對於死亡的恐懼，根本就無法「戰鬥」，更遑論戰勝！

苗舜賓對前此三策的評價是：對主和者，說：「呀，里老和事，和不得，罷；國家事，和不來，怎了？本房擬他狀元，好沒分曉！」可見底下的房官大抵主「和」，但對侵略者如何可能求「和」而不喪權辱國割地賠款？也就是蘇洵《權書．六國》所謂「六國破滅，非兵不利，戰不勝，弊在賂秦。賂秦而力虧，破滅之道也」的意思。對主守者，則說：「也比的小了。」因為從乾坤陰陽的觀點則如〈坤卦〉：「六三：含章可貞，或從王事，無成有終。」《文言》所謂：「陰雖有美，含之；以從『王事』，弗敢成也。地道也，妻道也，臣道也。地道『無成』而代『有終』也。」以妻道、臣道對敵焉能不「小」？若要有成有終，則必經「上六」「龍戰」之後的「用六：利永貞」，《象》曰：「用六『永貞』，以大終也。」朱熹的解釋是：「蓋陰柔而不能固守，變而為陽，則能永貞矣。」

他對主戰者，評以：「此語忒奇。」而指出源出《周易》。並且作結論：「以前主和，被秦太師誤了。今日權取主戰者第一，主守者第二，主和者第三。」在柳夢梅寫策之時，他又「再將前卷細觀看」，又重申：「頭卷主戰，二卷主守，三卷主和。主和的怕不中聖意。」他的揀擇顯然和「問和戰守三者孰便？」的前後順序有別。劇中又在〈圓駕〉裡讓皇帝問確定重生的杜麗娘：「假如前輩做君王臣宰不臻的，可有的發付他？」陳最良特別提起：「秦檜老太師在陰司裡可受用？」杜麗娘回答道：「那秦太師一進門，忒楞楞的黑心槌敢搗了千下，淅另另的紫筋肝剁作三花。」（眾驚介）：「為甚剁作三花？」（旦）：「道他一花兒為大宋，一花為金朝，一花兒為長舌妻。」非常顯然的，湯顯祖對於外侮，甚不以「主和」為是。他的真正立場可能近於柳夢梅的對策：

> 生員也無偏主。天下大勢，能戰而後能守，能守而後能戰，可戰可守而後能和。如醫用藥，戰為表，守為裡，和在表裡之間。

因而他讓苗舜賓答以：「高見！高見！則當今事勢何如？」（生）：

> 當今呵，寶駕遲留，則道西湖晝錦遊。為三秋桂子，十里荷香，一段邊愁。則願的「吳山立馬」那人休。俺燕雲唾手何時就？若止是和呵，小朝廷羞殺江南。便戰守呵，請鑾輿略近神州。

這樣的建言，不僅是苗舜賓答以：「秀才言之有理。」其實正反映明代之異於宋代，土木堡之變：「帝北狩。甲子，京師聞敗，群臣哭於朝，侍講徐珵請南遷，兵部侍郎于謙不可。」[34] 按當時，「于謙上疏，抗言：『京師天下根本，若一動，則大勢盡去，宋南渡之事可鑒。』」[35] 其擁景帝登極之後的守禦，大抵皆能以戰為表，以守為裡，終能媾和獲英宗歸返。這裡的主張，其實亦與後來袁崇煥制遼的主張：「恢復之計，不外臣昔年以遼人守遼土，以遼土養遼人，守為正著，戰為奇著，和為旁著之說」[36] 近似。

這段曲文，一方面照應了第十五齣〈虜諜〉，一方面則作了《孟子．告子》所謂「入則無法家拂士，出則無敵國外患者，國恆亡。然後知生於憂患，而死於安樂也」的提示。「西湖晝錦遊」、「小朝廷羞殺江南」正是「死於安樂」；而「鑾輿略近神州」、「俺燕雲唾手何時就？」則為「生於憂患」。而此齣的戲劇性更在才剛剛討論和戰守三者孰便，馬上就奏報：「金人的、金人的風聞入寇」，先鋒是「李全的、李全的前來戰鬥」，而且「報到了淮揚左右」，只「杜寶現為淮揚安撫」可調度，但「怕邊關早晚休，要星忙廝救」，因而旨令：「今淮揚危急，便著安撫杜寶前去迎敵。」而傳臚一事暫緩。一旦敵人入寇，除了戰守迎敵，別無選擇。而在緩急之際，眾寒儒的富貴之事，頓然顯得微不足道，只得「待干戈寧集，偃武修文」再說，於是在國家危急之秋，才子佳人的燕婉好合，功成名就，亦頓成餘事！這不能不說是在一本以「愛情」為軸心之戲劇本身，所遭遇的「時代」之最大的反諷與解構。

五、結語

湯顯祖生當嘉靖、萬曆年間，但河套一帶，自嘉靖二十一年後二十餘年間，俺答連年入寇；沿海又有倭寇之禍，且有本國海盜徐海、汪直等為其耳目，相與勾結。萬曆二十年豐臣秀吉攻朝鮮，明朝出兵往援，戰事持續至二十六年，此等外患皆為其所知所聞。內政上則神宗中葉後怠於政事，凡二十餘年不視朝。萬曆十九年湯顯祖上〈論輔臣科臣疏〉謂：「陛下御天下二十年，前十年之政，張居正剛而多欲，以群私人囂然壞之；後十年之政，時行柔而多欲，又以群私人靡然壞之，此聖政可惜也。」[37] 遂謫廣東徐聞縣典史，二十一年量移浙江遂昌知縣，二十六年春棄官歸臨川，二十六年秋完成《牡丹亭》。

因故事先取材於《杜麗娘慕色還魂話本》，而話本將故事設定於「話說南宋光宗朝間」。對緊接著北宋、南宋先後亡於金、元，並且是驅逐蒙元方才建國的明代人而言，亡於異族之可能與憂慮，尤其自土木堡之變後，外患踵至，其實並非完全無法想像之事。湯顯祖因而加入了完顏亮入侵，李全「險

34 見《明史．英宗前紀》。
35 見谷應泰，《明史紀事本末》卷三十三〈景帝登極守禦〉。
36 見《明史》列傳第一百四十七〈袁崇煥〉。
37 見《明史》列傳第一百一十八〈湯顯祖〉。

做了為金家傷炎宋」，以至成了海盜等情節，有意無意反映了他對時代與家國的「憂患意識」，似亦頗為順理成章。

但本章的目的並不在做史傳式的批評與考證，只想指出《牡丹亭》的世界其實是一個令人不安的世界，即使它故作滑稽，提供了許多笑料，並且以「大團圓」的〈圓駕〉作結局。在杜麗娘還魂之後，石道姑憂慮掘墳一事為陳最良發覺時，她提到：「事露之時，一來小姐有妖冶之名；二來公相無閨閫之教；三來秀才生迷惑之譏；四來老身招發掘之罪。如何是了？」在〈圓駕〉中柳夢梅指責杜寶「便是處分令愛一事，也有三大罪」：「太守縱女遊春，一罪。」「女死不奔喪，私建庵觀，二罪。」「嫌貧逐婿，刁打欽賜狀元，可不三大罪？」我們即使不再參閱《明史．列女傳》所謂「著於實錄及郡邑志者，不下萬餘人」之「節烈」、「殺身殉義」、以「至奇至苦為難能」等資料，亦可感覺戲劇中反映的是一個禮教如何森嚴，動輒得「罪」的社會！杜麗娘的類同於〈白雪公主〉，只好壓抑一己「春心」，悒悒以「終」，就未必僅是杜寶夫婦的疏忽，而更是整個社會規範，文化精神的墮落與宰制了！

在一個「情動於中」即可「形於言」，而至可以手舞足蹈，形成行動的文化與時代，何須入死出生的來以「情」對抗「恆以理相格」的禮教法制？在「天下女子有情，寧有如杜麗娘者乎！」的呼聲中，我們看到正是時代禮法的有「理」（？）無「情」，其實正可用杜麗娘在〈冥誓〉中的一句話道盡：「凍的俺七魄三魂，僵做了三貞七烈！」

杜麗娘「陰司收贖」三年，固然可以視為是其「人間私奔，自有條法」的預先懲處，但〈冥判〉中既已在婚姻簿上已注定：「是有箇柳夢梅，乃新科狀元也。妻杜麗娘，前係幽歡，後成明配，相會在紅梅觀中。」既是天定，何仍更罰？而且還得由陽間罰到陰間？

杜麗娘幽囚枉死城三年的直接原因卻是：「因陽世趙大郎家和金達子爭占江山，損折眾生，十停去了一停。因此玉皇上帝照見人民稀少，欽奉裁減事例，九州九箇殿下，單減了俺十殿下之位，印無歸著。」導致「因缺了殿下，地獄空虛三年」，直到玉帝命胡判官「著權管十地獄印信」，走馬到任，方才發落。如是則杜麗娘之幽囚，亦因宋室敗績，江山只賸半壁所致。杜麗娘的死而復生，則是雖十地獄未能再設閻王，卻終有判官代行（反映陽世：北宋雖亡，南宋終於站穩腳步，但卻得降格一等？），如是則杜麗娘的還魂重生，豈僅柳、杜二人姻緣好合而已，不亦反映國祚民命的逢春復甦？永恆的「聖婚」儀式，出於如此動盪杌隉的時代背景，難道不曾反映了一種渴望整個「時局」更新重生的深沉祈願？

在動亂的時局中，所謂的才子佳人，天賜良緣，「夫榮妻貴顯」的人間喜劇，除非能夠重致太平，畢竟有何意義？杜寶夫妻在〈移鎮〉中的訣別，為我們作了最沉痛的告白：

（老旦哭介）：「待何如？你星霜滿鬢當戎虜，似這烽火連天各路衢。」（外）：「真愁促，怕揚州隔斷無歸路。再和你相逢何處，相逢何處？」「老影分飛，老影分飛，似參軍杜甫，把山妻泣向天隅。」（老旦哭介）：「無女一身孤，亂軍中別了夫主。」（合）：「有甚麼命夫命婦？都是些鰥寡孤獨！生和死，圖的箇夢和書。」

這段曲文雖然淺白，卻是沉鬱，幾乎含括再現了許多杜甫遭亂作品的精神與母題[38]，但「有甚麼命夫命婦？都是些鰥寡孤獨！」卻更以悲劇的逆轉與反諷，解構了才子佳人富貴團圓的美夢。「生和死，圖的箇夢和書」，算不算是另一個「憂患」版的〈驚夢〉？

湯顯祖讓《杜麗娘慕色還魂話本》裡的杜寶，成為杜甫的後裔，也許並非偶然。杜甫豈不是中國文學中最具「生於憂患」精神，卻又「生逢憂患」時局的最具典型性的代表詩人？湯顯祖可是希望他的《牡丹亭》，能在戲曲中一樣的上紹杜甫，下開韓、柳等嗎？

38　最顯著的如〈春望〉中的「烽火連三月，家書抵萬金」與「白頭搔更短」等等。

跋

一個人的文學

張淑香

詩是宗教。
祂在茫茫的人生中予我北極星的光明與泰山的依靠。
我也奉獻祂赤子心與初戀女的情操。

——柯慶明

如其所言，柯慶明對於文學的追尋之路，確是一如朝聖者步步虔誠的跋涉；也如宗教的信仰，勢必追尋自我靈性心證真如的啟悟。

他有幸在臺大學生時代正值臺灣開始向現代起飛，學術思潮與文壇風氣受到現代主義啟蒙而生氣勃發的當下，空氣中映漾著臺靜農等五四名師溫厚、敦厚、典雅的輝光，又充盈著學院前輩白先勇、王文興等引領現代文學新風潮前衛的活力與銳氣。由於他與一般中文人不同，在中學時代即有衝破

「K的迷惘」專事文學與融通中西文化思想的志意，所以在中文系固有的訓練之外，好讀書而旁涉博覽，如飢如渴追求各種西方文學文化知識，又同時從殷海光的引導接受分析哲學的洗禮，開拓他思維方法的訓練與理論分析的能力。

於是在傳統與現代，中西交融衝擊下，如何突破中文系格局的限制，步踵近代以來王國維、梁啟超等先輩的始創，再度從傳統發展出一種會通西方現代性新視野的文學批評與研究的系統化知識與理論，成為他醒覺、反省、摸索、思考的最大關懷與目標。由於當時臺大中文系雖有少數師長比較自由開放，但整體學風觀念基本上仍相當傳統保守，他的這種新思維，受到來自保守派的排擠壓制，視為異端。而以他當時的學力，要建立這樣重大目標的文學知識體系，實在不易。但他卻以無比堅定的熱情與理想，深信這是中國文學批評與研究發展在現代該走的途徑。在學期間，即開始引領同儕對於古典與現代文學作品的鑑賞與批評的新風潮，並擴展成為《現代文學》雜誌的古典文學研究專輯，有若掀起一個現代的文學批評運動，種下日後成為該雜誌編輯的因緣。

於此同時，他也開始探索如何建立一套足以普遍認知的中國文學批評的現代知識體系。在這方面的努力，從早期確定文學批評是了解文學的認知活動為起點，他就嘗試以自己的學習經驗與認識，展開對於文學的本質、文學的創作、精讀、鑑賞與批評種種問題的初始考察，他必須追尋對他為真的答案。這些持續不斷的文學思維，其後會通美學的探觸而終於成熟發展為《文學美綜論》一書所論述的一套相當完整的理論體系，他以自己獨特的觀點與術語，闡明文學之為一種語言媒材的藝術，其內容必然是以「生命意識之呈現與昇華為目標的心靈活動與美感經驗的歷程」，由「情境狀況的覺知與感受」到「自我反應的覺知」，進入對於存在的自覺而引生「生命的反省」，而其「人性精神內涵」終必歸抵「倫理觀照與抉擇」的根義。以此論證文學作為一種語言藝術是鎔鑄「形式創構」與「生命意識呈現」為一體的「美感經驗」，故以「文學美」為文學定義，並以此一界義為基礎出發分析文學的內容、創作、欣賞、批評與活動的意義，遂自成一套綜論「文學美」的理論認知系統，完成他為文學的信仰建立可茲認證的知識架構的初心。

綜觀他這套對於文學認知體系的探求論述，其種種觀念的思維、分析的方法與語言術語的運用，難辨古今中外，而自闢新徑別成一格，極具個人風格標識的獨特性論述，雖不乏來自西方的啟發，卻始終持守著中國文學的本質主體性，是從他獨有的個人印記的認識中透析出來，顯然已將生平所學雜糅變化，脫胎換骨而自成一家之言，殷期以現代性的認知訴諸現代的讀者。這固然是作者學術生涯的一里程碑，也可謂是特定時代文化文明的一種印照。而回顧其間從青年學子的起步，歷時十年以上，確是個人步步踐履追尋的悟見。如此在茲念茲而不捨，只是出於無法自抑對於文學赤子的信仰與初志的深情而已矣，可謂是一個人心證的文學。

而如此一個人的文學獨見，必然需要具有認知上的普遍性意義與實踐上的效應，才足以提供作為文學活動的精神指歸。《中國文學的美感》一書，即是作者從自己文學美的理論出發所作文類文本的實際批評。此書探討古典文學傳統中的主要文類，如古典詩歌、古文、小說與一些文學主題的審美規範，深入文本美感特質的論析，使理論與實踐，適可互為印證照映。其中首篇〈中國文學之美的價值性〉，具有統領全書的作用。一方面是歷時性的概述，上下幾千年從古代的神話到明清的說部，綜覽十八種文學體類通而觀之；另一方面又對每一體類本身內在系統的同質共性與類型的異質演化，皆有精切又簡明的詮說。如此從美學的獨特觀照，縱橫透視、溝通各種文體內外統貫的神理氣脈，有如庖丁解牛，揭示一個內在結構統合於美感特質的微型文學史，而在此整體全貌的認識下，次第進入後續各別文類文本的討論，也自是順理成章，條序清晰了。

推薦序雖是應出版社所請，宇文所安教授與川合康三教授皆為柯慶明多年相與論學的好友，同時為此書惠撰序文，實屬難得，感激無盡。兩位教授對於柯慶明的為學與為人，特有獨到之見。柯慶明素日與朋友閒談曾有「寫人」與「說人」的趣話，其實是從教學中意識到兩種不同思考問題的習慣與方式，或出之以書寫或始於言說。他自己常是依賴談說的方式來思索問題的。宇文教授的序文，由回憶往日朋友間這種無所拘束抗言暢論學問、熱與互動的片斷，連繫到東西兩個不同傳統文論之間奇妙的迴映，由小及大，結合書與人，精微盡在其中。而懷人之意，餘味不了，委婉而雋永。川合教授與柯慶明年紀相若，同為東方漢學研究學者，從時代的變動與全球化同質趨勢對人文學造成的衝擊以看待柯慶明面對激流挑戰，治學由傳統到現代融合古今視野而一以文學本質主體性為使命的自立之道。由於學術處地與識見相近，他的體認特有戚戚彌深之感。而於私誼洵篤，更深感於斯人，相得之情，溢於言表，無限感懷。兩位教授為序以文懷友，人生一期一會，三位友人國籍、地域、文化背景不同，雖同治中國文學而各有其「境界」，卻無礙於其彼此跨界相感相知之情。中西傳統都有文學足以溝通聯合人類感情的信念，柯慶明也深信文學與藝術的指向是作用於興發「同情」，他認為「同情」就是「生命彼此內在深處的相通，所生發的共同存在的感覺與意識」（《分析與同情》，一九七三）。如川合教授所言，人文學確實應該保存本身文化的本色與身分認同，不該如一般的全球化。人文學若可以全球化，我想就只能訴諸如這三位友人在文學的國度所興發的這種「同情」的啟示吧，因為「同情共感」就是一種人文主義的普遍精神。我為此一希望更深深感謝宇文教授與川合教授惠撰序文的盛情厚意。

《中國文學的美感》一書原由麥田出版股份有限公司於二〇〇〇年出版，此次承聯經出版事業公司支持重新出版，內容裁製，稍有變異。兩位教授的推薦序皆以原文與譯文並列，主要為尊重作者之意；而對於能夠閱讀英、日文的讀者，也因此可以領略譯文所無法取代的原文的豐富與完整。內容方面，亦有所更動調整如下：抽出初版中〈六十年代現代主義文學？〉一文與〈百年悲壯細參詳——對「百年來中國文學學術研討會」的期盼〉、〈小說《小說中國》〉兩篇附錄；另增補〈愛情與時代的辯證——《牡丹亭》中的憂患意識〉一文與〈〈關雎〉的內容表現〉、〈〈國殤〉的勇武觀念〉兩篇附錄。此一措施，刪除了有關現代文學的部分，補入未曾結集的古典文學論著，是為了統合內容為一論述古典文學的專書。然而，作者初版的自序卻無法更動，只能保留原文不變。為了避免讀者的困惑，在此說明並致歉。

最後，我要感謝聯經出版公司支持此書再版的美意，也特別謝謝主編蔡忠穎先生為編務相關諸事付出的辛勞與心意。秩維與富閔是首先提議本書再度出版與重新規劃內容，並負責出版事宜的聯絡人，而秉樞一直是任勞任苦擔任校對的工作，他們是柯慶明群組的好夥伴，我對他們的感激，言不盡意，他們一定明白的。如是如是，本書再版的完成，實載負著來自遠近如許諸位友好對其作者深摯的懷念與情義，我將深深感念不已。

聯經評論
中國文學的美感（增訂新版）

2022年3月初版 定價：新臺幣480元

著者	柯慶明
叢書主編	蔡忠穎
校對	張淑香
	李秉樞
內文排版	黃秋玲
封面設計	張瑜卿

出版者	聯經出版事業股份有限公司
地址	新北市汐止區大同路一段369號1樓
叢書編輯電話	(02)86925588轉5319
台北聯經書房	台北市新生南路三段94號
電話	(02)23620308
台中分公司	台中市北區崇德路一段198號
暨門市電話	(04)22312023
台中電子信箱	e-mail：linking2@ms42.hinet.net
郵政劃撥	帳戶第0100559-3號
郵撥電話	(02)23620308
印刷者	世和印製企業有限公司
總經銷	聯合發行股份有限公司
發行所	新北市新店區寶橋路235巷6弄6號2樓
電話	(02)29178022

副總編輯	陳逸華
總編輯	涂豐恩
總經理	陳芝宇
社長	羅國俊
發行人	林載爵

行政院新聞局出版事業登記證局版臺業字第0130號

本書如有缺頁，破損，倒裝請寄回台北聯經書房更換。 ISBN 978-957-08-6193-8 (平裝)
聯經網址：www.linkingbooks.com.tw
電子信箱：linking@udngroup.com

國家圖書館出版品預行編目資料

中國文學的美感（增訂新版）/柯慶明著．初版．新北市．聯經．
2022年3月．488面．14.8×21公分（聯經評論）
ISBN 978-957-08-6193-8（平裝）

1.CST：中國文學　2. CST：文學美學　3. CST：文學評論

820.7　　111000082